TEEPARTY

D1618781

Buch

Was bewegt einen Banker, seinen gut bezahlten Job hinzuschmeißen, um mit seinem besten Kumpel ein florierendes Drogengeschäft unter dem Deckmäntelchen einer Teehandelsgesellschaft aufzubauen? Und wie reagiert seine Frau auf diesen plötzlichen Wandel, wo sie doch gerade ihr zweites Kind erwartet?

Mittvierziger Eddie O'Meany hat die Nase voll von seinem Posten auf der Bank. Als sein Freund Geoffrey MacGowan ihm vorschlägt, eine Teehandelsgesellschaft zu eröffnen, die nach dem Tupper-Party-Prinzip Tee vertreibt, sagt er spontan zu und kündigt seine Stelle. Seine Frau Sarah, in der dreizehnten Woche mit dem zweiten Kind schwanger, ist zunächst entsetzt. Und das ist nicht die einzige Katastrophe, die sich in Sarahs Leben ereignet: Als sie am Bahnhof steht, um dem angekündigten Besuch ihrer geliebten Eltern entgegenzusehen, steigt ihre Mutter Monique alleine aus dem Zug. Sie ist verheult und völlig aufgelöst – und in der Hand hat sie einen großen Koffer!

Die Teepartys laufen überraschend gut. Um den ohnehin guten Verdienst noch zu steigern, bringt Geoffrey ein mit speziellen Zusätzen versehenes Schokoladengetränk in Umlauf. Doch man muss nicht lange warten, bis die Sache auffliegt. Miss Rutherford, die 84-jährige Nachbarin und Freundin der O'Meanys, erfährt, dass die Polizei Eddie und Geoffrey wegen dieses Schokoladengetränks bereits im Visier hat. Sie warnt die Freunde, die überstürzt mit Kind und Kegel und dem dicken Labrador Tyson das Land verlassen. Inspektor Watts ist ihnen aber schon auf der Spur. Der alternde Polizeichef wittert seine letzte Chance auf einen großen Fall und jagt die Freunde quer durch Europa …

Autorin

Irene Li Krauß wurde 1973 in Aberystwyth, Wales, geboren. Sie wuchs in Großbritannien, Äthiopien und Deutschland auf und studierte Architektur in Hannover. Heute lebt sie im württembergischen Allgäu.

Covergestaltung: Vera Vogel

Illustration: Irene Krauß

Lektorat: Dr. Adolf Krauß

Copyright © 2015 Irene Li Krauß

Irene Li Krauß
Schlossbergweg 3
D-88317 Aichstetten

info@kalliwermaus.de

All rights reserved.

Teeparty

Eine ungewöhnliche Odyssee

Irene Li Krauß

DANKSAGUNG:

Hiermit bedanke ich mich ganz herzlich bei meinen fleißigen Helfern.

Danke an:

Hans Weber für die Übersetzungen,

Dr. Elke Staib-Schenck, Mike Vosgerau, Barbara Wolf, Regine Pätz und meinen Vater für Unterstützung, Kritik und gute Ideen,

Stephen Melillo für eine kleine Abhandlung des Zigarrenrauchens,

die Erfinder des Internets, ohne die meine Recherchen vermutlich zehn Jahre länger gedauert hätten,

Sarah und Eddie, die mir unwissentlich ihre Vornamen geliehen haben, mit deren sonstigem Leben diese Geschichte aber auch wirklich gar nichts zu tun hat,

meine Eltern, ohne die Aberystwyth für mich ein weißer Fleck auf der Landkarte wäre.

INHALT

Prolog

Sämtliche in dieser Geschichte beschriebenen Handlungen und Charaktere sind frei erfunden. Etwaige Ähnlichkeiten mit lebenden Personen sind unbeabsichtigt.

Besonders wichtig ist es mir darauf hinzuweisen:

- dass das Handeln mit Drogen illegal und nicht witzig ist. Leid und Elend zahlloser Menschen stehen in Zusammenhang mit Drogenkriminalität.

- dass Flüchtlinge aus Kriegs- und Hungergebieten einem schrecklichen Schicksal ausgeliefert sind und unserer Hilfe bedürfen. Viele Flüchtlinge gelangen unter lebensgefährlichen Umständen nach Europa. Sie haben ihre Heimat und ihre Familien zurücklassen müssen. Das macht niemand, der nicht in höchster Not ist. Sie sind keine Kriminellen, sondern Menschen mit erschütternden Schicksalen, deshalb sollten wir ihnen wohlwollend und in Gastfreundschaft begegnen.

- und dass es eine Zumutung ist, eine hochschwangere Frau quer durch Europa zu schleifen.

1. Was meinst du mit mehr oder weniger?

Sarah O'Meany war in der dreizehnten Schwangerschaftswoche, als ihr Mann Eddie ihr überraschend eröffnete, dass er seinen gut bezahlten Job bei der NatWest-Bank hingeschmissen habe, um mit seinem Freund Geoffrey zukünftig Tee zu verkaufen.

Selbstverständlich war sie geschockt. Wer wäre das nicht gewesen, zumal in anderen Umständen, wo man sicherlich anderes erwartet hätte als die Infragestellung gesicherter Verhältnisse. Was die junge Frau aber wirklich überraschte war weniger, dass ihr Mann den Job schmiss, sondern vielmehr der Grund oder besser: der Auslöser, der ihn dazu veranlasst hatte. Denn sollte es um jenen Geoffrey gehen, an den sie spontan dachte, so war ihre Skepsis mehr als gerechtfertigt.

„Ist das der Geoffrey, den ich auch kenne?", fragte Sarah. Eddie schluckte und lockerte seinen Hemdkragen.

„Nun ja, Liebling, sicher. Mehr oder weniger …"

Ein kurzer Augenblick unbehaglichen Schweigens entstand. Sarah sah ihren Mann an und wartete auf weitere Erklärungen. Doch es folgten keine.

„Was meinst du mit mehr oder weniger?", fragte sie schließlich. Beunruhigt nahm sie zur Kenntnis, dass sich eine leise Hysterie in ihre Stimme schlich. Sie war seit jeher ein ruhiger, wenn auch sensibler Mensch. Unter dem massiven Einfluss eines Heeres an Schwangerschaftshormonen sah sie sich einem abrupten Wechsel der Stimmungen aber mehr denn je schutzlos ausgeliefert. Sie zwang sich zur Ruhe, atmete tief durch und wartete mit gerunzelter Stirn auf eine Antwort.

„Nun ja, mehr oder weniger, … hm, damit meine ich, du kennst ihn mehr oder weniger …" Eddies Blick irrte suchend durch die Küche, als könne er im Stapel benutzten Abendbrot-Geschirrs oder im Gewirr der Kühlschranknotizen eine Erklärung finden. Sarah beobachtete ihn rätselnd. Sein Stottern wirkte Verdacht erregend. Er räusperte sich verlegen und fuhr fort:

„Also, du kennst ihn, nicht wahr? Aber du kennst nicht alles an ihm, richtig? Ich meine, du weißt doch gar nicht, wie er mit, äh, sagen wir, mit dreizehn war, richtig?“

„Mit dreizehn?“ Irritiert blinzelte sie. “Wieso sollte ich wissen, wie er mit dreizehn war? Wie war er denn mit dreizehn?“

„Es ist doch nur ein Beispiel, Liebling. Also, wie gesagt, ich traf Geoff, und er hatte da eine wirklich gute Idee …“

Für einen Moment verschlug es Sarah die Sprache. Doch, sie kannte Geoffrey. Er war ein Charmeur, besaß ein gewinnendes Lächeln und die Zuverlässigkeit eines Windhundes. Seine Vita war geprägt, nein, durchzogen, nein, dominiert von sprunghaften Etappen einer undurchschaubaren Karriere. Sarah war es stets schleierhaft geblieben, wovon dieser Mann lebte. Zurzeit arbeitete er ihres Wissens nach halbtags als Friedhofsgärtner, führte sich aber auf wie der große Lebemann – fuhr einen Sportwagen und vergeudete sein Geld beim Glücksspiel oder bei Pferdewetten. Sicher, er war alleinstehend und somit niemandem, nur sich selbst gegenüber verantwortlich. Da hatte er Freiheiten, die einem verheirateten Familienvater wie Eddie fernliegen sollten. Er war ihr nicht vollkommen unsympathisch. Trotzdem es gab Freunde ihres Gatten, die sie ihm gegenüber durchaus bevorzugt hätte, zumal, was etwaige geschäftliche Verbindungen anbelangte. Sie seufzte leise.

„Geoff versteht unter einer guten Idee nicht zwangsläufig das Gleiche, was ich unter einer guten Idee verstehen würde“, gab sie zu bedenken.

Zu Beginn war Sarah O'Meany nicht gerade begeistert gewesen von dem Gedanken, nach Wales zu ziehen, als ihr Mann vor rund einem Jahr von seiner neuen Stelle bei der NatWest berichtet hatte. Auch er war anfangs nicht gerade enthusiastisch, denn die NatWest war nicht sein berufliches Ziel gewesen. Doch ein Headhunter hatte ihn erfolgreich abgeworben. Und ein wenig mehr Einkommen konnte seiner jungen Familie kaum schaden. Alles, was Sarah zunächst gedacht hatte, war: warum Wales – diese gottverlassene Provinz? Sie hatte sich als nächstes Ziel eher London oder Edinburgh vorgestellt. Aber Wales? Und dann nicht einmal in eine der größeren Städte! Nein, ausgerechnet Aberystwyth, dieses kleine Kaff an der Küste.

Nachdem sie umgezogen waren, wurde sie jedoch positiv überrascht. Sie war beeindruckt von der wilden Schönheit der Natur, vom angenehmen

Seeklima und von der etwas rauen Herzlichkeit der Waliser. Das kleine Seestädtchen zeigte sich moderner, als sie vermutet hatte. Die vielen Fachbereiche der „Aber", der altehrwürdigen Universität, vor allem solch renommierte wie Informatik und internationale Politik, lockten zahlreiche Studenten aus dem In- und Ausland an, und die jungen Leute verliehen dem Ort ein internationales Flair.

Der Nachmittag war angenehm sonnig in der Maes Maelor. Der Seewind raschelte leise in den silbrig grünen Blättern der Kopfweiden und trug vereinzelt das Kreischen der Seevögel herüber. Es roch nach Salzwasser, ein wenig nach Fisch und Möwenkot, doch die Rosen dufteten herrlich: aprikosenfarbene „Colette" blumig-zart und chiffongelbe „Claire Austin" würzig-fruchtig.

Sarah stand auf dem frisch gemähten Rasen vor der schmucken Doppelhaushälfte, die sie und ihr Mann Edward vergangenen Oktober erworben hatten, und schnitt die Strauchrosen aus. Sie war gerade von ihrer Teilzeitbeschäftigung als Verkaufsassistentin im örtlichen Bekleidungshaus ‚Kathleen Parsons' zurückgekehrt. Söhnchen Finley war noch in der Kinderkrippe, Eddie würde ihn auf seinem Heimweg abholen.

Mit ihren blonden Haaren und der hellen, sommersprossigen Haut war Sarah etwas empfindlich gegen die Sonne und hatte sich deswegen eine luftige lange Bluse übergezogen und einen breitkrempigen, weißen Strohhut aufgesetzt. Tief gebeugt stand sie über ihren Rosenbüschen und begutachtete die Triebe mit den Duft verströmenden Blütenknäulen. Ab und an fuhr ein Windstoß in ihre Bluse. Ein Schweißtropfen rann ihr zartes Dekolleté herab, eine vorwitzige blonde Haarsträhne kitzelte sie an der Nase. Sie liebte ihr neues Zuhause, sie liebte den gepflegten kleinen Garten mit seinen blühenden Sträuchern: Straßenseitig, an der Ostseite des Hauses standen die prächtigen Rosen in Pastell, hinten an der Westseite wucherten ausladende Rhododendren und Hortensien in verschiedenen Blau- und Violettschattierungen.

Mit dem Handrücken wischte sie sich die Haarsträhne aus dem Gesicht und sah auf den Stadtteil Penparcau hinunter. Auch die Sträucher und Stauden im breiten Grünstreifen, der die Maes Maelor von der tiefer gelegenen First Avenue trennte, blühten üppig. Für den späteren Nachmittag waren Gewitter angekündigt, so wollte sie die verbleibende Zeit für Gartenarbeit nutzen.

„*Prynhawn da*[1], liebe Nachbarin", ertönte plötzlich eine durchdringende

[1] Guten Tag! (nachmittags)

Stimme vom Gartenmäuerchen her. Sarah sah auf. Dort stand Molly Heavens.

Hätte man für einen Weckdienst eine Stimme gesucht, von der jedermann schlagartig wach würde, so wäre Molly Heavens die perfekte Besetzung gewesen. Ihre Stimme, eine mittlere Altlage, besaß die schneidende Schärfe einer Formatkreissäge. Ausgestattet mit solch einem Organ – konnte man sich da eine bessere Klatschbase vorstellen? Die beleibte Mittfünfzigerin mit den rötlich getönten Haaren trug über ihren geblümten Kleidern stets ein liebenswürdiges Lächeln. Es blitzte aus ihren hellgrauen Augen, die tief im Wangenfleisch saßen. Ihres Aussehens wegen hatten die Kinder sie früher gehänselt, damals, als sie selbst noch klein gewesen war. Ihren Mädchennamen „Perkins" hatten die Gören zu „Porky" deformiert, eine Anspielung auf ihr schweinchenhaftes Äußeres. Doch Molly mangelte es weder an Gewicht, noch an Selbstbewusstsein. So schneidend ihre Stimme, so spitz war ihre Zunge.

Trotz ihrer Fülle war sie nicht unansehnlich. Sie war korpulent, aber hatte ein gepflegtes, angenehmes Äußeres. Sie wirkte sympathisch und umgänglich. Und doch galt es, sich vor ihr in Acht zu nehmen: Wer es sich mit ihr verscherzte (und das war nicht besonders schwer, da Molly Heavens strenge moralische Maßstäbe anzusetzen pflegte, vor allem bei ihren Mitmenschen), den konnte sie vernichten. Ihre missratenen Kinder, nebenbei bemerkt, waren davon ausgenommen. Und sich selbst richtete man auch nicht, dafür war noch immer der Schöpfer zuständig.

Molly verfügte über eine ausgezeichnete Beobachtungsgabe. Sie registrierte punktgenau, wer in Penparcau seinen Rasen pflegte und wer nicht, wer im Halteverbot parkte, wessen Töchter beim Abermusicfest den Solisten heiße Blicke zuwarfen oder wessen Söhne minderjährig zu viel Alkohol konsumierten. Sie führte so eine stichhaltige Liste, wie es um Moral und Ehre der kleinstädtischen Gesellschaft des walisischen Küstenortes bestellt war.

Sarah verstand sich gut mit Molly, auch wenn deren Tratschsucht berüchtigt war. Die Einheimischen munkelten, einer von Mollys Vorfahren müsse das Zeitungswesen erfunden haben, bei all der brennenden Leidenschaft, mit der Molly die Neuigkeiten und Sensationen in sich aufsaugte und weiter verbreitete.

„Hallo Molly", entgegnete sie, „hattest du einen schönen Tag?"

„Bestens, meine Liebe, bestens. Wo ist denn Finny, der kleine Engel?"

„Oh, Finley ist noch in der Krippe." Sarah konnte es nicht ausstehen, wenn man den mit Bedacht gewählten Namen ihres Sohnes durch Verniedlichung verunstaltete. Nur bei Eddie machte sie eine Ausnahme. Spät erst hatten sie Familienglück erfahren dürfen; Eddie war bereits zweiundvierzig, als sich Finley angekündigt hatte. So vernarrt, wie er in den Kleinen war, durfte er ihn nennen, wie es ihm in den Sinn kam.

Sarah war ein toleranter Mensch, deshalb rügte sie Molly nicht. Sie selbst stammte aus bescheidenem, aber herzensgutem Hause aus der Nähe von Worcester. Sie hatte Eddie bei einer Wohltätigkeitsveranstaltung kennengelernt, bei der der schlanke Ire einen Halbmarathon zugunsten krebskranker Kinder gelaufen war. Sie hatte sich in sein lachendes, offenes Gesicht verliebt. Das fehlende Haupthaar machte er durch kräftige Behaarung seines muskelgestählten Körpers wett, die in Schweiß und Sonne rötlich glänzte. Eddie war nach seinem Studium des Banken- und Finanzwesens in Birmingham hängen geblieben und lief leidenschaftlich gern. Deswegen besuchte er alle Amateur-Marathon-Veranstaltungen in der Umgebung.

„Gibt es etwas Neues?"

Da war er, dieser Satz, der einen das Fürchten lehren konnte. Und Sarah, ebenso klug wie schön, wusste, dass sie würde liefern müssen, wollte sie verhindern, dass Molly ungefragt zu suchen begann. Lächelnd streckte sie der Nachbarin ihre Hand entgegen, den Handrücken nach oben.

„Sieh her!" An ihrem Ringfinger glänzte ein schmaler goldener Ring, der mit einem kleinen geschliffenen Saphir besetzt war. Der hellblaue Edelstein funkelte in der Sonne mit Sarahs Augen um die Wette.

„Der Ring?", fragte Molly verwundert. Sarah nickte eifrig und erklärte:

„Ein Überraschungsgeschenk von Eddie zu unserem Hochzeitstag. Ich war völlig von den Socken. Ist er nicht wunderschön?"

„In der Tat", murmelte Molly und konnte eine gewisse Enttäuschung nicht verbergen. Sie zwang sich zu einem anerkennenden Lächeln. „Er ist entzückend, herzlichen Glückwunsch. Wie gerne würde ich weiter plaudern, doch sei mir bitte nicht böse, ich habe noch so vieles zu erledigen, ich muss weiter. Schöne Grüße an Eddie und den Kleinen! Mach es gut, Sarah, ich wünsch dir einen schönen Tag! *Ffarwél*[2]!" Winkend zog sie von dannen.

„Wiedersehen, Molly!", rief Sarah hinterher. Sie blickte der beleibten Nachbarin ein Stück weit nach, die den gepflasterten Fußweg auf der Jagd nach weiteren Neuigkeiten entlang stapfte.

Der Himmel begann sich zuzuziehen, und die Hitze wurde drückend. Sarah beschloss, dass sie für den heutigen Tag den Rosen hatte genügend Pflege zuteilwerden lassen und verzog sich nach drinnen. Sie legte die Gartenhandschuhe und die Schürze ab, richtete ihre Frisur und ging in die

[2] Auf Wiedersehen!

Küche, die mit holländischen Fliesen verziert war, die so wunderbar zur altmodischen Landhausküche mit dem weißen Holzherd passten. Feuer wollte sie angesichts der Schwüle keines machen. Deshalb stellte sie den Elektroherd an und setzte Teewasser auf. Eddie müsste in wenigen Minuten zu Hause sein. Sie legte eine weiße Spitzendecke auf den Küchentisch. Darauf stellte sie eine Vase mit Rosen aus dem Garten und einen Teller voll frischer Scones mit Erdbeermarmelade.

Der Kessel begann gerade zu pfeifen, als die Haustür klapperte. Lustiges Kinderquietschen erklang aus dem Flur.

„Hallo, Liebling, wir sind's!", rief Eddie aus dem Hausgang. Finley lief ihr mit tapsigen Schritten in die Arme und krähte fröhlich:

„Hallo Mummy!"

„Hallo, mein Liebling, hallo Schatz", rief Sarah und hob Finley hoch, der mit emporgereckten Armen darauf gewartet hatte. Eddie drückte ihr einen Kuss auf die Wange. Er streifte Schuhe und Sakko ab, löste die Krawatte und folgte ihr in die Küche.

„Wundervoll, Liebling!", stellte Eddie fest, als sei es eine besondere Überraschung, zu Hause von Tee und Scones erwartet zu werden. Er nahm am Tisch Platz und streichelte Sarahs Hüfte, während sie ihm einen Tee einschenkte. Finley wurde in seinen Hochstuhl gesetzt und bekam einen dick mit Marmelade bestrichenen Scone vorgesetzt. Beim Essen beschmierte sich der Kleine nicht nur das ganze Gesicht, sondern auch noch die Hände, Arme und sein T-Shirt mit roter Fruchtmasse. Glücklich strahlte er aus seinen kugelrunden Kinderaugen und nuschelte schmatzend:

„Hm, 'dones ledder, Mummy!", womit er, da er noch kein ‚k' aussprechen konnte, seinem Wohlgefallen Ausdruck verlieh. Die Eltern lachten und freuten sich zugleich auf Finleys Geschwisterchen, welches sich in gut sieben Monaten hinzugesellen würde. Eine Neuigkeit übrigens, von der Sarah Molly Heavens vorläufig nicht in Kenntnis zu setzen gedachte.

Während des Tees merkte Sarah dem Gesicht ihres Mannes an, dass er etwas auf dem Herzen hatte. Sie sah ihn fragend an, doch er wich ihrem Blick aus. Da sie seit zehn Jahren glücklich verheiratet waren, kannte Sarah Eddie gut genug, um zu wissen, dass sie nicht nachzubohren brauchte. Er würde damit herausrücken, sobald er dazu bereit war. Sie bedachte ihn mit einem liebevollen Kuss auf seinen kahl rasierten Kopf (wobei es dort oben für den Rasierer inzwischen nicht mehr allzu viel Arbeit gab) und räumte den Tisch ab.

Das Wetter hielt, was die Meteorologen versprochen hatten: Es schlug um, und ein kurzes, kräftiges Gewitter gab sein Gastspiel. Eddie setzte sich mit Finley auf den Wohnzimmerteppich, wo sie mit Bausteinen spielten.

Sarah wusch derweil das Geschirr und sah den beiden durch die offene Küchentür zu. Es wärmte ihr das Herz, wie sich binnen all der Jahre doch so viele Wünsche erfüllt hatten: ein schönes Zuhause, ein liebender Mann, eine kleine, nette Stelle bei einer freundlichen Chefin und ein wunderbares Kind, bald zwei. Sie wischte sich mit dem Handrücken eine Träne der Rührung – oder war es eine Träne des Glücks? – weg, dann räumte sie das getrocknete Geschirr in die Küchenschränke.

Das Telefon läutete, und da Vater und Sohn noch immer in ihr gemeinsames Spiel vertieft waren, lief Sarah in den Flur und nahm das Gespräch entgegen.

„Hallo?"

„Sarah, Schatz, bist du es?" Es war Monique, ihre Mutter, auch Mo genannt. Sarah bedauerte sehr, dass ihre geliebten Eltern in Malvern bei Oxford gut und gerne vier Autostunden weit weg wohnten. Als sie selbst noch bei Worcester gelebt hatten, konnten Eddie und sie selbstredend für einen spontanen Nachmittagsbesuch in Malvern vorbeischauen, und Monique und David waren beinahe regelmäßig zu Besuch gekommen, um Baby Finley beim Wachsen zuzusehen. Doch mit Spontanbesuchen war es vorbei, und die Zusammenkünfte waren rar gesät. Umso mehr erfreute Sarah, was sie nun von ihrer Mutter zu hören bekam:

„Stell dir vor, Dad kann sich den letzten Freitag dieses Monats freinehmen, und da dachten wir, wir könnten doch das Wochenende über zu euch fahren! Was hältst du davon?"

„Mum, das ist wunderbar!"

„Ei, wo ist deine Nase? Da ist deine Nase! Daddy hat deine Nase geklaut! Hier ist deine Nase …", erschallte es aus dem Hintergrund.

„Ist dort Finley? Wo ist Finley, wo ist mein kleiner Schatz?"

„Warte, Mum, ich bring das Telefon zu Finley … Komm Finley, Oma ist dran …"

„Hallo Finley, mein Schatz! Hier ist Oma! Kannst du Oma sagen?"

Finley stand mit leuchtenden Augen am Telefon und lächelte selig hinein.

„Sag ‚Hallo Oma'!", zischte Eddie. Finley lief vom Telefon weg zu seinem Vater und flüsterte ihm ins Ohr:

„Hallo Oma …"

„Sag's ins Telefon, mein Junge, komm schon, Oma ist dran!"

„…"

„Wo ist mein Finley?"

„…"

„Mum, er scheint sich nicht zu trauen … Ihr kommt in zweieinhalb Wochen? Das ist toll! Finley wird sich riesig freuen. Finley, Oma und Opa kommen zu Besuch!“

„Finley, hier ist Oma!“

„Deine Eltern kommen? Das ist nett. Sie können in mein Arbeitszimmer, ich werde es ein wenig freiräumen …“

Sarah warf ihrem Mann eine Kusshand zu. Dann versuchte sie, Ordnung in das verworrene Telefonat zu bringen. Eddie signalisierte, den Sohnemann bettfertig machen zu wollen, was sie mit einem dankbaren Nicken quittierte. Sie befragte ihre Mutter ausführlich nach deren Befinden, nach Neuigkeiten, nach Erlebnissen und Plänen, und so entwickelte sich wie üblich ein längeres Gespräch.

Sie hatte gerade aufgelegt, als Eddie zurückkam. Strahlend berichtete er, dass Finley brav in seinem Bettchen läge und nun darauf warten würde, dass sie ihm noch Gute Nacht wünschte. Einen perfekteren Jungen als Finley konnte es nicht geben, dachte Sarah, und auch keinen perfekteren Ehemann als Eddie. Mit diesen Gedanken ging sie ins Kinderzimmer, gab ihrem kleinen Jungen einen Gutenacht-Kuss und zog die leuchtende Spieluhr auf, die er so sehr liebte. Eddie hatte die Rollos zugezogen, und so war es angenehm dunkel im Zimmer. Die Spieluhr warf bunt flimmernde Tierfiguren an die Decke, wo sie munter zur Melodie von „Twinkle, twinkle, little star“ im Kreise trabten. Finley, den rechten Daumen im Mund und in der linken Hand sein blaues Nuckeltuch, folgte dem Schauspiel mit müden Augen. Seine Mutter schlich sich aus dem Zimmer, lehnte die Tür an und lief zu Eddie in die Stube.

„Möchtest du fernsehen?“, fragte sie ihn, nachdem sie sich neben ihn aufs Sofa gesetzt hatte. Ihr Gatte schüttelte den Kopf.

„Nein, Liebling. Ich wollte dir noch etwas erzählen, aber ich habe gewartet, bis Finnimi im Bett ist.“

Nun also war es so weit. Sarah saß unbehaglich im Polster und runzelte besorgt die Stirn. Da er es ihr nicht beim Abendessen, in Gegenwart Finleys, erzählt hatte, musste es etwas sein, das nicht für Kinderohren bestimmt war. Ihr wurde ein wenig mulmig zumute. Der Ire legte seine Hand auf ihren Arm.

„Es ist nichts Schlimmes, Liebling, nur keine Aufregung. Es ist bloß … hm, ein wenig überraschend, würde ich sagen. Also … ich habe meinen Job gekündigt.“

„Was?“

Im ersten Moment blieb Sarah die Luft weg. Ein schwaches Gefühl breitete sich im Unterbauch aus, und sie überlegte, ob sie sich womöglich verhört hatte. Sie sammelte sich kurz, um wieder einen klaren Gedanken fassen zu können.

Obschon es tatsächlich eine Überraschung war, traf diese Sarah jedoch nicht vollkommen unvorbereitet. Lange schon, spätestens seit der Bankenkrise, war ihr bekannt, dass ihr Mann seine Arbeit nicht mehr aus vollstem Herzen tat. Immer skeptischer hatte er in den letzten Jahren das Wett- und Pokerfieber seiner Branche beäugt, das trotz geplatzter Spekulationsblasen ungebrochen schien. Allen Besserungsgelübden zum Trotz war die Finanzwelt wieder voll ihrem alten Trott verfallen und entwand sich gekonnt den Bändigungsversuchen seitens der Politik, so es denn überhaupt ernst zu nehmende gab. Eddie gefiel das nicht. Er liebte das Finanzwesen, er schätzte das Jonglieren mit Zahlen, die spannenden Entwicklungen der Märkte. Doch es behagte ihm überhaupt nicht, dass das große Spiel zunehmend auf dem Rücken der kleinen Leute ausgetragen wurde.

All dessen war Sarah sich bewusst. Sie holte tief Luft. Nein, es kam wahrlich nicht aus blauem Himmel, dass er seinen Job schmiss. Doch der Zeitpunkt kam nicht nur plötzlich und unvorhergesehen, sondern auch noch äußerst ungelegen. Was sollte nun werden, immerhin wären sie in absehbarer Zeit zu viert?

Ihr eigenes spärliches Gehalt stockte den Haushalt zwar wohltuend auf, aber als Alleinverdienerin taugte sie mit ihrer Teilzeitstelle wohl kaum. Zumal sie nur noch ein halbes Jahr würde arbeiten können, und dann käme die Babypause. Nach Finleys Geburt war sie schnell wieder auf die Beine gekommen. Damals war sie 36 Jahre alt gewesen. Nun ging sie bald auf die Vierzig zu. Würde sie sich ebenso schnell erholen wie zwei Jahre zuvor?

Möglicherweise hatte er bereits einen anderen Job. Ja, so musste es sein, dachte sie, er konnte unmöglich kündigen, ohne eine neue Stelle zu haben. Bevor sie aber den Mund öffnen konnte, um danach zu fragen, erklärte Eddie:

„Ich werde mich selbstständig machen!"

Sarah liebte ihren Gatten über alles, und sie hielt ihn zu Recht für einen intelligenten, geschäftstüchtigen, ideenreichen Mann, dem einiges zuzutrauen war. Eine Selbstständigkeit, nun, warum nicht? Doch wollte so etwas nicht von langer Hand geplant sein? Bedurfte es da nicht einer ausgefeilten Geschäftsidee, eines Business-Planes, einer Untersuchung von Marktchancen, im besten Falle einer bestehenden Nachfrage? Hätte Eddie solche Planungen nicht mit ihr geteilt, wenn diese ihn bewegt hätten?

Ihr Gatte war durchaus für Überraschungen gut. Er war ein spontaner Mensch. Er verblüffte sie immer wieder mit kleinen Geschenken, einfach so. Auf der Hochzeit seines Cousins Marc vor drei Jahren hatte er einen irischen Solo-Stepptanz zur Begeisterung aller Hochzeitsgäste aufgeführt, ganz aus dem Stegreif, einfach so. Er hatte sie in all den gemeinsamen Jahren hin und wieder mit einer gelungenen Entführung in einen Kurzurlaub überrascht, in die Highlands, nach Amsterdam, nach Paris. Sarah kannte ihn gut. Aber Pläne über ihre Zukunft zu treffen, ohne sie im Geringsten mit einzubeziehen, das passte gar nicht zu ihm.

Eddie begann ihr wortreich mit glänzenden Augen zu erläutern, wie er seinen alten Schul- und Studienfreund Geoffrey MacGowan getroffen hatte. Sie seien zugegebenermaßen sehr spontan darauf gekommen, ein Handelsgeschäft mit Tee zu eröffnen. Doch sollte es nicht irgendein Handelsgeschäft werden, wie es schon Dutzende gab, sondern ein solches, wo erstklassige, erlesene Teesorten direkt an den Endverbraucher, und zwar bei diesem Zuhause, vermarktet würden.

„Du willst allen Ernstes Klinken putzen? Du willst dich wie ein zweitklassiger Handelsreisender von Haustür zu Haustür schleppen und den Leuten irgendeinen … Tee? … andrehen?“ Sarah musste sich zusammennehmen, damit ihre Stimme nicht ungewollt schrill würde. Eddie hingegen blieb ruhig und lächelte zuversichtlich.

„Nicht Klinken putzen, Liebling! Nicht zweitklassig und nicht irgendein Tee. Es wird DER Tee sein! Von Eddie's & Geoffrey's Tea 'N' Tea Company. Allerfeinster Tee, absolut erste Wahl, und es werden Teepartys werden, Liebling. Denk einfach an … hm, eine Art Tupperparty. Wir werden Tupperpartys mit Tee feiern. Ja, Teepartys, was sagst du nun?“

Sarah war sprachlos – in jeglicher Hinsicht.

„Und nicht nur Tees“, fuhr er fort. „Geoffrey hat außerdem hervorragende Kontakte nach Holland, wo er exquisiten Trinkkakao importieren kann. Es hat nur eine halbe Stunde, genau meine gestrige Mittagspause lang, gedauert, um mich zu überzeugen. Das Geschäft ist wasserfest und bombensicher. Bitte vertrau mir, Liebling. Vertraust du mir?“

Etwas benommen nickte Sarah mit dem Kopf. Natürlich vertraute sie ihrem Mann. Dieses uneingeschränkte Vertrauen hatte sie ihm mit ihrer Heirat schriftlich zugesichert. Ja, sie musste ihm vertrauen, wollte sie weiter glücklich sein. Fehlendes Vertrauen würde Sorgen bereiten, und Sorgen würden Ängste schüren, Ängste aber machten krank, und Krankheit machte unglücklich, davon war sie überzeugt. So beschloss sie, sich die Einzelheiten des plötzlichen Geschäftsentschlusses weiter anzuhören und bei aller gesunden Skepsis doch auf die Besonnenheit ihres Mannes zu zählen.

Viele Einzelheiten aber gab es nicht mehr zu hören, dafür war der Plan zu frisch. Sarah erfuhr lediglich, dass ihr Gatte bis Ende des Monats, also noch knappe drei Wochen, in Diensten seiner Bank stehen würde. Von da an sollte das große Abenteuer losgehen. Dummerweise schoss es ihr durch den Kopf, dass genau an diesem Wochenende ihre Eltern zu Besuch kommen würden. Sie haderte mit sich, ob sie ihnen davon im Voraus berichten sollte, denn eigentlich erzählte sie ihnen alles. Dem aber stand entgegen, dass ihre Eltern sich leicht beunruhigten. Und das würde sie vermutlich sehr beängstigen. Als Sarah vierzehn war, hatte ihr Vater David ein kleines Geschäft auf selbstständiger Handelsvertreterbasis betrieben. Doch das Geschäft war viel kleiner, als einst geplant; genau genommen tummelte es sich im negativen Zahlenbereich. Das hatte damals die ganze Familie, vor allem aber David sehr mitgenommen, und nur unter viel Mühe hatte er sich wieder hochgerappelt.

Zudem, dachte sie, konnte man am Telefon schlechter aufeinander eingehen als in einem persönlichen Gespräch. Sollte sie lieber bis zum Ende des Monats warten, wenn sie beisammen wären? Doch da wartete noch die andere Neuigkeit, die Finleys Großeltern persönlich überbracht werden sollte in Form eines kleinen schwarz-weißen Ultraschallfotos. Und würde sich die neueste Änderung in Sarahs und Eddies Leben nicht nachteilig auf die vorletzte Neuigkeit auswirken?

Eddie räumte ein, dass sie durch seine geplante Außenhandelstätigkeit vielleicht nicht binnen kürzester Zeit zu Millionären werden würden. Aber er war sich sicher, dass er seine wachsende Familie damit gut würde versorgen können. Ein letzter Widerstand bäumte sich in seiner Ehefrau auf, als sie einwarf, dass er doch von Tee rein gar nichts verstünde. Der Ire sah sie ein wenig verletzt an, als er widersprach:

„Du wirst zugeben müssen, dass ich es sehr wohl verstehe, einen genießbaren Tee zu kochen. Und ein wenig Sachverstand über die unterschiedlichen Teesorten kann ich mir schnell aneignen, das ist doch nicht allzu kompliziert."

Sarah schwieg verlegen, denn einen brauchbaren Tee konnte ihr Mann durchaus zubereiten. Ob ein wenig Sachverstand über die angeblich unkomplizierten Teesorten ausreichen würde, konnte sie hingegen nicht beurteilen. Außer den gängigen Darjeelings, Assams, Ceylons oder Earl Greys war ihr herzlich wenig über die Welt des Tees bekannt. Sie resümierte für sich kurz das abendliche Gespräch, wog die Spontaneität und Irrwitzigkeit der Idee gegen den Erfindungsreichtum und die Tüchtigkeit ihres patenten Gatten ab und entschied, wie sich bereits abgezeichnet hatte: zugunsten eines uneingeschränkten Vertrauens in die Fähigkeiten ihres Mannes. Was blieb ihr auch anderes übrig, da sie vor vollendete Tatsachen gestellt worden war. Sie sicherte ihm ihre Unterstützung zu, besiegelte dies mit einem raschen Kuss und bat dann um leichte Berieselung durch Einschalten ihrer Lieblingsserie, Grey's Anatomy, der sie eine heimliche

Schwäche für Patrick Dempsey verdankte.

Eddie, der seine Frau mindestens ebenso vergötterte wie diese den besagten Darsteller aus der Krankenhausserie, übernahm das Starten des Fernsehgerätes. Anschließend holte er Knabbereien und Getränke: eine Tüte Erdnüsse, Gingerale für Sarah und eine Flasche „*Ysbrid y Ddraig*[3]" für sich. Dieses walisische Ale der Breconshire-Brauerei aus Brecon/ Powys war vor einiger Zeit sein Favorit geworden. Dem Gebräu wurde in gebrauchten Whiskey-Fässern zur nötigen Reife verholfen, was ihm einen Hauch von der Seele eines Drachen verlieh, eben den „*Ysbrid y Ddraig*".

Tief in der Nacht weckte Finley Sarah durch ungewohntes Schreien. Dieses traf unglücklicherweise punktgenau zusammen mit einer plötzlichen Übelkeit, die der dreizehnten Schwangerschaftswoche zuzuschreiben war. Eddie hingegen war ein stoischer Schläfer. Sarah schluckte den beginnenden Brechreiz herunter und eilte zum Söhnchen. Finley saß in seinem Gitterbett und weinte herzzerreißend. Schnell ließ er sich beruhigen. Es war wohl nur ein schlechter Traum gewesen. Sarah war dankbar, dass einerseits das Kind bald wieder schlief, und andererseits nicht sie es war, die von Albträumen gequält wurde, obschon sie allen Anlass dazu gehabt hätte. Nachdem Finleys gleichmäßige Atemzüge verrieten, dass er wieder in ruhigeren Gefilden des Traumlandes angekommen war, meldete sich die Übelkeit zurück. So stürmte Sarah ins Bad, um ihre Sorgen vorerst loszuwerden.

[3] „Geist des Drachen"

2. Deinem Daddy geht es sehr gut!

Die kommenden Wochen verliefen ruhig. Eddie fuhr sehr beschwingt zur Arbeit angesichts dessen, dass er den Posten bei der NatWest Bank nur noch für einen begrenzten Zeitraum ausfüllen musste. Söhnchen Finley zeigte keine weiteren Albtraumerscheinungen, und auch Sarahs Übelkeit ließ allmählich nach. So freute sie sich schließlich auf das Ende des Monats, zumindest was den Teil anging, der den angekündigten Besuch ihrer Eltern beinhaltete. Dieser Part allerdings fiel komplett anders aus, als die O'Meanys gedacht hatten.

Es war Freitagmittag. Sarah arbeitete an Freitagen ohnehin nur vormittags, sodass sie es sich einrichten konnte, ihre Eltern am Bahnhof zu empfangen. Ihren Sohn gedachte sie anschließend gemeinsam mit den Großeltern abzuholen.

Das Wetter war unbeständig – nichts Neues für einen Sommer an der Küste. Es regnete leicht, eine frische Brise ging, doch die Sonne kämpfte sich bereits wieder durch die dicken grauen Wolken. Böen zerrten an Sarahs Regenschirm, woraufhin sie diesen zusammenklappte und sich unter dem Bahnsteigdach unterstellte. Endlich wurde der Express aus Wolverhampton angekündigt, mit dem die Eltern ankommen würden. Typisch metallenes Quietschen begleitete den lang gezogenen Bremsweg des Zuges. Sarah behielt die sich öffnenden Türen im Auge, die nach und nach die Fahrgäste entließen. Endlich erkannte sie den modisch hochtoupierten blonden Schopf ihrer Mutter. Ganz am Ende des Bahnsteigs stieg sie aus dem Waggon, und Sarah eilte ihr entgegen. Sie fielen sich in die Arme, und nachdem sie sich geherzt und geküsst hatten, fragte Sarah ihre Mutter:

„Wo bleibt denn Dad?"

Nun passierte etwas, was sie noch nie, jedenfalls nicht, solange sie sich zurückerinnern konnte, bei ihrer Mutter beobachtet hatte: Sie brach in Tränen aus. Und es war mitnichten so, dass die Dame einfach weinte; sie heulte. Sie ließ sich gegen Sarahs Schulter fallen, jaulte wie ein Schlosshund und schluchzte dabei herzzerreißend.

„Oh mein Gott, Mum, Mummy, was ist denn? Ist etwas passiert? Ist mit Dad etwas passiert? Geht es ihm gut?", rief Sarah. Ihre Mutter richtete sich auf und sah sie an. Ihr Gesicht war rot und verquollen. Die Haare hingen in wirren Strähnen über der Stirn, und die Augen funkelten dämonisch.

„Deinem Daddy geht es SEHR GUT!" Sie spuckte die Worte aus, als seien sie vergiftet. Die arme Sarah war nun vollends verwirrt. Als ihre Mutter sich wieder schluchzend an sie warf, legte sie ihren Arm um sie und tätschelte ihr den Rücken. Nach einigen Augenblicken, als Moniques Weinen deutlich leiser geworden war, nahm Sarah sie behutsam bei der Hand. Mit der anderen zog sie den großen Rollenkoffer hinter sich her, und führte beides, Mutter und Gepäck, zum Bahnhofsparkplatz, wo der Familien-Audi wartete.

Um ganz ehrlich zu sein, war es eigentlich Eddies Geschäftswagen. Doch Eddie – sportlich war er, und sportlich wollte er bleiben – bevorzugte den Weg in Joggingschuhen. Da der Kombi schön geräumig war, benutzte Sarah ihn als Familienauto. Auch das schoss ihr just in diesem Moment durch den Kopf: nämlich, dass sie sich um ein Fahrzeug würden kümmern müssen. Ein Privatauto besaßen sie nicht, und den deutschen Wagen würde Eddie wohl kaum als Abschiedsgeschenk behalten dürfen. Um Finanzielles hatte sich selbstredend immer ihr Gatte gekümmert. So wusste Sarah derzeit nichts von der Höhe der Rücklagen, die sie in ihrer kleinen Familie gebildet hatten. Ob es für ein akzeptables Auto reichen würde? Immerhin müsste bald ein zweiter Kindersitz hineinpassen.

Monique schniefte noch immer leise, als sie den silbernen Kombi erreicht hatten. Sarah betätigte die Funkfernbedienung, und mit einem dezenten Klacken entriegelten die Türen. Sie hievte erst den Koffer ihrer Mutter ins Heck des Audis, und dessen offensichtliches Gewicht ließ sie einen kurzen Gedanken daran verschwenden, wie lange ihre Mutter sich wohl bei ihnen einzuquartieren gedachte. Dann warf sie einen Blick auf ihre Armbanduhr: zehn vor zwei. Um zwei Uhr schloss die Krippe. Den kurzen Weg dorthin würden sie leicht zu Fuß schaffen. Sie hakte sich bei ihrer Mutter unter und lief mit ihr die Terrace Road nordwärts Richtung Kindertagesstätte.

„Ach, Mum, erzähl doch, was passiert ist!", bat sie, nachdem Monique sich gefangen hatte. Letztere seufzte hörbar und antwortete:

„Dein Vater betrügt mich."

Sarahs erste Reaktion war die Weigerung zu glauben, was sie soeben gehört hatte. Nein, wirklich, sie musste sich verhört haben. Ihre Eltern waren seit über vierzig Jahren glücklich miteinander verheiratet. Es war vollkommen unmöglich, dass einer den anderen betrog. Ausgeschlossen in jedweder Hinsicht.

„Es ist das Blumenmädchen. Du weißt schon, die Kleine, bei der er seit Jahren jede Woche einen Blumenstrauß für mich holt."

Ihr Vater liebte seine Frau so sehr, dass, soweit Sarah zurückdenken konnte, er ihr an jedem Freitag nach der Arbeit einen Strauß Blumen mitgebracht hatte. Woche für Woche bekam Monique wunderschöne Blumenarrangements: mal ein Bund roter Rosen, mal eine Handvoll duftender Maiglöckchen oder einen Strauß leuchtender Tulpen, was auch immer die Saison oder die Gärtnereien hergaben.

„Ich weiß nicht, seit wann das genau geht. Den Verdacht hatte ich schon länger. Letzte Woche wurden sie von Liz Cole gesehen, als sie sich küssten. Du weißt schon – Liz, meine Friseurin. Ich stellte deinen Vater zur Rede. Er stritt alles ab", erklärte Monique. „Zunächst glaubte ich ihm. Gestern aber rief eine gewisse Shirley bei uns an und wollte Davie sprechen. Davie!" Sie lachte schrill auf. Dann liefen wieder die Tränen.

„Aber vielleicht ist alles ein Missverständnis?", startete Sarah einen vorsichtigen Versuch, ihren Unglauben zum Ausdruck zu bringen. Monique schüttelte mit düsterer Miene den Kopf.

„Gestern Abend hat er alles gestanden. Er liebt sie, Sarah. Er liebt sie! Sie ist DREIUNDDREISSIG!" Ihre Mutter schrie das letzte Wort so laut, dass sich die Leute auf der Straße nach ihr umsahen. Verlegen zog Sarah sie weiter.

„Dreiunddreißig?", zischte sie entsetzt. „Ich bin bald neununddreißig!"

„ICH WEISS, WIE ALT DU BIST!!!", brüllte Monique die Terrace Road hinauf, sodass es noch die Spaziergänger an der entlegenen Seepromenade hätten hören können.

„Er betrügt mich seit Jahren mit einer dreiunddreißigjährigen Schlampe, und nun will er mit ihr zusammenziehen!", jaulte sie und warf sich wieder an Sarahs Schulter, um erneut in herzzerreißende Schluchzer auszubrechen.

Sarah stand einen Moment lang wie versteinert auf dem Gehsteig und sah vor sich im Geiste ihr idyllisches Leben in Trümmern liegen. Alles, woran sie geglaubt hatte, was ihr Leben schön und glücklich gemacht hatte, Treue, Ehrlichkeit, Liebe, alles, was ihre Mutter und ihr Vater (dieser verdammte Hurensohn!) sie gelehrt hatten, schien über den Haufen gekehrt. Wie hatte er es nur geschafft, jahrelang ein heiles Eheleben vorzugaukeln, Harmonie vorzutäuschen in einer Glaubwürdigkeit … – niemals, nie im Leben wäre

Sarah je auf den absurden Gedanken gekommen, dass ihr Vater ihre Mutter nicht mehr lieben könnte.

Wann immer sie sich gesehen hatten, hatten ihre Eltern in trauter Eintracht am Küchentisch gesessen und ihre gemeinsame sozialdemokratische Weltanschauung zum Besten gegeben. Alles nur eine Farce? Hatte ihr Vater nicht damals, am Tage ihrer Hochzeit, sie beiseite genommen und ihr unter vier Augen erklärt, wie stolz er auf sie war, mit welcher Ernsthaftigkeit und Aufrichtigkeit sie dem Abenteuer Ehe entgegenschritt? Hatte er nicht gesagt, wie sehr er sich freute, dass sie in Eddie den Partner fürs Leben gefunden hatte – so wie er in Monique? Und heute? Wie definierte ihr Vater jetzt den Begriff „Partner fürs Leben"?

Ihre Eltern waren für Sarah bislang die vollkommene Verkörperung zweier sich widersprechender Beziehungsgrundsätze gewesen: Gleich und Gleich gesellt sich gern, sowie: Gegensätze ziehen sich an. Sie teilten ihre politischen Ansichten, ihre soziale Einstellung, ihre Auffassung von Moral und Gerechtigkeit. In der Verschiedenartigkeit ihrer Charaktere ergänzten sie einander perfekt: Die fröhliche extrovertierte Monique garantierte für Würze und Abwechslung, während der stille, introvertierte David für Bodenhaftung sorgte. Was, um alles in der Welt, hatte ihm an ihrer Mutter nicht mehr gepasst? Wurden alle älteren Männer seltsam? Sarah wusste sich keinen Reim darauf.

Welch' seltsame Wende ihr verrücktes Leben nur gerade nahm. Ihr Mann kündigte den Job! Ihr Vater – ein notorischer Ehebrecher? Ihre Mutter – verlassen? Das Auto – schon bald weg? In was für eine Situation würde Kind Nummer zwei nur hineingeboren! Sarah war der Verzweiflung nahe. Das arme Kind! Das Kind? Finley!

„Finley!", schrie Sarah erschrocken und griff ihre Mutter beim Ellenbogen, zerrte sie unsanft mit sich. „Mum, Finley wartet, komm schon, wir müssen uns beeilen!"

Die Absätze klackerten laut auf dem Asphalt, als die zwei Frauen die Straße hinab rannten. An der nächsten Kreuzung bogen sie rechts in die Portland Street ein, wo sich Finleys Tagesstätte befand. Es war fünf Minuten nach zwei. Der kleine Bub stand fertig angezogen draußen vor der Eingangstreppe und hielt Milly, seine Erzieherin, fest an der Hand. Seine rötlichen Pausbäckchen zogen sich zu einem breiten Strahlen auseinander, als er in den heraneilenden Damen Mutter und Großmutter erkannte.

„Mummy, Mummy!", rief er. Doch Monique war schneller und riss den Jungen an sich. Sie umschlang ihn mit ihren kräftigen Armen, herzte ihn und bedeckte ihn mit Küssen, bis er zu strampeln und weinen begann.

„Alles in Ordnung, Finley", beruhigte Sarah ihn, nachdem Monique von ihm abgelassen hatte. Er schob seine kleine, noch mit Sand beschmutzte Hand in die ihre. Die Aufregung hatte sich gelegt. Sarah bedankte sich bei der freundlichen Milly und verabschiedete sich. Monique konnte wieder lächeln, Finley auch, und gemeinsam schlugen sie ihren Weg zum Bahnhofsparkplatz ein.

Sarah ordnete in Gedanken ihr Leben. Sie beschloss, sich von den äußeren Umständen weder um ihre Fassung noch um ihr Glück bringen zu lassen. Eddie und sie würden es schon schaffen. Was sollte ihr geliebter Mann in einem Job verharren, der ihn nicht mehr zufrieden stimmte? Er hatte recht: Manchmal musste man etwas Neues wagen, auch wenn es zunächst verrückt klang. Und Monique? Sie würde erst mal ein paar Tage bei ihnen bleiben, bis sie sich gefangen hatte. Und dann würden sie sehen. Das Leben ging weiter! Wenn eine Tür zufiel, ging an anderer Stelle ein neues Türchen auf, das war eine altbekannte Weisheit.

Ihr Smartphone klingelte. Es war Eddie.

„Liebling, ich bin es. Sind Mo und Dave gut angekommen?"

„Oh, Schatz, hallo! Hm, Mum ist alleine hier. Ist gerade etwas schwierig, alles zu erklären. Ich erzähle es dir später, okay? Bist du auf dem Heimweg?"

„Nein …, es gibt da eine Kleinigkeit. Es ist mein letzter Arbeitstag, und du hast den Wagen …"

Ach du liebe Güte, das hatte sie total vergessen! Natürlich, es war Eddies letzter Arbeitstag, und es war doch selbstverständlich, dass er an diesem Tag auch den Geschäftswagen würde abgeben müssen. Jenen Wagen, der direkt vor ihrer Nase auf dem Bahnhofsparkplatz stand.

„Hast du Finnimi schon abgeholt? In dem Fall kommt doch einfach bei mir im Geschäft vorbei. Den Wagen kann ich dann sofort abgeben und gemeinsam mit euch heimlaufen."

„Mum hat einen schweren Koffer dabei", wandte Sarah verlegen ein.

„Oh, verstehe. Kein Problem. Setz sie einfach daheim ab und komm dann her, okay?"

Sarah nickte nachdenklich.

„Ja, okay." Sie beendete das Gespräch und schloss den Wagen auf. Sarah unterrichtete Monique und Finley kurz über die geplanten Abläufe, dann brachte sie die beiden in die Maes Maelor.

Zu Hause zeigte sie ihrer Mutter, wo sie Tee, Kuchen und Essen für den Kleinen finden würde. Anschließend räumte sie alle persönlichen Sachen aus dem Wagen und chauffierte ihn in die Bakerstreet, nur einen Katzensprung von der Kinderkrippe entfernt. Sie hielt vor dem Bankgebäude, stieg aus und schloss ab. Wehmütig warf sie einen letzten Blick auf das Auto. Nicht nur was das Gefährt betraf, lag nun eine unsichere Zukunft vor ihr.

Eddie empfing sie mit einem strahlenden Lächeln. Nach der Begrüßung nahm er ihre besorgte Miene zur Kenntnis und hakte nach. Sarah schüttelte betrübt den Kopf und berichtete knapp von den elterlichen Sorgen. Eddie war tief betroffen. Er mochte und schätzte seinen Schwiegervater sehr. Auch er hätte nie im Leben gedacht, dass David zu etwas Derartigem imstande war. Nachdem seine Frau ihn in Kenntnis gesetzt hatte, dass sie ihre Mutter für einige Zeit bei ihnen wohnen lassen wollte, stimmte er sofort zu.

„Natürlich. Ich räume mein Arbeitszimmer frei. Früher oder später muss ich ohnehin eine andere Möglichkeit finden“, erklärte er, während er ihr liebevoll über den Bauch strich. Außerdem würde Monique ja nur eine kurze Zeit lang bei ihnen sein, dachte er. Eine sehr kurze Zeit lang, hoffte er.

Eddie packte seine Habseligkeiten zusammen und verabschiedete sich ein letztes Mal von seinen Kollegen. Dann liefen sie beide zu Fuß nach Hause.

Monique empfing sie mit frisch gebrühtem Tee und einer gedeckten Kuchentafel. Finley spielte zufrieden mit einem neuen Spielzeug, das seine Oma ihm mitgebracht hatte. Eddie begrüßte den Jungen, dann umarmte er seine Schwiegermutter lange und innig und flüsterte ihr ins Ohr: „Sag nichts! Sag nichts!“, was ihr erneut die Tränen in die Augen trieb. Doch das unbeschwerte Lachen des spielenden Kindes und die Zusicherung ihres Schwiegersohnes, dass sie auf unbegrenzte Zeit bei ihnen willkommen sei, beruhigte sie schnell wieder. Ein erfreulicher Nachmittag nahm seinen Verlauf, an dem die Frauen ihre Sorgen einstweilen ruhen lassen konnten.

Es war bereits Abend. Söhnchen Finley lag in seinem Bett und schlief friedlich. Eddie nahm eine Tasse Tee ins Wohnzimmer, setzte sich in seinen Lieblingssessel und schaltete die Stereoanlage ein. Darin lag eine CD mit einer Aufnahme von Dame Gwyneth Jones als Desdemona in Othello. Über Kopfhörer verfolgte er die dramatischen Arien und versank in der wunderbaren Musik Verdis. Eddie war kein ausgemachter Opernfan, hätte sich selbst erst recht nicht als Kenner bezeichnet. Doch er mochte Verdi, und er liebte die Jones, die sich ihre Schönheit bis ins hohe Alter bewahrt hatte. So in etwa stellte er sich seine Sarah in knapp vierzig Jahren vor, sofern Gott geben mochte, dass er selbst so lange auf Erden verweilen durfte. Er freute sich auf das bevorstehende Abenteuer einer Geschäftsgründung mit Geoff, dem guten alten Geoff. Was hatte Geoff noch gesagt, wann wollte er vorbeikommen? War das morgen? Eddies Augen fielen langsam zu, und sein Bewusstsein schwamm im Flusse der Musik langsam hinfort.

Derweil saßen die Frauen in der Küche und unterhielten sich. Sarah hatte lange überlegt, ob und wie sie ihre Mutter weiter ausfragen sollte nach dem

Verhältnis des Vaters und zum Vater, ob und wie es weiter gehen würde. Doch sie hatte beschlossen, Monique die Wahl zu lassen, wann über was gesprochen werden sollte. Stattdessen berichtete Sarah ihrerseits von den jüngsten Ereignissen. Nun, vielleicht nicht gerade von den allerjüngsten. Das mit Eddies neuem „Job“, dachte Sarah, würde Mo zwangsläufig selbst herausfinden, sollte sie ihren Aufenthalt bei den O'Meanys über das Wochenende hinaus ausdehnen.

„Ein zweites Enkelkind? Oh, Sarah! Das ist so wunderbar!“ Ihre Mutter fiel ihr um den Hals und weinte ein paar Freudentränen. „Es tut so gut, dass es auch noch schöne Nachrichten gibt. Heute Morgen hätte ich geglaubt, dass es nichts gibt, was mich noch aufheitern kann. Aber das ist wundervoll, ich freue mich so! Wann ist es so weit?“

„Oh, erst gegen Ende Januar oder Anfang Februar. Wenn sie nicht etwas früher kommt, so wie Finley …“

„Sie? Heißt das, es wird ein Mädchen?“, rief Monique aufgekratzt. Sarah wehrte ab.

„Nein, entschuldige, Mum. Ich wünsche mir ein Mädchen, deswegen nenne ich es in Gedanken immer ‚sie‘. Aber es ist zu früh, um auf dem Ultraschallbild etwas zu erkennen. Wir müssen uns noch ein paar Wochen gedulden.“

„Ach, es ist so aufregend. Vielleicht kann ich ja diesmal bei der Geburt dabei sein?“

Während Monique sich warm redete, schluckte Sarah schwer. Nicht so sehr, weil ihre Mutter angedeutet hatte, bei der Geburt anwesend sein zu wollen. Zwar war es nicht gerade Sarahs ausgemachter Wunsch, doch sie konnte für das Ansinnen ihrer Mutter durchaus Verständnis aufbringen. Nein, vielmehr schluckte sie, dass die Geburt noch gute sechs Monate entfernt lag, und sie hatte nicht damit gerechnet, dass sich ihre Mutter dann noch in ihrem Hause aufzuhalten gedachte.

Gut, vielleicht steigerte sie sich gerade in etwas hinein. War doch möglich, dass ihre Mutter sich nach einer möglichen Trennung hier bei ihnen in der Nähe niederließ. Sarah wollte zugegebenermaßen noch nicht einmal über eine mögliche Trennung ihrer Eltern nachdenken. Letzten Endes aber war die Wahrscheinlichkeit doch hoch, dass es auf eine solche hinauslief. Nach Worcester, wo sie herkam, hatte Monique keine Verbindung mehr. Wo also sollte sie hin, wenn nicht in die Nähe ihrer einzigen Tochter?

Das Gespräch unternahm einige Biegungen und Wendungen, ehe es schließlich doch auf das Thema des Tages ansteuerte: das mögliche Aus der Ehe von Monique und David.

„Was wird denn aus Tyson?“, kam es Sarah plötzlich in den Sinn. Tyson war der schokoladenbraune Labrador Retriever ihrer Eltern. Monique hatte einst den jungen Hund in erbarmungswürdigem Zustand vom Tierschutz übernommen. Im Laufe der Jahre bis zu Finleys Geburt hatte der Labrador sich prima erholt und als Enkelkindersatz etabliert. Tyson hatte Narrenfreiheit. Er durfte sich alles herausnehmen. Allerdings war er gutmütig und faul, was zwar zu einigem Übergewicht geführt hatte, möglicherweise ein rassespezifisches Problem, aber nicht zu schlechtem Betragen. Er war ein lieber Kerl. Dass er viel sabberte und häufig gotteserbärmlich stank, dafür konnte der Hund schließlich nichts. (Man mochte meinen, dass dies auch auf so manches Enkelkind zutraf, doch in der Regel waren sowohl Eltern als auch Großeltern da ganz anderer Ansicht.)

Moniques Gesicht verzerrte sich schmerzerfüllt. Sie vermisste ihren alten Tyson, der sich so gerne abends auf dem Sofa an sie kuschelte, sobald Dave (dieser verfluchte Hurenbock) auf seiner Sofaseite zu schnarchen begann. Wenn sie ganz ehrlich war, war es wohl eher Tyson gewesen, der sie in den letzten Jahren mit Zuwendung und Zärtlichkeit bedacht hatte. David war damit recht sparsam geworden, und nun, dachte sie grimmig, kannte sie endlich den Grund hierfür. Statt einer Antwort schüttelte sie nur verzweifelt den Kopf.

„Mum, ich denke, du solltest mit Dad reden. Ihr müsst doch besprechen, wie es weiter gehen soll“, drängte Sarah sanft. Monique blickte empört auf.

„Mit DEM spreche ich kein Wort mehr! Der soll nur bleiben, wo der Pfeffer wächst, mit DEM bin ich fertig! Weiter gehen? Es gibt kein ‚weiter‘ mehr!“

Sarah seufzte ergeben. Sie kannte ihre Mutter. War jemand bei ihr mal gründlich in Ungnade gefallen, gab es so schnell kein Zurück mehr.

„Ja, das verstehe ich, sicher. Aber ihr solltet doch wenigstens übereinkommen, wie … nun, wie euer Verhältnis endet …“

„SEIN Verhältnis endet offensichtlich noch nicht so schnell, immerhin will er mit der kleinen Schlampe zusammenziehen!“, unterbrach Monique sie aufgebracht. Obwohl Sarah es ein Unding fand, dass eine Dreiunddreißigjährige ein Verhältnis mit einem Zweiundsechzigjährigen unterhielt, und dann auch noch mit ihrem Vater, so berührte es sie doch unangenehm, dass ihre Mutter die Blumenhändlerin ausnahmslos als Schlampe bezeichnete. Sie kannte die junge Frau nicht, und so sehr sie das Verhalten ihres Vaters missbilligte, so sehr war es dennoch unwahrscheinlich, dass er seine Ehe zugunsten einer Schlampe aufs Spiel gesetzt hatte. Ihr Vater war, sah man von seinen außerehelichen Tätigkeiten einmal ab, ein hochanständiger, intelligenter, guter Mensch. Er ging sicher kein Verhältnis mit einem billigen Flittchen ein! Die Blumenverkäuferin musste trotz allem eine charmante Frau sein.

Sarah merkte, wie ihr Urteil über ihren Vater ins Wanken geriet. Zweifel an der ach so vorbildhaften Ehe ihrer Eltern kamen auf. Ihr Vater war eher ein schüchterner Mensch. Der kam zu einer Geliebten wie die Jungfrau zum Kinde! Wenn er sich nach einer anderen umgesehen hatte, hatte es möglicherweise schon länger Unstimmigkeiten gegeben.

Hatte er am Ende Gründe gehabt, fremdzugehen? Konnte es hierfür überhaupt Gründe geben? Für Sarah selbst war es unvorstellbar. Jedoch hatte sie auch den besten Ehemann der Welt geheiratet; das war wohl kein realer Maßstab. Sah sie aber den verletzten Blick ihrer Mutter, der an ein waidwundes Tier erinnerte, so zerriss es ihr das Herz, und sie verfluchte den alten Herrn.

„Ich will meinen Tyson!“, jaulte Monique mit einem Mal auf. Sarah führte eine längere Diskussion mit ihr, in der sie Mo zu überzeugen versuchte, ein abschließendes Gespräch mit ihrem Noch-Ehemann zu führen. Schließlich sah sie ein, dass ihre Mutter dazu augenblicklich nicht in der Lage war. Sie merkte auch, dass ihre Mutter unter der Situation schon mehr als nötig litt. Deswegen hatte sie ein Herz und beschloss, ihren Vater selbst anzurufen. Es war bereits halb zehn vorbei, zu spät für ein möglicherweise kompliziertes Vater-Tochter-Gespräch. Sie verschob das Telefonat auf den folgenden Tag.

Das Ehepaar O’Meany lag bereits eine gute Weile im Ehebett, und Sarah lag noch wach, als sie hörte, dass sie nichts hörte. Das war gut, denn es bedeutete, dass Eddie ebenfalls noch wach war. Und Sarah war just in diesem Moment eingefallen, dass das Autoproblem noch immer nicht gelöst war.

„Eddie?“, hauchte sie.

„… hm?“

„Entschuldige, Eddie, aber mir ist gerade durch den Kopf gegangen, dass wir nun wohl ein Auto brauchen werden.“

„Das ist richtig, Liebling …“ Ihr Gatte gähnte.

„Wann dachtest du, dass wir nach einem Auto schauen sollten? Wir werden eines benötigen, nicht wahr?“

„Sicher. Aber wir brauchen uns gar nicht darum zu kümmern.“ Erneutes Gähnen war zu hören. „Geoffrey kümmert sich darum.“

„Geoffrey?“, entfuhr es Sarah zischend.

„Sicher, Liebling. Geoff hat ein Händchen für Autos, ich vertraue ihm da voll und ganz.“

„Aber … aber wann wird er sich darum kümmern?“

„Baldmöglichst, Liebling. Er ist bereits auf der Suche, ich habe ihm das Geld schon gegeben.“

Nun saß Sarah senkrecht im Bett.

„Du hast ihm das Geld schon gegeben? Welches Geld?“

„Na“, Eddie gähnte lang gezogen, „das Geld für das Auto, Liebling.“

„Sicher, Schatz. Aber bitte entschuldige, wenn ich frage, doch … woher kommt das Geld?“ Sarah musste in diesem Moment all ihre Kraft zusammennehmen, um nicht versehentlich laut zu werden.

„Wo soll das Geld schon herkommen?“, murmelte Eddie verschlafen. „Von unserem Sparkonto.“

„Von unserem Sparkonto?“ Sarahs Stimme wurde schrill. „Du hast ihm unsere ganzen Ersparnisse anvertraut?“

„Pst! Liebling, du weckst noch den Jungen! Ich habe ihm nicht unsere ganzen Ersparnisse anvertraut. Ich gab ihm fünfzehntausend Pfund. Fünftausend als Startkapital für unser Geschäft und zehntausend für einen vernünftigen Gebrauchtwagen.“

„Fünfzehntausend …? O Gott, er wird …! Was macht er …? … ich … wie viel haben wir denn noch?“

„Bitte reg dich nicht auf, Liebling. Es ist alles in Ordnung. Ich müsste nachsehen, wie viel wir noch genau auf dem Sparkonto haben, ich meine, es dürften so rund dreitausend Pfund sein.“

„Dreitausend nur? Aber – wovon sollen wir leben in den nächsten Monaten?“ Sarah war zu einem besorgniserregenden Kreischen übergegangen. Eddie setzte sich ebenfalls im Bett auf und tastete nach ihrer Hand. Als er sie hatte, drückte er sie sanft und entgegnete:

„Vertrau mir, Liebling. Das Geschäft wird funktionieren. Es wird gut laufen, und wir werden anständig davon leben können. Vertraust du mir? Du vertraust mir doch, nicht wahr?“

Seine Frau schwieg einen Moment lang. Natürlich vertraute sie ihm, das war ihre eheliche Pflicht. Es war ihr Job, ihm zu vertrauen. Sie seufzte leise.

„Sicher. Ich vertraue dir.“

„Schlaf gut, mein Liebling.“

„Schlaf gut … Schatz.“

Am nächsten Morgen waren alle ausgeruht und wieder gut gelaunt. Angesichts des blauen Himmels beschlossen sie, die New Promenade bis zur Burgruine hochzulaufen. Nach einem Blick auf seinen Terminkalender kündigte Eddie den Besuch Geoffreys zum Tee für heute an, doch bis dahin war noch genug Zeit für einen kleinen Familienausflug. Hatte Eddie mit Geoffrey zu tun, konnte sie Monique mit Finley in den Garten oder zum Spielplatz schicken, dachte sich Sarah, dann hätte sie ungestört Zeit, mit ihrem Vater zu telefonieren.

Der Spaziergang war eine prächtige Idee gewesen. Der leichte Wind blies mild salzige Seeluft herbei, die Sonne schien freundlich, die Menschen waren fröhlich. Die Beete entlang der Promenade waren farbenfroh bepflanzt. Leute führten ihre Hunde oder ihre Lieben aus, und Finley hatte seine helle Freude daran, in den Mauerresten der alten Festung herumzuklettern. Der Junge setzte sich rittlings auf eine alte, rostige Kanone, und Eddie nutzte den Augenblick für einen Schnappschuss mit dem Smartphone.

Sie hatten einen Picknickkorb dabei und nahmen auf einer der zahlreichen Bänke einen Imbiss ein, den Sarah am Morgen zubereitet hatte: lecker belegte Sandwiches und Gemüsestreifen. Finley durfte dazu einen Schluck Limonade trinken; ein Vergnügen, das ihm sonst streng untersagt war, zum Schutz seiner kleinen schneeweißen Zähne. Für die Erwachsenen hatte Sarah eine Thermoskanne voll Kaffee dabei. Es war ein rundum schöner Vormittag.

Besonnt, durchlüftet und angenehm ermüdet kehrten sie heim. Finley murrte nicht über seine anstehende Mittagsruhe. Im Gegenteil: Zufrieden stieg er in sein Bett und nuckelte sich in den Schlaf. Monique zog sich in ihr Zimmer zurück, während Sarah und Eddie es sich auf dem Sofa gemütlich machten. Es dauerte nicht lange, bis auch sie beide leise schnarchten.

Der Junge, der mit gutem Temperament gesegnet war, wurde als Erster wieder wach und weckte fröhlich krähend den Rest der Familie. Kaum waren sie munter, da hielt knatternd ein uraltes feuerrotes Vauxhall Cavalier Coupé vor ihrer Haustür. Es ließ sein kräftiges Signalhorn ertönen und entließ schließlich einen hünenhaften, voluminösen Mann. Er hatte kurze, krause, dunkelschwarze Haare. Ja, es gab tatsächlich diesen einen belegten Fall von dunkelschwarzen Haaren. Sie waren einfach einen Tick dunkler als schwarz.

Er besaß ein von Bartstoppeln ergrautes Gesicht mit kräftigen Grübchen und lachenden grünen Augen: Geoffrey MacGowan. Geoffrey, der ich-rasiere-mich-zweimal-täglich-doch-es-hilft-nichts-Kumpel, Geoffrey, der notorische Junggeselle und Frauenversteher, Geoffrey, der Großwildjäger und Unkrautvernichter.

Geoffrey hatte drei Semester lang gemeinsam mit Eddie Banken- und Finanzwesen studiert, ehe er für ein Jahr lang an die juristische Fakultät wechselte. Anschließend trat er ein Auslandsstudium der Wirtschaftswissenschaften in Prag an. Eddie fragte sich damals, welche Wirtschaften sein Freund wohl im Besonderen studierte, sie mussten etwas mit Pilsen und Budweis zu tun gehabt haben. Danach schwenkte Geoff für ein Semester zu agronomischen Studien in Weihenstephan über und war seitdem imstande, ein eigenes feines obergäriges Privatbier zu brauen. Darauf studierte er ein halbes Jahr lang in Norditalien und Südfrankreich wohl eher die Damen, nur um ein weiteres Jahr später aus für Eddie unerklärlichen Gründen einen Bachelor-Abschluss für Landschaftsarchitektur in der Tasche zu haben.

Geoff war lustig, lebensfroh, ein Lebemann, ein Lediger. Ein Lüstling? Alles in allem war er einfach ein guter alter Freund für Eddie, der voller verrückter Ideen steckte, die irgendwie auch immer funktionierten, solange Geoff nur nicht das Interesse daran verlor.

Der Freund aus Jugendtagen stürmte mit großem Hallo ins Häuschen der O'Meanys. Er klopfte Eddie so brachial auf die Schulter, dass der sportliche Ire die halbe Treppe ins Obergeschoss hinauf fiel. Dann küsste er Sarah so heftig und ungezwungen auf den Mund, dass sie am Schluss nur froh war, dass er nicht auch noch seine Zunge benutzt hatte. Er kitzelte Finley unter dem Kinn und zauberte für ihn ein blinkendes Krachmachdings unter seinem Jackett hervor und blieb erst wie vom Donner gerührt stehen, als er Monique erspähte.

3. Zur Hölle, wer ist das?

Die Blicke der beiden trafen sich wie die Funken einer beidseitig entzündeten Lunte. Es schien klar, dass von diesem Augenblick an für Geoffrey nichts mehr so sein würde, wie es gewesen war.

„Zur Hölle, wer ist das?", hauchte er. Monique schlug die Augen nieder, zaudernd, bezaubernd, bezaubert.

„Oh", stammelte Eddie, der sich mühsam ordnete, „das ist meine Schwiegermutter. Monique – Geoffrey, Geoffrey – Monique …"

„Monique! … Moooniiique …" Geoff ließ sich den klangvollen Namen auf der Zunge zergehen und wandte nicht eine Sekunde lang seinen Blick von ihr ab. „Monique – très chic!"

Für Sarah war es offensichtlich, das hier gerade etwas passierte, was sie auf gar keinen Fall, unter gar keinen Umständen so haben wollte. Doch wie es so oft in entscheidenden Situationen des Lebens war, so war es auch in dieser: Man hatte nicht den geringsten Einfluss darauf. Stumm und starr musste sie mit ansehen, wie dieser Halbblutcasanova ihre Mutter umgarnte, und Monique, sich und ihre über vierzigjährige Ehe vergessend (die zugegebenermaßen schon zum Teufel war), sich umspinnen ließ wie die Fliege im Netz. Geoffrey säuselte ihr ein Kompliment nach dem anderen ins Ohr, was Moniques Wangen in der Farbe eines frisch gekochten Hummers erglühen ließ. Endlich unternahm Eddie einen hilflosen Versuch, sich gegen diese Entwicklung anzustemmen.

„Geoff", zischte er seinem Kumpel ins Ohr, „sie ist meine Schwiegermutter! Sie ist einundsechzig!"

„Sie ist … unglaublich … wundervoll … sagenhaft …"

Das war's. Der restliche Abend verlief entgegen allen Planungen. Geoffrey erzählte Monique von seinen Plänen einer Teehandelskompanie, während Eddie seinen Schwiegervater durchs Telefon anschrie und Sarah mit dem Kleinen in den Garten geflüchtet war. Monique war hellauf begeistert und beglückwünschte Eddie und Geoffrey, vor allen Dingen aber Geoffrey, zu deren Mut und Ideenreichtum – sie war überzeugt, soeben die Geschäftsidee des Jahrtausends gehört zu haben.

Schwiegervater David versuchte am Telefon, den brüllenden Eddie zu beschwichtigen. Hastig versprach er, sofort und unter allen Umständen Tyson mit einem Spezial-Tiertransport auf die Reise nach Wales zu schicken, sämtliche potenziellen künftigen Mieteinkünfte des Familienhauses komplett und gänzlich auf Moniques Girokonto zu überweisen, ihr einen angemessenen Entschuldigungsbrief zu schicken, selbstverständlich ohne Blumenbeigabe, und sich fortan aus ihrem Leben herauszuhalten. Nur den gelegentlichen Kontakt zu Sarah und dem Kleinen konnte der arme Treubrüchige noch für sich heraushandeln.

Als die junge Mutter mit Finley ins Haus zurückkehrte, da es Zeit fürs Abendessen war, hatte ihre Mutter mit Geoff bereits Brüderschaft getrunken. Sie machten sich bereit für einen Ausflug mit dem Cavalier Coupé, denn der eiserne Junggeselle hatte die frisch Getrennte zu einem Diner eingeladen. Eddie räumte das Telefon beiseite und nahm den Jungen in den Arm, während die Täubchen turtelnd das Haus verließen.

Sarah bereitete ein schnelles Abendbrot, und Eddie badete den vergnügten Finley. Nachdem das Mahl verputzt, das Bad geputzt, die Küche geräumt und der Sohnemann verräumt waren, ließ sich das Ehepaar O'Meany völlig erschöpft auf dem Sofa nieder und seufzte aus tiefstem Herzen. Was für ein Tag!

Monique kehrte weder an diesem Abend noch in dieser Nacht zurück. Sarah lehnte es entschieden ab, sich über ihre Mutter, die EINUNDSECHZIG!!! war, irgendwelche Sorgen zu machen. Er wird sie betrügen, dachte sie nur, auch er wird sie betrügen. Arme Monique!

Am späten Sonntagvormittag kehrte die Ausgeführte endlich zurück, zufrieden, gelöst und sichtbar glücklich. Sie schwärmte von Geoff in einer Art und Weise, dass sowohl Eddie als auch Sarah sich nicht mehr sicher waren, ob es derselbe Geoffrey MacGowan war, den sie auch kannten. Mehr oder weniger kannten, schoss es Eddie durch den Kopf.

Es kehrte Frieden ein. Am Mittag meldete sich MacGowan bei Familie O'Meany telefonisch, um sich einerseits mit Eddie für wichtige Geschäftsbesprechungen am Nachmittag zu verabreden, andererseits um sich bei Monique Jones im Anschluss daran eine gemeinsame Fahrt mit der Cliff Railway, der spektakulären heimischen Standseilbahn, zu sichern.

Die nächsten Tage verliefen beschaulich im Häuschen der O'Meanys. Sarah hatte sich damit arrangiert, ohne Auto zurechtzukommen. Sie holte ihr verstaubtes Fahrrad aus dem Schuppen, um mit diesem alle täglichen Gänge zu erledigen: Sie brachte Finley zur Krippe, fuhr zu ihrer Arbeitsstelle bei Parsons und machte Einkäufe. Eddie berichtete, dass Geoff schon das eine oder andere geeignete Fahrzeug für sie im Auge hatte. Über kurz oder lang, sicher innerhalb der nächsten ein bis zwei Wochen, würden sie wieder einen fahrbaren Untersatz vor der Haustür stehen haben.

Monique passte sich gut in das Familienleben ein. Sie hütete gelegentlich Finley, kochte häufig das Mittagessen, half regelmäßig im Haushalt und war ansonsten viel mit Geoffrey, ihrer neuen Liebe, unterwegs. Auch mit Geoffrey hatten sich die O'Meanys, genau genommen Sarah, zwischenzeitlich arrangiert. Er war ungewohnt höflich, zurückhaltend, hofierte Monique und tat ihr offensichtlich gut.

Beim gemeinsamen Einkaufen hatte Sarah gefragt, was Monique an Geoffrey denn fände, und diese hatte in einem etwa halbstündigen Vortrag dessen Vorzüge, insbesondere diejenigen gegenüber Sarahs Vater, detailliert geschildert. Er sei unberechenbar, sagte sie, und das reize sie so sehr, und er sei ihr komplett verfallen, und das gefiele ihr wiederum, und er wisse ihre Weiblichkeit zu schätzen, in jeglicher Hinsicht.

So genau hatte Sarah es eigentlich nicht wissen wollen. Doch Monique schwärmte weiter: Langeweile gäbe es bei ihm nicht, und auch keine schlechte Laune. Er sei ein Kavalier der alten Schule, und stecke doch voller unerwarteter, neuer Ideen. Ein richtiger Mann, selbstbewusst, Testosteron-strotzend. Was sie am meisten an ihm schätze? Dass er sie nicht mit einem faden, wöchentlichen Verlegenheitsblumenstrauß bei Laune zu halten versuche.

Sarah ließ sich ihre Irritation nicht anmerken. Noch wenige Wochen zuvor hatte Monique in einem Vergleich ihrer Ehegatten betont, dass es sicher keinen besseren gäbe als ihren David; welcher Mann schenke seiner Frau denn nach über vierzig Jahren Ehe noch immer regelmäßig Blumen? Sarah konnte nicht nachvollziehen, wie ihre Mutter innerhalb von vier Tagen die vergangenen vierzig Jahre einfach so über den Haufen schieben konnte. Doch richtigerweise stellte sie fest, dass sie nicht in ihrer Mutter Haut steckte, ergo konnte sie sich kein Urteil erlauben.

Zwischenzeitlich war auch Tyson eingetroffen. Der alte Labrador stieg verschüchtert aus dem Tiertaxi und hielt die Nase witternd in die walisische

Seeluft. Es mochte vielleicht drei, vier Sekunden gedauert haben, dann hatte er den Duft seines geliebten Frauchens in der Nase. Von da an gab es kein Halten mehr. Tyson zog mit einem kräftigen Ruck den Taxifahrer, der seine Leine um die Hand gewickelt hielt, zu Boden. Er schleifte ihn durch Sarahs Strauchrosen, was spitze Schmerzensschreie bei dem armen Mann auslöste, und rannte durch die offene Haustür. Dabei kam dem Fahrer die erste Stufe der Eingangstreppe unglücklich in den Weg, die ihm einen so gewaltigen Schlag auf den Schädel versetzte, dass er die Leine endlich losließ. Benommen blieb er liegen, während der Retriever mit einem gewaltigen Satz in Moniques kräftige Arme sprang. Diese knuddelte und herzte ihr vierbeiniges Ersatzkind voller Freude. Währenddessen kümmerte sich Eddie um die medizinische Erstversorgung des beklagenswerten Taxifahrers.

Sie überzeugten sich davon, dass der Tierchauffeur weder eine Gehirnerschütterung noch bleibende Schäden davon getragen hatte. Dies taten sie mit Hilfe von Dr. Brown, einem Nachbarn aus der Straße, der als Oberarzt im Bronglais General Hospital arbeitete. Der Mann wurde wieder auf seinen Weg geschickt, nachdem er mit Tee und Keksen aufgepäppelt worden war, und Tyson erhielt seine Erstversorgung in Form von kaltem Roastbeef mit Kartoffelbrei vom Vortag.

Eddie blickte wehmütig dem Bratenrest hinterher, der in weniger als einer Sekunde in Tysons Rachen verschwand, denn eigentlich hatte er auf das Fleisch spekuliert. So hatte er gedacht, noch bevor er wusste, dass Tyson ankommen würde, und seiner Schwiegermutter hatte er in Sachen Hundeernährung wenig entgegenzusetzen. Monique entschädigte ihn dafür mit einem wunderbar pochierten Lachs zu Röstkartoffeln, und somit war die Roastbeef-Affäre, was Eddie anbetraf, vergessen.

Eddie und Geoffrey vertieften sich an den folgenden Nachmittagen in die Geheimnisse der Teeküche. Eddie hatte ein Büro im Untergeschoss eingerichtet. Zwar war es fensterlos, doch mit einem neuen Teppich in Lindgrün und einem frischen Anstrich in Zartgelb, seinen hübschen weißen Büromöbeln und ein paar geschmackvollen Bildern an der Wand gab es einiges her. Tagelang verschanzten sich die Männer im Untergeschoss und brüteten über First Flushs und F.B.O.Ps, über Ziehzeiten und Wassertemperaturen. Geoffrey war zugegebenermaßen gelangweilt von den Eigenarten der Tees, dafür gestaltete er Flyer und überlegte sich Werbesprüche. Gemeinsam erstellten sie Listen mit potenziellen Kundinnen.

Sarah stutzte darüber, dass Geoff seinen Job als Friedhofsgärtner behalten hatte, warum Eddie aber unbedingt hatte sofort kündigen müssen. Die simple Erklärung ihres Mannes lautete, dass ihm seine Arbeit nun einmal nicht mehr gefallen habe; hingegen sei Geoff in seinem recht lockeren Job noch immer sehr zufrieden. Das mochte an der ruhigen Kundschaft liegen.

Geoff sah Eddie als den Frontmann. Seine adrette, sympathische Erscheinung würde den Tee wie von selbst verkaufen, während er, das Hirn, mehr aus dem Hintergrund heraus agieren wollte. Sarah war nicht recht wohl bei der Sache, doch sie hielt sich heraus. Schließlich war es das Geschäft ihres Mannes, und sie vertraute ihm doch, nicht wahr?

Am zweiten Montag des August war es so weit: Eddie stand morgens fertig angezogen, in Jackett und feiner Wollhose, mit einem schwarzen Pilotenkoffer voller „Eddie's & Geoffrey's Tea 'N' Tea Company"-Tees in der Hand im Hausgang und verabschiedete sich von seinen Lieben. Sarah hatte ein merkwürdiges Gefühl. Was wohl die Nachbarn sagen würden? Wie würden sie es finden, wenn Eddie bei ihnen klingelte und ihnen einen vom Tee erzählte? Tatsächlich lief es viel besser, als sie gedacht hatte.

Am Abend kehrte ein glücklich strahlender Eddie heim und berichtete von seinen ungeahnten Verkaufserfolgen. Die Nachbarinnen waren sehr entgegenkommend, hatten ihm wohlwollend zugehört und seinen Empfehlungen nach verschiedene Teesorten probiert und gekauft. Der Pilotenkoffer war so gut wie leer, und wenn es so weiter ging, würde das Köfferchen auf Dauer nicht reichen.

Geoffrey MacGowan versorgte ihn mit hervorragenden Tees, die er bei seinen Besuchen, die er Monique abstattete, mitbrachte. Sarah war nur dankbar, dass ihre Mutter und deren Liebhaber nicht noch auf die Idee kamen, die Nächte bei ihnen zu verbringen. Natürlich konnte sie ihrer Mutter nicht verbieten, – schon der Gedanke daran jagte Sarah eiskalte Schauer über den Rücken – Sex zu haben, doch solange diese es nicht in ihrem Hause trieb, konnte Sarah so tun, als wäre nichts. Allerdings war es zu drollig, dass die Frischverliebten fortan auch immer den guten alten Tyson mitnahmen, eine Tatsache, die Sarah überhaupt nicht störte. Wenn der Hund weg war, konnte er auch nicht ihre Sitzgarnitur vollsabbern.

Es bestand eine Abmachung zwischen ihr und ihrer Mutter, dass Tyson sich nicht aufs Sofa legen durfte. Selbstverständlich achtete Monique streng darauf. Tyson hingegen hatte von der Vereinbarung überhaupt nichts verstanden. Sobald sich der Rest der Sippe im Traumland befand, schnarchte und furzte er kräftig auf dem Polstermöbel und sah es als sein rechtmäßiges Nachtquartier an. Rechtzeitig, bevor sich der erste menschliche Bewohner am Morgen durchs Haus bewegte, kroch der schlaue Retriever vom Sofa, krabbelte in sein Körbchen und tat, als gäbe es für ihn keinen schöneren Platz auf der Welt als diesen. Was er nicht bemerkte, waren die zunehmenden Speichelflecken im blau geblümten Polsterstoff, die Sarah auch mit Essigwasser und Reinigungsbenzin nicht zu entfernen vermochte.

Ansonsten liebte auch sie diesen treuen Gefährten, der sich gleichmütig und friedlich durchs Haus bewegte. Er war Finley ein verlässlicher und gutmütiger Spielkamerad, begleitete Eddie bei seinen täglichen Joggingrunden (tatsächlich hatte Tyson dadurch bereits etliche Kilogramm abgespeckt) und trug Sarah kleine Einkäufe nach Hause. Tyson gehörte ab jetzt zur Familie, zumindest so lange, wie ihre Mutter bei ihnen wohnen würde.

Geoff versorgte sie auch alsbald mit einem Auto, wobei Sarah das Fahrzeug auf den ersten Blick nicht als ein solches bezeichnet hätte. Denn das, was der Kumpel ihnen da vor die Tür stellte, war in den Augen der hübschen Engländerin ein Lkw. Es war ein riesiges, sandgraues Monster mit einer langen Ladefläche und einer kinderfressenden Schnauze mit böse blickenden Scheinwerfern an den Ecken.

„Ein Mahindra Genio", erklärte Geoffrey stolz und begann, die Vorzüge des indischen Gebrauchtfahrzeugs zu erläutern. „Die Alltagstauglichkeit eines Business-Transporters gepaart mit der Bequemlichkeit eines PKW. Fünfundsiebzig Pferdestärken bei einer Maximalgeschwindigkeit von Hundertzwanzig km/h. Seht euch die stabile Verarbeitung an, gemacht für die rauen indischen Buckelpisten, sandsturmresistent und der kleinste Wendekreis, den es je bei Pickups gab: nur gute sechs Meter Radius! Da kommt euer alter Audi nicht mit!"

Der „alte" Audi, dachte Sarah verdrossen, der höchstens ein Zehntel an Meilen und Jahren auf dem Buckel gehabt hatte wie dieses Ungetüm. Sie hatte nicht vor, jemals mit dem eigenen Auto nach Indien zu fahren, um etwaige Buckelpisten auszutesten. Und Sandstürme waren zumindest derzeit auf den britischen Inseln auch eher rar.

„... und das Unglaublichste: Er ist bereits mit Sicherheitsgurten für ALLE Fahrzeuginsassen ausgestattet!", schloss Geoffrey mit leuchtenden Augen.

Und wo sind Fahrerairbag, Beifahrerairbag, Seitenairbag, ABS und ESP, Kurvenfahrlicht, Kindersicherung, elektrische Fensterheber, Climatronic, CD- und DVD-Spieler, Navigationssystem, Wegfahrsperre, Alarmanlage, getönte Scheiben, Halogenscheinwerfer und LED-Rücklicht, Metalliclackierung und Alufelgen, Lederlenkrad und Servolenkung, überlegte Sarah. Was ist mit Gurtkraftbegrenzer, CO2-Effizienz, Regensensor, Rückfahrkamera, Anfahrassistent, Ledersitzen, Geschwindigkeitsregelanlage und Zentral-verriegelung mit Funkbedienung? Wehmütig dachte sie an den silbernen A6, der so komfortabel ausgestattet war, dass sie notfalls darin hätte wohnen können.

Eddie hingegen war begeistert.

„Er ist genial. Schau, Liebling, ein Fünf-Sitzer, da haben wir alle Platz! Was hat das gute Stück gekostet, Geoff?“

„Ach, ein echtes Schnäppchen, Eddie“, antwortete der Kumpel nonchalant. „Den Kaufpreis habe ich nach zähem Ringen auf 6.100 Pfund heruntergehandelt …“

„Oh, das ist gut!“, unterbrach Eddie erfreut.

„… dazu kommen an Steuern 1.100 Pfund und Überführungskosten in Höhe von 2.480 Pfund“, fuhr Geoff unbeirrt fort.

„Oh …, ah, okay“, stotterte Eddie. „Das sind 9.680 Pfund. Gut, das ist immer noch voll im Rahmen.

Sarah betrachtete derweil die verstaubte Karosserie des Vehikels mit ihren diversen kleinen Kratzern, Beulen und Rostflecken. Sie fragte sich, warum sie fast zweieinhalbtausend Pfund für eine Überführung bezahlen mussten, wo doch offensichtlich war, dass dieses Fahrzeug auf eigenen Rädern von Indien hierher gefahren war. Ob Diesel in Mumbai sehr viel teurer war als hierzulande?

„Na ja“, wandte Geoff ein, „du kannst den Tee nicht auf dem offenen Verdeck transportieren. Bei unserem Klima würdest du im Zweifelsfall nur kalte Brühe zu den Kunden bringen. Also habe ich einen Kastenaufsatz in Auftrag gegeben. Banks, der Schlosser, fertigt ihn gerade an. Rostfreier Edelstahl!“

Wenigstens etwas, was nicht rosten wird an diesem Vehikel, dachte Sarah bitter.

„Oh! Und … was wird das kosten?“, stammelte Eddie irritiert. Geoff winkte ab.

„Och, unter zweitausend, meinte Banks. Schätzungsweise siebzehn, achtzehn Hundert …“

Eddie rechnete im Kopf.

„Dann wären wir bei elfeinhalb. Hm. Ist doch etwas mehr, als ich dachte …“

„Och, kein Problem“, beruhigte ihn Geoff. „Ich nehme die Restsumme einfach von unserem Startkapital. Schau, es ist ja auch eine Art Dienstwagen, nicht wahr?“

Eddie stimmte ihm zu, und scherzend und schulterklopfend verzogen sich die Männer ins Untergeschoss.

Sarah weigerte sich tagelang standhaft, den Genio zu benutzen. Sie war davon überzeugt, dass das Fahrzeug zum einen nicht durch die schmalen walisischen Straßen passen würde, und zum anderen, dass es im Zweifelsfall plötzlich einen eigenen Willen entwickeln könnte, den es dann gegen sie verwenden würde.

Irgendwann aber war der Getränkevorrat im Hause O'Meany-Jones aufgebraucht, sah man einmal von Tee (natürlich!) ab. Da Eddie dringende Formalitäten in seinem Heimbüro zu erledigen hatte, fasste seine Frau sich ein Herz. Sie lud ihre Mutter und Finley ein und steuerte das sandgraue Ungetüm zum nächsten Einkaufscenter.

Der Inder war gar nicht so verkehrt, stellte Sarah überrascht fest. Im Endeffekt erinnerte er sie irgendwie an Tyson: Er sabberte etwas, er stank ein wenig, und er war ein bisschen zu fett. Aber er war auch erstaunlich wendig, antriebsstark und unglaublich gutmütig. Unterwegs trafen sie auf Molly, deren Augen ungläubig aus dem Kopf traten, als sie Sarah in dem Gefährt erblickte. Sarah betätigte das fanfarenartige Signalhorn und grüßte winkend. Molly starrte ihnen mit aufgerissenem Mund hinterher. Nun hatte sie wieder etwas zu erzählen, dachte Sarah vergnügt.

Im Einkaufsparadies angekommen nahm sie bestürzt zur Kenntnis, dass sich ihre Mutter in der Wäscheabteilung auffallend für aufreizende Dessous interessierte, die mehr der Animierung denn der Verhüllung dienen mochten. Genaueres wollte sie gar nicht wissen. Sie trennten sich, und Sarah schob den Einkaufswagen mit Finley in die Getränkeabteilung. Sie lud zwei Kisten Wasser, eine Kiste Gingerale und zwei Kisten „*Ysbrid y Ddraig*" ein, dann fuhr sie weiter in die Lebensmittelabteilung. Hier traf sie wieder auf die strahlende Monique, die ein verdächtiges Lackpapiertäschchen in Dunkellila schwenkte, auf dem ein sinnlicher Schriftzug in goldenen Lettern prangte.

Sie berieten sich über die Essensplanung für die restliche Woche. Sarah nahm Finley die Schokoriegel und Bonbontütchen aus der Hand, die er in unbeobachteten Momenten links und rechts aus den Regalen fischte. Monique lud sie unbemerkt wieder ein und zwinkerte ihrem Enkel verschwörerisch zu. Nach dem Bezahlen verstauten sie die Getränkekisten und Einkaufstüten auf der Ladefläche des Mahindras und fuhren nach Hause. Dort angekommen überraschte Eddie die Frauen mit einem gedeckten Abendbrottisch.

„Wie läuft dein Geschäft?", fragte Monique während des Essens. Natürlich wusste sie, dass das Geschäft gut lief, schließlich saß oder lag sie direkt an der Informationsquelle. Doch Mo war liebenswürdig, und sie schätzte ihren Schwiegersohn. Vor allem aber rechnete sie ihm hoch an, dass Eddie ihren heiß geliebten Tyson wiederbeschafft hatte, und das innerhalb von drei Tagen nach ihrer eigenen Ankunft. Dieser lag sabbernd unter dem Tisch und wartete auf den warmen Wurstregen, der üblicherweise aus Mos Richtung kam.

„Hervorragend. Hervorragend, danke der Nachfrage." Eddie schluckte einen Bissen herunter und berichtete:

„Es läuft wirklich gut. Die Leute schätzen unseren Tee, und ich bin sehr überrascht, wie brav sie doch kaufen, was ich ihnen empfehle."

„Aber das ist doch kein Wunder, Schatz", warf Sarah ein. „Du bist ein sympathischer, vertrauenswürdiger Mensch. Bei deinem tadellosen Ruf …"

„Oh, bitte, Sarah!" Eddie lachte. „Trag nur nicht zu dick auf! Aber im Ernst, es hat wahrhaftig vielversprechend begonnen."

„Wem hast du denn schon Tee verkauft?"

„Lass mal sehen, hm … Mrs. Ryder, Ms. Snow, Familie Mattock, Mrs. Upjohn, Miss Powell, äh … Mrs. Palmer, und, äh … wie heißt sie noch? Weißt du, die ältere Dame, die am Ende der Straße …"

„Miss Rutherford?", unterbrach Monique. Eddie sah sie verblüfft an.

„Ja, aber woher weißt du …"

Monique brach in gackerndes Gelächter aus.

„Geoff hat mir von ihr erzählt. Die irre Alte, die immer mit einem Hut voller Hühnerfedern herumläuft und streunende Katzen sammelt. Mindestens zwanzig Stück muss sie haben, meinte Geoff. Und redet immer mit sich selbst. Einfach verrückt."

„Miss Rutherford ist eine sehr nette Kundin", verteidigte Eddie eingeschnappt die alte Nachbarin. Er hatte sie gern. Mochte sie ständig einen hässlichen altmodischen Hut tragen, mochte sie eine übertriebene Tierliebe haben, mochte sie ein wenig wunderlich sein, dennoch war sie eine echte britische Lady mit guten Manieren.

„Mag ja sein …" Mo kicherte. „Doch die Vorstellung von einem Selbstgespräche führenden Hut voller Hühnerfedern fand ich einfach zu lustig. Ach, komm schon, Eddie", rief sie, als sie seinen verstimmten Gesichtsausdruck sah. „Ich hab's doch nicht böse gemeint. Entschuldige!"

„Schon gut", brummte Eddie und griff zur Salatschüssel. Monique sah sich unsicher um, räusperte sich verlegen. Sarah fing ihren Blick auf und winkte ab. Eddie würde sich schnell wieder beruhigen, er trug selten etwas nach. Eine Weile kauten sie schweigend ihr Abendessen. Nur Finley maulte etwas, was seiner fortgeschrittenen Müdigkeit geschuldet war, wie Sarah anmerkte. Sie erlöste den kleinen Kerl und brachte ihn ins Bad. Dort wusch sie ihn rasch und putzte ihm die Zähne, bevor sie ihm seinen Pyjama anzog. Sie trug ihn noch einmal in die Küche.

„Sag Gute Nacht, Finley!", forderte sie ihn auf und hob sein Ärmchen, mit dem sie Eddie und Monique zuwinkte.

„Dute Na't!"

Eddie warf ihm eine Kusshand zu. „Gute Nacht, Finnimi!"

„Gute Nacht, Schätzchen!“, rief auch Monique.

Der brave Finley ließ sich ohne Murren ins Bett legen. Er schaffte es nicht einmal, während der Geschichte wach zu bleiben, und so war Sarah nach wenigen Minuten zurück am Abendbrottisch. Ihr Mann und ihre Mutter waren bereits fertig mit dem Essen und lehnten sich zurück, während sie sich noch ein halbes Brot nahm.

„Sarah, Liebling“, begann Eddie unvermittelt, „ich könnte von dir etwas Schützenhilfe gebrauchen.“

„Wie meinst du das?“

„Nun, unser Geschäft läuft gut, sehr gut sogar. Doch unsere eigentliche Idee, Teepartys zu veranstalten, stieß bislang auf wenig Gegenliebe. Um genau zu sein, auf gar keine. Keine einzige Dame wollte sich bereit erklären, in ihrem Hause eine Teeparty zu veranstalten.“

„Tatsächlich?“, fragte Sarah. Sie lachte gekünstelt, während sie fieberhaft überlegte, wie sie ihrem Mann schonend beibringen könnte, dass in ihrem Haus auf gar keinen Fall eine Teeparty stattfinden würde. Sie fand schon Tupperpartys grässlich. Ihrem Mann zuliebe hätte sie sicherlich viel in Kauf genommen. Doch in ihrem kleinen Reihenhäuschen, das mit Kleinkind, ihrer Mutter und dem sabbernden Tyson wahrhaft ausgelastet war, noch einen Haufen fremder Leute im Wohnzimmer zu empfangen? Nein, das ging definitiv zu weit.

Sie verschluckte sich beinahe am letzten Stückchen Brot, als sie erfuhr, dass ihr Mann gar keine Veranstaltung zu Hause im Sinn hatte.

4. Könntest du Gebäck organisieren?

„Magst du nicht mal bei Kathleen Parsons fragen, ob wir dort eine Teeparty machen könnten? Es wäre bestimmt toll, eine gute Werbung für ihr Geschäft. Stell dir nur vor: Die Damen kommen zum Kleiderkaufen, und was kriegen sie dazu? Eine Tasse Eddie's & Geoffrey's Tea 'N' Tea Company-feinsten Tee!", erklärte Eddie strahlend.

Eine Teeparty bei ihrer Chefin? Und sie selbst sollte dazu wohl noch Shortbread reichen? Oh, Eddie! Warum tat er ihr das an? Kathleen Parsons war eine wunderbare Chefin, aber nur, solange jeder seinen Job machte und niemand etwas von ihr wollte. Sarah brach kalter Schweiß aus. Natürlich war es prinzipiell kein Problem, Kathleen einfach zu fragen. Sie konnte ebenso gut Nein sagen, was sollte es? Doch Sarah hasste den Gedanken, Privates und Berufliches zu vermischen. Das war nie gut, das tat man einfach nicht. Andererseits stellte sich die Frage, ob der zukünftige Lebensunterhalt ihres Mannes, und damit ihrer Familie, wirklich noch eine private Angelegenheit war. Sollte sie sich nicht verpflichtet fühlen, ihn in welcher Hinsicht auch immer darin zu unterstützen? Und was sprach dagegen, wenn man seine Kontakte nutzte?

Sarah grübelte hin und her und wog ab. Schließlich seufzte sie hörbar und meinte:

„Sicher, Liebling. Ich frage sie."

Eddie strahlte dankbar.

„Prima!"

Zu Sarahs außerordentlicher Überraschung war ihre Chefin sofort einverstanden.

„Wir können einen richtigen Aktionstag daraus machen“, schwärmte Kathleen Parsons. „Teeparty bei Parsons, ja, das hört sich gut an!“ Sie durchschritten die obere Verkaufsetage des Bekleidungshauses. Die Chefin wies in großzügigen Gesten durch die Räumlichkeiten. „Wenn wir die Kleiderständer hier ein wenig beiseite räumen, und die Palettendisplays an die Wand schieben, dann hätten wir reichlich Platz.“ Geschäftig klatschte die Mittfünfzigerin in die Hände. „Sarah, könntest du Gebäck organisieren?“

Gebäck? Also doch das Shortbread!

„Selbstverständlich, Kathleen“, seufzte Sarah ergeben.

„Außerdem muss das an die Presse. Das kann Helen übernehmen. Können wir nicht noch ein Event dazu planen? Hm, wie wäre es mit einer Modenschau?“, überlegte Kathleen laut.

„Klingt doch ganz gut“, murmelte Sarah höflich. Mit strahlenden Augen drehte sich Kathleen zu ihr um:

„Das heißt, du bist dabei?“

„Dabei?“, stammelte Sarah irritiert. „N-nun, es ist schließlich mein Job …“

„Großartig!“ Kathleen legte ihr kumpelhaft den Arm um die Schulter. „Ich sag’s doch immer: Du hast eine hervorragende Arbeitseinstellung. Debbie muss ich noch fragen, doch wie ich sie kenne, macht sie auch mit. Sie hat doch diese Freundin, äh, wie heißt sie noch? Macey? Stacey? Keine Ahnung, aber die wäre perfekt. Du solltest auf jeden Fall die neuen Rauchtöne aus der Herbstkollektion präsentieren, die stehen dir mit Sicherheit am besten, Sarah. Hach, es wird toll!“

„Herbstkollektion präsentieren?“, stotterte Sarah verdutzt. „A-aber, ich verstehe nicht ganz …“

Kathleen sah sie verwundert an.

„Na, bei der Modenschau, Sarah. Du wirst auf meiner Modenschau laufen, nicht wahr?“

„Oh, äh, a-aber … ich bin schwanger, Kathleen …“ Davon hatte sie ihre Chefin schon vor einiger Zeit in Kenntnis gesetzt. Diese winkte ab.

„Ach, kein Problem. Man sieht doch so gut wie gar nichts. Bei deiner schlanken Figur dauert das eh noch Monate, bis man ein Babybäuchlein sieht, nicht wahr?“

Bei Finley hatte sie ab dem fünften Monat das Gefühl gehabt, wie ein Walross durch die Straßen zu robben, dachte Sarah missmutig. Modenschau? Sie wäre bereit, eine Menge Einsatz für ihre Chefin zu zeigen, aber an eine Modenschau hatte sie dabei nicht gedacht. Kathleen bemerkte ihr skeptisches Gesicht.

„Sarah, es ist wirklich kein Problem. Sollte dein Bauch bis dahin gewachsen sein, stecken wir dich einfach in eine Kleidernummer größer. Das passt schon!“

Sarah war wenig überzeugt, bot aber keine Gegenwehr. Somit ward ihr am Ende dieses Arbeitstages nicht nur das Keksbacken aufgebürdet, sondern auch noch ein Model-Job. Mit gemischten Gefühlen fuhr sie heim. Kurz bevor sie in die Maes Maelor einbog, durchzuckte sie plötzlich ein Gedanke: Finley!

Um Himmels willen, was hatten Eddie und sie heute Morgen ausgemacht? Holte er den Kleinen ab, oder musste sie das tun? Hatten sie überhaupt darüber gesprochen? Sarah konnte sich an nichts erinnern. Verdammter Schwangerschafts-Alzheimer! Sarah kannte das noch vom letzten Mal: Mit jeder Woche wurde sie vergesslicher.

Sollte sie einfach zu Hause nachsehen, ob Finley bereits da war? Was aber würde sie sagen, wenn sie vor Eddie stand, und der fragte, wo sein Söhnchen sei? Heiße Schamesröte stieg ihr ins Gesicht. Sie konnte schnell zurückfahren und so tun, als müsse sie länger arbeiten. Sie würde Eddie anrufen und genau das sagen. So würde er entweder antworten: „Ist gut, Liebling“, was bedeutete, dass er den Kleinen schon abgeholt hatte, oder aber er würde fragen: „Soll ich in dem Falle Finley abholen?“ Ja, das war gut.

Sarah wendete gerade mühsam ihr schweres Citybike auf dem schmalen Fußweg, als ihr Monique entgegen kam. Sie hatte Finley an der einen Hand und Tysons Leine in der anderen.

„Mummy, Mummy!“, rief der kleine Rotschopf und riss sich los.

„Hallo, Schätzchen!“ Sarah lehnte das Fahrrad gegen einen Zaun, nahm ihren Jungen in die Arme und wirbelte ihn herum. „Hallo Mum! Danke, dass du Finley geholt hast.“

Monique winkte lächelnd ab. Sarah setzte Finley auf ihren Sattel, was er liebte, hielt ihn fest und schob das Fahrrad neben ihrer Mutter laufend das kleine Stückchen heim.

Eddie saß in seinem Büro über Papieren und wirkte ein wenig zerstreut, als sie ihn nach oben riefen. Er ließ die Arbeit ruhen und spielte mit Finley Lego, während sich die Frauen um den Tee kümmerten.

Etwas später klingelte es, und pünktlich zum Fünfuhrtee stand Geoff in der Tür, die Arme voll kleiner Pakete. Als Erstes stürmte Tyson auf ihn zu und bekam eine Packung Hundekekse ins sabbernde Maul gesteckt. Monique begrüßte ihn mit einem Küsschen auf die Wange; er erwiderte dies mit einem kleinen, edel verpackten Schächtelchen aus der örtlichen Parfümerie. Als er Finley ein Paket Playmobil in die kleinen Hände drückte und Sarah eine Geschenkdose mit handgemachten italienischen Nudeln aus dem Delikatessengeschäft, konnte sie sich die Frage nicht verkneifen, ob etwa Weihnachten sei.

Geoff schenkte ihr sein charmantestes Lächeln und zwinkerte ihr zu.

Eine letzte Schachtel stellte er auf den Tisch und murmelte Eddie zu, die sei für ihn, später, unten im Büro. Eddie lächelte verwirrt und fragte sich, warum Geoff so geheimnisvoll tat. Doch bevor er weitergrübeln konnte, hatte Monique Tee und Cracker aufgetischt. Sarah berichtete vom Gespräch mit ihrer Chefin.

„Oh, Liebling, ich bin dir so dankbar! Das ist wirklich klasse von dir. Eine Modenschau, das wird sicher viele Leute anlocken, großartig!“, rief Eddie.

Sarah schluckte schwer.

„Ich soll da auch mitlaufen …“

„Auf der Modenschau? Fein, Liebling. Das ist etwas für dich. Ich dachte schon immer, bei deinem Aussehen könntest du Model sein …“

So sehr Sarah auch bewusst war, dass seine Begeisterung seiner Liebe zu ihr entsprang, war Eddie doch keine Hilfe. Sie beruhigte sich erst, als Monique ihr zusicherte, mit Rat und Tat zur Seite zu stehen. Sie würde das Shortbread backen und beim Event servieren. Geoff wollte Eddie beim Teekochen helfen, was bei seiner Geliebten ein mühsam verstecktes Schmunzeln hervorrief. Geoff sah sie irritiert an, dann korrigierte er sich:

„Nun, zumindest könnte ich den Tee reichen, dachte ich, nicht wahr?“

Es wurde über die möglichen Termine diskutiert, die Kathleen in Option gestellt hatte, und Eddie plädierte dafür, den nächstliegenden zu wählen. Das war Sarah nur recht, umso weniger Probleme würde sie mit ihrem wachsenden Bauch haben.

Nach dem Essen verzogen sich die Männer ins Untergeschoss. Eddie hatte den kleinen runden Gartentisch in sein Büro geschafft, quasi als Besprechungstisch, und an diesem nahmen sie nun Platz. Das mysteriöse Paket lag in der Mitte des eisernen Tischchens.

„Was ist das?“, fragte Eddie neugierig. Mit einem Funkeln in den Augen hielt Geoff seinen Finger an den Mund:

„Pst!“

Eddie wunderte sich ob der Geheimniskrämerei und sah seinen Kumpel fragend an. Dieser richtete sich auf, schloss bei hochgezogenen Brauen die Augen zu Schlitzen und wisperte:

„Das – wird das Geheimnis unseres Erfolges!“

Er begann, langsam und feierlich das Paket auszuwickeln. Es war in hellbraunes Packpapier eingeschlagen. Zum Vorschein kam ein dunkelbrauner Karton: Maarten de Brouwers Speciaal-Chocoladedrank und Kwaliteitscacao stand in weißer Schrift darauf geschrieben. Darunter war eine stilisierte Kakaofrucht zu sehen. Hinter der Kakaofrucht war in hellem Nugatbraun ein handförmiges Blatt dargestellt, aus sieben langen schlanken

Blättchen mit gesägten Rändern bestehend. Eddie runzelte die Stirn.

„Äh …?"

In dem Karton befanden sich wiederum eine Menge kleinerer Päckchen, die dieselbe Aufschrift trugen, vielleicht fünfzehn oder zwanzig Stück. Geoff holte eines heraus und öffnete es umständlich.

„Du könntest mal etwas heiße Milch und zwei Tassen organisieren", bat er seinen Freund. Eddie stutzte kurz, dann sprang er auf und lief die Treppe hinauf. Geoff schnüffelte kurz an dem geöffneten kleinen Paket. Ein intensiver süßlicher Geruch schlug ihm entgegen, mit blumiger Kopfnote und feinen Aromen von frischem Heu. Ein leicht erdiger Unterton machte sich bemerkbar, der dem zartbitteren Nachgeschmack reinen Kakaos entsprach. Geoffrey sog tief die Luft ein und bekam einen kräftigen Hustenanfall, als der feine dunkelbraune Puder in seine Atemwege geriet.

Eddie kehrte mit einer großen Kanne dampfend heißer Milch und zwei Kaffeebechern zurück.

„Ist das Kuhmilch?", fragte Geoff mit gerümpfter Nase.

„Nun, ja, ich denke schon …" Eddie grübelte. Was sonst würde Sarah kaufen? Wohl kaum Ziegenmilch. Geoff jedoch schüttelte angewidert den Kopf.

„Eddie, ich habe eine Laktoseunverträglichkeit. Von Kuhmilch bekomme ich Durchfall. Hast du keine Sojamilch oder sowas?"

Der sportliche Ire blinzelte verwirrt.

„Sojamilch?"

„Ja, Sojamilch, oder Mandelmilch geht auch. Eben keine Milch von Tieren, da ist Laktose drin", brummte Geoff ungeduldig, noch immer das dunkelbraune Päckchen studierend. Unschlüssig schlich Eddie die Treppe wieder nach oben.

Sarah hatte selbstredend keine Sojamilch im Haus. Sie überlegte, ob eine ihrer Nachbarinnen eventuell Sojamilch hätte, doch es erschien ihr unwahrscheinlich. In diesem Straßenzug wohnten überwiegend gebürtige Waliserinnen, und diese waren in einem bäuerlich geprägten Umfeld aufgewachsen, was bedeutete, dass man Fleisch aß und Kuhmilch trank. Doch Monique hatte eine gute Idee, die es auszuprobieren galt: Eventuell konnte man aus Mandelkernen und Wasser eine eigene Mandelmilch herstellen.

Sie ließen es auf einen Versuch ankommen. Sie nahmen eine Tasse geriebene Mandeln und kochten sie mit drei Tassen Wasser auf. Das Ergebnis war ein widerlich aussehender, wenn auch angenehm duftender hellbrauner dicker Schleim. Doch die Schwiegermutter gab nicht auf. Sie füllte den Brei in den Mixer, goss erneut drei Tassen Wasser hinzu, diesmal kaltes, und pürierte kräftig. Heraus kam ein stark verdünnter hellbrauner Schleim. Sie goss ihn in ein sauberes Leintuch und nahm die Enden zusammen. Das Ganze presste sie über einer Schüssel aus, und heraus kam eine Flüssigkeit, die tatsächlich aussah wie echte Milch.

Eddie probierte ein wenig, doch das Gebräu schmeckte nach nichts, außer ein wenig nach süßen Mandeln. Es war schlicht zu fad. Monique verschaffte Abhilfe mit einer Prise Salz und einem Teelöffel voll Zucker, und tatsächlich ergab sich so eine sehr gut genießbare milchähnliche Flüssigkeit. Sarah erwärmte diese noch einmal kurz, und das Ergebnis trug Eddie anschließend runter ins Büro.

Geoffrey saß derweil an dem runden Eisentischchen, hielt die kleine Kakao-Packung in der Hand und steckte glucksend seinen Zeigefinger hinein, um ihn anschließend in den Mund zu führen und abzuschlecken. Seinen Freund Eddie, der gerade eintrat, beachtete er gar nicht. Dieser räusperte sich kurz und vermeldete:

„Hier ist die Mandelmilch!"

„Gut, sehr gut, hihihi", kicherte sein Kumpel. „Gieß sie in die Becher!" Eddie folgte der Aufforderung. Geoffrey nahm daraufhin einen Löffel und schaufelte etwas von dem braunen Kakaopulver in die Tassen und verrührte das Getränk gut. Er schob Eddie eine Tasse zu, hob seine eigene an und prostete seinem Freund zu:

„Auf unser Erfolgsgeheimnis!"

Unsicher lächelnd folgte Eddie seinem Beispiel und hob die Tasse an. Vorsichtig probierte er. Das Getränk war eine aromatische, milde, zartbittere Trinkschokolade, und es schmeckte köstlich. Er nahm einen großen Schluck.

„Ein wenig Zucker?", fragte Geoff nach einer Weile und prustete schon wieder los. Das Lachen wirkte ansteckend, und Eddie kicherte:

„Warum nicht?"

„Dann hol doch einen!", rief Geoff wiehernd.

„Warum nicht?", japste Eddie und lief die Treppe hinauf. Kurz darauf kehrte er mit einer Zuckerdose in der Hand zurück und musste so lachen, dass er die letzten Stufen hinunter stolperte. Geoff kiekste und verschluckte sich, da hatte Eddie sich wieder gefangen und stellte mit Schwung die Dose aus feinem Wedgwood-Porzellan auf den Tisch. Der kunstvoll bemalte Deckel aus der Florentine-Turquoise-Reihe rutschte von der Dose und fiel klirrend auf den Tisch, was den Männern erneut hysterisches Gekicher entlockte.

Die zwei Teelöffel, die Eddie zuvor heruntergebracht hatte, waren beide mit Kakao verschmiert. So getraute er sich nicht, den schneeweißen Zucker in seiner Gattinnen Wedgwood-Dose zu entweihen. Also nahm er die ganze

Zuckerdose und versuchte, das süße Granulat über den Rand in die Tassen zu schütten.

Leider war das Gefäß seit Längerem nicht in Gebrauch. Was Eddie missachtet hatte, war, dass die Florentine-Turquoise-Dose aufgrund ihres Wertes (der Anschaffungspreis hatte immerhin hundertfünfundsechzig Pfund betragen) normalerweise nur für besonders festliche Anlässe aus dem Schrank genommen wurde. Im Alltag wurde die Ödmjuk-Zuckerdose von Ikea verwendet (Anschaffungskosten drei Pfund).

Durch die Luftfeuchtigkeit war der Zucker im Laufe der Wochen und Monate somit ziemlich stark zusammengeklumpt. Eddie klopfte energisch auf den Porzellandosenboden. Dadurch rutschte der gesamte Inhalt in einem Schwall in und über Geoffreys Kakaobecher, sodass zunächst nur noch ein Berg weißen Kristallzuckers zu sehen war.

Die zwei Männer sahen sich einen Moment lang verdutzt an. Dann brachen sie in schallendes Gelächter aus. Sie brüllten und hielten sich die Bäuche vor Lachen. Sie klopften sich auf die Schenkel und wischten sich die Lachtränen beiseite. Der weiße Zucker sog nach und nach das Kakaogetränk auf und färbte sich dunkelbraun, was erneut zu heftigem Gelächter führte.

Die Männer benötigten mehrere Minuten, um sich zu beruhigen. Hatte sich der eine ein wenig gefasst, so gackerte der andere gerade wieder los und steckte den ersten erneut an, und umgekehrt. Schließlich saßen sie mit vor Lachen schmerzenden Bäuchen da und kicherten nur noch leise vor sich hin. Endlich entspannten sie und lehnten sich genüsslich in ihren Gartenstühlen zurück.

Selig grinsend verfolgten die Zwei, ein jeder für sich, einige Minuten lang ihre Tagträume, bis Eddie plötzlich fragte:

„Was ist da eigentlich drin, in dem Kakao?"

Geoffrey gluckste wieder los.

„Chocolate", antwortete er.

„Chocolate?", stutzte Eddie. Er dachte kurz nach, dann fiel es ihm wie Schuppen von den Augen. Natürlich, das siebenfingerige Blatt auf der Packung …

„Du meinst – Shit?"

Geoff nickte verschwörerisch.

„Shit. Gras. Dope … Chocolate … Peace. Hasch."

Eddie ließ sich lautlos lachend in die Stuhllehne fallen, den Kopf nach oben, die Augen geschlossen. Leise zischend war nur der durch das stumme Lachen stoßartig eingesogene Atem zu hören.

Auf der Treppe erklangen Schritte, und die zwei Frauen erschienen im Büro.

„Was ist denn hier los?“, fragte Sarah, als sie die zwei tiefenentspannten Männer erblickte. Sie bemerkte das dunkelbraune Päckchen und die zwei Kaffeebecher auf dem Tisch. Dann erspähte sie die Wedgwood-Dose. Ein leiser Aufschrei der Entrüstung entfuhr ihr, und sie funkelte ihren Mann böse an. Dieser aber blieb völlig ungerührt. Wutschnaubend riss sie die wertvolle Zuckerdose an sich und entfernte sich wieder. Beleidigt verzog sie sich ins Wohnzimmer, wo sie Grey's Anatomy einen Besuch abstattete.

Monique hatte ebenfalls den Kakao entdeckt und fragte nun:

„Schokolade? Ihr trinkt Schokolade?“

„Eine ganz besondere Schokolade“, kicherte Eddie zur Antwort.

„Eine Chocolate-Schokolade“, rief Geoffrey gackernd.

„Chocolate-Schokolade? Was soll das sein?“, wunderte sich Monique, doch da deutete Eddie bereits auf das stilisierte Hanfblatt auf der Kakaopackung.

„Oh!“, hauchte sie. Sie sah kurz Geoffrey an, der ihr zunickte. Dann grinste sie, und ohne weitere Worte zu verlieren, sprang Mo die Treppe hinauf und holte zwei neue Kaffeebecher und die Ödmjuk-Zuckerdose. Einen Becher bekam Geoffrey, denn seiner lag noch immer unter dem Zuckerberg begraben. Eddie schenkte der Runde ein, Geoffrey löffelte das Kakaopulver und Monique etwas Zucker hinein.

Der kleine Finley lag bereits in seinem Bettchen und schlief friedlich die ganze Nacht hindurch. Sarah war nach ihrer Sendung enttäuscht zu Bett gegangen, empört, dass Eddie sich nicht einmal für sein Vergehen mit der Zuckerdose entschuldigt hatte. Wütend zog sie die Decke über den Kopf und war bald eingeschlafen. So hatte sie nicht mitbekommen, dass zum einen ihr Mann an diesem Abend das Ehebett nicht teilte, und zum anderen, dass der Geliebte ihrer Mutter in dieser Nacht in ihrem Hause schlief. Das tat er allerdings nicht mit ihrer Mutter, auch nicht bei ihrer Mutter, sondern völlig zugedröhnt auf der Küchenbank.

Nach der Chocolate-Party hatte Eddie es nicht mehr aus dem Untergeschoss geschafft und lag schnarchend auf dem dicken Wollteppich des Büros. Monique hingegen hatte auf dem Weg ins Badezimmer vergessen, was sie gewollt hatte (nämlich ins Bett gehen) und verzog sich ins Wohnzimmer, welches nun frei war, da Sarah bereits grummelnd im Schlafzimmer lag. Sie setzte sich vor den Fernseher, schaltete ein, und es dauerte kaum eine Minute, da war ihr Kinn auf die Brust gesunken. Leise schnarchte sie ihrem geliebten Hund ins Ohr, der sich glücklich sabbernd an sie lehnte.

Am nächsten Morgen erwachte Sarah von heftigen Gewissensbissen geplagt. Der Platz neben ihr war ungewohnt leer, und darüber erschrak sie furchtbar. Hatte Eddie sich ihren tadelnden Blick so zu Herzen genommen, dass er sich nicht ins Ehebett getraut hatte? Sarah war entsetzt – über sich selbst. Um Himmels willen, dachte sie, was war denn schon eine Wedgwood-Zuckerdose gegenüber ihrem Liebsten? Auch wenn es eine Florentine-Turquoise-Dose war, die hundertfünfundsechzig Pfund gekostet hatte. Was, bitte, waren läppische hundertfünfundsechzig Pfund verglichen mit dem (unbezahlbaren!) Wert ihres Ehegatten?

Zerknirscht suchte sie ihn im Haus und traf ihn noch immer schnarchend im Untergeschoss an. Zärtlich lächelte sie den Schlafenden an und beschloss, ihn erst später zu wecken, dann nämlich, wenn sie ein wunderbares Frühstück für ihn bereitet hätte. Oben kam ihr Tyson entgegen, der quengelnd winselte. Er verspürte offenbar einen gewissen körperlichen Zwang oder vielmehr Drang. Sie ließ ihn hinten in den Garten hinaus, wo er in Ruhe seinen Geschäften nachgehen konnte.

Sie stutzte über die schlafende Monique im Wohnzimmer. Doch beim Anblick des schnarchenden Geoffreys in der Küche schrie sie erschrocken auf, woraufhin dieser erwachte.

Ohne große Umstände half er ihr ungefragt beim Kaffeekochen. Da er sich höflich und zurückhaltend verhielt, akzeptierte Sarah seine Anwesenheit und verzichtete auf eine förmliche Erklärung. Finley meldete sich, und während sie ihn aus dem Bett nahm, hatte Geoff den Frühstückstisch gedeckt. Monique kam mit verstrubbeltem Kopf aus dem Wohnzimmer, und Sarah lief, nachdem sie ihr Finley in die Hand gedrückt hatte, die Treppe hinunter, um Eddie zu holen.

Nur Augenblicke später klingelte es Sturm. Eine erboste Molly Heavens stand vor der Tür. Sie schnaufte wie eine alte Dampflok, deren Kessel kurz vorm Explodieren stand.

„Euer – Köter!“, presste sie zwischen zusammengebissenen Zähnen hervor.

„Tyson?“, fragte Sarah scheinheilig, denn schlagartig wurde ihr bewusst, dass sie den Labrador im Garten vergessen hatte. Die Umzäunung desselben aber war für Tyson kein ernst zu nehmendes Hindernis. Mit einem kleinen Satz konnte selbst der betagte Rüde über die lächerlichen fünfzig Zentimeter des umgrenzenden Mäuerchens hopsen. Die Wahrscheinlichkeit, dass er sich nach ein paar Minuten in dem handtuchgroßen Garten gelangweilt hatte, war hoch, und sicher war er bereits durch die ganze Nachbarschaft gestreift.

„Er hat in meinen – Garten – gekackt!“, stieß Molly empört hervor.

„Oh, Molly, entschuldige bitte vielmals! Er ist wohl aus unserem Garten ausgebüxt! Bitte verzeih, wir haben uns bemüht ihn darauf abzurichten, ausschließlich in unseren Garten zu machen, doch anscheinend waren wir bei der Ausbildung nicht gründlich genug. Ach, bitte sei nicht böse, sieh mal, im Endeffekt ist es doch nur ein Stück Natur", versuchte Sarah die aufgebrachte Nachbarin zu beruhigen. Molly aber brodelte wie eine Suppe kurz vorm Überkochen.

„Ein Stück Scheißnatur! Ein ekliges, stinkendes Stück Scheißnatur! Ich verlange, dass das stinkende Stück Scheißnatur aus meinem Garten geholt wird! Bitte, wenn es euch nichts ausmacht!"

Das war typisch Molly. Bei aller, möglicherweise sogar berechtigten Wut vergaß sie letztlich nie ihre höflichen Umgangsformen. Sarah druckste verlegen herum. Verlangte Molly allen Ernstes von ihr, dass sie jetzt, noch vor dem Frühstück, einen Haufen Hundekacke aus ihrem Garten auflas? Mollys Blick ließ daran leider keinen Zweifel. Ergeben nahm Sarah sich eine kleine Plastiktüte aus der Flurkommode, schlüpfte in die Gummi-Clogs und folgte der Nachbarin zu deren Garten.

Eine Woche später war im Hause O'Meany große Geschäftigkeit zu spüren. Alle trafen Vorbereitungen für das große Tee- und Mode-Event in Parsons' Bekleidungshaus. Eddie und Geoffrey diskutierten am Küchentisch lebhaft über die richtige Zusammenstellung der Teeauswahl. Ihren Spezial-Kakao, das hatten sie zuvor einvernehmlich beschlossen, würden sie nur an ausgewählte Kunden im privaten Kreis anbieten. Monique und Sarah buken blechweise Shortbread in süßen und salzigen Varianten.

Geoff hatte einen bedruckten Pappaufsteller besorgt, auf dem vor marineblauem Hintergrund in geschwungenen Goldlettern „Eddie's & Geoffrey's Tea 'N' Tea Company" stand. In einer Kiste gab es Gratisproben diverser Tees zum Verteilen. Schließlich war alles bestens vorbereitet.

Das Kaufhaus war prächtig dekoriert. Kathleen Parsons hatte sich selbst übertroffen. Sie pflegte ohnehin ein edles Ambiente, bot erlesene Kleidungsstücke zu bezahlbaren Preisen an. Und sie hatte eine verlässliche Stammkundschaft. Diese war bereits eingetroffen und saß auf den Bistro-Stühlen, die in der ersten Etage um kleine runde Tische angeordnet waren. Von links und rechts hatte man Blick auf den Laufsteg, den Parsons' Mann Walter aus Paletten und Spanplatten gezimmert hatte. Die Bekleidungshauschefin hatte den roten Läufer, der üblicherweise im Erdgeschoss den Weg ins Ladeninnere wies, über die Paletten legen lassen. Seitlich davon hatte sie kleine Buchskugeln aufgestellt. Zwischen den runden Bäumchen standen gusseiserne Kerzenständer, auf denen große weiße Stumpenkerzen brannten.

Dezente New-Age-Musik untermalte die Atmosphäre stimmungsvoll, und die Kundinnen nebst Begleitern warteten gespannt auf den Beginn der Vorführung.

Eddie und Geoffrey waren mit Tee brühen beschäftigt. Genauer gesagt brühte Eddie, während Geoffrey charmant die Damen mit Tee und kleinen Komplimenten bediente. Monique reichte Gebäck dazu, während Sarah nach hinten ging, um ihre Rolle als Mannequin zu übernehmen.

„Hi, Sarah, schön, dass alles so gut klappt", begrüßte Kathleen sie freudig. „Du siehst hinreißend aus, Schätzchen!"

„Oh, vielen Dank", murmelte Sarah verlegen. Ihr Babybäuchlein war schon nicht mehr zu übersehen, und sie war gespannt, welches Outfit ihre Chefin in diesem Falle für passend hielt. Doch zum Glück kam es anders.

„Nimm es mir bitte nicht übel, Sarah. Du siehst wirklich toll aus, und ich hatte auch schon schöne Sachen für dich herausgesucht. Doch Debbies Freundin Tracey, du weißt schon, die heute auch läuft, die hatte noch eine Schwester, Erin, und die hat sich sooo gewünscht, einmal auf einer Modenschau dabei sein zu dürfen. Noch ein richtiges Kind, ist erst sechzehn", Kathleen winkte lächelnd ab, „aber hübsch, wirklich hübsch. Ich habe ihr zusagen müssen, sie hat mich doch mit so großen Augen angesehen … Hm. Jedenfalls hoffe ich, dass du nicht böse bist. Ich habe einfach spontan entschieden, dass Erin statt deiner heute läuft. Du bist nicht etwa enttäuscht, oder?"

Hätte Kathleen nicht so viel geplaudert, hätte sie den Stein hören können, der Sarah soeben vom Herzen gefallen war. Energisch nickte sie also und meinte:

„Ich bin dir überhaupt nicht böse, Kat, im Gegenteil! So kann ich Eddie ein wenig helfen und mich um die Kundinnen kümmern. Ist mir doch viel lieber!"

Die Veranstaltung wurde ein voller Erfolg. Nur Kathleen bekam hinter den Kulissen einen Tobsuchtsanfall, weil Debbies Freundinnen Lacey und Erin ständig etwas an den ihnen zugedachten Outfits auszusetzen hatten.

„Kann ich nicht richtige High Heels dazu haben?", monierten sie und: „Himbeerrot steht mir aber überhaupt nicht!"

Sie beschwerten sich über zu weite Blusen, die ihre Wespentaillen nicht ausreichend betonten („Das sind TUNIKEN, die MÜSSEN die Hüften umspielen!", schrie Kathleen), über Schmuck und andere Accessoires in der falschen Farbe („Gibt es die nicht in Gold?"), über kratzende Nähte und überhaupt und allgemein über viel zu warme Sachen, in denen sie schwitzen müssten („Das ist die HERBST-KOLLEKTION! HERBST IST KEIN

SOMMER!!!", brüllte Kathleen).

Die Kundinnen aber bekamen von all den Irritationen nichts mit und waren hingerissen von der exquisiten Kollektion – sowohl was Mode betraf, als auch, was Tee anging. Die Modenschau auf dem Laufsteg verlief professionell. Unter fetziger Popmusik führten Debbie, Lacey und Erin wechselnde Garderoben vor, als hätten sie im Leben noch nie etwas anderes getan. Mit gekonnten Posen belebten sie den Laufsteg. Meisterhaft präsentierten sie die neuesten Trends aus London und Paris und ließen die Zuschauerinnen träumen, sie seien auf eine der fabulösen Fashionweeks geraten. Geoff und Eddie erhielten nebenbei eine Menge Tee-Bestellungen, und Molly, die nach der Hundehaufen-Affäre wieder versöhnt war, ließ es sich nicht nehmen, sich für eine private Tee-Verkaufsparty zur Verfügung zu stellen.

Miss Rutherford, die mit ihrem Hühnerfedern-Hut erschienen war, griff Molly Heavens aufs Schärfste an, weil sie selbst hatte diejenige sein wollen, die Eddies erste Teeparty ausrichtete. Die zwei Nachbarinnen gifteten sich in einer hässlichen Auseinandersetzung an. Eddie konnte nur schlichten, indem er anbot, zwei Teepartys an einem Tag durchzuführen. Miss Rutherford würde Damen ihrer Generation einladen, und Molly, die rund dreißig Jahre jünger war, würde ihre eigenen Bekannten zu Gast haben. Somit konkurrierten die Veranstaltungen nicht einmal miteinander.

Eddie war nicht besonders scharf auf eine Teeparty bei Miss Rutherford. Die alten Ladys, die bei ihr verkehrten, galten, wie in dieser ländlichen, leidgeprüften Generation üblich, als äußerst geizig. Sie hockten auf dem Geld wie Hühner auf ihren Eiern und hackten wütend nach jedem, der die Hand ausstreckte, um davon zu holen. Der Umsatz würde wohl eher gering ausfallen. Und doch wollte er die alte Dame nicht vor den Kopf stoßen. Sie selbst war anders: Immerhin gehörte sie in seiner jungen Firmengeschichte zu den besten Kundinnen. Insgeheim hatte er sich schon gefragt, was sie mit all dem Tee anstellte, den sie bei ihm kaufte. Es war sicher weit mehr, als sie in ihrer voraussichtlichen Restlaufzeit noch trinken konnte.

Eine Teeparty bei Molly hingegen versprach ein gutes Geschäft. Die mitteilsame Nachbarin hatte einen riesigen Bekanntenkreis, und sie galt hier als Jemand. Es war zu erwarten, dass viele Damen aus einer Klientel kommen würden, welches gemeinhin als das mit der stärksten Kaufkraft angesehen wurde. Sie vereinbarten die Termine und verabschiedeten sich voneinander, und die Veranstaltung ging ihrem Ende entgegen.

Nachdem auch die letzte Kundin gegangen war, räumten Kathleen und ihre Angestellten die obere Etage auf und versetzten sie in ihren Ursprungszustand. Monique war mit Geoffreys Coupé zur Kinderkrippe gefahren, um Finley abzuholen. Eddie und Geoffrey packten den Teetisch zusammen, und Walter Parsons kam mit einem Helfer zum Abbauen des Laufstegs.

Gegen Abend waren sie alle wieder zu Hause angekommen, erschöpft, aber glücklich über ein gelungenes Event.

5. Wir warten schon auf dich!

Am Freitag der folgenden Woche war es dann so weit: Vormittags um zehn hatte sich Eddie mit Miss Rutherford verabredet. Aetheldreda Rutherford stand frisch frisiert in ihrer Küche, nahm den fertigen Sandkuchen aus dem Ofen und hatte die Tafel kunstvoll mit dem festlichen Royal Crown Derby-Porzellan eingedeckt. Es handelte sich um ein Service aus der Serie Ashbourne, ein klassisches Design in Dunkelblau und Gold, welches an die Frühzeiten der Derby-Manufaktur erinnerte. Ein Tee-Geschirr für zwölf Personen übrigens, das in den Anschaffungskosten den Wert von Sarahs Zuckerdosen, der Florentine-Turquoise und der Ödmjuk zusammengenommen, ganz exakt um ein Zweidutzendfaches überstieg.

Aetheldreda Rutherford stammte aus einem altbritischen Geschlecht, das durch die Heirat ihrer Großmutter mit einem bürgerlichen Engländer zwar den walisischen Adelstitel verlor, aber Vermögen hinzu gewann. Der Bürgerliche war niemand anderes als Francis Antoine B. Rutherford, der Erfinder des Rutherfordschen Gaslaternenanzünders, der Ende des 19. Jahrhunderts schlicht der Renner war.

Sie öffnete Eddie, der auf die Minute genau um zehn Uhr an ihrer Tür läutete.

„*Bore da*[4], lieber Mr. O'Meany, treten Sie doch ein!"

Der Ire war mehr als erleichtert, dass er weder im Vorgarten, noch im vornehmen Inneren des kleinen Anwesens Massen streunender Katzen vorfand. Tatsächlich waren die Gerüchte um die alte Dame vollkommen übertrieben. Sicher, sie war eine Katzenfreundin und nannte deswegen auch

[4] Guten Morgen

zwei Stubentiger ihr Eigen: Minka und Gaston. Es handelte sich um ein wunderschönes Geschwisterpaar edler türkischer Angorakatzen, grau der Kater und weiß die Kätzin. Gelegentlich nahm Miss Rutherford auch herrenlose Katzen in Pflege, doch nur vorübergehend, bis der örtliche Tierschutzverein ein neues Zuhause für die Tiere gefunden hatte. Die Inanspruchnahme der Pflegestelle war äußerst gering. Minka und Gaston für ihren Teil hatten wenig übrig für Besucher des Hauses und empfingen diese mit entsprechender Gleichgültigkeit oder ließen sich erst gar nicht blicken.

Kaum hatte Miss Rutherford ihren Nachbarn begrüßt und Eddie seine Teekoffer hereingetragen, da kamen auch schon die Gäste herbei: Mrs. Barbara Petersson, ihres Zeichens Ehefrau des methodistischen Pfarrers, Miss Cecilia Powell, Aetheldredas Cousine zweiten Grades, Miss Daisy und Miss Edith Cutter-Browning, Zwillingsschwestern, die Miss Rutherford noch durch ihre Ballettausbildung in den späten Vierzigerjahren kannte, und Mrs. Hulda Johnson, die Frau des Metzgers, die interessanterweise seit fünfunddreißig Jahren überzeugte Vegetarierin war. Erstaunlich deshalb, da genau seit dieser Zeit ihr Mann die Metzgerei führte. Kurz darauf trafen noch Miss Robbins, Mrs. Williams, Miss Redford, Miss Upjohn, Mrs. MacDonald und Miss Weedman, allesamt weitläufige Bekannte, ein.

Als alle Gäste einschließlich Eddie an der Tafel Platz genommen hatten, fiel Aetheldreda etwas sehr Unangenehmes auf: Sie hatte genau ein Gedeck zu wenig. Sie fühlte sich unwillkürlich an eine Situation im Märchen von Dornröschen erinnert, jener Geschichte, die sie als Kind so geliebt hatte: dreizehn weise Frauen zu Besuch, jedoch nur zwölf goldene Teller parat. Wem, um Himmels willen, sollte sie nun ein anderes Gedeck geben? Sie besaß noch ein Service aus der Mikado Blue-Serie, ebenfalls Royal Crown Derby, aber doch eher für den schmaleren Geldbeutel gedacht. Das 21-teilige Teeservice inklusive Kanne, Zuckerdose und Milchkännchen hatte ja kaum tausend Pfund gekostet. Jemanden wieder auszuladen ging wohl kaum, da bereits alle Platz genommen hatten.

Sie konnte natürlich sich selbst auswählen und hätte damit auch prinzipiell kein Problem gehabt, denn bei allem Wohlstand und aller Exzentrik war Miss Rutherford ein bescheidener Mensch. Aber was würden die Damen der Gesellschaft sagen, wenn sich offenbarte, dass sie sich nur ein Ashbourne-Service für zwölf Personen geleistet hatte, wo es doch offensichtlich war, dass sie bei ihrem Reichtum die komplette Bevölkerung von Penparcau, dem Stadtteil, in dem sie wohnte, mit Royal Crown Derby-Porzellan hätte versorgen können?

Miss Rutherford war keineswegs geizig, wie man nun leicht hätte annehmen können, im Gegenteil. Die alte Dame hatte nur nie geglaubt, dass sie in ihrem Leben einmal mehr als elf Gäste gleichzeitig bekommen würde. Und dabei hatte sie so sorgfältig gezählt: Barb, Cilly, Hulda, Daisy und Edith, das waren fünf, plus Miss Robbins, Mrs. Williams, Miss Redford, Miss Upjohn, Mrs. MacDonald und Miss Weedman, das waren sechs, machte elf, sie selbst hinzu waren zwölf. Doch den lieben Mr. O'Meany, den hatte sie total vergessen. Schande!

Eddie hatte keine Ahnung von den schweren Sorgen, die seine Gastgeberin plagten. Dennoch nahm er ihr diese innerhalb weniger Sekunden ab, indem er ihr sein Gedeck in die Hand drückte und lächelnd erklärte:

„Für mich nicht, Miss Rutherford, vielen Dank."

Zwar war ihm aufgefallen, dass ein Gedeck zu wenig auf dem Tisch stand, hatte sich dabei aber nichts gedacht. Unter normalen Umständen hätte Miss Rutherford darauf bestanden, dass er sich ebenfalls am Kuchen bediente. So aber nahm sie ihm erleichtert den Teller ab und murmelte:

„Oh, Cilly, bitte entschuldige tausend Mal, ich habe dich ganz vergessen. Hier, nimm freundlicherweise doch einfach dieses Gedeck, Mr. O'Meany möchte nichts zu sich nehmen."

Cecilia Powell nickte liebenswürdig und nahm wie selbstverständlich das Gedeck entgegen; sie hatte den Fauxpas bemerkt. Aber selbstverständlich wusste sie, dass Aetheldreda nicht etwa aus mangelnden Mitteln heraus, sondern schlicht aus Bescheidenheit ein nur 39-teiliges Ashbourne-Service besaß.

Die morgendliche Teerunde lief hervorragend. Eddie hatte einen feinen Darjeeling First Flush, einen kräftigen Ceylon Nuwara-Eliya und einen japanischen Gyokuro fachgerecht aufgebrüht und erntete viel Lob. Die Damen bestellten wie verrückt, bis Aetheldreda Eddie irgendwann beiseite zog und ihm zuraunte:

„Was ist mit der Schokolade?"

„Schokolade?", wisperte Eddie zurück, den Ahnungslosen spielend.

„Ihre Schwiegermutter hat mir den Tipp gegeben, Sie unbedingt nach der Schokolade zu fragen. Eine Spezialität des Hauses, meinte sie ..."

Eddie schluckte. Die jüngsten Damen unter den Anwesenden waren Mrs. Petersson und Mrs. Johnson, beide hatten gerade die sechzig überschritten. Die anderen Ladies waren deutlich älter, wobei Miss Rutherford, Miss Powell und die Zwillinge Cutter-Browning auf jeden Fall schon über achtzig waren. Mrs. MacDonald war sicher noch älter, wohl Anfang neunzig. Sie hatte vier Ehemänner verschlissen, mit jedem einzelnen sehr glücklich verheiratet, doch ein jeder hinterließ sie als Witwe. Nun war sie bereits das fünfte Mal verheiratet. Eddie konnte diesen gesetzten Damen unmöglich

Chocolate vorsetzen. Er befürchtete, dass die eine oder andere von ihnen Gefahr lief, auf einen Trip zu kommen, von dem sie nicht mehr zurückkehren würde.

„Ah, DIE Schokolade. Ach, Miss Rutherford, es tut mir unendlich leid", log Eddie stammelnd, „doch die Schokolade ist aus. Also, äh, gibt es so nicht mehr. Ich meine, es war nur eine Probe, die wir daheim verköstigt haben, also mit m-meiner Schwiegermutter." Er geriet ins Stocken. Himmel, was konnte er der Lady nun erzählen? „A-also, nun, d-die Rezeptur … sie muss noch nachgebessert werden, nicht wahr?"

Miss Rutherford sah ihn skeptisch an, doch sie gab sich mit der Erklärung zufrieden. Schwitzend zog Eddie seine Krawatte zurecht und schielte auf die Uhr.

„Du liebe Güte, ich bitte vielmals um Verzeihung, die Damen, doch die Zeit läuft mir davon. Ich habe noch einen Termin!"

Die Damen brachten ihr Verständnis dar und bedankten sich für die nette Teeparty bei Eddie und ihrer Gastgeberin. Aetheldreda Rutherford geleitete Eddie noch zur Tür, wo sie ihm erneut zu zischte:

„Aber beim nächsten Mal bestehe ich auf die Schokolade!"

Eddie winkte zum Abschied, rief nochmals ein Dankeschön aus und lief in Richtung Heimat. Stirnrunzelnd stellte die alte Dame fest, dass er ihren Wunsch nach dem besonderen Kakao komplett ignoriert hatte. Nun, sie würde noch Gelegenheit haben, ihn daran zu erinnern.

Beim Mittagessen war Eddie mit Monique und Geoff alleine zu Hause. Sarah arbeitete, und Finley war in der Kinderkrippe. Tyson lag auf seiner Decke im Flur und schnarchte. Monique hatte ein einfaches, aber köstliches Stew zubereitet, und schweigend aßen sie ihre Mahlzeit.

„Wie lief es bei der alten Lady?", fragte Geoff, als er seinen Löffel beiseitegelegt hatte. Eddie, noch mit vollem Mund, grunzte und deutete durch Nicken den Grad seiner Zufriedenheit an.

„Und wie haben die Damen den Kakao empfunden?" Geoff grinste schelmisch. Eddie verschluckte sich und hustete heftig. Mit gerötetem Gesicht entgegnete er schließlich:

„Ich hielt die Ladies nicht für den passenden Kundenkreis …"

„Och", murmelte Monique mit gespielter Enttäuschung, „dabei habe ich so viel Werbung für euch gemacht!"

Eddie räusperte sich verlegen. Geoff zuckte nur gleichgültig mit den Achseln und meinte:

„Heute Nachmittag bei Molly kannst du ja alles nachholen."

Als Eddie später vor Molly Heavens' Haustür stand, brummte das Cottage bereits wie ein Bienenstock. Die Tür stand offen, und Molly spähte nach draußen.

„*Helo*[5]! Komm nur herein, Eddie! Wir warten schon auf dich!"

Dutzendfaches Gekicher wie aus einem Mädchenpensionat erscholl aus der Küche. Molly winkte Eddie ungeduldig heran. Knapp zwanzig Frauen drängten sich um den Ausziehtisch der Heavens. Sektgläser und mehrere geleerte Flaschen Prosecco standen darauf. Offensichtlich hatten sich die Damen bereits auf die Teeparty eingestimmt. Sie begrüßten den nun Eintretenden mit hysterischem Gekreische, als stünde nicht Eddie O'Meany vor ihnen, sondern Robbie Williams zu seinen besten Zeiten mit entblößtem Oberkörper.

Eddie grüßte die Damen mit schüchternem Winken und begann verlegen in seinem Teekoffer zu wühlen, bis die Stimmung sich etwas gelegt hatte. Er nahm das kleine Display mit den Edel-Schwarztees heraus, zeigte es in die Runde und erkundigte sich, wie es als Erstes mit einem lieblichen Yun Shan Yin Zhen wäre, einer gelben Tee-Rarität aus der chinesischen Provinz Hunan.

„Chocolate, Chocolate", begann eine der Damen zu skandieren. Sofort fielen die anderen mit ein und begannen einen minutenlangen, lautstarken Sprechchor, gegen den Eddie machtlos war. Hilflos zauberte er noch einige andere Teesorten aus dem Hut, doch die Damen wollten nur eines: Chocolate! Himmel, was hatte Monique da angerichtet? Eddie hatte den Vorschlag von Geoffrey, den niederländischen Haschischkakao „besonderen" Kunden anzubieten, nicht wirklich ernst genommen. Der Teeverkauf lief doch nicht schlecht, warum also sollten sie sich in eine Grauzone begeben, die genau genommen schon nicht mehr grau war, sondern eindeutig illegal.

„Chocolate, Chocolate", riefen die Frauen unermüdlich.

Auf der anderen Seite: Es musste ja auch nicht immer alles minutiös in den Büchern landen, nicht wahr? Er hatte genug Tee-Bestellungen, um dem Finanzamt gegenüber eine solide Geschäftsgrundlage nachweisen zu können. Warum sollten Geoffrey und er nicht auch ein klitzekleines bisschen in die eigene Tasche wirtschaften dürfen? Machte doch jeder, mehr oder weniger, nicht wahr? Wurde nicht auf vielen Baustellen schwarzgearbeitet? Gab es nicht einen ganzen Wirtschaftszweig, der sich Schattenwirtschaft nannte?

„Chocolate, Chocolate", sangen die Damen einmütig wie der Fanchor beim Heimspiel des FC Liverpool.

---

[5] Hallo!

„Nun, nun“, versuchte Eddie die Runde zu beschwichtigen. Er grinste listig. „Sie wünschen Schokolade …“, die Damen hielten gespannt inne, „ich habe Schokolade!“ Frenetischer Jubel brandete auf, als habe Steven Gerrard soeben den Siegtreffer gegen Manchester United erzielt.

Molly folgte Eddies Anweisungen zum Milchkochen, wobei er sich für einen Moment unsicher war, ob sie Kuhmilch verwenden durften, oder ob sich die Wirkung nur bei Mandelmilch zeigen würde. Er führte ein kurzes, diskretes Telefonat mit seinem Geschäftspartner. Dessen Antwort war wie folgt:

„Aaahaahaahaahahahahaaaa! Guter Witz, Eddie!“

Unser armer Ire konnte die Antwort zwar nicht recht deuten, beschloss aber, dass es letztlich auf den Versuch ankam. Molly stellte einen großen Suppentopf auf den Herd und füllte etwa vier Liter Milch hinein. Nach einigen Minuten begann die Flüssigkeit leise zu köcheln, und die Dame des Hauses zog sie vom Feuer. Um Zeit zu sparen, bereitete Eddie den Kakao nicht einzeln in Tassen zu, sondern schüttete einfach ein ganzes Paket des holländischen Schokoladengetränks in die heiße Milch.

Die Milch nahm eine zartbraune Farbe an, wie heller Nugat etwa. Eddie überlegte, ob ein Päckchen Kakao bei so viel Milch ausreichte. Er hatte gerade ein zweites Fünfhundertgrammpäckchen hineingegeben, als Molly sich neben ihn stellte und ihm einen langen Holzlöffel reichte.

„Hier, Eddie, ich habe etwas zum Umrühren.“

Umrühren, ach, genau! Eddie nahm den Löffel und ließ ihn langsam durch die Milch kreisen. Eine tief schokoladenbraune Färbung breitete sich aus, dunkler als die Haut eines durchschnittlichen nigerianischen Kakaopflückers. Ein süßlicher Duft durchzog die Heavenssche Küche, der die anwesenden Frauen wie eine Horde zahmer Kätzchen schnurren ließ.

Der Ire probierte mit einem Teelöffel und befand das Getränk für gut. Ein bisschen stark, ein wenig herb vielleicht, aber trotzdem gut. Die Damen konnten nach Belieben nachsüßen, Molly hatte zwei Tupperware-Zuckerdosen auf den Tisch gestellt. Die Hausherrin übernahm den Ausschank, und die Damen kicherten wie Teenager beim Autogrammholen. Der Nachmittag nahm seinen Verlauf. Die illustre Runde konsumierte insgesamt dreieinhalb Päckchen Kakao, das machte 1.750 Gramm Trinkschokolade insgesamt, beziehungsweise durchschnittlich 87,5 Gramm für jede.

Es war ein voller Erfolg. Nach wenigen Minuten sangen die Ladies Fußballhymnen wie „*Three Lions*“, wobei sie das Wort „*football*“ im Refrain ersetzten durch den Vornamen des einzigen anwesenden Mannes. Und so ertönte durch das Heavenssche Heim minutenlanges Gegröle der Zeile: „*Eddie's coming home*[6]".

Eine gute halbe Stunde später beruhigte sich die Truppe zusehends, und die Damen beteuerten sich gegenseitig und Eddie gegenüber ihre unaufhörliche (und selbstverständlich rein platonische) Liebe, begleitet von mehrstimmigem elfenhaftem Gekichere. Nach kurzweiligen zwei Stunden spazierte der Teeverkäufer beschwingt heim und hinterließ zwanzig völlig zugedröhnte, aber sehr glückliche Damen.

In den folgenden Tagen und Wochen machten Nachrichten von den gelungenen Teepartys in der Umgebung die Runde. Eddie fuhr beinahe täglich seinen vollgeladenen Mahindra aus. Es dauerte nicht lange, da wurde Mr. O'Meany nicht mehr eingeladen, sondern gebucht. Geoff managte die Meetings gewissenhaft von Eddies kleinem Büro aus. Immer häufiger kam es vor, dass er ihm unterwegs Termine durchgeben musste, die Eddie, flexibel und kundenorientiert wie er war, spontan wahrnahm.

Stets wurde er mit großem Hallo begrüßt, egal, ob er die Leute kannte oder ob sie ihm fremd waren. Eddie entwickelte eine feine Nase dafür, ob eine Gesellschaft zugänglich war für seinen Spezialkakao, oder ob er lieber konventionell beim Tee blieb. Wurde er nach der Schokolade befragt von Leuten, die ihm nicht vertrauenswürdig erschienen, so bekundete er, dass dieselbe entweder aus dem Programm genommen worden war oder schlichtweg ausverkauft, neuer Liefertermin unbekannt.

Die Teehandelsgesellschaft scheffelte Geld, offizielles und inoffizielles. Für Eddie war es durch seine früheren Kontakte kein Problem, alles Geld, was nicht zum sofortigen Gebrauch bestimmt war, und das war eine Menge, zu sehr guten Konditionen im Ausland anzulegen. Die vier Verbündeten, nun, vielleicht sollte man von den drei Eingeweihten plus Sarah sprechen, denn die hübsche Ehefrau hatte noch immer keinen blassen Schimmer von der inoffiziellen Haupterwerbsquelle ihres Mannes, verdienten sehr gut und begannen, sich ein kleines Vermögen aufzubauen.

Die Anfragen strömten wie eine Springflut herein. Nach drei Monaten war der Absatz derart reißend, dass die zwei Iren sich gezwungen sahen, ihr Geschäft zu vergrößern. Sie sahen sich auf dem Arbeitsmarkt um. Ihre Recherchen ergaben, dass es eine Menge hoch qualifizierter Pakistanis gab, die beinahe akzentfreies Englisch sprachen und dringend nach einer interessanten Herausforderung suchten. Es wurden vier solcher Männer eingestellt und als Inder ausgegeben. Genau genommen war dies die

[6] Eddie kommt heim

Annahme der überwiegend weiblichen Kundschaft, und Eddie und Geoffrey beließen es dabei, denn Inder waren etwas weniger gering geschätzt als ihre pakistanischen Nachbarn, was mit der allgemeinen Hysterie gegenüber gewissen islamistischen Aggressoren zu tun haben mochte. Die Damen aber schätzten die hervorragenden Tee-Kenntnisse der exotischen Handelsvertreter.

„Guten Tag, Mrs. Winter, Sie hatten eine Teeparty gebucht?“, stellte sich beispielsweise Mr. Ahmed Lohdi vor, und verneigte sich höflich. Die aus Swansea stammende Dame war begeistert von der stattlichen Erscheinung des vornehm mit Turban und Anzug bekleideten Asiaten. Während der zurückhaltende Mr. Lohdi eine kunstvolle Teezeremonie präparierte, klingelte sein Kollege Ali Israr bei Mrs. Banes, um die bestellte Teeparty durchzuführen.

Monique engagierte sich in der Telefonzentrale, nachdem Eddie zwei weitere Telefonleitungen hatte einrichten lassen. Obwohl Geoffrey seinen Friedhofsgärtnerjob längst an den Nagel gehängt hatte, wurde er der eingehenden Anrufe kaum noch Herr. Der Laden lief. Was hieß lief, er brummte! Wöchentlich freitagnachmittags verschanzten sich Eddie und Geoffrey in O'Meanys Untergeschoss und lauschten dem süßen Klingeln der Kassen.

Sarahs Bauch derweil schwoll beträchtlich an, und darin wuchs ein kerngesundes Kind heran, was nun nicht mehr viel Zeit hatte, bevor die Behausung zu eng würde. Durch die komfortable Finanzlage ihres Haushalts konnte Sarah es sich leisten, frühzeitig in die Babypause zu gehen. Sie genoss die gemütliche Zeit mit der erweiterten Familie; Geoffrey hatte sich durch gute Führung ein ständiges Aufenthaltsrecht erarbeitet. Sarah akzeptierte, dass er in Moniques Zimmer schlief, solange sie sich so ruhig verhielten, dass sie in ihrem Schlafzimmer nicht mitbekam, wie die zwei Turteltäubchen die Zeit totschlugen.

Sarah genoss also die Ruhe, bevor es mit Ankunft des nächsten Familienmitgliedes damit einstweilig vorbei wäre. Sie freute sich auf das Kind, und es war ihr und Eddies ganz privates Geheimnis, dass das Kind ein Mädchen war, das erhoffte Mädchen, das perfekte Gegenstück zu ihrem kleinen Goldjungen. Einen Namen hatten sie noch nicht, wohl aber ein paar Favoriten, auf jeden Fall etwas Klassisches, da waren sie sich einig. Nach einer etwas turbulenten Zeit fand sich Sarah endlich in ihrer Mitte wieder. Sie liebte ihr Leben, das fröhlich, harmonisch und abwechslungsreich mit Eddie, Finley, Monique, Geoff und Tyson verlief.

Die Angestellten verkauften hervorragend, und sie waren zufrieden, denn ihr Einkommen basierte auf Verkaufsprovisionen. Eddie und Geoffrey hatten ein gutes Händchen bei der Personalauswahl; es waren ehrliche Männer, die sich darauf verstanden, eine gute Teeparty zu unterhalten. Waren die einen etwas zurückhaltender, kamen sie für die gediegeneren Damen infrage. Die lustigen, extrovertierten Burschen wurden zu den jüngeren Damen geschickt. Der Verkauf des holländischen Spezialkakaos freilich blieb Eddie vorbehalten. Die Konsumentinnen saßen im gleichen Boot. Sie würden keine Probleme machen, glaubte er. Verpfiff ihn eine, ginge sie selbst mit von Bord. Für die Taten, sprich Drogenverkäufe, eines Angestellten aber hatten nun einmal die Chefs sich zu verantworten. Sang einer der Pseudo-Inder, wären Eddie und Geoffrey dran gewesen. Nein, nein, die Kashmiranten sollten Tee verkaufen, alles andere war und blieb Chefsache!

So entwickelten sich zwei unterschiedliche Arten von Teepartys, solche mit und solche ohne Spezialkakao. Geoff mauserte sich mit Mos Unterstützung zum großen Koordinator, der penibel auseinanderhielt, wer bei wem welche Party steigen ließ, und wem wann unter welchen Umständen welche Produkte verkauft wurden. Kurzzeitig überlegten sie, ins Internet-Geschäft einzusteigen. Das verwarfen sie jedoch schnell wieder, da das weltweite Netz bekanntermaßen nichts vergaß. Daten gingen nicht verloren, sie konnten nur in falsche Hände geraten. Dieses Risiko war eindeutig zu hoch. Im Direktvertrieb, wie die zwei Freunde ihn praktizierten, blieb es im Ermessen des Verkäufers, welche Bestellungen er fein säuberlich in das dafür vorgesehene kleine Notizbuch eintrug.

Weiter lag es im Ermessen des Buchhalters Geoff, welche Einträge sodann in die Geschäftsbücher übernommen wurden. So sammelten sich auch auf diesem Wege überschüssige Gelder, denn welcher Finanzbeamte wollte prüfen, wie viel des von Eddie und Geoffrey eingekauften Tees verköstigt wurde, und welcher Anteil tatsächlich weiter verkauft wurde? Und so bekam das Wort Schwarztee im Untergeschoss des Hauses O'Meany eine ganz neue Bedeutung.

6. Dein Mann kann Frauen wirklich glücklich machen!

Aetheldreda Rutherford, die exzentrische Dame vom Ende der Straße, ließ nicht locker. Wiederholt hatte sie Eddie um einen weiteren Termin für eine Teeparty gebeten, doch sein Kalender war zum Bersten voll. Bei einem herbstlichen Nachmittagsspaziergang mit Frau, Kind und Hund lief Eddie ihr über den Weg. Der restliche Anhang war nicht dabei, der vergnügte sich anderweitig.

„Liebster Mr. O'Meany, ich bestehe aber auf eine weitere Teeparty!", forderte sie nachdrücklich. Eddie lächelte verlegen und meinte:

„Aber Miss Rutherford, ich habe Ihnen doch so viel Tee verkauft, der kann unmöglich schon getrunken sein!"

Natürlich war sie eine hochgeschätzte Kundin, die ihm bereits Unmengen an Tee abgekauft hatte. Doch es gab so viele Anfragen, er wusste beim besten Willen nicht, wann er eine weitere Verköstigung bei Miss Rutherford veranstalten sollte. Davon abgesehen sah er nicht ein, warum er noch eine hätte veranstalten sollen.

Er bemerkte ihre kritische Miene. Sie holte soeben Luft, um etwas zu erwidern, da kam er ihr zuvor:

„Sie können jederzeit direkt bei mir bestellen. Wenn Sie mich nicht persönlich antreffen, geben Sie einfach eine Liste mit den gewünschten Tees bei meiner Frau oder meiner Schwiegermutter ab …"

„Mr. O'Meany!" Die Züge der sonderlichen alten Dame hatten einen ungewohnt strengen Ausdruck angenommen. Ein wenig erinnerte sie Eddie an die Queen, wenn diese ihren „not-amused"-Gesichtsausdruck zur Schau trug, abgesehen von der Tatsache, dass Miss Rutherford die Queen sicher um einen Kopf überragte. Obwohl ihr Rücken durchs Alter ein wenig gebeugt war, konnte sie Eddie direkt in die Augen sehen, und Eddie war 1,83 m groß.

„Mr. O'Meany, ich sagte, ich bestehe auf eine weitere Teeparty. Und ich dulde keinen Widerspruch. Kommen Sie am Samstagnachmittag, wenn unter der Woche kein Termin mehr frei ist. Ich erwarte Sie dann gegen halb vier."

Kämpferisch hielt sie in ihrer Rechten die altrosafarbene Lacklederhandtasche gepackt und hob leicht, ganz minimal nur, doch als Warnung völlig ausreichend, den dazugehörigen Arm. Sie blickte Eddie fest in die Augen. Dann nickte sie ihm würdevoll zu und stolzierte erhobenen Hauptes davon. Die Eheleute O'Meany blieben stehen und sahen sich irritiert an. Finley begann zu nörgeln und zog seine Eltern an den Armen weiter. Eddie zuckte ergeben mit den Achseln und meinte nur:

„Was soll's?" Dann spazierte er mit dem kleinen Rotschopf weiter. Sarah schmunzelte und rief Tyson heran, der am Eck eines Gartenzauns sein Revier absteckte.

Als Eddie am darauf folgenden Samstag bei Miss Rutherford eintraf, war die Tafel wieder perfekt gedeckt mit dem wunderbaren Ashbourne-Service. Gut gelaunt trat der Ire ein und wurde von der Gastgeberin aufs Liebenswürdigste willkommen geheißen.

„*Croeso*[7], Mr. O'Meany, wie schön, dass Sie da sind! Wir alle erwarten Sie schon sehnlichst."

Eddie blickte in die Runde. Es waren dieselben Damen anwesend wie beim letzten Mal. Ein wenig wunderte er sich, was die Ladys von ihm kaufen wollten, hatten sich doch alle mehr als reichlich mit Tee eingedeckt, sah man einmal von Barb Petersson, der Pfarrersfrau, ab. Er betrachtete den schön gedeckten Tisch und kam nicht umhin festzustellen, dass diesmal die Anzahl der Gedecke perfekt übereinstimmte mit der Anzahl der Gäste. Genau zwei Plätze waren noch frei: für ihn und die Gastgeberin, die sie beide noch standen. Verblüfft blickte er erneut in die Runde. Nun erst fiel ihm auf, dass Mrs. MacDonald, die älteste der Runde, fehlte. Eddie fand erst später heraus, dass Mrs. MacDonald, die vierfache Witwe, Ehemann Nummer fünf nun ihrerseits als Witwer hinterließ.

Was er – sehr viel später – dann nicht mehr erfuhr, war die Tatsache, dass besagter Witwer, Mr. George MacDonald-Blacksmith, wegen heimtückischen Mordes an Mrs. MacDonald angeklagt wurde. Er bekam auch nicht mit, dass Mr. MacDonald-Blacksmith seine Angetraute hinterlistig

[7] Herzlich Willkommen

vergiftet hatte. Die Frage, ob die letzte Ehe von Mrs. MacDonald dann doch keine glückliche gewesen war, oder ob Geldgier oder andere niedere Instinkte eine treibende Rolle gespielt hatten, konnte nie beantwortet werden. Denn Mr. MacDonald-Blacksmith verstarb – immerhin im stolzen Alter von achtundneunzig Jahren – kurz vor der Prozesseröffnung. Das gesamte Vermögen der alten Dame, das deutlich geringer ausfiel, als möglicherweise von Mr. MacDonald-Blacksmith einst angenommen, ging an die örtliche Wohlfahrt. Doch auch diese Details drangen nie bis zu Edward Louis Patrick O'Meany vor.

Der unverhoffte Tod von Mrs. MacDonald war generell betrachtet selbstverständlich äußerst tragisch: Trotz ihrer stattlichen dreiundneunzig Jahre war sie noch immer kerngesund gewesen. Für Aetheldreda Rutherford hingegen war der plötzliche Todesfall zumindest in einer Hinsicht ein kleiner Glücksfall: Nun ging ihr Geschirr auf, ohne dass sie in die Verlegenheit kam, jemanden ausladen zu müssen!

Während Eddie in Aetheldreda Rutherfords Küche stand, klingelte es im Hause O'Meany. Sarah war alleine, denn Mo und Geoff hatten Finley und Tyson mitgenommen und waren etwas außerhalb an die Küste gefahren. Obwohl es bereits Mitte November war, war der Tag sonnig und mild, fast spätsommerlich warm. Diesen wollten sie entsprechend draußen verbringen, und Kind und Hund freuten sich über den Frischluftausflug. Sarah derweil genoss die Ruhe. Sie lag auf dem Sofa und stöberte in einem Sammelband von Munros Kurzgeschichten, als das Läuten sie hochschrecken ließ. Verwundert legte sie das Buch beiseite und lief zur Haustür.

„Oh, hallo! Komm doch herein“, begrüßte Sarah den überraschenden wie ungebetenen Gast. Es war Molly Heavens. Molly in ihren ganzen gewaltigen Ausmaßen stand vor ihr, und dazu gehörte nicht nur ihr üppiger, wenn auch nicht unansehnlicher Körper, sondern eine Aura, die mindestens die Straßenbreite einnahm. Sarah fragte sich im Stillen, wie diese durch ihre alte schmale Haustür passen sollte. Molly aber rauschte herein mit wallendem Gewand, durch den Gang hindurch bis direkt in die Küche, wo sie am Ofen Platz nahm. Sarah, durch den Luftstrom mitgerissen, stolperte ihr hinterher und rief, nachdem die Nachbarin bereits saß:

„Nimm doch bitte Platz, Molly!“

Sie kochte einen Tee und holte eine angebrochene Packung Cracker aus dem Schrank.

„Wo ist denn der Rest deiner Mannschaft?“, fragte Molly mit vollen

Backen, nachdem sie sich in einer Geschwindigkeit an den Salzkeksen bedient hatte, die vermuten ließ, dass sie mindestens drei Tage lang auf einer unbewohnten Felseninsel ausgesetzt gewesen sein musste. Sarah pflückte sich verstohlen die Kekskrümel vom Jackenärmel, die ihre Nachbarin beim Sprechen ausgespuckt hatte. Allem Anschein nach hatte Molly blendende Laune trotz des offenkundigen Hungers. Der Hundehaufenvorfall war wohl ad acta gelegt.

„Mum ist mit Finley und Geoff spazieren gefahren, und Eddie hat einen Termin bei Miss Rutherford …", antwortete Sarah artig. Molly grinste süffisant, dann rief sie reichlich schwärmerisch:

„Hach, der Eddie …!"

Sie beugte sich vor zu Sarah, die ihr unbequem gegenübersaß. Eigentlich hatte sie sich auf ein gemütliches Lesestündchen auf dem Sofa gefreut, möglicherweise mit sanftem Hinweggleiten in ein kleines Nachmittags-Nickerchen. Molly kniff die Augen etwas zusammen, schielte ein wenig nach links und rechts, dann raunte sie ihr geheimnisvoll zu:

„Dein Mann kann Frauen wirklich glücklich machen!"

„Wie bitte?", stammelte Sarah irritiert. Sie hatte keinen blassen Schimmer, was Molly ihr zu sagen versuchte. Doch sie hatte eine leise Ahnung, dass sie es lieber gar nicht erst wissen wollte.

„Dein Mann …", Molly lehnte sich selbstzufrieden wieder zurück, „Er macht die Frauen glücklich. Ja, wirklich …", beharrte sie, nachdem Sarah zweifelnd dreinblickte. „Er ist ein Mann, der Frauen sehr glücklich macht."

Zur selben Zeit öffnete Eddie seinen Teekoffer und betrachtete nachdenklich sein Sortiment. Glücklicherweise notierte er akribisch, wem er welchen Tee angeboten hatte, und so konnte er ein paar interessante Sorten hervorholen, die die Damenrunde noch nicht kannte.

„Wie wäre es heute als Erstes mit einem Tässchen Assam aus Tonganagaon? Das ist ein kraftvoller, würziger Tee aus dem Nordosten Indiens mit leichter Malznote, kupfergoldene Tasse, genau das Richtige für Herbst und Winter …"

Mrs. Barbara Petersson, Miss Cecilia Powell, Miss Daisy und Miss Edith Cutter-Browning, Mrs. Hulda Johnson, Miss Robbins, Mrs. Williams, Miss Redford, Miss Upjohn, Miss Weedman und Aetheldreda Rutherford starrten Eddie überrascht an. Irritiert legte er den Beutel Assamtee in seinen Koffer zurück und murmelte:

„Nicht? Nun … da hätte ich noch etwas Liebliches, einen ‚Yellow Needle Yunnan', unaufdringlich mit einen Hauch Melone, exzellente grüngelbe Farbe, an die Blütenstände des Frauenmantels erinnernd …"

Entgeisterte Blicke ließen ihn verstummen. Eddie sah sich elf versteinerten Mienen gegenüber. Einen Moment lang herrschte angespanntes Schweigen. Aetheldreda Rutherford fasste sich und konstatierte nüchtern:

„Mr. O'Meany! Ich bitte vielmals um Verzeihung, doch wir wünschen keinen Tee!"

Eddie blickte erschrocken auf.

„N-nicht?"

„Nein. Wir besitzen hinreichend Tee. Das sollten Sie wissen, Mr. O'Meany, denn Sie haben uns diesen Tee verkauft. Nein, ich war der Meinung, wir hätten uns bereits darauf verständigt, dass wir Ihre Schokolade verköstigen wollen."

„Oh." Eddie kam sich vor wie ein Autoreifen auf der Rallye Dakar, dem plötzlich die Luft ausging – er fiel einfach in sich zusammen. Einen Moment lang war er sprachlos.

„Mr. O'Meany, haben Sie gehört, was ich sagte?"

„B-bitte um Entschuldigung, die Damen, doch ich f-fürchte, die Wirkung der Sch-schokolade könnte möglicherweise etwas … nun … stark sein …" Hilflos blickte der arme Eddie in die Runde.

„Was ich m-meine, ist, dass der Kakao gewisse Ingredienzien mit einer b-besonderen Wirkung hat …"

Elf kalt blickende Augenpaare blieben starr auf ihn gerichtet. Es war still wie in einem Grab.

„Ich m-meine … ich hole den Kakao." Eddie seufzte ergeben.

„Vielen Dank, Mr. O'Meany", entgegnete Miss Rutherford.

„Könntest du bitte etwas konkreter werden, Molly? Ich fürchte, ich verstehe nicht …" Sarah zählte innerlich langsam bis zwanzig, um Molly Heavens nicht direkt an die speckige Kehle zu springen. Was nahm sich dieses impertinente Frauenzimmer heraus? Was wollte sie mit ihren Bemerkungen über Eddie andeuten? Sarah starrte mit zusammengepressten Zähnen ihre Nachbarin an. Molly schlürfte genüsslich den Tee und schmunzelte vor sich hin. Sie stellte die Tasse reichlich affektiert zurück auf den Untersetzer, den kleinen Finger abgespreizt, sah auf, grinsend, und holte gerade Luft zum Sprechen, als plötzlich Eddie im Flur stand und rief:

„Hallo Liebling, ich bin's, muss nur kurz was holen …"

„Eddie, Schatz, ich …" Sarah hielt inne. Was wollte sie ihm sagen? Dass eine tratschsüchtige Nachbarin auf ihrer Küchenbank saß, darum bemüht, ihn durch vage Anspielungen zu kompromittieren?

Eddie steckte seinen Kopf zur Küchentür herein.

„Oh, hi Molly, wie geht's?"

„Wun-der-bar, Eddie, vielen lieben Dank", säuselte die Nachbarin und klimperte aufreizend mit den Augen. Sarah blinzelte irritiert. Warum sprachen die so vertraut? Lag hier etwas in der Luft?

„Und? Hat deine Küche unsere, hihi, Party überlebt?", rief Eddie und zwinkerte Molly zu.

Hihi-Party? dachte Sarah. Was, bitte, war eine Hihi-Party?

„Oh, hihihi, na, sicher, hihihi", gab Molly zurück.

„Bitte vielmals um Verzeihung, Molly." Sarahs Ton fiel etwas frostiger aus, als sie beabsichtigt hatte. Sie erhob sich. „Ich habe noch einiges zu tun. Bitte entschuldige mich, ja?"

Steifbeinig stolzierte sie aus der Küche. Vom Wohnzimmer aus konnte sie noch einen Moment lang Gekicher hören, dann rief Eddie ihr zu:

„Bin schon wieder fort, Liebling. Bis später!" In normaler Lautstärke, aber unüberhörbar für Sarah, wandte er sich an die Nachbarin: „Komm, Molly, lass uns gehen!"

Die Haustür klappte zu, und einen Moment lang war es totenstill. Verwirrt saß Sarah auf dem Sofa und dachte nach. Was hatte die Szene gerade eben zu bedeuten? Interpretierte sie da etwas hinein? Reagierte sie über? Besonnen, wie sie war, beschloss sie, sich zunächst nicht weiter ihren hübschen Kopf zu zerbrechen. Sie würde Eddie einfach heute Abend fragen, was Molly meinen könnte. Das Rätsel würde sich schon lösen. Zufrieden nahm sie ihr Buch zur Hand. Während ihre Augen begannen, schematisch über den Text zu wandern, kroch zaghaft ein leiser Zweifel in ihr empor; ein Zweifel gewachsen aus den jüngsten Erkenntnissen über die Dauerhaftigkeit einer Ehe, sobald man sie unter der Oberfläche betrachtete, so wie sie es bei ihrer eigenen Mutter miterlebt hatte.

„Nein!", sprach sie entschieden und jagte damit den Zweifel fort. Sie war mit dem besten Ehemann der Welt verheiratet, und daran würde sich nichts ändern, ehe nicht das Gegenteil bewiesen wäre. *In dubio pro reo*[8]!

Eddie war ins Haus Rutherford zurückgekehrt und dirigierte die Vorbereitungen für die Schokolade.

„Miss Powell, könnten Sie schon mal die Milch erhitzen … Miss Rutherford, haben Sie noch Kaffeebecher oder Ähnliches … nein, sie muss nicht kochen … Wie? … Die sind perfekt, Miss Rutherford, stellen Sie die Becher nur auf den Tisch, wir bereiten den Kakao im Topf und … ach so, selbstverständlich, wir können auch in der Küche schöpfen, ja, ist sicher

[8] Im Zweifel für den Angeklagten!

besser, wegen der Flecken, möglicherweise …“

Es herrschte eifrige Geschäftigkeit. Die Damen schwirrten mit geröteten Bäckchen aufgeregt schnatternd durcheinander und standen sich mehr im Weg, als dass es wirklich für jede etwas zu tun gegeben hätte. Nur Barb Petersson saß mit gewittriger Miene da und starrte auf den neu gedeckten Tisch. Dank seiner feinen Antennen nahm Eddie ihre düstere Stimmung wahr und setzte sich zu ihr.

„Mrs. Petersson, ist alles in Ordnung?“, fragte er. Unter gerunzelten Augenbrauen blickte sie ihn an und erwiderte:

„Wie überaus freundlich von Ihnen, das zu bemerken, Mr. O'Meany. Nein, es ist nicht alles in Ordnung. Ich mag nämlich keine Milch!“

Aetheldreda Rutherford, die am Herd stand und ihrer Cousine beim Rühren der Milch zusah, blickte erstaunt herüber. Weshalb wunderte sie sich eigentlich, dachte sie. Barbara Petersson benahm sich so wie jeden Tag – wirklich unmöglich! Die geltungssüchtige Pfarrersfrau konnte sich nicht ein einziges Mal vornehm im Hintergrund halten, wenn etwas geschah oder getan wurde, was nicht ihrem Gusto entsprach. Nein, Madame musste immer meckern! Warum zählte diese furchtbare Zimtziege eigentlich zu ihrem Freundeskreis, überlegte Aetheldreda und musste sich zusammenreißen, um den letzten Satz nicht laut zu denken. Sie warf ihr einen finsteren Blick zu, den Mrs. Petersson geflissentlich ignorierte.

„Oh, das tut mir leid“, bedauerte Eddie. „Ich könnte eine Mandelmilch besorgen, mit dieser schmeckt der Kakao auch gut, und es …“

„Ich mag überhaupt keinen Kakao!“, unterbrach ihn Barb empört.

„Und warum bist du dann hier?“, entfuhr es Aetheldreda, die sich im selben Moment auf die Zunge biss. Verdammt, nun war es herausgerutscht. Barb sah sie verstört an. Aetheldreda drehte sich rasch zu ihrer Cousine um und fuhr die arme Cilly theatralisch an:

„Warum bist du eigentlich hier, wenn du die Milch nicht rühren willst?“

Cecilia blickte ihre Cousine erschrocken an, doch Aetheldreda sah ihr eindringlich in die Augen. Es bestätigte sich einmal erneut die Verbundenheit der beiden Cousinen, die quasi miteinander aufgewachsen waren, zweier Schwestern gleich. Cilly verstand sofort, murmelte eine verlegene Entschuldigung und begann demonstrativ in der Milch zu rühren. Barb betrachtete die Posse kopfschüttelnd, dann wandte sie sich wieder Eddie zu.

„Haben Sie keinen Tee dabei?“

Der Ire zog verwundert die Augenbrauen hoch und holte schweigend seinen Koffer. Er gab Cecilia und Aetheldreda weitere Anweisungen zur Präparation der Schokolade, dann widmete er sich der schroffen Pfarrersfrau und zeigte ihr sein Sortiment edler Teesorten.

Die Damen setzten sich nach und nach, und Miss Powell übernahm die ehrenvolle Aufgabe, die Schokolade auszuschenken. Eddies Nervosität kehrte zurück. Er hatte wenig Erfahrung mit Drogen. Alles, was er wusste, hatte er von Geoff. Der wiederum hatte einschlägige Erfahrung mit Drogen, selbstverständlich, alles mal selbst ausprobiert, wie er betonte. Geoff war nie in eine Abhängigkeit gerutscht, das passte nicht zu ihm, dem Freiheit und Selbstständigkeit über alles gingen. Aber so, wie Unabhängigkeit sein Leben kennzeichnete, begleiteten es auch unbändige Neugier und Freude am Risiko. Deshalb hatte er bislang alles getestet, was in die Reichweite seiner pfannengroßen Hände geriet.

Eddie hingegen war sich unsicher, wie die Damen den Haschisch-Konsum verkraften würden. Er versuchte, sie einzuschätzen: Allesamt waren sie alt und älter. Die Jüngste im Bunde würde keinen Kakao konsumieren. Aber sie waren rüstig, nicht wahr? Waren sie sich bewusst, was für eine Schokolade sie da zu sich nehmen wollten? Miss Rutherford hatte so dezidiert seinen Kakao geordert, dass er sich fast sicher war, dass sie etwas wissen musste. Ob Monique ihnen wirklich alles erzählt hatte? Wenn dem so war: Hatte Miss Rutherford ihre Freundinnen eingeweiht?

Er schüttelte die Gedanken ab; was sollte es, es war ohnehin zu spät, um noch etwas rückgängig zu machen. Die Damen nippten vornehm an ihren Keramikbechern und kicherten leise dazu. Endlich hatte auch Barb ihre Wahl getroffen und wählte einen japanischen Shincha Gyokuro ‚Wakana' – First Flush, den berühmten Schattentee. Eddie schluckte leise, denn der Grüntee lag bei einem Rekordpreis von rund dreihundert Pfund per Kilogramm.

Später erklärte sie, der Tee habe ihr nicht besonders gemundet, und entschied sich für einen chinesischen Sencha-Tee. Sie kaufte fünfzig Gramm von einem Tee, dessen Kaufpreis etwa dem Wert der zuvor verköstigten Tassenportion (zweieinhalb Gramm) des japanischen Spitzentees entsprach. Eddie trug es mit Fassung, denn an der heutigen Teeparty, oder genau genommen war es doch eine Schokoladenparty, verdiente er ein kleines Vermögen: Die restlichen Damen kauften den Spezial-Kakao gleich kiloweise.

Die Party war mehr als gelungen, obschon sie deutlich gediegener verlief als jene bei Molly Heavens. Die alten Ladys verhielten sich gesittet, selbst Mrs. Petersson, der nicht im Geringsten anzumerken war, dass ihr der Gyokuro nicht schmeckte. Allein, dass sie deutlich weniger lachte als die anderen – halt; eigentlich lachte sie gar nicht – die anderen dagegen waren fidel wie Lämmer im Mai, ließ vermuten, dass die anderen etwas hatten, was Barb nicht hatte. Die zehn Schokoladentrinkerinnen gackerten wie Teenager und bestellten, was das Zeug hielt. Und sie bezahlten per Vorkasse, das war überhaupt das Beste.

Reich und reichlich erleichtert kehrte Eddie heim, wo seine Familie bereits am Esstisch saß und das Abendbrot vor sich hatte.

„Hi Daddy!“, krähte Finley vergnügt.

„Hey, Finnimi! Hattest du Spaß in deiner Spielgruppe?“

„Daddy ’pielen …“

„Ja, wir spielen, Finny, aber erst Essen, ja? Ham-ham, ja?“

Es brauchte einige Überredungskunst, dem Jungen klar zu machen, dass vor dem Essen nicht mehr gespielt würde. Finley plärrte anfänglichen Protest, doch er war ein guter Junge und gab schnell nach.

Während des Essens erzählten Eddie und Geoff abwechselnd die neuesten Geschichten aus dem Teehandels-Nähkästchen, und Monique lachte ein paar Mal schrill auf. Finley unterhielt den Tisch auf seine, nur Kleinkindern eigene, unnachahmliche Art. Niemandem fiel auf, dass Sarah merkwürdig still war.

Geduldig wartete sie, bis ihr Söhnchen mit seinem Vater gespielt hatte und von ihm ins Bett gebracht wurde. Sie ging ins Kinderzimmer, gab Finley einen Gutenacht-Kuss und verabschiedete sich von ihm. Eddie hatte an der Tür auf sie gewartet und griff liebevoll nach ihrer Hand, was sie mit einem frostigen Blick quittierte. Stattdessen schnaubte sie verächtlich durch die Nase und meinte:

„Schatz, können wir einen Moment reden?“

Wie fast alle Männer fürchtete Eddie diesen Satz seiner Frau. Obwohl sie schon so lange glücklich miteinander verheiratet waren, und obwohl Eddie Sarah für die beste Ehefrau von allen hielt, schnürte es ihm stets unbehaglich den Hals zu, wenn sie Redebedarf anmeldete. Es musste sich um ein unangenehmes Thema handeln, denn angenehme Themen wurden prinzipiell nicht angekündigt.

Etwas unschlüssig blieben sie im Flur stehen, denn das Wohnzimmer war durch Mo und Geoff belegt, die aneinander gekuschelt auf dem Sofa saßen. Tyson lag zu ihren Füßen, und sie sahen sich eine Quizsendung im Fernseher an.

„Komm, gehen wir doch kurz runter in mein Büro“, schlug Eddie vor. Sarah folgte ihm die Stiege ins Untergeschoss hinunter und schloss leise die Tür hinter sich.

„Was gibt es, Liebling?“, fragte Eddie betont heiter. Sarah hatte zu kämpfen, um nicht in Tränen auszubrechen, bevor sie überhaupt ein Wort gesagt hatte. Ihr Gatte registrierte das, und sein gutes weiches Herz quoll über. Liebevoll nahm er sie in den Arm und drückte sie sanft an seine Brust, einen Moment schweigend, bevor er ihr ins Ohr wisperte:

„Was es auch ist, Sarah, ich werde eine Lösung finden, das verspreche ich dir! Nur raus mit der Sprache …"

Sarah löste sich von ihm und blickte ihn aus geröteten Augen an.

„Molly Heavens war heute zu Besuch …"

„Wie nett von ihr", lag eine höfliche Floskel auf seiner Zunge. Gerade noch rechtzeitig konnte er die Bemerkung herunterschlucken. Erstens fiel ihm ein, dass er sie doch selbst gesehen hatte, zweitens sprach Sarahs Gesicht Bände davon, dass just in diesem Moment jeglicher Kommentar unerwünscht war.

„Sie hat mir etwas erzählt … von dir …" Sarah schnürte es den Hals zu. Wie sollte sie Eddie befragen, ohne misstrauisch und eifersüchtig zu klingen?

„Was hat sie denn von mir erzählt?" Eddie war so unbekümmert und arglos, dass seine Frau von inneren Zweifeln fast zerrissen wurde.

„Du machst die Frauen glücklich!" Nun war es heraus.

Eddie starrte sie sprachlos an.

„Ich mache die Frauen glücklich?", stotterte er verwirrt.

„Sehr glücklich."

„Sehr glücklich?"

Sarah sah ihn an und wartete auf eine Antwort. Auf eine Stellungnahme. Auf eine Erklärung oder eine Rechtfertigung.

„W-wie meint sie das, ich mache Frauen glücklich?" Eddie hatte keine Idee, worauf das Gespräch hinauslaufen würde. Sein Gehirn arbeitete auf Hochtouren. War es schlecht, wenn man andere Menschen glücklich machte? Allerdings fiel ihm auf, dass es merkwürdig klingen konnte, wenn Mann andere Menschen glücklich machte.

Seine Gattin hob unschlüssig die Schultern.

„Weiß ich nicht. Ich fand, es hörte sich irgendwie … komisch an …"

„Ja … ja, es hört sich komisch an. Was will sie damit andeuten?"

„Keine Idee?", bohrte Sarah nach. Eddie sah sie ratlos an. Seine treuherzigen blauen Augen waren so offen an die ihren gewandt, dass sie wusste, dass sie an diesem Abend keine Lösung auf das Rätsel finden würde. Seufzend zuckte sie abermals mit den Schultern und deutete mit dem Kinn zur Tür.

„Gehen wir nach oben?"

Eddie nickte und folgte ihr. Am Treppenabsatz griff er kurz nach ihrer Hand und drückte sie zärtlich. Sarah sah ihn an und lächelte kurz. Sie war unentschlossen, ob ihr Lächeln echt oder aufgesetzt war. Sie hatte keine Ahnung, was sie gerade denken sollte. Die nächste Zeit würde schon Aufschluss bringen, dachte sie. Und das tat sie.

Eddie war unterwegs in Sachen Tee-Vertrieb, lieferte Bestellungen mit dem Mahindra aus und lernte nebenbei einen neuen Mitarbeiter ein. Mr.

Mahmood Bhuttasava-Bahawalanzai wurde von den beiden Chefs intern unter Mr. Karatschi geführt, denn daher stammte Mr. Bhuttasava-Bahawalanzai. Sarah hatte gerade Finley in der Krippe abgeliefert, ein wenig enttäuscht, weil er sich diesmal nicht an ihre Beine gehängt hatte, um sie vom Gehen abzuhalten. Stattdessen hatte er sich sogleich auf die neue Innen-Rutsche gestürzt, die seit Kurzem im Spielzimmer installiert war. Nun bummelte sie die Terrace Road entlang, sah in die Schaufenster, ließ sich für Weihnachtsgeschenke inspirieren und genoss die letzte Zeit vor Ankunft des zweiten Kindes.

Bald würde sie nicht mehr länger für sich sein, ihr Dasein genießen können, einfach Sarah, die Frau, sein können. Bald wäre sie wieder für eine gewisse Zeit lang ausschließlich Sarah, die Mutter. Sie würde sich zerreißen müssen zwischen Stillen, Baden, Wickeln und Spucke wegwischen, dabei noch dem älteren Kind gerecht werden, Haushalt und Ehemann nicht zu vergessen. Und doch freute sie sich unbändig auf diese Zeit, auf den zart-süßlichen Geruch eines Babys. Was waren das für erhebende Momente, die das Blut mehr in Wallung brachten als die erste große Liebe: das erste Lachen, das erste Wort („Mamma" oder „Dadda"?), das erste Zähnchen, die ersten Krabbelversuche.

Überhaupt – das erste Mal dieses neue Leben, welches sie dann neun Monate lang Tag und Nacht begleitet haben würde, lebendig und atmend auf ihrer Brust zu spüren, Haut an Haut, tief erschöpft von der Geburt, überschwemmt von Hormonen und überwältigt vom Wunder des Lebens. Es gab nichts Schöneres, wirklich gar nichts Schöneres.

Sarah bekam eine Gänsehaut vor freudiger Erregung. Passend dazu machte das Kind einen Strampler im Bauch, in dem es kaum mehr Platz fand. Die Tritte gingen nun regelmäßig in Sarahs Leber, da der Fötus sich bereits kopfüber gedreht hatte. Sarah streichelte lächelnd ihren Bauch und schlenderte weiter. Vor der Spirituosenhandlung nahe der Kreuzung lief sie Barb Petersson in die Arme.

„Hallo Mrs. Petersson, wie geht es Ihnen?", grüßte Sarah höflich und hoffte inständig, die steife Pfarrersfrau möge es eilig haben und bald weiter gehen.

„Hallo Sarah. Gut, vielen Dank. Ihnen auch, hoffe ich? Wann ist es denn so weit?" Die angegraute Brünette wies auf Sarahs halbkugelartigen Bauch. Sie reagierte mit einem förmlichen Lächeln und antwortete brav:

„Erst in etwa acht Wochen. Das kann sich natürlich immer um ein paar Tage verschieben."

Die Pfarrersfrau lächelte kurz zurück. Das Lächeln erreichte nicht ihre wasserblauen Augen, die so wenig Leben in sich zu tragen schienen wie der

Rest ihrer verkrampften Erscheinung. Dann nahm sie einen ernsten, ja, besorgten Gesichtsausdruck an, griff plötzlich nach Sarahs Unterarm, den sie kurz drückte, und wisperte ihr zu:

„Ich weiß, dass Sie es gerade nicht leicht haben, Mrs. O'Meany. Die Sache mit Ihrem Mann, ich meine das, was er tut …" Sie beugte sich näher und zischte: „Also, ich weiß nicht, was Sie wissen, aber es ist ja kaum möglich, dass Sie gar nichts wissen, und wenn alles auffliegt, dann … oje! Ich meine, es ist vielleicht nicht hoch kriminell, oder doch? Also, ganz legal kann es jedenfalls nicht sein." Sie bemerkte Sarahs verdutzten Ausdruck, richtete sich auf und seufzte. „Sie Ärmste! Und das in Ihrem Zustand! Es ist doch eine Zumutung. Wenn Sie jemanden zum Reden brauchen, Mrs. O'Meany … ich meine, Sie waren lange nicht in unserer Gemeinde, aber Sie sollten wissen, dass Sie uns jederzeit willkommen sind. Je-der-zeit!"

Sarah starrte Barb verblüfft an. Äußerlich war sie außerstande, eine Regung zu zeigen. In ihrem Inneren aber stürzte wie in einem Wirbelsturm alles durcheinander. Die Sache mit ihrem Mann? Was er tat? Nicht ganz legal? Was, zur Hölle, tat er? Warum machte plötzlich jede Person, der sie begegnete, seltsame Andeutungen ihren Mann betreffend? Sie schluckte schwer, dann zwang sie sich zu einem höflichen Lächeln.

„V-vielen Dank, Mrs. Petersson. Danke, ich meine, danke, es geht mir gut, kein Problem, wirklich, ich meine … bitte entschuldigen Sie, i-ich muss fort, äh, weiter, ich meine …" Nochmals lächelte sie hilflos, dann hob sie die Hand zum Gruß und eilte davon.

Gedanken schwirrten durch ihren Kopf, ungeformte, wirre Fetzen, bruchstückhaft. Was sollte sie auch denken? Sie hatte keine Ahnung.

Sie hetzte nach Hause und traf atemlos im Vorgarten ein, in dem Monique gerade das letzte Laub zusammen harkte, während Tyson sich genüsslich im feuchten Blätterhaufen wälzte.

„Sarah, um Gottes willen, wie schaust du denn aus?", rief ihre Mutter, als sie ihr schweißnasses, bleiches Gesicht erblickte. Sarah konnte nichts antworten, sondern warf sich heulend in Moniques Arme. Der Retriever sprang verschreckt aus seinem Laubhaufen und kam zögerlich näher. Er wedelte vorsichtig mit dem Schwanz und leckte an Sarahs Hand. Monique tätschelte ihr den Rücken, dann nahm sie Sarah entschieden bei den Schultern und schob sie ins Haus.

„Da", rief sie und setzte sie auf einen Küchenstuhl, „ich mach dir erst mal einen Tee, und du putzt dir die Nase. Und dann erzählst du mir haarklein, was passiert ist."

7. Wir müssen sofort packen!

Bei der örtlichen Polizeistation klingelte es an der Tür. Der diensthabende Polizeiinspektor Hubert Watts, der in den letzten Monaten mehr an seine bevorstehende Pensionierung gedacht hatte als an seine aktuellen Fälle, was möglicherweise mit der Qualität der Letzteren zu tun haben mochte, blickte überrascht von seinem Schreibtisch auf. Er vertrieb sich gerade die Zeit mit der Eingabe von Daten alter Karteikarten in den Computer, da derzeit nicht viel los war. Es war noch eine halbe Stunde bis Dienstschluss. Es klingelte erneut, und schnaufend schob der leicht übergewichtige Engländer, der nur aufgrund völliger Missinterpretation seiner Leistungen durch seinen ehemaligen Vorgesetzten in dieses Kaff mit den merkwürdig sprechenden Menschen geraten war, seinen Stuhl zurück.

„Ich komme", rief er, was völlig sinnlos war, da er erst ins Erdgeschoss hinunter laufen musste, und wer auch immer vor der Tür wartete, konnte ihn auf gar keinen Fall hören.

Er stapfte die Treppe hinab und öffnete. Erleichtert nahm er zur Kenntnis, dass Mrs. Petersson davor stand; eine der wenigen Personen in Aberystwyth, die er persönlich kannte und, was noch wichtiger war, auch verstehen konnte. Mrs. Petersson war in der Nähe von Oxford aufgewachsen und sprach daher akzentfreies Englisch.

„Mrs. Petersson", stellte er also fest, „kommen Sie doch herein. Was gibt es denn?"

Er führte die Pfarrersfrau in das kleine Besprechungszimmer mit Blick zum Afon Rheidol, dem Fluss, an dem das moderne Dienstgebäude lag. Die

Sonne hatte sich zwischen den Wolken hervorgekämpft und spiegelte sich im bläulichen Wasser des Flusses, was wiederum ein lebendiges Lichtspiel an die Decke des sparsam möblierten Raumes warf.

„Inspektor Watts", begann Mrs. Petersson geheimnisvoll, „ich bin hier, um Sie über besorgniserregende Vorgänge in unserer hübschen Stadt zu unterrichten."

Überrascht zog Watts die Augenbrauen hoch. Die Verkündung allgegenwärtiger Verbrechen in diesem Küstenort war für gewöhnlich die Aufgabe von Molly Heavens. Watts konnte sie nicht ausstehen. Vor allem deshalb nicht, weil sie ihn ständig und vollkommen unnötigerweise mit Arbeit überhäufte.

„Inspektor Watts, es handelt sich um den Handel mit … anstoßerregenden Mitteln … im größeren Stil. Ich kann Ihnen alles genau berichten, denn ich bin Augenzeugin", erklärte Mrs. Petersson. Zwar wunderte sich der Polizeibeamte über die Tatsache, dass ausgerechnet Mrs. Petersson Zeugin von Drogendelikten gewesen sein wollte, dennoch wurde er schlagartig hellhörig. Waren seine Gebete endlich, nach all den Jahren des Ausharrens, des Übergangenwerdens, des Zeit-Verschwendens mit Lappalien, waren sie am Ende erhört worden? Bahnte sich hier etwas an, was in Fachkreisen zu den großen Fällen gehörte? Etwas, das dem nahenden Ende seiner Karriere endlich zu einem würdigen und krönenden Abschluss verhelfen würde? Genüsslich lehnte er sich zurück und lud Mrs. Petersson mit einer Handgeste ein, Bericht zu erstatten.

Aetheldreda Rutherford war gerade auf dem Weg zu Parsons' Bekleidungshaus, wo sie sich einen roséfarbenen Schal hatte zurücklegen lassen. Dieser hatte ihr außerordentlich gut gefallen, sie war sich aber nicht sicher, ob er tatsächlich mit ihrem Siegfried-„Siggi"-Hesbacher-Hut harmonieren würde, der ebenfalls in zartem Rosa gehalten war. Kurz bevor sie die Einkaufsstraße erreicht hatte, stieß sie mit Barbara Petersson zusammen, im wahrsten Sinne des Wortes. Miss Rutherfords Hut verrutschte durch den Zusammenprall, und während sie ihn richtete, klopfte sich die Pfarrersfrau den Mantel zurecht und rief heiser aus:

„Aetheldreda … was für eine Überraschung, dich hier zu sehen!" Ihre wasserblauen Augen flackerten nervös. Die bieder gescheitelten angegrauten Haare auf dem leicht eingezogenen Kopf, ein aus der Mode gekommener Kamelhaarmantel, der die nach vorne geneigten Schultern verbarg, eine große, hässliche Kunstlederhandtasche in Beige- und Karamelltönen, so fest umklammert von den Fingern, dass die Knöchel weiß hervortraten – Mrs. Petersson bot einen bemerkenswerten Gegensatz zur alten Dame, die schlank und hochgewachsen in einem auffälligen Vivienne-Westwood-Ensemble, gekrönt von ihrem Westlondoner Hesbacher-Hut, einer distinguierten, wenn auch etwas farbenfrohen Galionsfigur gleich die Straßen von Aberystwyth durchpflügte.

Die Pfarrersfrau ging vor ihrem geistigen Auge rasch alle liebenswürdigen Gesichtsausdrücke durch, derer sie fähig war, um sich für das Zahnpasta-Lächeln zu entscheiden. Im selben Moment bemerkte sie, wie unpassend sie gewählt hatte, denn leider hatte sie vergessen, das schlechte Gewissen aus ihrem Gesicht zu streichen. Die Überlagerung beider Mienen führte zu einer hässlichen Entgleisung ihrer Züge.

„Hast du Zahnschmerzen?“, fragte Miss Rutherford demnach folgerichtig. Mrs. Petersson wählte die Flucht nach vorne.

„Ich habe den Teepartys ein vorläufiges Ende gesetzt!“ Sie straffte ihren knochigen Rücken.

„Du hast was?“ Die alte Dame war entsetzt.

„Das mit den Teepartys von Mr. O'Meany dürfte fürs Erste beendet sein!“

Aetheldreda Rutherford starrte ihre Bekannte ungläubig an.

„Aber warum? Was hast du getan?“

Mrs. Petersson räusperte sich theatralisch und erklärte mit gewichtiger Miene:

„Aethel“, Aetheldreda Rutherford hasste es, wenn sie ‚Aethel‘ genannt wurde, „Aethel – Drogen auf unserem Küchentisch? Ich bitte dich – das geht doch nicht! Wo kommen wir denn da hin? Es besucht ohnehin kaum noch jemand regelmäßig die Kirche, und nun entwickeln wir uns zu allem Übel auch noch zu einem Drogensumpf? Das lasse ich nicht zu! Ich war bei der Polizei und habe berichtet, was Mr. O'Meany und sein zwielichtiger Genosse da so treiben.“

Miss Rutherford seufzte nur still vor sich hin und schüttelte fast unmerklich den Kopf. Sie murmelte etwas Unverständliches, was Mrs. Petersson für sich als Zustimmung oder Absolution auslegte. Ihre Wege trennten sich wieder. Aetheldreda Rutherford suchte nicht Parsons' Bekleidungshaus auf, sondern machte auf dem Absatz kehrt und eilte nach Penparcau, zur Maes Maelor zurück.

Nachdem Sarah ihrer Mutter das Herz ausgeschüttet hatte unter reichlich Weinen und Wehklagen, reagierte diese mit schallendem Gelächter. Sarah blickte empört auf.

„Du lachst?“

Mos Gesichtsausdruck wurde schlagartig ernst.

„Entschuldige, mein Liebes. Du hast recht, ich sollte stinksauer sein."

„Wie?"

„Na, auf Barb Petersson, dieses vertrocknete Weibsstück mit ihrer aufgesetzten methodistischen Tugend." Mo sah an Sarahs Blick, dass sie ihr nicht folgen konnte. „Mach dir keine Gedanken, Liebes! Mit Eddie ist alles okay. Es ist wirklich alles in Ordnung."

„Aber warum verhält sich jeder, der mir begegnet, so merkwürdig, und macht Andeutungen, Eddie verhalte sich, hm, moralisch nicht einwandfrei?"

Monique schüttelte ungläubig den Kopf.

„Wer ist denn jeder?"

„Wie gesagt: Barb Petersson, dann Molly Heavens …"

„Und? Eine Moralapostelin, die so verknöchert ist, dass sie nicht einmal mehr furzen kann? Und dann unsere Dorfzeitung, deren Sensationsgier und Wahrheitsgehalt dem der ‚Sun' in nichts nachstehen?" Sie zuckte mit den Achseln. „Gib einfach nichts darauf!"

Sarah seufzte.

„Aber wie kommen sie dazu? Warum sagen sie so etwas?"

Mo blies verächtlich durch die Nase.

„Neid. Missgunst. Eifersucht – würde ich sagen. Schätzchen, die Teepartys deines Mannes sind der Renner. Wir kommen mit Terminen nicht nach. Eddie ist unglaublich beliebt, er hat regelrecht Fans, vor allem unter unseren weiblichen Mitbürgern. Da geht die Fantasie mit so einer verkniffenen Pastorengattin, deren Vikar ihr vermutlich persönlich den Hintern zugetackert hat …"

„Mum!"

„Ist doch wahr!", ereiferte sich Mo. „Und Molly? Du kennst sie doch. Die verdreht Fakten so lange, bis aus einem umgefallenen Sack Reis in China eine Welternährungskrise wird. Wir sind erfolgreich. Das zieht Neider an. Unsere Tee-Gesellschaft ist über die Gemeindegrenzen hinaus weithin bekannt. Stell dir vor, gestern bekamen wir eine Anfrage aus …"

„Wir? Unsere?", unterbrach Sarah verdattert.

„Oh." Monique legte ein strahlendes Lächeln auf, setzte sich aufrecht hin und verkündete stolz: „Eddie und Geoff haben mich offiziell als Assistentin der Geschäftsleitung eingestellt!"

„Ach ja?" Sarah blinzelte verwirrt. „Äh, gratuliere!"

„Vielen Dank. Nun komm, lass uns anfangen, das Mittagessen vorzubereiten! Unsere Männer kommen bestimmt demnächst heim", schlug Monique gut gelaunt vor, klatschte in die Hände und stand auf, um zur Küchenzeile zu laufen. Das Gespräch schien beendet, so jedenfalls deutete es Sarah. Sie folgte ihrer Mutter und begann, Kartoffeln zu schälen.

Nach und nach trudelte der Rest der Familie ein, wenn man so wollte, dass Geoff mittlerweile zur Familie gehörte. Die Männer waren gut aufgelegt, die Geschäfte konnten mit nur einem einzigen Wort völlig hinreichend beschrieben werden: ausgezeichnet. Eddie hatte Finley mitgebracht, der nun in seinem Hochstuhl saß und eifrig plapperte. Man setzte sich an den gedeckten Tisch, und Monique begann ein köstliches Kürbiscurry auszuteilen, zu dem Sarah Bratkartoffeln reichte.

Die Mahlzeit war in vollem Gange. Während sie aßen, redeten und scherzten, beobachtete Sarah ihren Ehegatten mit Argusaugen. Der gute Eddie verhielt sich vollkommen natürlich, ganz wie immer, vielleicht einfach ein bisschen gelöster. War das bereits ein Zeichen? War er besser gelaunt, weil er … eine Affäre unterhielt?

Eddie bemerkte den Blick seiner Frau und wandte sich ihr mit strahlendem Lachen zu. Spontan ergriff er ihre Hand und küsste sie. Geoff erzählte einen weiteren Witz und Eddie prustete laut los. Konnte es sein, dass ein Mann etwas zu verbergen hatte, der sich zugleich so ungezwungen und fröhlich verhielt? War ihr Mann ein guter Schauspieler?

Nein. Entschieden nein! Sarah fiel eine Szene aus früheren Jahren ein. Sie waren noch unverheiratet, und Eddie kam zu ihrem Treffen geschlichen wie ein geprügelter Hund. Er war plötzlich wie ausgewechselt, nicht mehr heiter. Das schlechte Gewissen sprang ihm damals förmlich aus dem Gesicht. Er hatte sogleich offenbart, dass es etwas zu gestehen gab. Doch bis Sarah herausgefunden hatte, was passiert war, hatte es damals viel Geduld bedurft.

Es hatte sich um einen völlig harmlosen, da missverständlichen Kuss gehandelt. Eddie war auf einer Feier des Sportvereins im Pub gewesen, und hatte dort seine alte Lauffreundin Mia getroffen. Sarah lernte Mia später kennen und mochte sie sehr. Eddie und Mia hatten sich einige Jahre lang nicht gesehen und sich stürmisch begrüßt. Im Versuch, sich gegenseitig die Wange zu küssen, versagte ihnen die Koordination, und sie trafen sich versehentlich auf dem Mund.

Sarah hatte damals lachen müssen. Was für eine harmlose, alberne kleine Angelegenheit, wie konnte Eddie da nur schlechtes Gewissen haben? Doch er hielt dagegen, dass dieser missverständliche Kuss nun einmal vor versammelter Mannschaft passiert sei. Er habe einfach Angst gehabt, dass die Szene ihr, Sarah, möglicherweise von jemand anderem etwas dramatischer geschildert würde, sodass sie ihn aus Wut darüber im dümmsten Falle hätte verlassen wollen.

Sarah aber verließ ihn nicht, im Gegenteil. Seine Aufrichtigkeit und sein Schuldbewusstsein über diese lächerliche Kleinigkeit rührte sie so sehr, dass sie auf der Stelle beschloss, ihn zu heiraten. Und zwar, sobald er ihr einen

Antrag machte. Das passierte auch nicht viel später. Eddie stellte ihr die Frage aller Fragen, und Sarah stimmte ohne einen Moment des Zögerns zu.

Nachdem Sarah sich der Ehrlichkeit ihres Mannes rückbesonnen hatte, ließ sie ihren argwöhnischen Blick fallen und stimmte ins allgemeine Gelächter mit ein.

Sie waren noch beim Essen, als es klingelte. Sarah saß am nächsten zur Tür, deshalb stand sie auf und lief vor. Als sie öffnete, stand Aetheldreda Rutherford vor ihr. Sie wirkte etwas abgehetzt, keuchte schwer und war recht blass um die Nase. Der leichte Mantel war schief zugeknöpft, die Federn ihres auffälligen Hutes wirkten etwas zerrupft. War sie am Ende hergerannt?

„Guten Tag, Mrs. O'Meany. Wäre es bitte möglich, dass ich Ihren Mann kurz spreche?"

Sarah nickte und bat sie herein, doch Miss Rutherford winkte energisch ab. Also ging sie zurück in die Küche und teilte Eddie mit, es sei für ihn. Sein fragender Gesichtsausdruck verriet, dass er nicht mit Besuch gerechnet hatte. Er stand auf und lief vor, und die anderen hörten leises, aber unverständliches Gemurmel aus dem Hausgang.

Das Zuklappen der Haustür war zu vernehmen, und als Eddie O'Meany in die Küche zurückkehrte, war sein Gesicht käseweiß. Seine Augen waren erschrocken aufgerissen, und Sarah bemerkte, dass kleine Schweißperlen auf seiner Stirn standen. Erwartungsvoll blickten ihn alle an. Ein Moment unbequemer Stille entstand. Eddie atmete schwer. Dann sah er Geoffrey an.

„Wir müssen sofort packen!"

Wären Zuschauer in der O'Meanyschen Küche zugegen gewesen, und hätten diese sich, entsprechend der Spannung des Augenblicks, mucksmäuschenstill verhalten, so hätte man vielleicht hören können, wie vier Münder überrascht aufklappten. Nun, tatsächlich waren es nur drei Münder, die vor Überraschung aufgingen. Finleys Mund öffnete sich lediglich, um sich eines viel zu heißen Stückes Kürbis zu entledigen, welches er zuvor in sich hinein gestopft hatte.

Der Kürbis fiel mit einem Platschen neben dem Kinderteller auf das weiße Tischtuch, und das riss Sarah aus ihrer Erstarrung. Sie griff nach einem Lappen und wischte die Bescherung weg.

„Was meinst du mit ‚sofort packen'?" Sie hatte sich wieder gesetzt und musterte ihren Mann. Eddie sah aus, als habe er ein Gespenst gesehen.

„Wir sind aufgeflogen!" Seine Stimme war kaum zu hören. Geoff und

Mo sprangen auf und starrten ihn entsetzt an. Sarah blieb gelassen sitzen und wunderte sich über die Unruhe.

„Aufgeflogen?“, fragte sie verdutzt.

Nun kam Hektik in die Runde. Eddie stürzte zu ihr, legte ihr eine Hand auf die Schulter, sah sie sehr ernst an und sammelte sich kurz, ehe er ihr eilig erklärte:

„Schatz, wir müssen fort. Möglicherweise für im… für länger. Dauer unbekannt. Wir müssen sofort aufbrechen, ich erkläre dir alles später.“ Er blickte ihr in die erstaunten Augen und setzte nachdrücklich hinzu: „Bitte vertrau mir, ja?“

Er wandte sich an Mo und Geoff, die hastig den Tisch abräumten, und instruierte sie knapp über das weitere Vorgehen:

„Ein paar nicht verderbliche Vorräte, alle restlichen Tees und den Kakao. Halt, nein, den Kakao lieber nicht, den verfeuern wir.“

Geoff sah ihn zweifelnd an, und Eddie lenkte ein:

„Also gut, den Kakao, aber sorg dafür, dass er weder zu finden noch zu erschnüffeln ist.“ Geoff grinste wissend und hielt einen Daumen hoch. „Dann das Nötigste zusammenpacken. Sarah, du packst alles für Finley und für dich. Ich hole meine Sachen aus dem Büro und packe mir einen Rucksack mit Kleidung. Beeilt euch, wir treffen uns in einer halben Stunde bei Aetheldreda.“

„Aetheldreda Rutherford?“, wunderte sich Sarah. Eddie sah sie kurz an, dann nickte er grimmig.

„Bitte vertrau mir, Liebling.“

Was sollte Sarah auch anderes machen? Ihre Mutter steckte offensichtlich mit unter einer Decke, die sich für Sarah noch nicht einmal ansatzweise gelüftet hatte. So hätte sie im Zweifelsfall nicht zu dieser ziehen können, wenn sie ihren Mann hätte verlassen wollen. Davon abgesehen wollte sie es auch gar nicht. Sie liebte ihren Mann, und sie hatte ihm versprochen, zu ihm zu halten, auch in den schlechten Zeiten. Ob die Zeiten nun schlecht standen, wusste sie nicht. Eigentlich wusste sie gar nichts. Sie ging mit, was blieb ihr anderes übrig?

Während sie die Treppe hinaufstieg, ging sie im Geiste die wichtigsten Sachen durch, die sie mitnehmen wollte. Was hatte Eddie gesagt? Sie kämen vielleicht nicht zurück, zumindest vorerst nicht? Ach, ihr schönes Wedgwood-Service! Dafür würde wohl kein Platz sein. Sie seufzte ergeben und öffnete ihren Schrank, um einige Kleidungsstücke herauszunehmen.

Mo ging derweil mit Tyson und Finley in den Garten, wo sie den einen pinkeln und den anderen spielen ließ. Geoff war davongebraust, um seine

Sachen zu holen. Nach nur zehn Minuten kehrte er mit einer schlampig gepackten Handtasche zurück.

„Ist das alles?“, fragte Mo skeptisch und deutete auf das kleine Gepäckstück. Geoff grinste sie breit an.

„Zahnbürste und ein paar Unterhosen zum Wechseln. Einen Schlafanzug brauche ich ja nicht!“

Mo lachte auf, dann überließ sie Kind und Hund seiner Obhut, um selbst ein paar Dinge zusammenzusuchen.

Schließlich hatten alle ihre fertig gepackten Taschen und Koffer im Hausflur stehen. Eddie fuhr den Mahindra vor, und die Familie begann einzuladen, als plötzlich Molly Heavens daher gelaufen kam.

„*Prynhawn da*[9], liebe Nachbarn, was habt ihr denn …“

Tyson schlug ungewohnt heftig an. Er fletschte die Zähne und hörte nicht auf zu bellen. Er reagierte derart aggressiv auf die Nachbarin, dass Monique alle Hände voll zu tun hatte, ihn zurückzuhalten, während Molly ihre Neugier herunterschlucken musste, um ihrer Empörung Luft zu verschaffen.

„Haltet dieses Ungeheuer zurück! Unverschämtheit, dass so etwas privat gehalten werden darf! Ein derart bedrohlicher Hund gehört doch ins Tierheim, in den Zwinger, oder noch besser …“ Schimpfend zog Molly von dannen. Niemandem entgingen ihre boshaften Blicke, die sie aus der Ferne wie vergiftete Pfeile zurückschoss. Eddie sah ihr mit besorgter Miene nach, während Geoff nur gönnerhaft lächelte.

„Kommt, beeilt euch lieber, statt dieser Gewitterziege nachzusehen“, forderte Mo die anderen auf, wuchtete ihren kleinen Koffer in den Fond und setzte sich dazu. Die Ladefläche war bereits brechend voll. Den größten Teil davon nahmen verdächtige Objekte und Unterlagen der Tee-Handelsgesellschaft ein. Eddie breitete ein paar Decken über dem Gepäck aus, dann schlug er die Stahltür des Aufsatzes zu. Sarah schnallte Finley in seinen Kindersitz und ließ sich neben ihm nieder, während Geoff vorne neben Eddie saß, Tyson zu seinen Füßen.

„Hast du abgeschlossen?“, fragte Sarah nach vorne.

„Oh mein Gott, ich habe Tysons Schnuffeltier vergessen!“, schrie Monique plötzlich auf.

„Keine Panik dahinten!“, rief Eddie. „Ich erledige das. Sonst noch jemand was vergessen?“

„Ich hätte da ein kleines … Spielzeug in Mos Nachttischschublade, wenn du so freundlich wärst …“ Geoff grinste süffisant. Eddie quittierte das mit

[9] Guten Tag! (nachmittags)

einem Rippenstoß, dann sprang er aus dem Wagen und rannte noch einmal zum Haus. Das abgeliebte Kuscheltier des alten Retrievers war schnell gefunden. Geoffs Wunsch hingegen ignorierte er. Mit einem letzten wehmütigen Blick verabschiedete er sich von der kleinen Doppelhaushälfte. Dann verschloss er sorgfältig die Tür und sprang zurück zum Wagen.

Der Weg hinunter zum hübschen Anwesen von Miss Rutherford betrug nur wenige Hundert Meter. Die Reifen des Mahindras knirschten auf dem feinen hellgrauen Kies. Eddie stieg aus und klingelte an der hellblauen verzierten Haustür der alten Dame. Aetheldreda Rutherford öffnete sofort und schien ihm kurze Anweisungen zu geben, denn er kehrte zum Wagen zurück, stieg ein und parkte ihn seitlich hinter dem Haus.

„Bitte steigt aus! Miss Rutherford hat uns noch zum Tee gebeten", erklärte er knapp. Sarah wunderte sich, warum zuerst diese Hektik nötig war, wenn nun noch in aller Seelenruhe Tee getrunken werden sollte. Hätte man nicht zuerst Tee trinken können und den Wagen anschließend in Ruhe packen? Außerdem – wie war das noch mal: Warum mussten sie eigentlich fort?

„Willkommen, bitte setzen Sie sich", begrüßte Miss Rutherford ihre Gäste. Auf der fein gedeckten Tafel im Salon des Hauses standen Tee und Scones, die sich Finley mit wachsender Begeisterung in den Mund stopfte. Die Gastgeberin ließ es sich nicht nehmen, Tyson ebenfalls ein Geschirr auf den Boden zu stellen, in dem zwei dick mit Sahne bestrichene Scones lagen. Der alte Retriever verschlang sie in einer Rekordzeit von wenigen Millisekunden. Seinen Tee aber ließ er links liegen. Vielleicht hätte er einen feinen Darjeeling statt des aromatisierten Earl Grey bevorzugt.

„Meine Lieben", begann Miss Rutherford, nachdem alle fürs Erste versorgt waren. „Wie ich Mr. O'Meany vorhin mitgeteilt habe, hatte meine alte Freundin Barbara Petersson leider nichts Besseres zu tun, als schnurstracks zur Polizei zu gehen, und dieser von den Geschäften der ‚Eddie's & Geoffrey's Tea 'N' Tea Company' zu berichten. Bitte nehmen Sie es Barb nicht allzu übel! Sie kann nicht aus ihrer Haut. Seit Jahrzehnten spielt sie das moralische Gewissen von Aberystwyth, vielleicht deswegen, um über ihre eigenen Unzulänglichkeiten hinweg zu sehen. Wer weiß. Nun meinte sie, dass unser Treiben zu weit geht. Das alte Mädchen hat es schon immer zu eng gesehen, wenn Sie mich fragen …"

Sie berichtete noch einiges aus dem armseligen Leben der Pfarrersfrau, doch Sarah hatte längst den Faden verloren. Was zur Hölle waren das für „Geschäfte", die Miss Rutherford so dezidiert erwähnte?

„Jedenfalls bin ich mir sicher, dass in Kürze die Polizei hier auftauchen wird, Ihr Haus durchsuchen möchte und vermutlich jede Menge unangenehmer Fragen auf Lager hat. Von daher wäre es wohl angebracht, wenn Sie eine Weile … nun, verreisen, würde ich sagen. Allerdings“, wandte sie sich an Eddie und blickte ihn streng an, „sollten Sie nicht unbedingt ihren eigenen Wagen nehmen. Das auffällige Gefährt ist wohl das Erste, nach dem die Polizei suchen wird, wenn sie feststellt, dass Sie Ihr Haus verlassen haben. Sie werden mein Auto nehmen, einverstanden?“

„Sie haben ein Auto?“, entfuhr es Sarah, die sich prompt beschämt auf den Mund schlug. Aetheldreda lächelte milde.

„Nur weil ich keinen Führerschein habe, heißt das noch lange nicht, dass ich kein Auto besitze. Bitte folgen Sie mir, wenn Sie so weit sind.“

Miss Rutherford führte ihre Gäste durch die Hintertür zu einem größeren Schuppen, an dessen kobaltblau getünchter Holzwand Gartengeräte lehnten. Weiße Kletterrosen hatten sich am Giebel emporgearbeitet und verliehen dem betagten Gebäude einen romantischen Touch. Die alte Dame öffnete das zweiflügelige Tor, dessen Angeln vor Rost ächzten. Gespannt blickten die Gäste ins Innere des Schuppens. Doch es dauerte einen Moment, bis sich ihre Augen an das Dunkel gewöhnt hatten.

„Wow!“, rief Monique aus, und selbst Geoff entglitt vor Staunen sein spöttisches Lächeln.

„Das gibt's doch nicht!“, hauchte er ehrfürchtig. „Ein waschechter Jaguar Mark IV! Das muss Baujahr, hm, Ende Vierziger sein, oder?“

„Mitnichten, mein Lieber“, verbesserte Miss Rutherford hilfsbereit. „1937er, dreieinhalb Liter Sechszylinder. Mein Vater hat ihn damals gekauft. Ich habe es nie über mich gebracht, ihn abzustoßen …“

Bewundernde Blicke glitten über die geschwungene Karosserie des lackschwarzen Edelgefährtes, bis Miss Rutherford geschäftig in die Hände klatschte.

„Wir sollten keine Zeit mehr verlieren, liebe Freunde. Bringen Sie Ihr Gepäck und verstauen Sie hier so viel wie möglich.“

Der letzte Nachsatz erwies sich als vorausahnend, denn trotz der gehörigen Größe besaß das historische Automobil deutlich weniger Laderaum als der praktische Inder. Die Familie sortierte rasch nach den dringendsten Notwendigkeiten, und so blieben vor allem Akten und Teedisplays der Handelsgesellschaft am Boden des Schuppens stehen.

„Wir bringen das in den Eiskeller. Niemand weiß von diesem Raum, und ich werde ihn zumauern lassen. Ich werde Sie für dieses Haus als Erben einsetzen, sollte mir etwas zustoßen“, erklärte Miss Rutherford nüchtern und wies den Weg zum besagten Erdkeller. „Solange Sie fort sind, werde ich Ihr Haus hüten, wenn Sie das wünschen. Sie können mir auch Nachricht zukommen lassen, wenn ich es für Sie verkaufen soll.

Immobilien haben zurzeit gute Preise."

Sarah staunte ob der Tatkraft der alten Dame und fragte sich, warum sie sich so rührend um sie kümmerte. Hatte sie nicht selbst angedeutet, es könne Probleme mit der Polizei geben? Noch mehr stutzte sie, warum ihr eigenes Häuschen verkauft werden sollte. Das aber schien zum Mysterium zu gehören, welches noch der Aufklärung bedurfte. Was Sarah nicht wusste, war, dass Aetheldreda Rutherford Abenteuer und Herausforderungen jeglicher Art in ihrem Leben liebte, aber schon seit Jahren vermisste. Am liebsten wäre sie wohl selbst mitgekommen, was sie angesichts ihres fortgeschrittenen Alters jedoch nicht ernsthaft in Erwägung zog. Aber eine kleine Auseinandersetzung mit der Polizei? Nun, warum nicht?

„Miss Rutherford, es ist wahnsinnig lieb von Ihnen, doch wir können Ihr großzügiges Angebot unmöglich annehmen. Ich meine, der Wagen ist doch ein Vermögen wert!", meinte Eddie.

„Unsinn!", widersprach die alte Dame. „Auto ist Auto, nicht wahr?"

Monique schaltete sich ein. „Aber Ihr Wagen ist doch mindestens genauso auffällig wie der Mahindra!"

„Sicher", gab Miss Rutherford zu. „Jedoch wird er nicht mit Ihnen in Verbindung gebracht, richtig? Zumindest nicht sofort."

„Und was passiert mit dem Mahindra? Ich denke, Sie werden Schwierigkeiten bekommen, wenn die Polizei ihn hier entdeckt. Zumindest werden unangenehme Fragen auftauchen, nicht wahr?", fragte Eddie nach.

„Das ist vermutlich richtig." Nachdenklich rieb sie ihr Kinn. „Hm … das Beste wäre, wenn wir ihn unauffällig entsorgen. Irgendwo, wo man ihn nicht so schnell findet …"

„Dennoch, Ihr Wagen ist viel zu wertvoll. Ich weiß doch gar nicht, wann wir ihn zurückbringen können."

Aetheldreda Rutherford winkte entschieden ab.

„Sie nehmen mein Auto, und damit basta. Was soll ich auch damit, ich kann doch gar nicht fahren! Er steht seit Jahren herum und verstaubt im Schuppen. Ist wirklich schade darum. Nein, nehmen Sie ihn nur, ich bestehe darauf!"

Eddie lenkte schließlich ein.

„Also gut, Miss Rutherford, Sie lassen ja doch keinen Einwand gelten. Eine Frage aber sei mir noch gestattet: Wie wollen Sie unseren Mahindra fortschaffen?"

Die alte Dame lachte verschmitzt.

„Ich werde meinen Chauffeur bitten, ihn zum Gors Goch Glan Teifi zu fahren, Sie wissen schon, bei Tregaron …"

„Sie haben einen Chauffeur?"

„Sicher", rief sie lachend, „ich habe ihn heute Vormittag eingestellt! Mr.

Bhuttasava-Bahawalanzai, würden Sie mal herkommen?"

„Mr. Karatschi …", erscholl es von Eddie und Geoffrey wie aus einem Munde.

„Bitte, Entschuldigung", haspelte der Pakistani verlegen, „ich sollte noch kündigen, nicht wahr?"

Eddie winkte ab, und Miss Rutherford drängte zur Eile. Sie tauschten die Wagenschlüssel aus, und das restliche Gepäck wurde sortiert und verstaut. Mr. Bhuttasava-Bahawalanzai half, die überschüssigen Dinge in den Eiskeller zu bringen. Dann wies Miss Rutherford ihn an, den Mahindra im größten und entlegensten Sumpfloch, was im Gors Goch Glan Teifi zu finden war, zu versenken. Sie hatte ihn mit einer Wanderausrüstung und einem GPS-Gerät ausgestattet. So konnte der junge Mann durchaus als ausländischer Student durchgehen, der in seinen Semesterferien das Land erkundete, wenn er zu Fuß oder per Anhalter zurückkäme.

Nachdem sich Mr. Karatschi verabschiedet hatte, war es auch für die Anderen an der Zeit zu fahren.

„Miss Rutherford, Sie wollten so freundlich sein und unser Haus hüten, bis … nun, bis … hm …" Eddie hielt der alten Dame verlegen den Hausschlüssel entgegen.

„Selbstverständlich", entgegnete sie und blickte ihm ruhig in die Augen. Sie nahm seine Hand und erklärte: „Ich werde gut darauf achtgeben. Lassen Sie einfach von sich hören, wenn es möglich ist. *Pob lwc*[10]!"

„*Diolch*[11], Miss Rutherford. *Diolch yn fawr*[12]", bedankte sich der Ire auf Walisisch. Kurz darauf rollte der alte Jaguar aus der Einfahrt heraus. Lange noch sah ihnen die alte Dame nach und winkte, bis sie nicht mehr zu sehen waren.

---

[10] Viel Glück!

[11] Danke!

[12] Vielen herzlichen Dank!

8. Rutsch beiseite, Mauerblümchen!

Sowohl von den O'Meanys, die längst das Städtchen verlassen hatten, als auch von Miss Rutherford, die ihr wohlverdientes Nickerchen einnahm, als auch vom Wachauge der Straße, Molly Heavens, unbemerkt betrat Barb Petersson die Auffahrt zur kleinen Doppelhaushälfte der O'Meanys. Die Dämmerung begann sich auszubreiten, und Barb hatte der leichten Abendbrise wegen ihren Trenchcoat-Kragen hochgeschlagen. Sie klingelte an der Vordertür, sie klopfte an der Hintertür. Da sie selbstverständlich nichts davon wusste, dass Miss Rutherford ihren Nachbarn vor weniger als zwei Stunden zur Flucht verholfen hatte, war sie fest davon überzeugt, wenigstens einen der O'Meany-Sippe daheim anzutreffen.

Vielleicht hatten die O'Meanys sie kommen sehen und hielten sich – aufgrund ihres schlechten Gewissens und ihrer unlauteren Machenschaften – versteckt? Barb Petersson lief ein kalter Schauer über den Rücken. Nein, sie würde nicht klein beigeben, nicht jetzt! Nachdem der Inspektor nach anfänglicher Begeisterung reichlich zäh auf ihre Anzeige reagiert hatte, sah sie sich gezwungen, die Dinge selbst in die Hand zu nehmen. Zudem misstraute sie den Fähigkeiten des faden Polizeiinspektors. Sie konnte und wollte nicht verantworten, die walisische Gesellschaft durch unwillkommene irische Einflüsse weiter verlottern zu lassen. Daher hatte sie beschlossen, Edward O'Meany einmal gründlich ins Gewissen zu reden.

Sie prüfte die Klinke der Hintertür und – hatte Glück! Es war nicht abgeschlossen. Sie straffte die Schultern und umklammerte ihr beiges Kunstlederhandtäschchen mit den Fingern. Dann trat sie mit festen Schritten ins Haus und rief laut, wenn auch mit kaum merklichem Zittern:

„Hallo? Ist jemand zu Hause?"

„Wohin jetzt?“, fragte Geoff, während sie von der Heol-Y-Bond auf die A 44 Richtung Hereford abbogen.

„Entschuldige, Schatz, aber darf ich bitte erst mal erfahren, warum wir überhaupt weg müssen? Was sind das für Geschäfte, derentwegen wir …“, begann Sarah.

„Fahr zu David!“, rief Monique dazwischen.

„Zu Dave?“, stutzte Eddie.

„Natürlich! Er schuldet mir noch was, da können wir ruhig mal für ein, zwei Tage seine Gastfreundschaft ausnutzen!“

„Mummy, Mummy!“, schrie Finley und begann zu weinen, weil er seine Jacke vollgespuckt hatte.

„Lieber Himmel!“ Sarah seufzte. Sie herrschte Eddie an, er solle nicht so rasen. Dann widmete sie sich ihrem Söhnchen, zog ihm die verschmutzte Jacke aus und säuberte ihn, so gut es ging.

Eine kleine Weile später begann Tyson zu winseln. Monique forderte eine Rast, damit der alte Rüde seinen Geschäften nachgehen konnte. Den anderen kam die Rast ebenfalls sehr gelegen. Eddie fuhr von der Autobahn herunter und suchte einen abgelegenen Ort, an dem sie picknicken konnten. Sie fanden ein hübsches menschenleeres Plätzchen, und Mo und Geoff zogen mit Tyson los, um eine kleine Runde zu drehen.

Sarah gab Finley etwas zu trinken und nutzte die Gelegenheit, ihren Gatten alleine zu sprechen.

„Wärst du so liebenswürdig und würdest mir endlich verraten, was eigentlich los ist?“, zischte sie aus zusammengepressten Zähnen hervor. Eddie räusperte sich verlegen.

„Nun, unser Teehandel lief schon ziemlich gut, da hatte Geoff die Idee, den Handel ein wenig auszuweiten …“

„Geoff?“, fauchte Sarah.

„… und wir führten einen holländischen Kakao ein, der extrem gut bei unseren Kundinnen ankam, er hatte einen besonderen Zusatz, also, der besonders war, sozusagen, eine besondere Wirkung, öhm …“, stotterte Eddie leiser werdend. Mit grimmiger Miene starrte Sarah ihren Ehegatten an, als versuche sie, ihm die Worte mit Blicken aus dem Mund zu bohren.

„… und, äh, eigentlich war es … es handelte sich um, nun, Chocolate, also, aber nur ein ganz bisschen, wirklich, ganz harmlos, also, es sollte eigentlich legalisiert werden, finde ich, so wie in Holland, für den Eigengebrauch – ich meine, das tut doch gut, oder nicht, so ein bisschen …“ Eddie schwitzte Blut und Wasser, während er sich um Kopf und Kragen redete. Sarah sah ihn verständnislos an.

„Legalisiert? Was soll legalisiert werden?“

„Nun, das Haschisch, also … na ja, diese kleinen Mengen eben …", stotterte der Ire verlegen und verstummte schließlich.

„Haschisch?", fragte Sarah ungläubig. „Ihr habt mit Haschisch gehandelt?"

„Nein, nein, also, nur das, was im Kakao war, nun ja, so gesehen, aber doch nicht wirklich, ich meine …"

Leise stöhnend fasste sich Sarah an die Stirn. Das also war das große Geheimnis. Haschisch. Frauen glücklich machen, pah! Was hatte sie sich für einen Kopf gemacht – und nun so etwas. Sie seufzte erneut. Sie reichte Finley eine Banane und winkte Mo und Geoffrey zu, die zurück gelaufen kamen.

Nachdem alle ein wenig gegessen hatten, fuhren sie weiter. Finley schlief rasch im Auto ein, ebenso Tyson und Geoffrey. Monique hatte Eddie beim Fahren abgelöst, und so döste dieser ebenfalls bald im Beifahrersitz, während Sarah ihren Gedanken nachhing.

Wenn sie ehrlich war, hing sie nicht einmal ihren Gedanken nach. Sie war nur froh, dass es nichts Schlimmeres war, was ihr Mann zu gestehen hatte. Gut – was hieß nichts Schlimmeres? Immerhin hatten er und sein Kumpel sich in einen Bereich der Illegalität hineingewagt, weswegen sie sich faktisch gesehen auf der Flucht befanden. Und wenn sie sich auf der Flucht befanden, würden sie möglicherweise bald von der Polizei verfolgt werden, wenn diese sie nicht schon längst suchte. Und das hieß, dass sie unter Umständen auch von der Polizei erwischt würden, denn die Verbrecher entkamen hierzulande ja nur in den schlechten Filmen, oder nicht? So hatten sie Haus und Hof hinter sich lassen müssen, saßen mit Kind und Kegel in einem Wagen, der ihnen nicht gehörte, und waren auf der Flucht. Und wenn man sie erwischte, würden sie allesamt ins Gefängnis wandern, oder nicht?

„EDDIE!", kreischte Sarah mit einem Mal. Mo fuhr überrascht einen Schlenker, während Eddie hochschreckte und rief:

„Wie, was? Wo?"

„Sarah, verdammt und zugenäht, würdest du im Auto bitte nicht so losschreien?", schrie ihre Mutter los. Tyson wachte auf und bellte verstört, was wiederum Finley weckte, der zu weinen begann. Der Einzige, der nach wie vor selig schnarchte, war Geoffrey.

Gut, ihre Mutter hatte recht, dachte Sarah, was sollte die plötzliche Panik? Niemandem war geholfen, wenn sie nun hysterisch wurde. Der Plan war, dass sie zunächst zu ihrem Vater fuhren, dort übernachteten und überlegten, wohin sie fliehen konnten. Holland, vielleicht Holland, nicht? Da war Haschisch-Konsum erlaubt, richtig? Dort würde sie doch niemand einer Lappalie wegen verhaften, nicht wahr?

„Entschuldigt bitte“, murmelte sie. Eddie, Finley und Tyson ließen sich beruhigt wieder in ihre alten Positionen sinken, und Mo konzentrierte sich auf die Straße.

Im Haus war es totenstill. Der Hinterflur war düster. Barb spürte, wie sich ihre Nackenhaare aufstellten. Sie durchschritt die Küche, die verlassen wirkte. Im Flur lief sie entlang einer weiß lackierten Holztreppe, an deren Seiten schmale Regale in unterschiedlichen Höhen angebracht waren. Barb fühlte sich etwas schwindelig, mochte es vor Aufregung sein oder vor Angst. So hielt sie sich an der Unterseite der Treppenwange fest, die mit einem Zierbrett abschloss, um sich zu stützen. Unglücklicherweise war das Zierbrett nur unzureichend gesichert, dafür aber mit der gesamten Regalkonstruktion verbunden, woraufhin selbige, von Barb unbemerkt, sich leicht in Bewegung setzte.

Noch unglücklicher war der Umstand zu benennen, dass sich auf dem Regal genau oberhalb der Pfarrersfrau, außerhalb ihres Blickwinkels, die schwere und unglaublich hässliche Nachbildung einer modernen Tiffany-Glasvase befand. Sarah hatte sie einst als Hochzeitsgeschenk von ihrer Cousine Mildred erhalten. Leider war das gute Stück trotz bester Bemühungen beim Umzug nach Wales nicht zu Bruch gegangen. Deshalb hatten die O’Meanys es in Ermangelung eines geeigneten Versteckes dort oben auf das Treppenregal verfrachtet.

Eben jene Vase war aufgrund der leichten Schwingungen der Regalbretter ebenfalls in Bewegung geraten. Millimeter um Millimeter zitterte sie sich in Richtung Brettvorderkante voran. Barb stand noch immer gegen die Treppenwange gelehnt, als sich das Glasobjekt um jenen Deut zu viel über die Kante gearbeitet hatte und nun das Gleichgewicht verlor. Die Pfarrersfrau meinte, ein leises Geräusch von oberhalb der Treppe kommend gehört zu haben. Sie richtete ihren Blick nach oben. Das Letzte, was Barb Petersson zu sehen bekam, war der Boden eines scheußlichen gläsernen Hochzeitsgeschenks.

Nach rund viereinhalb Stunden auf beinahe leeren Straßen trafen Eddie, Sarah und Finley, Geoff, Mo und Tyson in Malvern ein. Es war bereits dunkel. Zielsicher steuerte Monique auf das Backsteinhaus in der Beauchamp Road zu, an dessen getöpfertem Klingelschild in großen Lettern der Name „Jones“ prangte. Ein dunkelblauer Renault Scénic stand in der Einfahrt. Mo parkte den großen Mark IV direkt dahinter.

„Dad ist schon zu Hause“, bemerkte Sarah beim Aussteigen völlig überflüssig, denn in der geöffneten Haustür stand im fahlen Licht der

Straßenlaterne ein völlig konsternierter David Jones. Er trug Pantoffeln und eine braune Cordhose und verfolgte das Schauspiel des seltenen Autos mit den seltsamen Insassen regungslos und mit aufgerissenem Mund. Eine junge Frau mit aschblonden langen Haaren gesellte sich zu dem Mittsechziger, dessen Haarwuchs sich im Laufe der Jahrzehnte für eine neue Richtung entschieden hatte (dieser konzentrierte sich ausschließlich auf die Kopfhälfte unterhalb der Ohren). Eine Lesebrille prangte auf Davids Stirn, die ihm mit einem Ruck auf die Nase fiel, als die unscheinbare junge Frau ihn versehentlich von hinten anstupste, um selbst besser sehen zu können.

„Mo?", stotterte David, als sich seine zukünftige Exfrau mit ihrem Gefolge näherte. „Sarah? Eddie? Und …?" Hilflos musste er mit ansehen, wie sich der flüchtige Trupp an ihm vorbei ins Haus drückte.

„Rutsch beiseite, Mauerblümchen!", knurrte Monique das aschgraue Weibchen an, das niemand anders als Shirley, die Blumenverkäuferin, war. Shirley ihrerseits sprang eingeschüchtert hinter David und zeigte sich auch nicht selbstbewusster, als der dicke Tyson ihr versöhnlich über die Hand schlabberte. Stattdessen quiekte sie entsetzt auf.

Verwirrt tapste David dem Überfallkommando hinterher und vergaß für einen Augenblick die junge Frau, die ratlos hinter ihm herschlich, sorgfältig darauf bedacht, nicht noch einmal Ziel einer Hundesabber-Attacke zu werden. Die unerwarteten Gäste nahmen am rustikalen Holztisch Platz. Der große Esstisch war Sarah so vertraut wie die Familienbilder im Flur, auf deren jedem einzelnen Mo, aber auf nicht einem Shirley zu sehen war.

„Was macht Ihr hier?", fragte David verwirrt in die Runde. Dann wandte er sich an Geoffrey: „Und wer sind Sie?"

„Das ist Geoff", erklärte Monique und hakte sich bei Selbigem ein, der ihr einen Kuss auf die Wange hauchte. „Mein Freund und Liebhaber."

„Liebha…" Der Mittsechziger hielt verlegen inne, als sich das betreffende Paar einem demonstrativen Zungenspiel hingab. Fragend sah er zu Sarah, die seufzend mit den Augen rollte.

„Dad", begann Eddie vorsichtig, „könnten wir spontan ein oder zwei Tage bei dir unterkommen?"

„Natürlich können wir", grunzte Monique energisch, „es ist noch immer genauso mein Haus!", und funkelte Shirley wütend an. Tyson spürte die leichten Spannungen und versuchte durch gezielte Leckattacken bei David, Monique und Shirley Frieden zu stiften. Shirley zog beschämt die Hand weg und sah so betreten zu Boden, dass Sarah Mitleid empfand.

„S-sicher" David warf einen bangen Seitenblick zu Mo.

Ein kurzer Moment unangenehmen Schweigens entstand, bis sich plötzlich und unvorhergesehen Shirley zu Wort meldete.

„Möchte jemand etwas essen?“, piepste sie schüchtern in die Runde, ohne den Blick zu heben.

„Prima Idee!“, rief Geoff und lehnte sich zufrieden zurück.

Es dauerte nicht lange, da tischte die farblose Blumenverkäuferin eine leuchtend orange Kürbissuppe, ein deftiges Stew und einen bunten Salat auf, die sie teils vorab zubereitet hatte. Das Essen schmeckte so wunderbar, dass selbst Monique nicht umhin kam, es gebührend zu loben. Das Kauen und Schmatzen schien eine lösende Wirkung auf die angespannten Geister zu haben, denn die Stimmung wurde zusehends friedlicher und vergnügter. Nicht viel später bat Geoff um eine angemessene Menge Alkohol. Sarah legte Finley im Gästezimmer, ihrem alten Jugendzimmer, ins Bett, und Geoff begann sich mit David zu duzen. Fröhlich tauschten sie Anekdoten aus, die in der Hauptsache Monique betrafen. Selbige kümmerte sich wie selbstverständlich um den Abwasch, und Eddie fachsimpelte mit Shirley über die Zucht von Duftrosen.

Finley schlief längst, als die O'Meany-MacGowan-Sippe David offenbarte, was sie hergeführt hatte. Sorgenfalten zerfurchten die hohe kahle Stirn, während er den Schilderungen lauschte. Nachdem Eddie alles gebeichtet hatte, garniert mit dem einen oder anderen Scherz von Geoffreys Seite, knetete Sarahs Vater nachdenklich seine stoppelige Unterlippe.

„Ein falsches Wort von dir, David, und ich schneide dir höchstpersönlich die Eier ab!“, drohte Mo ihrem Noch-Ehemann, doch dieser reagierte empört.

„Monique, Liebling, was denkst du nur von mir? Du solltest mich besser kennen, nie würde ich dich verraten, wir sind doch seit über vierzig Jahren …“

Shirley unterbrach mit einem verlegenen Räuspern, was David beschämt innehalten ließ. Er besann sich kurz, dann brummte er:

„Verzeihung! Kein Wort – ist doch selbstverständlich!“

Wenige Stunden und viel Alkohol später zogen sich zunächst Shirley, dann Eddie und Sarah auf ihre Zimmer zurück. Geoff verabschiedete sich auf seine Weise, indem er einfach auf dem Sofa einschlief. Da sie beide wohl ohnehin auf dem Polstermöbel würden nächtigen müssen, ließ Mo ihn wortlos gewähren.

David sah seine Gattin nachdenklich an.

„Was?“, herrschte sie ihn an.

„Ich habe einen furchtbaren Fehler gemacht …“

„Ach!“ Monique winkte ab. „Quatsch!“

„Doch, Mo. Ich meine, es tut mir leid, ich hätte dir das alles ersparen sollen. Es … es ist einfach passiert, und … äh … Shirley ist wirklich lieb, aber du …“

„Dave – hör doch auf!“, unterbrach Monique. „Du hast mir den größten Gefallen erwiesen, wirklich!“

David sah sie ungläubig an.

„Ehrlich! Sieh mal, hättest du mich nicht betrogen, wäre ich nicht alleine zu Sarah gefahren. Und wäre ich nicht alleine gewesen, hätte ich Geoff wohl keines Blickes gewürdigt. Geoff ist der tollste Mann, der mir je begegnet ist. Weißt du, was das Beste an Geoff ist, Dave?“

David schüttelte langsam den Kopf. Er wusste es nicht, und er wollte es auch lieber nicht wissen. Er vermutete nichts Jugendfreies, und so oder so würde das Fazit ihn selbst wohl nicht gerade im besten Licht dastehen lassen.

„Er macht mir Komplimente, Dave. Echte Komplimente.“

„Echte … ?“

„Jawohl, echte. Er schätzt mich genauso, wie ich bin. Da heißt es nicht: ‚Dein Essen schmeckt aber lecker‘ oder ‚Dein Kleid sieht wieder toll aus‘. Nein, es sind Komplimente, die meine Seele betreffen.“

„Seele …?“

„Ja, David, stell dir vor. Er liebt meine Seele, und wir sind seelenverwandt, weißt du. Ich bin kein Objekt für ihn, kein automatischer Kochtopf oder wandelnder Kleiderständer. Er liebt allein die Schönheit meiner Seele!“

„Schatz“, meldete sich plötzlich besagter Seelenverwandter mit schlaftrunkener Stimme. Sein rechtes Auge machte sich nicht einmal die Mühe, wach zu werden. „Kannst du deinen Ex nicht mal ins Bett schicken? Ich würde dich gern noch ein bisschen befummeln, aber ich kann nicht, wenn er dabei zusieht.“

David zog bestürzt die Augenbrauen hoch. Er räusperte sich unangenehm und murmelte eine Entschuldigung, bevor er sich in Richtung Schlafzimmer begab. Mo lachte hell auf. Ihr Noch-Ehemann hatte nicht einmal das Zimmer verlassen, als sie sich bereits von Geoff unter erregtem Gekicher das T-Shirt hochschieben ließ.

Nachdem er sich Zähne geputzt und einen Pyjama angezogen hatte, legte David sich wortlos zu Shirley, die wach geworden war. Ratlos sah er sie an. Das Blumenmädchen wirkte ebenso durcheinander wie er. Mit einem tiefen Seufzer ließ er sich ergeben in die Kissen fallen. Von allen Seiten drangen gedämpfte Geräusche ins Zimmer, die gewissen, überwiegend nächtlichen Tätigkeiten entspringen mussten.

Nicht nur Mo und MacGowan gaben sich der Liebe hin. Sarah hatte bereits im Gästebett gelegen, Finley tief und fest schlafend im Reisebettchen neben sich, als Eddie sich zu ihr auf die Bettkante setzte. Niedergeschlagen sah er sie an und begann schuldbewusst:

„Bitte entschuldige, Liebling. Ich habe dich und die ganze Familie in etwas Dummes hineingezogen. Ich habe wie selbstverständlich angenommen, dass du alles billigst und mitträgst, und ich habe dich nicht einmal um deine Meinung gefragt. Es tut mir entsetzlich leid. Ich weiß nicht, wie ich es wieder gut machen kann."

Sarah blickte ihn versöhnlich an.

„Schatz, es ist doch nicht deine Schuld. Geoff mit seinen verrückten Ideen hat dich da hineingezogen ..."

„Nein, Liebling. Es ist nicht die Schuld von Geoff. Ich bin erwachsen, verstehst du? Ich trage die Verantwortung für mich selbst. Die Verantwortung für mich und meine Familie, das sind du und Finley. Und bald für Krümelchen." Er strich über ihren vorgewölbten Bauch. „Ich habe mich nicht irgendwo mit reinziehen lassen, Sarah. Ich bin den Weg aus freien Stücken gegangen, weil ich von ihm überzeugt war, und es tut mir leid, dass ich dir alles so lange verheimlicht habe. Ich habe dich mit hineingezogen, und das tut mir leid!"

„Oh, Schatz!"

„Ich weiß nicht, wie ich es wieder gut machen kann ...", wiederholte Eddie nachdenklich.

„Oh, Schatz! Es gibt nichts gut zu machen! Du bist mein Mann, und ich vertraue dir! Du musst mir doch nicht immer jedes Detail verraten! Außerdem hast du es mir gar nicht ... hm ... verheimlicht, es ist doch so, dass wir nur ... hm ... noch keine Gelegenheit hatten, darüber zu sprechen, nicht wahr?", entgegnete Sarah. „Schatz, ich liebe dich, und ich bleibe bei dir, in guten wie in schlechten Zeiten!"

Dankbar strahlte Eddie seine Sarah an. Hatte er nicht die fantastischste Ehefrau aller Zeiten?

„Äh, wie schlecht sind die Zeiten eigentlich?", hakte diese vorsichtig nach. „Ich meine, wovon werden wir leben? Du wirst in den nächsten Tagen wohl kaum Gelegenheit haben, Tee zu verkaufen, nicht wahr?"

„Oh, Liebling, da lass dir keine grauen Haare wachsen. Geoff und ich haben vorgesorgt. Wir haben sehr viel Geld eingenommen. Den größten Teil des Geldes habe ich sicher beiseitegeschafft. Für die nächsten Tage habe ich ausreichend Bargeld dabei, und für alles Weitere haben wir einen soliden Grundstock."

„Solider Grundstock?", fragte Sarah leise.

„Na ja, umgerechnet müssten es knappe fünfhunderttausend Pfund sein. Ich weiß gerade nicht, wie der aktuelle Frankenkurs steht, aber ich kann mal nachsehen." Eddie zog geschäftig sein Smartphone hervor. Sarah richtete sich auf und legte ihre Hand auf seinen Arm.

„Sagtest du gerade ‚knappe fünfhunderttausend Pfund'?"

„Nun ja, so in etwa", murmelte Eddie, „warte, ich schau schnell …"

Sarah nahm ihm das Smartphone aus der Hand und küsste ihn leidenschaftlich auf den Mund.

„Fünfhunderttausend, ja?"

Eddie lächelte verlegen und nickte. Dann begann eine besondere Versöhnungszeremonie, bei der Sarah und Eddie für eine kleine Weile komplett vergaßen, dass ihr Söhnchen mit im Zimmer war. Dieses befand sich versunken in einer ausdauernden Tiefschlafphase, im Gegensatz zu seinem werdenden Geschwisterchen, das sich nun ernstlich Sorgen machte, ob es wohl biologisch möglich war, dass es unversehens Konkurrenz in seiner eng gewordenen Höhle bekommen könnte. Sarah jauchzte, und Eddie stöhnte, und Geoffrey grunzte, und Monique schrie verzückt, während sich David und Shirley mit gequälten Mienen die Kopfkissen über die Ohren gezogen hatten. Tyson hingegen drehte sich wohlig in Davids Fernsehsessel auf den Rücken und berauschte sich an der von Liebesaromen geschwängerten Luft.

Nachdem sie etwa eine halbe Stunde lang bewusstlos auf dem Boden des Flurs der Doppelhaushälfte der O'Meanys gelegen hatte, kam Barb Petersson nach und nach wieder zu sich. Sie schlug die Augen auf. Vor sich sah sie verschwommen einen unbekannten hellgrauen Fliesenbelag. Während sie sich wunderte, wo sie sich befand, kam sie langsam auf die Knie. Sie war sich unsicher, ob sie nicht träumte, denn zu den seltsamen Bildern vor ihrer Nase fehlte jegliches Geräusch, und sie spürte ihren Körper nicht. Taub und gefühllos drehte sie langsam ihren Kopf nach links und rechts. Wenn das ein Traum war, warum zog es dann auf einmal in ihren Schultern?

Das Ziehen wurde stärker und breitete sich in Nacken und Kopf aus. Das Körperbewusstsein setzte allmählich ein, und sie spürte starke Schmerzen oberhalb der Stirn. Sie berührte die Stelle vorsichtig mit den Fingerspitzen, um gleich darauf ihr Gesicht schmerzverzerrt zusammenzuziehen. Als sie sich anschließend ihre Hände besah, stellte sie fest, dass sie offenbar stark bluten musste, denn sie waren rot verschmiert. Schlagartig wurde ihr bewusst, dass sie nicht träumte, sondern ohnmächtig gewesen sein musste.

Sie blickte um sich her und fand eine deutliche Lache dunkelroten Blutes, was nur ihr eigenes sein konnte, und unzählige dicke, scharfkantige Glasscherben auf dem Fußboden. Sie erschrak. Was mochte hier geschehen sein? Ob sie Opfer eines Überfalls geworden war? Sie sah an sich herunter und sog überrascht die Luft ein: Auf ihrem cremefarbenen Trenchcoat befanden sich in Brusthöhe mehrere rotbraune Flecken. Der war also auch ruiniert.

Noch immer rätselnd, wo sie war und was sie hier verloren hatte, rappelte sie sich auf. Schnell versagten ihr wieder die Knie. Sie ließ sich mit dem Rücken zur Wand sinken, dann fand sie eine sandfarbene Handtasche. Sie kam ihr seltsam bekannt vor. Handtasche war gut, dort war meistens ein Mobiltelefon verstaut. Sie öffnete den altmodischen Spangenverschluss aus poliertem Messing und wurde sofort fündig. Sie wählte 112, und als ihr Anruf entgegengenommen wurde, berichtete sie in knappen Worten, dass sie verletzt war.

9. Ich suche Familie O'Meany.

Der junge Mann in der Notrufzentrale verstand offensichtlich etwas von seinem Job, denn er gewahrte unverzüglich, dass die Dame, die ihm ihren Namen nicht nennen konnte, nicht etwa verrückt, sondern schwer am Kopf verletzt sein musste. Da sie überhaupt keine Idee zu haben schien, wo sie sich aufhielt, bat er sie, das Handy empfangsbereit zu halten. Sie solle den Ort auf keinen Fall verlassen, er würde schnellstmöglich Hilfe organisieren.

Barb beendete das Gespräch und ließ das Telefon wie besprochen eingeschaltet. Sie verstaute es wieder in der altmodischen Handtasche, dann griff sie den Geldbeutel heraus. Es handelte sich um eine einfache Börse aus hellem Kunstleder, ebenfalls mit Spangenverschluss, in passendem Design zur Handtasche. Keinerlei Ausweispapiere waren darin zu finden, dafür ein Bündel Banknoten, insgesamt weit über vierhundert Pfund. Die gedächtnislose Dame staunte über den unvermuteten Reichtum. Sollte es sich um ihre Handtasche handeln, dann musste sie aus besserem Hause stammen. Dass es sich um die letzte Sonntagskollekte handelte, die sie zur Bank hatte bringen sollen, wusste sie freilich nicht mehr.

Derweil kümmerte sich der junge Telefonist um das weitere Wohlergehen der Anruferin. Er hieß Thomas Young, Informatikstudent im vierten Semester, der in der Notrufzentrale jobbte. Über eine Rufnummernsuche fand er schnell heraus, dass es sich bei dem Opfer um eine gewisse Barbara Petersson aus Aberytswyth handeln könnte. Nach Kontaktaufnahme mit dem Mobilfunkbetreiber, der eine Ortung über Sendemasten einleitete, war klar, dass sie sich in der Maes Maelor, Penparcau, desselben Orts befinden musste. Den Rest erledigten die Teams zweier Rettungswagen, die innerhalb von zehn Minuten die Wohnstraße abgeklopft hatten. Schließlich fanden sie über den Hintereingang des O'Meanyschen Anwesens Zutritt zum Ort des Geschehens und brachten die amnesierte Pfarrersfrau in das nächstgelegene Krankenhaus.

Leider vermochte Barb Petersson es auch nach Bekanntgabe ihres Namens nicht, sich an etwas zu entsinnen. Das Gesicht einer diensthabenden Krankenschwester, Melanie Jackson, kam ihr sehr bekannt vor. Das ließ hoffen, da Ms. Jackson regelmäßige Besucherin der Gottesdienste von Pfarrer Petersson war. An Letztgenannten konnte sich die verletzte Pfarrersfrau allerdings nicht erinnern. Im Gegenteil, als der hagere graue Mann bei der armen Gedächtnislosen vorsprach, erschien er ihr äußerst unsympathisch. Sie mutmaßte lautstark, dass er ihr, wenn überhaupt, nur aus sehr unangenehmen Begegnungen bekannt sein konnte.

Der Pfarrer trug es mit Fassung. Eingeweihte, die es selbstverständlich in der Form nicht gab, hätten nun vermutet, dass der Gedächtnisverlust der Barbara Petersson möglicherweise doch nicht so weiträumig, dafür aber umso willkommener war, um die Anwesenheit ihres Angetrauten einmal bewusst ignorieren zu können. Sie bat um Ruhe und bekam diese auch bewilligt.

Nach mehreren Tagen wurde sie als halbwegs gesund entlassen und musste sich wohl oder übel wieder an der Seite ihres Gatten häuslich einrichten. Ihre Erinnerungen aber fehlten weiter. Es blieb ihr dieses seltsame Gefühl, eigentlich ein besseres Leben verdient zu haben als jenes, das sie mit dem knöchernen Pfarrer teilen sollte.

Holmers betrat gut gelaunt das moderne Dienstgebäude der Aberystwyth Police Station. Den Polizisten mit den spärlichen blonden Haaren und dem dünnen, fast unsichtbaren Schnurrbart begleitete fast immer ein leichtes Lächeln. Er hatte großes Glück, fand er. Er war verheiratet mit einer klugen, schönen, verständnisvollen und freundlichen Ehefrau. Er hatte einen sicheren und interessanten Job mit viel Abwechslung. Er war gesund, und er hatte zwei tolle halbwüchsige Kinder, die ihre Eltern zwar altersgemäß „peinlich" fanden, aber mutig und hoffnungsvoll ihren Weg gingen.

Gut gelaunt begrüßte er seinen Vorgesetzten. Watts lauerte zusammengekauert und miesepetrig auf seinem Stuhl, als habe er einen Topf voll Nibelungengold zu bewachen. Er antwortete wie gewöhnlich mit einem knurrigen Räuspern. Holmers legte Mantel und Tasche ab und ging an seinen Platz. Auf seinem Schreibtisch fand er den Vordruck für die Aufnahme einer Anzeige, schlampig von Hand ausgefüllt. Er betrachtete das Formular aufmerksam, um die einzelnen Worte zu entziffern, dann stach ihm der vermerkte Name ins Auge: Barbara Petersson.

„Inspektor Watts, was ist das hier?“, rief er, während er in Watts’ Büro stürmte, den Vordruck in seiner erhobenen Hand wedelnd. Watts sah grimmig auf.

„Eine Anzeige, die ich gestern aufgenommen habe. Die muss noch ins System eingegeben werden! Wieso?“ Verständnislos grummelte er ob der Aufregung, in der sich sein Assistent befand.

„Bitte um Entschuldigung, aber wenn ich das hier richtig sehe, stammt die Aussage von Mrs. Petersson …“

„Ja, ja“, seufzte Watts ergeben. „Ich dachte, das wäre DER Fall, als sie etwas von Drogenmissbrauch erwähnte. Aber tatsächlich ging es nur um eine Teeparty mit lauter über Achtzigjährigen. Ich weiß nicht, warum Mrs. Petersson meinte, dass …“

„Inspektor Watts“, unterbrach Holmers fassungslos. „Dann wissen Sie gar nichts von dem Vorfall?“

Watts blickte ihn entnervt an. Warum sprach der immer in Rätseln?

„Was für ein Vorfall, bitte?“

„Mrs. Petersson wurde gestern schwer verletzt in O’Meanys Haus gefunden!“

„WAS?“ Watts war von seinem Stuhl aufgesprungen und starrte seinen Untergebenen an.

„Sie hat sich eine schwere Kopfverletzung zugezogen, und sie ist komplett verwirrt. Kann sich an nichts erinnern.“

„Mein Gott! Wurde sie vom Gerichtsmediziner untersucht?“

„Oh, ähm, das weiß ich nicht. Ich meine, ich wusste ja nicht, dass das Ganze eventuell in einem Zusammenhang mit kriminellen Machenschaften …“

„Eventuell?“, brüllte Watts aufgebracht und blähte die Backen auf wie zwei blutrote Spinnaker-Segel auf Vorwindkurs. „Die Sache ist doch sonnenklar! Mrs. Petersson hat hier keine Geschichte erfunden, sondern knallharte Tatsachen geliefert. O’Meany hat das mitbekommen, sie in sein Haus gelockt und – rums! ihr eine übergezogen!“ Der Inspektor lief wie ein übergewichtiger Zirkustiger rastlos umher, gestikulierte wild mit den Armen. „Ich fress’ einen Besen, Holmers, wenn das nicht ein missglückter Mordanschlag war!“

Er riss seinen Schrank auf und zog seinen ausgeblichenen Blouson heraus.

„Ich schau da sofort vorbei. Mal hören, was O’Meany zu der Sache zu sagen hat!“

Holmers sah ihm betroffen nach, zuckte beim erwartungsgemäßen Zuknallen der Tür zusammen. Watts’ Launenhaftigkeit war ihm ein Rätsel. Käme er in seinen Ermittlungen nicht besser voran, wenn er ein wenig gleichmütiger und besonnener zu Werke ginge? Nun – war es seine Angelegenheit, über die Arbeitsweise seines Chefs zu urteilen? Jeder machte es auf seine Art, und eine andere Art musste deswegen noch lange nicht falsch sein. Mit leisem Seufzen drehte er auf dem Absatz um und begab sich an seinen Schreibtisch, um die Anzeige von Barb Petersson ins System aufzunehmen.

Es klingelte mehrmals an der Vordertür, bis Aetheldreda Rutherford, die sich im hinteren Gartenteil befand und ihre Rosen für den nahenden Winter vorbereitete, es endlich vernahm. Sie streifte ihre Gartenhandschuhe ab, wischte die Hände an der geblümten Gartenschürze trocken und eilte ins Haus.

„Ich komme!", rief sie, während sie die Schürze ablegte und im Garderobenspiegel kurz den Sitz ihrer eisgrauen Haare prüfte, die sie in Wasserwellen legen ließ. Dann öffnete sie die Tür.

„Wachtmeister Watts", entfuhr es ihr erstaunt. „Was verschafft mir die Ehre?"

„Inspektor Watts, Ma'am! Verzeihung", entgegnete der dickliche Polizist verlegen und lüpfte den Hut. „Ich suche Familie O'Meany. Wissen Sie zufällig etwas von ihnen?"

„Die O'Meanys? Ja, selbstverständlich, sie wohnen da vorne, schauen Sie, das zweite Haus rechts, sehen Sie?" Miss Rutherford beugte sich vor und wies mit der Hand die Maes Maelor hinauf.

„Oh, sie sind nicht zu Hause, Ma'am. Ich befrage derzeit alle Nachbarn, doch niemand weiß, wo sie sind …"

„Hm. Vielleicht sind sie im Urlaub? Mal überlegen, ich habe doch kürzlich Mr. O'Meany getroffen. Hat er irgendetwas erwähnt?"

„Mrs. Heavens war sich sicher, dass sie die Familie gestern bei Ihnen im Hof gesehen hat, Ma'am", erklärte Watts.

„Sagten Sie, Mrs. Heavens, ja?" Miss Rutherford blickte kühl von oben auf den Inspektor herab. „Wissen Sie, es ist hinlänglich bekannt, dass Mrs. Heavens dem Alkoholkonsum nicht ganz abgeneigt ist. Ich weiß ja nicht, ob sie sich gestern schon das eine oder andere Schlückchen genehmigt hatte, als sie meinte, die Familie hier bei mir gesehen zu haben, aber …"

„Nun, wie auch immer", unterbrach der Polizist. „Doch da niemand etwas von der Familie weiß, werde ich wohl eine Hausdurchsuchung veranlassen müssen."

Aetheldreda Rutherford schreckte auf.

„Hausdurchsuchung? Um Himmels willen, warum denn das?"

„Mr. O'Meany wird gesucht, Ma'am. Da er nicht auffindbar ist, müssen wir im Haus nachsehen … nicht, dass ihm etwas … zugestoßen ist"

„Eine Hausdurchsuchung, ja? Aber Sie werden doch nicht die Haustür aufbrechen, nicht wahr?"

„Nun, da wir keinen Schlüssel haben, wird uns wohl nichts anderes …"

„Oh! Ah, mir fällt soeben etwas ein, Wachtmeister Watts", erklärte Miss Rutherford eilig.

„Inspektor, Ma'am, wenn's beliebt …"

Sie ignorierte ihn.

„… und zwar waren die O'Meanys gestern doch bei mir. Ach je, wie konnte ich das auch vergessen, bitte entschuldigen Sie, Wachtmeister Watts!"

„Inspekt…" Watts seufzte und machte eine wegwerfende Handbewegung. „Und?"

„Na, sie erklärten mir, dass sie in den Urlaub fahren, und gaben mir ihren Hausschlüssel, damit ich auf das Haus aufpasse."

„Oh?"

„Wenn Sie mir einen Durchsuchungsbefehl bringen, dann werde ich Ihnen selbstverständlich aufsperren", erklärte die Alte listig.

„Durchsuchungs… oh, äh, ja, selbstverständlich, Ma'am. Verzeihung – erwähnten die O'Meanys vielleicht, wohin sie fahren wollten?"

Aetheldreda Rutherford blickte dem dicklichen Polizisten verständnislos entgegen.

„Nein, selbstverständlich nicht. Glauben Sie, das ginge mich etwas an?"

Sie sahen sich einen Moment lang schweigend an.

„Sie können ja Mrs. Heavens fragen", setzte Miss Rutherford zynisch hinzu. „Vielleicht hat diese ja gesehen, in welche Richtung die Familie losgefahren ist."

Nach einem kurzen Moment fragte sie:

„Und weshalb wird Mr. O'Meany gesucht, Wachtmeister Watts?"

„Verzeihung, Ma'am, doch das darf ich nicht sagen. Polizeigeheimnis, verstehen Sie?"

„Polizeigeheimnis, ja?", hauchte sie mysteriös. „Verstehe …"

Betreten verabschiedete sich der Polizist von der alten Dame. Aetheldreda Rutherford wartete einige Minuten, bis sie sicher war, dass er fort war. Anschließend griff sie nach dem O'Meanyschen Hausschlüssel, begab sich ans andere Ende der Straße, verschaffte sich Zutritt und begann akribisch das Haus nach verdächtigen Details abzusuchen.

„Morgen …", murmelte Eddie verschlafen, als er, nur mit Unterhosen bekleidet, in die Küche geschlurft kam. Sein Gesicht wirkte müde und grau, ganz im Gegensatz zu dem von Monique, die frisch wie der junge Morgen aussah.

„Guten Morgen, Eddie!“, flötete sie deshalb und goss einen großen Becher voll Kaffee, den sie ihm in die Hand drückte. Pfeifend betrat Geoff die Küche, frisch geduscht und rasiert, wobei die Rasur tatsächlich nur von intimen Kennern seiner Kinnoberfläche zu erkennen war. Seine komplette untere Gesichtshälfte wirkte dunkel gestoppelt wie immer. Er knöpfte sein Hemd zu und bedachte seine Liebste mit einem Wangenküsschen, bevor er sich wohlig seufzend auf die Küchenbank niederließ.

„Ah, herrlich! Hm, Kaffee!“ Er sog tief den Kaffeeduft ein, nahm einen großen Schluck. Dann lehnte er sich leise winselnd zurück.

„Ooh, Mo, Liebste, ich glaub’, letzte Nacht war doch ein bisschen zu …“

Die Liebste quittierte das mit verschämtem Gekicher. Eddie dagegen brachte durch ausgeprägte Würgegeräusche zum Ausdruck, dass er keinerlei weitere Details zu erfahren wünschte.

Nun erst bemerkten die Drei, dass in der Ecke der Küchenbank etwas verdruckst wie zwei gefangene Mäuse David und Shirley saßen, die sich jeweils an einer großen Tasse Tee festhielten. Die Besucher platzierten sich gefällig um den groben Holztisch herum, rückten zusammen, um Platz zu schaffen für Sarah, die gerade mit Finley hereinkam. Sarah war in ähnlich desolatem Zustand wie ihr Gatte, was nicht prinzipiell an mangelnder Kondi-tion die nächtlichen Tätigkeiten betreffend lag, obwohl sie zugegebener-maßen nicht in so guter, weil regelmäßiger Form waren wie Mo und MacGowan. Es hatte schlicht damit zu tun, dass Finley sie, nach beendigtem Exerzieren, geweckt hatte und fortdauernd wach hielt, da er steif und fest behauptete, da läge ein Fisch unter seinem Bett. Seine Eltern verzweifelten beinahe bei dem Versuch, dem Jungen die Angst und die Einbildung auszu-reden. Erst in den frühen Morgenstunden schliefen alle vor Erschöpfung ein.

Shirley, die unscheinbare kleine gute Seele, hatte Brötchen geholt und verschiedene Marmeladen und Konfitüren auf den Tisch gestellt. Zudem gab es gebratene Eier und Speck, auf die sich Geoff und Monique derart heißhungrig stürzten, dass Eddie nur missgünstige Gedanken hegen konnte. Er fragte sich, ob nach der kommenden Nacht erneut anzügliche Bemerkungen fallen würden. Wenn die es jede Nacht so wild trieben, dachte er, würde sich die flüchtige Meute bald trennen müssen. Er für seinen Teil würde das auf Dauer nicht aushalten.

Später erwiesen sich seine Sorgen als unbegründet. Falls Mo und Geoff ihren Liebesgelüsten weiter nachgingen, taten sie dies weitaus diskreter. In Eddie keimte der Verdacht, dass der Aufenthalt in Davids Haus etwas mit dem demonstrativen Liebesvergnügen zu tun gehabt haben konnte.

Er wollte sich gerade einen Rest vom Frühstücksbrötchen in den Mund schieben, als sein Smartphone klingelte. Er sah aufs Display: Es war Miss

Rutherford. Eddie entschuldigte sich und verzog sich auf den Flur, um den Anruf in Ruhe entgegen zu nehmen; die alte Dame würde ihn kaum einer Lappalie wegen kontaktieren.

„Hallo?"

„Mr. O'Meany? Mr. O'Meany, verzeihen Sie vielmals, falls ich Sie gerade beim Frühstück stören sollte …"

„Oh, nein, Miss Rutherford, gar kein Problem, ich …"

„… doch wissen Sie, es ist wichtig. Ich würde Sie bestimmt nicht anrufen und stören, wenn es nicht sehr wichtig wäre!"

„Sicher, ganz bestimmt, Miss Rutherford! Was gibt es?"

„Oh, ich will Sie nicht beunruhigen. Doch es ist wichtig genug, dass ich Sie informieren muss: Die Polizei beginnt, hier herumzuschnüffeln."

Betroffen schwieg Eddie einen Moment, und das überraschte ihn selbst. Sicher, damit hatte er rechnen müssen. Warum sonst hätte er seine Familie nehmen und untertauchen sollen?

„Was genau machen sie?"

„Nun, sie stellen Fragen. Fragen über Sie. Sie wollen wissen, wo Sie sich aufhalten."

„Oh? Und?"

„Na, die tappen noch ziemlich im Dunkeln, würde ich behaupten."

Eddie atmete hörbar auf.

„Ich weiß aber nicht, wie lange ich die Herren noch an der Nase herumführen kann, Mr. O'Meany."

„Oh, na sicher. Na klar. Keine Sorge, Miss Rutherford, machen Sie sich keine Umstände. Wir werden so schnell wie möglich das Land verlassen, ich denke, wir gehen nach ..."

„Vorsicht, Mr. O'Meany! Nennen Sie mir auf gar keinen Fall den Ort, wo Sie hinmöchten. Es ist sicher besser, wenn ich es gar nicht erst weiß. Ich wollte Ihnen nur noch mitteilen, dass eine Durchsuchung Ihres Hauses angedroht wurde."

„Oh?" Eddie fühlte sich mit einem Male schwach.

„Keine Sorge! Ich habe doch versprochen, gut auf Ihr Haus aufzupassen, nicht wahr?" Ein Moment der Stille entstand, in dem Miss Rutherford kurz überlegte, Eddie etwas vom Vorfall mit Barb Petersson zu erzählen. Barb konnte sich noch immer an nichts erinnern. Doch im Bekanntenkreis hatte es längst die Runde gemacht, dass die Pfarrersfrau schwer verletzt und stark verwirrt in O'Meanys Hinterflur gefunden worden war. Eddie wartete, ob die alte Dame noch etwas sagen würde. Sie lachte nur leise in sich hinein.

„*Gwela'i di yfory*[13], Mr. O'Meany", verabschiedete sie sich schließlich. „Ich werde mich morgen wieder bei Ihnen melden. Machen Sie sich keine Gedanken, ja?"

„Bis morgen, Miss Rutherford. Und vielen Dank!" Eddie drückte das Smartphone aus und grübelte über ihre Worte. Doch was half es, sich jetzt noch mehr Sorgen zu machen? Er beschloss, sich an seinem alten Kumpel Geoffrey ein Beispiel zu nehmen. Der genoss das Leben, mochte kommen, was wollte. Und wenn die Trümmer über ihm zusammenzustürzen drohten, Geoff hatte das noch nie groß bekümmert.

„Und wenn du glaubst, es geht nicht mehr, kommt irgendwo ein Lichtlein her!" So betonte er stets, und so war es auch in seinem Leben. Mochte es auch verrückt und wirr verlaufen, eines konnte man nicht sagen: dass Geoff nicht erfolgreich war. Er lebte gut und komfortabel, er war ein Stehaufmännchen. Jede neue Idee, mochte sie auch noch so wahnsinnig sein, gelang auf voller Linie.

„Ich bin ein Glückspilz", sagte Geoffrey immer zu ihm. „Und weil ich einer bin, musst du auch einer sein. Einen Glückspilz zu kennen bringt Glück!"

Das Geld allerdings blieb Geoffrey selten lange, verzockte er es doch zu gerne bei diversen Anlässen, da seien genannt Sportwetten und Pferde-rennen. Fiel hier sein Glückspilz-Gen aus? Der Kumpel war anderer Ansicht.

„Das Geld ist doch nicht weg!", erklärte er unbesorgt. „Es ist nur gerade woanders!"

Eddie schüttelte seine Gedanken ab und lief zurück in die Küche. Die anderen sahen ihn gebannt an. Was sollte er ihnen sagen? Zumal er vor David und Shirley ohnehin nicht allzu offen sprechen wollte, eigentlich wussten sie jetzt schon zu viel. Sarah wäre beunruhigt zu wissen, dass die Polizei nun tatsächlich aktiv geworden war. In ihrem Zustand wollte Eddie sie nicht unnötig ängstigen. So wich er den fragenden Blicken aus. Nur aus Geoffs Gesicht sprang die übliche Zuversicht. Er bot Eddie einen Platz an und fragte:

„Noch etwas Kaffee?"

Aetheldreda Rutherford hatte geglaubt, die Polizei würde einige Tage benötigen, um einen Durchsuchungsbefehl für das Anwesen der O'Meanys zu bekommen. Weihnachten stand vor der Tür, da mahlten die Amtsmühlen besonders langsam.

---

[13] Bis morgen!

Doch Aetheldreda Rutherford war nicht vierundachtzig Jahre alt geworden, nur um sich auf bloße Annahmen zu verlassen. Sie war nicht naiv. Deshalb hatte sie vorgesorgt. Gleich nach dem Anruf bei Eddie war sie zurück zu dessen Haus gelaufen und hatte alles durchgesehen. Zunächst beseitigte sie die Bescherung, die Barb Petersson durch ihren Besuch angerichtet hatte. Es dauerte eine gute Weile, bis die Nachbarin Eimer und Putzlumpen gefunden hatte, und es brauchte noch mal seine Zeit, bis sie den eingetrockneten Blutfleck spurlos beseitigt hatte. Anschließend suchte sie nach verräterischen Spuren aus dem Treiben der Teehandelsgesellschaft. Eddie hatte bereits bestens vorgearbeitet und so gut wie alle Unterlagen mitgenommen.

Die alte Dame stand in seinem Büro im Untergeschoss und sah sich um. Im Regal über dem Schreibtisch standen einige Aktenordner, die private Unterlagen zu enthalten schienen. Der Reihe nach nahm sie diese aus den Fächern und durchblätterte sie aufmerksam. Versicherungsunterlagen für das Haus, Haftpflicht, Krankenversicherungen, das Auto. Der Mahindra, du liebe Güte, hoffentlich hatte Mr. Bhuttasava-Bahawalanzai diesen wirklich unauffindbar entsorgt. Vorsichtshalber nahm sie die Unterlagen über den Wagen aus dem Hefter.

Sie schaute den nächsten Ordner an. Kaufunterlagen vom Haus. Steuerunterlagen für Grunderwerb, Grundsteuer. Belege über Maklergebühren, Notariatskosten. Sie blätterte einen weiteren durch. Eddies Anstellungsvertrag bei der NatWest. Sein Kündigungsschreiben. Sarahs Vertrag mit Parsons.

Schließlich hatte sie acht Aktenordner penibel durchforstet und nichts Verdächtiges gefunden. Sie überlegte. Was würde die Polizei suchen? Wo würde sie suchen? Sie stellte sich vor, wie Miss Marple an den Fall heran gehen würde. Mit großer Neugierde, soviel war sicher. Und sie würde die unmöglichsten Begebenheiten als eine Möglichkeit erachten.

Miss Rutherford strich weiter durchs Haus. Sie durchwühlte die Schubladen und Schränke im Schlafzimmer. Sie drehte jedes Blatt und jeden Stein in Stube und Küche um. Selbst Finleys Zimmer durchforstete sie. Plötzlich durchzuckte sie ein Geistesblitz, und mit einem erkennenden „Ach" schlug sie sich die Hand vor die Stirn. Sie lief zum Kamin im Wohnzimmer. Tatsächlich, dort lag noch die Asche eines längst ausgekühlten Feuers, und man konnte feststellen, dass dort eine Menge Papier verbrannt worden war. Große, dünnblättrige Ascheflocken lagen aufgetürmt. Teilweise konnte man die Druckerschwärze noch erkennen.

Aetheldreda Rutherford hätte nicht sagen können, ob Eddie hier verräterische Unterlagen verbrannt hatte oder nur die Tageszeitung. Es war ihr aber auch egal. Sie suchte eine Papiertüte aus dem Küchenschrank und füllte mit dem Kehrblech des Ofenpflegesets die Asche hinein.

Als Nächstes durchforschte sie die Mülleimer. Das war eine recht unangenehme Sache, weil der Küchenmülleimer wie auch der Badmülleimer sich nun schon einige Stunden länger als gewöhnlich in ungeleertem Zustand befanden. Die darin befindlichen Speisereste beziehungsweise gebrauchten Windeln machten sich durch einen penetranten Geruch bemerkbar, sobald die Mülleimerdeckel gelüftet wurden.

Die alte Dame schaute sich nach Gummihandschuhen um – vergebens. Seufzend beendete sie die Suche und begann, den Abfall zu durchwühlen. Tatsächlich fand sie eine durchweichte Kakaopackung und Reste eines braunen Pulvers, bei dem unklar war, ob es sich um Kakao oder sehr fein gemahlenen Kaffee handelte. Aetheldreda versuchte, dies mithilfe ihres Geruchssinns zu ermitteln. Doch das feuchte Pulver stank nur gottserbärmlich nach den Überresten irgendeiner Fischkonserve. Die alte Dame beschloss, hier kein Risiko einzugehen und das Pulver ebenfalls in Verwahrung zu nehmen. Mit einem Löffel schaufelte sie das Pulver sorgfältig aus dem Mülleimer in die Papiertüte zu den Ascheflocken. Der nasse Karton der aufgeweichten Kakaopackung ließ sich leicht zwischen den Fingern zu groben feuchten Bröseln zerreiben, die sie ebenfalls in die Aschetüte gab.

Reste des Pulvers klebten noch an der Innenwand des Blecheimers. Nachdenklich besah sich die alte Dame das dunkelbraune Geschmier, dann schüttete sie den Mülleimerinhalt beherzt auf den Küchentisch. Sie studierte den stinkenden Haufen genau. Nachdem sie festgestellt hatte, dass hier keine Spur des verräterischen feuchten Pulvers mehr zu sehen war, wusch sie den Eimer sorgfältig im Spülbecken aus. Sie trocknete ihn gut ab und füllte den Restmüll wieder hinein. Danach säuberte sie sorgsam den Küchentisch und öffnete das Fenster. Der unangenehme Geruch verflog schnell.

Einen Moment lang stand die Vierundachtzigjährige gedankenverloren in der Küche. Dann nahm sie einen großen Müllbeutel aus der Küchenschublade, füllte den Rest aus dem Mülleimer wiederum dort hinein, holte den Windeleimer aus dem Bad und gab die beschmutzten Pampers ebenfalls in den Plastiksack. Sie brachte den Müll nach draußen in die große Tonne, die sie anschließend an den Straßenrand stellte zum Abholen. Morgen früh würde die Müllabfuhr kommen.

Danach ging sie zurück in O'Meanys Haus und wusch den Kücheneimer erneut aus, wie auch den Badmülleimer. Sie lüftete erneut, goss die Zimmerpflanzen, wo es notwendig erschien, und trug den Papierbeutel mit den verräterischen Spuren hinaus in den Garten. Im hinteren Eck war ein kleiner Komposthaufen aufgeschichtet. Aetheldreda schüttete den Inhalt der Papiertüte auf den Kompost und nahm die kleine Gartenhacke, die am

Schuppen angelehnt stand, und grubberte Asche und Pulver unter.

Ebenfalls am Schuppen lehnte eine Gartenschaufel. Mit dieser stapfte sie über die kleine Rasenfläche und las einige grobstoffliche Hinterlassenschaften Tysons auf. Während sie diese auf den Kompost häufte und mit der Hacke unter Asche und Kompost mischte, stellte sie sich unter leisem Kichern vor, wie die Polizei die Hundehäuflein einzeln in Asservatenbeutel packen würde.

Sie räumte die Gartengeräte zurück an ihren Platz, klemmte die Unterlagen über den Mahindra unter den Arm und verschloss sorgfältig das Haus. Zufrieden lief sie heim. Dort wusch sie sich und brühte einen hervorragenden Gyokuro Kimigayo auf, streng nach Mr. O'Meanys Empfehlungen mit 45 °C warmem Wasser, fünf Minuten zugedeckt ziehend. Diesen nahm sie sodann pünktlich um fünf Uhr in ihrem Lieblingssessel, mit Plüschbademantel und Lammfellschuhen bekleidet, Minka und Gaston auf ihrem Schoß ruhend, ein.

10. Bitte: Gib uns dein Auto!

Tatsächlich klingelte die Polizei am nächsten Morgen an Miss Rutherfords Haustür, zu ihrem Leidwesen bereits um acht Uhr dreißig. Sie hatte noch den letzten Bissen ihres Frühstücksbrots vor sich.

„Wachtmeister Watts, was für eine Überraschung", bemerkte sie trocken, nachdem sie die Tür unwillig geöffnet hatte. „Und Sie sind …?" Neben Watts stand ein älterer Herr in dezent kariertem Anzug, der schon länger aus der Mode gekommen war. Der Anzug, nicht der Herr.

„Wilbur Foster, Spurensicherung, Ma'am." Der Herr stellte sich mit einer angedeuteten Verbeugung vor. Mochte die alte Dame auf so manchen befremdlich wirken mit ihren schrillen Kleidern und ihren seltsamen Federhüten – trotzdem strahlte sie eine feudale Würde aus, welche die besser erzogenen der älteren Generation noch immer strammstehen ließ.

Watts räusperte sich und trat vor.

„Miss Rutherford, wir haben hier einen Durchsuchungsbefehl für das Haus der O'Meanys …" Er wedelte mit einem Papier vor ihrer Nase, was sie mit einem genervten Blick quittierte. „Da Sie erwähnten, einen Schlüssel zu haben, würden Sie möglicherweise so freundlich sein und uns aufsperren, damit wir …" Ihr Blick traf den seinen und ließ seinen Redeschwall abrupt enden.

„Möglicherweise", entgegnete sie kühl. Sie ging zurück in den Hausflur, nahm ihre warme Strickjacke vom Haken und griff nach Eddies Hausschlüssel. „Folgen Sie mir", forderte sie die Polizisten auf, während sie gemessenen Schrittes und mit hoch erhobenem Kopf die kleine Straße hinab schritt. Am O'Meanyschen Anwesen angekommen sperrte sie die Haustür auf und wies hinein.

„Bitte sehr, Wachtmeister Watts. Mr. Fuzzer …"

„Foster", korrigierte der ältere Herr mit höflicher Verbeugung und folgte Watts ins Haus. Dieser drehte sich noch einmal zu Miss Rutherford um.

„Es wird eine Weile dauern, Ma'am. Sie brauchen hier nicht zu warten. Vermutlich dauert es den ganzen Tag. Wir werden uns bei Ihnen melden, sobald wir fertig sind. Dann können Sie wieder zusperren."

„Ich werde hier bleiben", erwiderte die alte Dame mit fester Stimme. Sie wollte gerade in den Hausgang hineinlaufen, als Watts ihr seinen ausgestreckten Arm entgegen hielt.

„Bedaure, Miss Rutherford, doch Sie dürfen den Tatort nicht betreten. Es könnten ungewollt Beweise vernichtet werden, verstehen Sie bitte."

„Tatort?", empörte sich Aetheldreda. „Was, bitte, wird den O'Meanys vorgeworfen? Haben sie vielleicht eine Leiche im Keller – oder was? Die O'Meanys sind rechtschaffene Leute, die sich nichts zuschulden haben kommen …"

„Verzeihung, Ma'am", unterbrach der Inspektor. „Doch ich kann Sie nicht über laufende Ermittlungen unterrichten. Alles geheim, verstehen Sie? Selbstverständlich haben die O'Meanys keine Leiche im Keller, dennoch müssen wir hier in Ruhe der Spurensicherung nachgehen. Wenn Sie uns jetzt bitte entschuldigen wollen?"

Die alte Dame starrte ihm einen Moment lang mit hochgezogenen Augenbrauen ins Gesicht, dann drehte sie sich um.

„*Hwyl fawr*[14]!", rief sie dem Polizisten erbost über ihre Schulter zu, von dem sie wusste, dass er nicht ein Wort walisisch verstand. Sollte er doch glauben, sie habe ihm einen alten keltischen Fluch an den Kopf geworfen, statt schlicht auf Wiedersehen zu sagen.

Es dauerte bis zum frühen Nachmittag, als es erneut bei Miss Rutherford klingelte. Sie war wenig erfreut, hatte sie sich doch soeben zu ihrem täglichen Mittagsschläfchen niedergelassen. So bequemte sie sich aus ihrem weichen Sessel und warf einen prüfenden Blick in den Garderobenspiegel, ehe sie die Tür öffnete.

„Wir sind fertig, Ma'am. Wir haben die Tür sorgfältig ins Schloss gezogen, sodass niemand Zutritt erlangen kann. Sie können also in aller Ruhe dann zusperren, wenn es Ihnen zeitlich passt", erklärte Inspektor Watts höflich. Aetheldreda verzog missmutig das Gesicht. In aller Ruhe? Wann es ihr passte? Ihr passte dieser ganze Polizeibesuch nicht, aber das konnte sie wohl schlecht entgegnen. Also nickte sie nur knapp. Watts drehte

[14] Auf Wiedersehen!

seinen Polizeihut verlegen in den Händen.

„Miss Rutherford, wenn es Ihnen nichts ausmacht … Wir würden Ihnen gerne noch ein paar Fragen stellen …"

Schweigend musterte Aetheldreda den Polizisten. Es macht mir sehr wohl etwas aus, dachte sie. Doch es half wohl nichts.

„Bitte", antwortete sie stattdessen und ließ die Herren herein.

„Wollt ihr jetzt etwa mit dem Jaguar weiterfahren?", erlaubte sich David zu fragen, während sie zum Tee an seinem Küchentisch saßen. Eddie und die anderen blickten sich etwas ratlos an. Monique aber schaltete sofort und antwortete:

„Oh, David, du bist doch ein Schatz! Was für eine gute Idee – wir nehmen deinen Scénic, und du bringst den Jaguar Miss Rutherford zurück!" Geoffreys Augen leuchteten bei den Worten auf, und auch Eddie und Sarah blickten interessiert zu David.

„Perfekt!", rief Geoff. „Das erspart uns sicher einige unangenehme Fragen an der Grenze!"

„Grenze?", stammelte David unsicher und räusperte sich verlegen. „Also, eigentlich wollte ich nur wissen, ob … Ihr wollt mein Auto nehmen?"

„Oh, Daddy, das ist so lieb von dir", flötete Sarah. David sah sie verstört an. Er zwinkerte ein paar Mal ungläubig mit den Augen, dann schüttelte er den Kopf.

„Nein, ich meine … Ihr könnt doch nicht einfach mein Auto nehmen … ich brauche mein Auto!" Schweigend musterte er seine Besucher, über deren Gesichter nun die Enttäuschung floss.

Ein schüchternes Räuspern kam aus jener Ecke, von der nicht einmal jeder der Anwesenden hätte wirklich beschwören können, dass dort vorher jemand gesessen hatte.

„Aber wir brauchen doch keine zwei Autos, Davie", piepste Shirley und sah ihn aus großen Augen an.

„Also wirklich, das geht einfach nicht … tut mir leid …", murmelte er und sah zu Boden.

Moniques Brust hob und senkte sich schwer, als sie tief und geräuschvoll Luft holte.

„Ja, David, es tut dir leid, ist schon in Ordnung." Sie blickte ihm mit ungewohnter Kälte fest in die Augen und erklärte sehr ruhig: „Aber jetzt sag ich dir mal etwas: Es gibt noch mehr im Leben, was dir leidtut. Es tut dir leid, mich betrogen zu haben. Es tut dir leid, mich angelogen zu haben. Es tut dir leid, dass du nicht den Mumm hattest, mir frühzeitig die Wahrheit zu sagen. Es tut dir leid, dass du selbst nie wusstest und vielleicht noch immer nicht weißt, was DU eigentlich willst. Es tut dir leid, dass du mir nie sagen konntest, was dir gefehlt hat, was du woanders gesucht hast. Es tut dir leid, dass du den unerschütterlichen Glauben deiner Tochter an die große Liebe und an die perfekte Ehe, die du ihr so erfolgreich vorgegaukelt hast, zerstört hast. Es tut dir leid, dass ich jetzt ein aufregendes Leben mit einem aufregenden Mann führe, während du noch immer in deinem alten Sumpf aus lauter Ich-weiß-nichts hockst und einfach die Frau an deiner Seite ausgetauscht hast, und wenn ich mir euch so anschaue, dann fürchte ich, David, ich fürchte ernsthaft, dass sich für DICH nicht wirklich etwas verändert hat. Und ich kann nur hoffen, dass Shirley anders damit umgehen können wird als ich damals, die ich einfach die Augen davor verschlossen habe.

Ja, all das tut dir leid! Doch nun, David, hast du eine einmalige Chance: Du kannst etwas tun, etwas wieder gutmachen, noch bevor du es vermasselt hast. Du kannst jetzt etwas mit einem einzigen Wort, mit einer einzigen kleinen Tat aus der Welt schaffen, etwas, was du sonst später bedauern würdest. Du kannst so dein Leben ein bisschen, ein ganz kleines winziges bisschen wieder zurechtrücken, sodass du am Ende das Gefühl haben wirst: Du hast nicht alles verbockt. Bitte: Gib uns dein Auto!"

Auf einen Außenstehenden mochte die anschließende Szene gewirkt haben, als sei ein böser Fluch über die Gesellschaft gekommen, eine Art Dornröschenschlaf, eine Versteinerung möglicherweise. Denn in den folgenden Minuten rührte sich niemand. Keiner sagte etwas, ja, es schien, als getraue sich nicht einmal jemand, zu atmen. Selbst Finley auf dem Schoß seines Vaters blickte stumm mit glasigen Augen vor sich her.

Schließlich löste sich David aus seiner Erstarrung. Ganz langsam erhob er sich, wortlos, mit leerem Blick. Mit hochgezogenen Schultern stand er vom Tisch auf und tapste ungelenk aus der Küche. Er stapfte den Flur herunter. Ein kurzes metallenes Klirren war zu hören. Schweigend und schwerfällig kehrte er zurück. Er ließ sich wieder am Tisch nieder und legte seine geschlossene Linke auf die Tischplatte. Er öffnete sie und zog sie ein Stück zurück. Darunter befand sich ein Autoschlüssel. Mit einem schrägen Blick schob er den Schlüssel stumm zu Eddie herüber.

Die Sprachlosigkeit verharrte noch einen Moment, bis Monique ganz leise hauchte:

„Danke, David. Das hast du gut gemacht."

Eddie konnte sich des Eindrucks nicht verwehren, er sei hier zufällig und unbeabsichtigt in die Heiltrance der hypnotischen Psychotherapie eines sozial Schwerstgestörten geraten, dem Tonfall Moniques nach mit ersten kleinen Erfolgen. David starrte noch immer still vor sich hin. Sein Gesichtsausdruck war schwer zu deuten. War er zufrieden? Gekränkt?

Wütend? Oder glücklich? Dachte er einfach nichts?

Geoff in seiner speziellen Art brach das Schweigen endgültig, denn er klatschte in die Hände und schlug vor, den Abend mit einer gemütlichen Runde Bierchen ausklingen zu lassen. Shirley sprang hilfsbereit auf und versorgte die Gäste mit Gerstensaft, während Sarah Finley bettfertig machte. Kaum hatte David ein volles Bierglas in der Hand, lockerte sich auch seine Anspannung, und er zeigte sich wieder als der gute alte Dave, wie sie ihn kannten und schätzten.

Nach einem unterhaltsamen Abend in gelöster Atmosphäre gingen Eddie und Sarah zu Bett. Der Ire warf einen letzten Blick auf sein Smartphone und entdeckte, dass ein Anruf eingegangen war. Auf seinem Anrufbeantworter war eine Nachricht hinterlassen worden. Er wählte die Mailbox an.

„*Helo*[15], Mr. O'Meany? Mr. O'Meany, sind Sie das? *Helo*?"

Es war Miss Rutherford.

„... Ah, was sagten Sie, eine Nachricht hinterlassen? Mr. O'Meany", fuhr sie mit mechanischer Stimme fort, „hier ist eine Nachricht für Sie. Aetheldreda Rutherford hat für Sie angerufen. *Diolch ac nos da*[16]!"

Kopfschüttelnd sah Eddie auf seine Armbanduhr. Halb elf vorbei. Um diese Uhrzeit konnte er unmöglich bei einer vierundachtzigjährigen Dame anrufen. Sie hatte nicht den leisesten Hinweis hinterlassen, weshalb sie angerufen hatte. Nun, es würde bis zum nächsten Morgen warten müssen.

Sarah, die schon unter der Decke lag, ihr vorgewölbter Bauch zeichnete sich deutlich ab, sah ihn fragend an. Erneut schüttelte er den Kopf und zuckte mit den Achseln. Er legte sich ins Bett, wo Sarah ächzend ein wenig zur Seite rutschte.

Am Morgen frühstückten alle gemeinsam, dann packten Eddie und Geoff den Scénic für die weitere Reise. Unterdessen instruierte Monique David über die Rückführung des Jaguars zu dessen Besitzerin. Eddie reichte gerade Geoff den nächsten Koffer, als sein Telefon klingelte. Er warf einen Blick aufs Display und sah eine ihm unbekannte Nummer aus Aberystwyth. Er betätigte die Rufannahmetaste und hielt das Smartphone ans Ohr.

„Hallo?"

„Spreche ich mit Edward O'Meany?", erklang eine näselnde Stimme am anderen Ende der Verbindung.

„Äh, ja. Mit wem habe ich das Vergnügen?"

„Hier spricht Inspektor Hubert Watts. Mr. O'Meany, bitte geben Sie mir sofort Ihren Aufenthaltsort durch. Sie werden polizeilich gesucht, und ich

---

[15] Hallo

[16] Danke und gute Nacht!

muss Sie ersuchen, sich sofort und unverzüglich in Polizeigewahrsam zu begeben."

Wortlos brach Eddie das Gespräch ab. Er betrachtete das Smartphone für einen kurzen Moment mit einem Blick, den man als wehmütig bezeichnen konnte. Er durchsuchte sein eingespeichertes Telefonbuch, fand und lernte eine Nummer auswendig. Anschließend stellte er das Telefon endgültig ab. Forschend sah er sich um. In Nachbars Garten entdeckte er einen Zierteich. Er hob das Gerät an, zielte und warf es mit gekonntem Schwung zum Gewässer, wo es mit lautem Platschen aufschlug und sofort in der Tiefe versank.

Geoff beobachtete ihn mit einem ratlosen Blick.

„Kann ich bitte dein Smartphone haben?", bat Eddie ihn.

„Sicher, gerne." Er reichte es ihm herüber. Stumm verfolgte er, wie Eddie punktgenau die letzte Bewegung wiederholte und auch sein Smartphone auf Nimmerwiedersehen im Gartenteich verschwand.

„Äh …", machte Geoff und starrte seinen Kumpel mit offener Kinnlade an.

„Sie sind uns auf der Spur. Ich glaube, sie tracken uns übers Telefon", erklärte Eddie ruhig. Geoff klappte den Mund zu und fuhr ungerührt fort, den Kofferraum zu beladen. Eddie ging ins Haus, wo er David suchte. Er fand ihn nicht, stattdessen erblickte er Shirley.

„Shirley, entschuldige bitte. Ich habe ein Problem mit meinem Telefon … äh, ich kann es nicht mehr benutzen. Für die Fahrt brauche ich aber dringend eines. Hättest du möglicherweise eines, was du mir leihen könntest? Ich werde dir Geld schicken, um es zu begleichen …"

Sie überlegte kurz und entgegnete:

„Ja, ich bringe es dir gleich. Geld ist nicht nötig! Ich schenke es dir." Als sie sah, wie er verdutzt dreinblickte, schmunzelte sie und erklärte: „Betrachte es als Weihnachtsgeschenk. Ich bin ja fast so etwas wie deine Stiefschwiegermutter. Da macht man das so, nicht wahr?"

Eddie starrte die Frau, die über zehn Jahre jünger war als er selbst, fassungslos an. Doch sie hatte sich schon umgedreht und holte ihr iPhone, welches sie ihm mit einem leisen Lächeln in die Hand drückte.

„Vie- vielen Dank", stammelte er. Summend ging sie in die Küche, wo sie sich um den Abwasch kümmerte. Eddie sammelte sich kurz und lief wieder nach draußen, während er die auswendig gelernte Nummer eintippte.

„*Helo*?", krächzte eine Stimme am anderen Ende.

„Miss Rutherford, hier ist Eddie O'Meany."

„Mr. O'Meany, welche Freude, Sie zu hören! Oh, bitte passen Sie auf, die Polizei ist sicher schon hinter Ihnen her …"

„Miss Rutherford, ich habe mein Telefon fortgeworfen, weil ich befürchte, dass die Polizei mich über meine Anrufe verfolgen kann …“

„Oh, dann lege ich lieber gleich auf“, entgegnete Miss Rutherford, und die folgende Totenstille in der Leitung zeigte Eddie an, dass sie die Verbindung unterbrochen hatte. Er drückte auf die Wahlwiederholungstaste.

„*Helo*?“

„Miss Rutherford, noch mal Eddie hier. Keine Sorge, dies ist nicht mein Telefon, wir können ungestört sprechen.“

„Ah, perfekt, Mr. O'Meany. Sie sind sehr umsichtig. Wie schnell Sie sich ein neues Telefon besorgt haben, unser letztes Telefonat kann keine Minute her sein …“

„Nein, es ist nur …“ Eddie brach ab. Was sollte es?

„Miss Rutherford, Sie hatten gestern versucht, mich zu erreichen. Gibt es etwas Neues?“

„Oh, in der Tat, das gibt es. Die Polizei hat gestern Ihr Haus durchsucht.“

„Wie furchtbar!“

„Keine Sorge, Mr. O'Meany, ich habe vorgesorgt. Die haben NICHTS gefunden“, erklärte die alte Dame mit großer Zufriedenheit. Sie berichtete, wie die Polizisten anschließend bei ihr aufgetaucht waren und sie ausgefragt hatten.

„Es war wirklich dumm, Mr. O'Meany. Zunächst befragten sie mich nach den Fingerabdrücken im Haus …“

Sie schilderte die Szene so genau, wie sie ihr in Erinnerung war, und Miss Rutherfords Gedächtnis war – entgegen allem äußeren Anschein – in hervorragendem Zustand.

„Miss Rutherford, Ma'am“, hatte Inspektor Watts die Befragung begonnen. „Könnten Sie mir bitte erklären, warum wir im gesamten Haus Ihre Fingerabdrücke gefunden haben?“

„Meine Fingerabdrücke? Nun …“ Aetheldreda Rutherford sann einen Moment lang nach. „Woher kennen Sie denn meine Fingerabdrücke, Herr Wachtmeister?“

„Sie sind bei uns gespeichert, Ma'am. Da gab es doch diesen Vorfall …“

Schockschwerenot, das hatte sie komplett verdrängt! Dieser Vorfall, du liebe Güte, das war doch annähernd fünfzehn Jahre her! Und außerdem war es ein Versehen gewesen, warum ritten die jetzt, nach all der Zeit, noch darauf herum?

Fast fünfzehn Jahre war es her gewesen, dass sie in Mathilda Miltons Lebensmittelladen gegangen war, wie sie es damals beinahe jeden Dienstag getan hatte, um ihre wöchentlichen Einkäufe zu erledigen. Zu der Zeit hatte sie noch ihren geliebten Archi bei sich, den kleinen Dackelrüden, der ihr treuester Begleiter gewesen war. Archi saß brav angeleint vor der Ladentür, während Aetheldreda Rutherford sich ein Päckchen Eier und ein Kilo Mehl aus dem Regal nahm. Plötzlich schrie Mathilda Milton auf:

„Da, er macht es schon wieder! Miss Rutherford, Ihr verdammter Köter hat schon wieder gegen meine Ladentür gepinkelt! Ich habe die Nase voll! Schaffen Sie mir diese Töle aus den Augen!"

Miss Rutherford hatte empört dagegen gehalten, und es war ein heftiger, furchtbarer Streit entbrannt, in dem sich alles entlud, was sich in all den Jahren zwischen den beiden Frauen unausgesprochen aufgestaut hatte. Schließlich verließ die alte Dame wutentbrannt das Geschäft und schwor sich, nie wieder auch nur einen Fuß dort hineinzusetzen. In ihrer Linken allerdings hielt sie noch immer das Paket Eier und das Kilo Mehl. Der Umstand wurde ihr erst in jenem Moment schmerzlich bewusst, als man am nächsten Tag eine Anzeige gegen sie erstattete.

Die Polizei behandelte sie wie eine Verbrecherin. Man nahm ihre Fingerabdrücke und legte eine Karteikarte an. Da sie sich, ihrem Schwur gemäß, weigerte, in Mathilda Miltons Laden zurückzukehren, wo sie die unbezahlten Waren entweder hätte begleichen oder zurückgeben sollen, wurde sie angeklagt und war seitdem wegen Diebstahls in einem leichten Fall vorbestraft.

„Nun", gab sie dem Inspektor zu verstehen, „warum sollten meine Fingerabdrücke nicht in diesem Haus gefunden werden? Ich habe Ihnen doch bereits berichtet, dass ich das Haus hüte, solange die O'Meanys im Urlaub sind, nicht wahr?"

„Urlaub, pah. Miss Rutherford, Ma'am, ich bitte Sie. Ihre Fingerabdrücke sind im ganzen Haus. Überall!"

„Mr. Watts, ich darf doch bitten. Wenn ich ein Haus zu hüten habe, können Sie sich darauf verlassen, dass ich das äußerst gewissenhaft tue. Zum Hüten eines Hauses gehören das Blumen gießen, das Haus lüften, den Staub entfernen, und so weiter. Wie stellen Sie sich vor, dass ich all das tun soll, wenn ich nichts anfassen darf? Oder soll ich dabei etwa Handschuhe tragen?"

„Aber selbst im Mülleimer fanden wir Ihre Fingerabdrücke. Und ausschließlich Ihre …"

„Herr Wachtmeister, die Erklärung ist doch denkbar einfach. Sehen Sie, die arme Sarah hat in der Aufregung vergessen, den Abfall hinauszutragen. Nun kam ich ins Haus und nahm einen gewissen Geruch wahr. Selbstverständlich leerte ich den Mülleimer und wusch ihn sorgfältig aus, oder meinen Sie, die O'Meanys hätten sich gefreut, bei ihrer Rückkehr ein von Müll stinkendes Haus vorzufinden?"

„Falls die jemals wiederkommen", grummelte Watts in seinen Bart hinein.

„Wie bitte?", hakte die alte Dame nach, bekam aber keine Antwort.

„Großartig", bemerkte Eddie am Telefon. „Sie sind wirklich 'ne Wucht, Miss Rutherford."

„Ach, es geht ja noch weiter, Mr. O'Meany. Das Schlimmste habe ich Ihnen noch gar nicht erzählt."

Und so berichtete sie, was Inspektor Watts weiter gefragt hatte:

„Miss Rutherford, Ma'am, wir haben uns gewundert, wo das Auto von Familie O'Meany geblieben ist. Sie werden es kennen: Es ist der große sandgraue Mahindra Genio."

„Nun – sind sie damit nicht in den Urlaub gefahren?"

„Wir haben das Fahrzeug suchen lassen. Überall, landesweit. Miss Rutherford, lassen Sie sich eines erklären: Es ist unmöglich, mit einem so auffälligen und seltenen Auto durch unser Land zu fahren, ohne auch nur von einer Menschenseele gesehen zu werden."

„Unmöglich sagen Sie?"

„Und jetzt kommt das Merkwürdigste, Miss Rutherford: Wir haben Reifenspuren des Mahindras in ihrer Hofauffahrt gefunden. Aber nicht nur diese. Wir haben weitere Reifenspuren gefunden. Sehr seltsame Reifenspuren. Reifenspuren, die von einem noch viel selteneren Fahrzeug stammen. Von einem sehr wertvollen Oldtimer, um genau zu sein. Und wissen Sie, was komisch ist? Von diesem Oldtimer existieren nicht sehr viele in unserem Land. Und noch viel weniger haben eine Straßenzulassung. Nun raten Sie mal, wer eine Straßenzulassung für einen solch seltenen Oldtimer besitzt? Sie, Miss Rutherford. Erstaunlich, nicht?"

„Erstaunlich, in der Tat."

„Miss Rutherford, Ma'am." Inspektor Watts sah sie gefährlich nahe an. „Wo befindet sich Ihr Jaguar Mark IV?"

Die alte Dame strich sich nachdenklich am Kinn.

„Hm. Jetzt, wo Sie es erwähnen, da fällt es mir doch wieder ein! Mr. O'Meany kam und erklärte mir, der Mahindra sei defekt. Indisches Klump, indisches, wenn Sie mich fragen. Na, was denken Sie, ich konnte doch die arme Familie nicht im Regen stehen lassen! Die hatten sich so auf ihren ersehnten Urlaub gefreut! Ich habe ihnen meinen Wagen geliehen."

„Was Sie nicht sagen, Miss Rutherford. Sie verleihen so mir nichts, dir nichts Ihr Auto und wissen nicht einmal, wohin die Familie damit reist?"

„Nein, Mr. Watts. Wozu auch? Es geht mich nichts an. Soweit ich weiß, verfügen die O'Meanys beide sowohl über einen Führerschein als auch über ausreichende Fahrpraxis. Daher bin ich davon ausgegangen, dass sie mein Auto heil wieder zurückbringen werden."

Watts hatte sie skeptisch angestarrt. Doch auch mit den wildesten Blicken konnte er aus dieser verbohrten alten Schreckschraube nichts herauslocken, also gab er fürs Erste auf. Zeit, sich eine andere Strategie zu überlegen.

Lange schon war er auf dem absteigenden Ast gewesen mit seiner kleinen Dienststelle. Jahrelang bei sämtlichen Beförderungen übergangen worden. Zu erfolglos, zu schlechte Aufklärungsquote. Doch nun war seine Zeit gekommen. Sein Fall. Ein Fall, wie ihn dieses Provinzkaff lange nicht erlebt hatte. Und er würde ihn lösen, koste es, was es wolle.

Am nächsten Tag erhielt Miss Rutherford wohlbehütet ihren wertvollen Oldtimer zurück, und sie schickte ihn wieder in seinen Dornröschenschlaf im Schuppen. Der Polizei war landesweit entgangen, dass sich der auffällige Wagen mehrere Stunden lang quer durchs Land bewegt hatte. Das mochte daran liegen, dass Mr. Holmers, der Assistent von Inspektor Watts, es versäumt hatte, rechtzeitig den Suchauftrag durchzugeben. Das wiederum mochte damit zu tun gehabt haben, dass Watts vergessen hatte, seinem Assistenten entsprechende Order zu geben. Er fand einen von ihm selbst handgeschriebenen Zettel, auf dem die Worte „Jaguar Mark IV, Rutherford, Suchauftrag" notiert waren, worüber er sich heftig ärgerte. Er ärgerte sich weniger darüber, dass er nicht daran gedacht hatte, Holmers den Zettel hinzulegen, sondern vielmehr darüber, dass Holmers den Zettel doch leicht hätte finden können, dies zu tun sich aber offensichtlich geweigert hatte.

Der Jaguar blieb als vermisst gemeldet, und Aetheldreda Rutherford entließ Mr. Bhuttasava-Bahawalanzai, ihren Chauffeur, den sie nun nicht mehr brauchen würde, und stellte ihn als Gärtner ein. Mr. Karatschi hatte sich ihr gegenüber zu seiner ausgeprägten Liebe zu Rosengewächsen aller Art bekannt und erwies sich fortan als ausgezeichnete Hilfe im Garten.

Die O'Meanys, Monique und Geoffrey hatten sich indessen von ihren Gastgebern aus Malvern verabschiedet und fuhren die B 4211 nach Südosten, um bei Tewkesbury schnellstmöglich auf die M 5 zu gelangen, über die sie auf Gloucester zusteuerten. MacGowan, der am Steuer saß, nahm die Abzweigung auf die A 417, um über die A 419 als Nächstes zur M 4 zu gelangen, die sie über eine Querverbindung von Newbury nach Winchester brachte, wo sie auf die M 3 auffahren konnten. Diese führte sie schließlich über die M 27 bis nach Portsmouth, wo sie den Hafen ansteuerten.

Sie folgten den Schildern, doch schon vor der ersten Station fiel Eddie mit Schrecken ein, dass dort doch immer die Ausweise kontrolliert wurden.

„Was machen wir denn jetzt? Wenn wir bereits gesucht werden, picken sie uns hier sofort heraus“, murmelte er Geoffrey zu. Der zuckte achtlos mit den Schultern.

„Uns wird schon etwas einfallen.“

Sein Glück blieb dem Iren treu. Vor ihnen in der Schlange gab es einen kleinen Aufruhr, und sie konnten nur vermuten, dass dieser mit fehlerhaften Papieren zu tun hatte. Alle Kontrolleure liefen aufgeregt zu dem Schauplatz zwei Autos vor ihnen. Mehrere Minuten lang schien nichts zu passieren, und von ganz hinten begannen die Ersten ungeduldig zu hupen. Kurz darauf breitete sich gewisse Hektik aus. Als müsse die verlorene Zeit aufgeholt werden, winkten die Kontrolleure die Autos weiter.

Geoffrey streckte dem Zöllner die Ausweise entgegen, als sie an der Reihe waren. Zeitgleich rief dem Mann ein Kollege etwas zu, sodass er sich diesem zuwendete, die Ausweise noch immer in der Hand. Geoffrey wartete geduldig und legte sich schon etwas zurecht, was er entgegnen würde, wenn der Zöllner ihn zur Rede stellte. Doch so weit kam es gar nicht. Der Beamte warf nicht mehr als einen flüchtigen Blick darauf. Den Freunden erschien es, als habe er nicht einmal die Namen gelesen. Unbehelligt durften sie weiterfahren.

Was sie nicht wissen konnten, war die Tatsache, dass die Zöllner an diesem Tag tatsächlich nach jemandem Ausschau hielten. Ein Familiendrama hatte sich unweit von Fareham ereignet. Ein unglücklicher Vater, dem das Umgangsrecht verweigert worden war, hatte seine kleine Tochter kurzerhand vom Kindergarten mitgenommen und sich auf den Weg zur Fähre begeben. Vermutlich wollte der verzweifelte Mensch bei seinen Verwandten in Frankreich untertauchen. Doch kurz nachdem Eddie und seine Leute sicher auf der Fähre angelangt waren, wurde der unglückselige Mann samt Töchterlein herausgepickt. Das Kind landete wohlbehalten in den Armen der Mutter, der Mann wohl in polizeilichem Gewahrsam. Die irischen Freunde jedenfalls befanden sich nun auf dem Wasser des Ärmelkanals und blickten dem europäischen Kontinent entgegen.

11. Wäre es nicht wunderbar, auch so ein Hotel zu besitzen?

Herrliches Wetter und eine strahlende Wintersonne erwartete sie im Land, in dem Gott angeblich besonders gut lebte. Bereits bei diesem ersten Eindruck erhärtete sich bei Eddie das Gefühl, dass an jenem Spruch etwas dran sein musste.

Sie fuhren bis nach Caen und steuerten einen städtischen Parkplatz an. Von dort aus bummelten sie durch die wunderbare altkeltische Stadt und besichtigten die Burganlage aus dem frühen Mittelalter. Es war der Nachmittag des Heiligen Abends.

Als es zu dämmern begann, machten sie sich auf die Suche nach einer Unterkunft. Von der vielen Lauferei waren Sarahs Füße schwer und schmerzten. Nachdem sie mehrere Pensionen und Hotels abgeklappert hatten, die sämtlich über die Feiertage geschlossen waren, fühlte sie sich mit einem Male in die verzweifelte hochschwangere Maria hineinversetzt. Sie dachte daran, wie sie damals vor über zweitausend Jahren mit Josef von Herberge zu Herberge gelaufen sein musste und nur abgewiesen worden war. Doch Maria und Josef hatten immerhin keinen Geoffrey dabei. Als das Gegrummel seiner Mitreisenden lauter wurde, bog der sprichwörtliche Glückspilz in eine Gasse ein, wo sich der Eingang eines sehr kleinen Hotels befand.

Die Holztür hatte einen Glasausschnitt, hinter dem es dunkel war. Am ganzen Gebäude schimmerte aus keinem der Fenster Licht, was darauf hingedeutet hätte, dass jemand zugegen war. Es war auch keine Klingel zu finden. Von einer abweisenden Tür aber ließ sich ein Geoffrey MacGowan nicht beirren. Beherzt klopfte er an. Eine Minute lang tat sich nichts. Er klopfte erneut, etwas lauter, da öffnete sich plötzlich die alte Tür. Eine winzige, grauhaarige Dame stand vor ihnen und musterte sie misstrauisch.

„*Bonjour, Madame*[17]!", sprach Geoffrey höflich und verbeugte sich ein wenig. Die Dame, die drei Treppenstufen höher stand, blickte ihm direkt in die Augen.

„Entschuldigen Sie, sprechen Sie Englisch?", fragte er weiter. Die Hotelinhaberin sog scharf die Luft ein. Ihre Augenbrauen waren ein Stück zusammengerückt.

„*Oui, un peu*[18]."

„Wir sind heute mit der Fähre gekommen und … nun, wir haben die Zeit aus den Augen verloren, … jedenfalls suchen wir ein Nachtquartier." Geoffrey lächelte charmant. „Haben Sie geöffnet?"

Die Hotelierin blickte ihn kühl an.

„Nicht wirklich."

Es war offensichtlich, dass sie über die unerwarteten Gäste nicht eben erfreut war. Doch genauso offensichtlich hatte sie ein Herz. Nachdem sie Sarahs dicken Bauch und kurz darauf ihr enttäuschtes Gesicht wahrgenommen hatte, ließ sie die Weitgereisten ein.

Mme. Martin, die Inhaberin des Hotels, unterhielt äußerst geschäftig ihre kleine, feine Herberge. Sie war Portierin, Geschäftsführerin, Köchin, Kellnerin und Zimmermädchen in Personalunion und schwirrte wie eine Elfenprinzessin vorm Blütenfest durch die gediegen ausgestatteten Räumlichkeiten. Mit starkem Akzent und unter reichlicher Unterstützung von Händen und Füßen erklärte sie die Zusammenhänge in ihrem Hotel. Sie führte die Gäste durch Speisesaal und Fernsehsalon. Letzterer war ein Raum von der Größe einer besseren Besenkammer, in den sage und schreibe drei mächtige Sofas gequetscht waren, von denen aus man auf einen etwa anderthalb Meter großen Flachbildfernseher blicken konnte. Und der Speisesaal glich eher einem beschaulichen Wohnzimmer.

Die Gastwirtin zeigte ihnen die Wellness-Einrichtungen (bestehend aus einer Sauna-Kabine und einer daneben befindlichen Dusche), unterrichtete sie über die Frühstückszeiten (nicht vor neun Uhr an den Feiertagen) und die Frühstücksmöglichkeiten (Milchkaffee mit Croissant und Milchkaffee ohne Croissant). Sie informierte über die Reinigungsstunden der Zimmer (vormittags zwischen 10:30 h und 11:30 h). Zu diesen Zeiten hätten die Gäste das Vergnügen, sich die Stadt außerhalb des Hotels anzuschauen.

Schließlich sperrte sie ihnen ihre Zimmer auf, die klein, aber wunderbar

[17] Guten Tag, meine Dame!
[18] Ja, ein wenig.

möbliert waren. Die irisch-britischen Familienmitglieder waren die einzigen Gäste im Hôtel Le Huguenot über die Feiertage, und so richteten sie es sich so häuslich wie möglich ein. Finley hatte bereits ein belegtes Baguette verspeist und schlummerte Babyfon-überwacht in Zimmer Nummer 12, während die Erwachsenen sich im Speisesaal versammelten.

Mme. Martin war zunächst nicht wirklich begeistert darüber, Gäste über die Weihnachtsfeiertage beherbergen zu müssen, zu allem Überfluss auch noch Fremdsprachler. Je mehr sie aber ins Gespräch kamen, umso sympathischer wurden ihr die Fünf, und umso mehr kam es ihr in den Sinn, dass es auch einen Vorteil hatte, die Feiertage nicht alleine verbringen zu müssen. Nachdem ihre Gäste Quartier bezogen hatten, stellte sie sich in die Küche und begann zu werkeln. In ihrer Geschäftigkeit, die sie vom Kühlraum zur Spüle, vom Grill zum Backofen und vom Herd zur Anrichte schwirren ließ, glich sie einem Nektar sammelnden Kolibri.

Um Punkt halb neun des Heiligen Abends begann sie, den ersten Gang zu servieren. Das Weihnachtsmenü startete mit einem Salat aus marinierten Chicoréeherzen, der die Gäste in erstes, großes Staunen versetzte. Süßlich-fruchtiger Himbeeressig verband sich mit der zarten Bitterkeit des leicht angedünsteten Knospengemüses, was sehr appetitanregend wirkte. Anschließend wurde eine Brennnesselsuppe mit gegrillten Garnelen gereicht. Süßliche und salzige Aromen der Meeresfrüchte rundeten das erdig-warme Bouquet der Suppe harmonisch ab.

Das Zwischengericht bildete eine kleine niedliche Galette, eine Art Buchweizenpfannkuchen, mit pikanter Käse-Speck-Auflage. Tyson erhielt einen gekochten Kalbsknochen in Fischfond mit Möhrenbeilage, ungesalzen. Dann schlemmten sich die Gäste, ausgenommen der Hund natürlich, durch eine Blanquette de Saint-Jacques, bei der Jakobsmuscheln in Butter gebraten und mit Calvados flambiert in einer Zwiebel-Champignon-Rahmsoße serviert wurden.

Der Hauptgang bildete dann unangefochten den Höhepunkt: ein überragendes Poulet Vallée d'Auge. Hierzu wurde ein zerteiltes Huhn in Calvados und Cidre mit Äpfeln geschmort. Wichtig waren dabei das Flambieren und anschließende Ablöschen des Fleisches mit reichlich Apfelschnaps.

Das Dessert bestand aus einem warmen Schokoladenkuchen, halbflüssig, mit einer feinschaumigen Vanille-Cidre-Soße übergossen. Den Abschluss bildete eine Platte mit Stücken vom würzigen Pont l'Évêque, vom geruchsintensiven Livarot, vom feinen Neufchâtel-en-Bray und vom cremig-milden Camembert, den regionalen Käsespezialitäten.

Die ohnehin nicht gaumenverwöhnten Gäste waren sich nunmehr sicher, dass sie nicht nur gleich platzen würden, sondern dass sie, wiewohl nicht im Paradies, aber zumindest im Schlaraffenland angekommen sein mussten. Sie verbrüderten sich mit Mme. Martin, mit Béatrice, dieser wunderbaren Köchin, und schworen ihr ewige kulinarische Treue. Glücklich und mit vollen Bäuchen – in Sarahs Fall im doppelten Sinne, schleppten sie sich von Cidre und Calvados angetrunken, abgesehen von Sarah natürlich, auf ihre Zimmer und fielen in einen tiefen französischen Schlaf.

Es war halb sechs Uhr morgens in einem Zweizimmer-Appartement in Wales. Draußen war es dunkel. Ein rauchiger Nebel hing über der Küste. Der Wecker schrillte unangenehm. Inspektor Watts drehte sich unbehaglich im Bett. Er ächzte und schnaufte, bis er schließlich die Decke zurückschlug. In seinem blau geringelten Kunstseidenpyjama setzte er sich auf die Bettkante und raufte den kümmerlichen Rest seiner schwarzen Haare. Es war der erste Weihnachtsfeiertag, und er hatte dienstfrei. Als er bemerkte, wie die künstlichen Perlmuttknöpfe des Schlafanzugs über seinem Leib spannten, richtete er sich reflexartig auf und zog den Bauch ein.

Obwohl er freihatte, hatte er beschlossen, heute zu arbeiten, denn sein Fall plagte ihn. Interpol hatte einen internationalen Haftbefehl einstweilen abgelehnt. Die Beweislage erschien zu unklar. Es wurde sogar offen angezweifelt, ob das Attentat auf die Pfarrersfrau zu einem Zeitpunkt stattgefunden haben konnte, zu dem sich die Gesuchten noch in Penparcau aufgehalten hatten. Weiter hielt man für fraglich, ob es sich überhaupt um ein Verbrechen handelte oder nicht doch schlicht um einen Unfall.

Für ihn aber war die Sachlage klar: Auf Barb Petersson war ein Mordanschlag verübt worden aus heimtückischer Rache über deren Gang zur Polizei. Nun lief eine Drogenbande potentieller Mörder frei in Wales, Großbritannien, wenn nicht sogar schon im Ausland herum. Die Polizeibehörde, unfähig, etwas Produktiveres in Gang zu bringen, legte ihm jedoch Steine in den Weg. Zu allem Überfluss führte ihn Miss Rutherford, dieses absurde Weibsstück, an der Nase herum.

Er wusch sich rasch, rasierte sich schlampig. An Weihnachten wartete ohnehin niemand auf ihn. Er war alleinstehend, seine Eltern schon eine Weile tot. Ohne sich mit einem Frühstück aufzuhalten, zog er seinen Mantel über und spazierte zur Dienststelle, die nur wenige Fußminuten entfernt lag. Die Straßen wirkten wie ausgestorben. Nicht einmal die Bäckerei hatte auf, die sonst an jedem Morgen unzählige Passanten durch ihre Glastüren einsog. So musste Watts ohne den dringend benötigten Kaffee auskommen.

Schlecht gelaunt schloss er das Amtsgebäude auf und stapfte die Steintreppe nach oben. Er nahm die kleine Nebentür direkt in sein Büro, welche sich links neben der doppelflügeligen Eichentür befand, die in den großen Dienstraum führte. Vor seinem schmalen Schreibtisch, auf dem sich neben dem Computerbildschirm mit Tastatur und Maus nichts befand außer einem kleinen Köcher mit zwei Bleistiften und zwei Kugelschreibern, einem in Rot und einem in Blau, saß Holmers.

„Holmers?" Watts war überrascht, den Assistenten auf seinem Platz vorzufinden. Holmers, der mit seinem schmalen Gesicht viel jünger wirkte, als er war, zuckte sichtlich zusammen.

„Inspektor", stotterte er, sich verlegen windend, „Sie, äh, aber ich … wieso sind Sie hier?"

Watts sah seinen Kollegen einen Moment lang ausdruckslos an. Seine Müdigkeit kroch ihm die Waden hoch, hielt sein Gedärm umklammert, das ohnehin chronisch gereizt war, und waberte sein Rückgrat empor. Watts biss die Zähne zusammen, schüttelte mit einem Knurren die Schwäche ab.

„Ich arbeite hier", brummte er grimmig. Holmers drückte sich zeitlupenartig aus den Knien nach oben und ließ seinen Vorgesetzten dabei keinen Moment aus den Augen. Ohne hinzusehen, tastete er nach einem Arbeitspapier auf dem Schreibtisch, vergebens, denn es war zu Boden geglitten. Watts räusperte sich leise und deutete mit seinem Blick nach unten, wo das Blatt lag. Holmers bemerkte seinen Irrtum. Hastig beugte er sich herunter, schnappte sein Papier und stolperte in Richtung offener Verbindungstür zum großen Zimmer nebenan.

„Ich dachte, ich hätte Dienst heute …", stammelte er, noch einmal zurückblickend.

„Dann sollten Sie diesen auch wahrnehmen", grummelte Watts vor sich her. „Am besten im Dienstzimmer", setzte er kaum hörbar hinzu, nachdem Holmers das Büro bereits verlassen hatte. Er griff nach seiner Maus, die den Computer aus dessen Ruhestellung löste. Alle Programme waren geschlossen. Er hatte keine Idee, warum Holmers an seinem Rechner gesessen hatte. Warum eigentlich konnte er seinen Assistenten nicht leiden?

Holmers war ihm einfach zu glatt. Der Mann besaß keine Ecken und Kanten. Keine Fehler. Braver Familienvater, Häuschen im Grünen, Toyota-Fahrer. Er erledigte seinen Job zuverlässig. Nicht nur zuverlässig, sondern auch erfolgreich. Das kotzte Watts am meisten an. Holmers stand kurz vor der nächsten Beförderung. Wenn das so weiter ging, würde er in wenigen Jahren die längste Zeit sein Assistent gewesen sein. Bei Watts' Karrieretempo hätte er wohl in spätestens drei bis vier Jahren mit vertauschten Rollen leben und Holmers assistieren müssen, stünde nicht vorher seine Pensionierung an.

Seufzend zog er die oberste Schublade seines Schreibtisches auf. Er zog eine Landkarte mit der südlichen Hälfte Großbritanniens heraus. Er starrte den Plan an, als könne sein Blick ihm entlocken, wo sich die flüchtige Familie aufhielt. Die Müdigkeit meldete sich noch einmal, und Watts rieb sich die Augen, als es an der Verbindungstür klopfte.

„Inspektor Watts, Entschuldigung …“, meldete sich Holmers, der seinen Kopf durch den Türspalt gesteckt hatte. Watts sah genervt auf. Was war denn jetzt schon wieder?

„Wir sprachen kürzlich über das Fahrzeug von Familie O’Meany, ähm …“

„Hm?“, entgegnete Watts mürrisch und signalisierte seinem Assistenten, weiter zu sprechen.

„Und dass, ähm, sie wohl eher mit dem Jaguar … unterwegs waren …“

„Ja?“, brummte Watts genervt, endlich einen sinnigen Schluss erwartend.

„Nun, ich habe jemanden gefunden, der den Jaguar gesehen zu haben glaubt.“

„Ach?“

„Nun, der Jaguar war auf der A 44 in Richtung Aberystwyth unterwegs …“

„Hm?“

„… und zwar genau gestern um 12:30 h. Im Wagen befand sich aber nur eine Person …“

„Und das war gewiss der Jaguar von Miss Rutherford?“, unterbrach Watts.

„Ja, Sir, ich glaube, das kann man so sagen“. Holmers trat ein. „Ich habe seit heute früh alle Datenbanken abgerufen. Es existieren in ganz Großbritannien derzeit nur drei Jaguare Mark IV in Lackschwarz, die eine Straßenzulassung besitzen. Der Zeuge konnte sich nur die ersten zwei Buchstaben des Nummernschilds merken, doch diese verwiesen eindeutig auf unseren Ort …“

„E J, hm?“ Watts war aufgestanden und lief nachdenklich durch sein Büro. „Und wer war dieser Zeuge? Zuverlässig?“

„E-es handelt sich um m-meine … Frau, Sir“, stotterte Holmers verlegen. „Sie war auf dem Rückweg von ihren Eltern, als ihr das Gefährt gestern Mittag entgegen kam.“

„Und es saß nur eine Person darinnen?“

„Ja, Sir. Nachdem Sie herausgefunden hatten, dass Miss Rutherford den Wagen an die O’Meanys verliehen hatte, der Wagen aber nur von einem Fahrer gelenkt wurde, der nicht wie Mr. O’Meany aussah, begann ich ein wenig nachzuforschen, welche Kontakte die Familie in östlicher Richtung besitzt.“

„Wieso in östlicher Richtung?“ Watts war stehen geblieben und blickte seinen Assistenten skeptisch an.

„Nun … der Wagen kam aus östlicher Richtung, Sir."

„So ein Quatsch, Holmers! Alle Fahrzeuge nach Aberystwyth müssen aus östlicher Richtung kommen. Wenn Sie bei uns mal nach Westen weiter spaziert sind, dürfte Ihnen vielleicht aufgefallen sein, dass dort ziemlich bald das Meer kommt, denn wir sind hier in einem Küstenort. Solange man nicht über ein Schwimmauto verfügt, sollte es ziemlich schwierig sein, mit dem Wagen von Westen her anzureisen, nicht wahr?" Watts setzte sich wieder an seinen Schreibtisch und schlug die Akte O'Meany auf.

„Selbstverständlich, Sir. Auf jeden Fall habe ich mal mit den Verwandten angefangen, und als Erstes die Eltern von Mrs. O'Meany überprüft. Die wohnen in Malvern, und die Beschreibung des Fahrers, ein älterer bärtiger Mann mit etwas schütterem Haupthaar, trifft auf Mr. Jones perfekt zu."

„Wer ist denn Jones?", brummte Watts geistesabwesend.

„So heißt der Vater von Mrs. O'Meany …"

„Weiß ich doch. Weiter?"

Holmers sah ihn fragend an.

„Das ist mein Stand bis gerade eben. Als Nächstes wollte ich Mr. Jones anrufen und ihn nach dem Jaguar befragen. Das hätte ich gleich nach den Feiertagen …"

„Nach den Feiertagen?", donnerte Watts los. „Holmers, wir haben hier ein Verbrechen aufzuklären. Die Flüchtigen können schon sonst wo sein!"

„N-nun, das Verbrechen, dachte ich, also, ähm, immerhin handelt es sich ja nicht um Mord oder so, und deshalb dachte ich, ich brauche niemanden an den Feiertagen zu beläst…"

„Es handelt sich um ein Verbrechen, Holmers!", brüllte Watts so laut, dass seine Stimme zu quietschen begann. Wenn Watts etwas an sich hasste, dann war es die Eigenschaft, dass sich jedes Mal seine Stimme überschlug, wenn er sie im Zustand der Erregung erhob. Sein spärliches schwarzes Haar lag in wirren Strähnen in einem Seitenscheitel, sein kümmerlicher Schnurrbart zuckte nervös, und wenn sich noch seine Stimme überschlug, wirkte er wie ein nationalsozialistischer Diktator für Arme.

„Rufen Sie den Mann an! Jetzt!" Grimmig starrte er auf seine Akte und signalisierte damit seinem Assistenten, dass das Gespräch beendet war. Der zog sich achselzuckend zurück, und wenige Minuten später hörte man Holmers telefonieren.

„Mum, was machst du hier?", wunderte sich Sarah, als sie ihre Mutter im Speiseraum an einem Tisch sitzend vorfand, ein aufgeschlagenes Notizbuch vor sich. Eifrig schrieb sie darin etwas nieder, und das zu einer Uhrzeit, von der Sarah gedacht hatte, Monique läge sicher noch in den Armen ihres jüngeren Liebhabers. Sie sah ihr einen Moment lang über die Schulter zu und zog kritisch die Augenbrauen zusammen.

„Ich schreibe meine Memoiren“, erwiderte Monique beiläufig und ohne aufzublicken, als handele es sich um das Verfassen eines Einkaufszettels.

„Deine Memoiren? Aber warum handeln die ersten Sätze nur von mir? Wieso schreibst du über mich in meinem Garten?“

Monique musterte sie von unten her.

„Memoiren müssen nicht bei der Geburt beginnen, Liebes. Ich kann anfangen, wo ich will, und die richtig verrückte Geschichte hat doch erst begonnen, nachdem ich bei euch eingezogen bin, nicht wahr? Und deswegen muss ich erst einmal schildern, wie es dazu kam, dass ich bei euch eingezogen bin, oder nicht?“

„Aber …“ Sarah hielt inne. Es war halb acht in der Früh. Sie war heruntergekommen, um die spärlichen Weihnachtsgeschenke in Erman-gelung eines Kamins unter den hoteleigenen Weihnachtsbaum zu legen. Außerdem war sie auf der Suche nach etwas Essbarem für Finley, der sich über morgendlichen Hunger beklagt hatte. Ehrlich gesprochen war es ihr vollkommen egal, wie, warum und ab wann ihre Mutter ihre Memoiren schrieb. Sie ging in die Küche und fand ein altbackenes Croissant. Zwar war es trocken, aber glücklicherweise nicht sehr hart. Sie nahm es mit, um es ihrem Söhnchen zum Knabbern in die Hand zu drücken als Notbehelf, bis Béatrice wach genug sein würde, um ein angemesseneres Frühstück zur Verfügung zu stellen.

Als Sarah gegen neun mit Finley wieder in den Speiseraum zurückkehrte, war Mme. Martin bereits damit beschäftigt, das Frühstück vorzubereiten. Sie hatte als Überraschung ein englisches Breakfast mit Scones und Marmelade, Eiern und Bratwürsten aus dem Hut gezaubert. Später mussten die Gäste anerkennend, wenn auch kaum überraschend feststellen, dass ein englisches Frühstück auf französische Art doch ein ganz anderes Niveau erreichte.

Mo und Geoff beschlossen, die wundervollen Klosterkirchen Caens anzuschauen. Sie nahmen Finley mit, denn Sarah mit ihrem schweren Bauch war weniger nach Laufen zumute. Sie blieb mit Eddie im Hotel, wo sie es sich auf ihrem Zimmer gemütlich machten.

Die Hotelierin hatte es hübsch eingerichtet. Die Wände des kleinen Zimmers waren mit einer Stofftapete in zartem Lavendelton ausgekleidet, worauf sich ein dezentes Blütenmuster in Weiß befand. Das französische Bett und ein Bauernschrank waren weiß getüncht. Über dem Bett war ein Himmel aus weißem Ajour-Stoff drapiert. Eine Glaskaraffe voll Wasser und geschliffene Gläser standen auf einem kleinen Holztischchen. Auf den Nachttischen des Bettes standen eine kleine Blumenvase mit einem Sträußchen getrockneten Lavendels und eine alte Messinglampe mit einem cremeweißen Tiffany-Lampenschirm.

Über dem Bett und neben der Zimmertür hingen zarte Aquarelle in filigranen Goldrahmen und zeigten Szenen aus den normannischen Landschaften. Die Sprossenfenster waren mit hauchzarten hellen Gardinen behängt, die das fahle Sonnenlicht wie durch einen Weichzeichner filterten. Jedes Detail war so liebevoll arrangiert, dass sie als Gäste das Gefühl hatten, besonders willkommen zu sein. Sarah vergaß für eine Weile, weshalb sie hier waren; sie fühlte sich wie im Urlaub auf einer romantischen Reise durch die Normandie.

„Schatz, ist es nicht wunderbar hier? Von so einem Hotel habe ich als junges Mädchen immer geträumt …", schwärmte sie. Eddie, der neben ihr auf dem Bett saß, nickte gedankenversunken.

„Wäre es nicht wunderbar, auch so ein Hotel zu besitzen? So ganz klein, hübsch eingerichtet, mit einer feinen Küche …", träumte Sarah weiter. Der Ire dachte eine Weile nach.

„Warum nicht, Liebling?", meinte er schließlich. „Irgendwann werden wir zur Ruhe kommen, und dann müssen wir uns überlegen, was wir mit dem Rest unseres Lebens anfangen, nicht wahr?"

Sarah wachte schlagartig aus ihren Tagträumen auf. Eddies Worte hatten sie ungewollt in die Realität zurückgeholt. Die Realität, in der sie sich auf der Flucht vor der britischen Polizei befanden.

„Wohin werden wir gehen, Eddie? Was, wenn die Polizei uns doch findet?", fragte sie beunruhigt.

„Keine Sorge, Liebling. So große Fische sind wir nun auch wieder nicht, dass die Polizei uns quer durch Europa verfolgen wird. Zunächst sollten wir unsere Spuren ein wenig verwischen. Nicht, dass wir doch von Interpol gesucht werden …" Er lachte ein wenig gequält. Sarahs Blick ließ ihn wissen, dass sie nicht sonderlich überzeugt war. Er legte den Arm um ihre Schultern.

„Sarah – vertrau mir bitte. Ich werde auf dich – auf euch! – und auf Finnimi gut aufpassen, das verspreche ich dir."

Ihre Antwort bestand aus einem einzigen leisen Seufzer.

„Wie geht es dir gerade?", fragte Eddie und streichelte ihren kugelrunden Bauch. „Ich meine, möchtest du mal einen Arzt aufsuchen, wegen einer Untersuchung oder so?"

„Ich fühle mich sehr gut, Schatz, danke. Momentan brauche ich keinen Arzt", beruhigte sie ihn. Sie lächelte ihn an. Ja, sie vertraute ihm. Er würde sie schon durchbringen, und sie schob ihre Sorgen beiseite. „Wenn sich etwas ändert, werde ich es dich wissen lassen“, fügte sie hinzu.

Gegen halb Zwei mittags kam eine völlig abgehetzte Monique ins Hôtel Le Huguenot zurück, den Kinderwagen eiernd vor sich her rollend, Tysons Hundeleine ums Handgelenk gewickelt. Der alte Labrador pfiff auf dem letzten Loch. Die pinkfarbene Zunge hing ihm aus dem aufgerissenen Maul bis zum Fußgelenk herunter. Eddie und Sarah saßen gerade mit Béatrice im Speiseraum und tranken einen Café au Lait. Mo blieb abrupt stehen und starrte die Drei entgeistert an.

„Was ist los, Mum?“, fragte Sarah. Die Gesichtsfarbe ihrer Mutter war blasser als das Innenleben eines jungen Camemberts.

„Geoff ist im Gefängnis!“

12. … es ist Weihnachten, wissen Sie?

Bestürzt sprangen Sarah und Eddie auf und liefen zu Mo.

„Was sagst du da?"

Mo schleppte sich vor zum Tisch, schob sich einen Stuhl zurecht und ließ sich darauf fallen. Betrübt ließ sie den Kopf hängen. Dann nickte sie nur.

„Im Gefängnis? Aber … wie ist das passiert?", rief Eddie, während Sarah Finley aus dem Kinderwagen half. Tyson schlabberte geräuschvoll eine Schüssel mit Wasser leer, die Mme. Martin ihm bereitgestellt hatte. Die Wirtin füllte nach, bis der alte Hund seinen Durst gestillt hatte, dann setzte sie sich wieder zu den anderen an den Tisch.

„*Pardieu*[19]! Was ist gesche'en?", fragte sie und tätschelte Moniques Arm. Diese schnaubte geräuschvoll durch die Nase und begann zu erzählen:

„Wir waren den ganzen Vormittag unterwegs. Es war wunderschön, dieses frühwinterliche Sonnenwetter. Der Seewind war mild, und wir beschlossen, die Abtei Saint-Étienne zu besichtigen. Es war sehr beeindruckend. In der Kirche wurde eine Weihnachtsmesse gefeiert, und da es Finnimi so gut gefiel, blieben wir eine Weile. Irgendwann stieß Geoff mich an und flüsterte mir zu, er müsse mal ganz dringend. Also begaben wir uns wieder nach draußen und suchten ein WC.

Ich war mir sicher, vorher ein Hinweisschild gesehen zu haben. Offenbar haben wir uns rund um diese riesige Klosteranlage verlaufen, jedenfalls entdeckten wir kein Zeichen. Geoff jammerte, es würde immer dringender, und entsprechend hektisch liefen wir hin und her. Wir befragten verschiedene Besucher, doch Geoffs Französisch ist erbärmlich, na ja, und

---

[19] Bei Gott!

meins … reden wir nicht davon. Entweder hat uns wirklich niemand verstanden, oder es wollte uns niemand verstehen. Jedenfalls wurde es so eilig, dass Geoff beschloss, seinem Bedürfnis hinter einem großen Baum nachzugehen. Ich stellte mich ein wenig abseits von ihm und schaute, dass niemand kam. Leider muss ich gerade in die falsche Richtung geguckt haben, denn von der anderen Seite kam ausgerechnet ein Streifenpolizist."

„*Mon Dieu*[20], aber das ist doch kein Grund, gleich ins Gefängnis zu wandern. Es ist doch nur ein bisschen, wie sagt man? Pi-pi …" Béatrice war empört. Monique sah sie gequält an.

„Nun ja. Ich hörte plötzliches Schreien und Schimpfen. Als ich mich umdrehte, war Geoff schon in einen prächtigen Streit mit dem Gendarmen verwickelt." Bekümmert blickte sie zu Boden. „Ihr kennt ja Geoff. Wenn man ihn im falschen Augenblick erwischt, kann er ziemlich ungemütlich werden. Er überschüttete den Polizisten mit den vulgärsten irischen Ausdrücken, *Póg mo Thóin*[21] war da noch das Harmloseste. Und entweder konnte der Polizist irisch verstehen, oder er hatte sich einfach denken können, was Geoffrey da von sich gab, jedenfalls fackelte er nicht lange. Es machte zweimal ‚klack-klack', und Geoff wurde in Handschellen abgeführt."

Béatrice hatte ihr einen Milchkaffee und ein Taschentuch gebracht. Mo schnäuzte in das Tuch und nahm einen großen Schluck Kaffee.

„Ich bin ihnen natürlich gefolgt und habe versucht, auf den Polizisten einzureden. Aber der hat mich nur mit einer Handbewegung abgewehrt, fiel mir immer mit seinem blöden ‚Madame …!' ins Wort. Er verschwand einfach mit Geoff in ein Amtsgebäude."

Betroffen sahen sich die Anwesenden an. Einen Moment lang herrschte Stille. Dann schlug Mme. Martin mit der Faust auf den Tisch, dass die Kaffeebecher klapperten, und sprang auf.

„*C'est scandaleux*[22]! Kommen Sie, *mes amis*[23], ge'en wir auf das Polizeirevier. Da werde ich mich mal ein bisschen mit den 'Erren unter'alten."

Die Absätze ihrer winzigen Pumps klackerten laut auf dem Fliesenboden, als sie aus dem Speiseraum zur Garderobe lief. Sie griff nach ihrem Mantel, warf ihn sich über und stand schon an der geöffneten Eingangstür. Mo und Eddie beeilten sich hinterherzukommen, während Sarah schweren Herzens zurückblieb. So gerne sie auch dabei gewesen wäre, zumal sie gerne gewusst hätte, was Mme. Martin den Polizisten erzählen würde, so aufgebracht, wie die Hotelierin war. Ihre Beine waren ein wenig schwer an diesem Nach-

---

[20] Mein Gott,

[21] Leck mich am A…

[22] Das ist skandalös!

[23] meine Freunde

mittag, und außerdem musste sich jemand um Finley kümmern. Tyson blieb bereitwillig bei ihr, anscheinend war er an diesem Tag genug aus gewesen.

Mme. Martin fiel in die Polizeiwache ein wie ein ausgehungerter Drache in eine Herde Schafe. Ihr Gefolge dagegen gab sich eher zurückhaltend bis eingeschüchtert. Béatrice lieferte sich eine wort- und lärmreiche Schlacht mit dem diensthabenden Polizeibeamten, garniert von zahlreichen Gesten, die auch die Gäste aus Großbritannien nicht missverstehen konnten. Schreiend und mit den Händen fuchtelnd stand sie dem Dienstmann gegenüber, der sie um etwa anderthalb Köpfe überragte. Schließlich setzte er sich, selbst ebenfalls gestikulierend und brüllend, rückwärts in Bewegung. Die tobende Gastwirtin folgte ihm zeternd, und so näherten sie sich langsam einer Zelle, in der völlig unbeeindruckt MacGowan stand und grinsend die Szene betrachtete. Der Beamte, weiter schreiend und fluchend, schloss langsam die Zellentür auf, hielt sie weit auf. Nachdem Geoffrey hinausspaziert und seine Liebste in die Arme geschlossen hatte, tänzelten der Polizist und die Wirtin, sich noch immer beschimpfend, langsam wieder dem Empfangstresen entgegen.

Béatrice bellte ein letztes „*Merci et bonne journée*[24]!“, was Eddie mühsam verstand; dem Ton nach klang es eher wie: „Fahren Sie zur Hölle!“. Sie hakte sich bei Eddie und MacGowan unter, der wiederum Mo im Schlepptau hielt, und so rauschte die Combo von dannen.

Draußen hielten sie inne. Geoff bedankte sich bei Béatrice schlicht und galant mit zwei flüchtigen Wangenküsschen, dann griff er nach Moniques Hand und spazierte in Richtung Hotel. Béatrice trug einen triumphalen Gesichtsausdruck zur Schau, zwinkerte Eddie zu, dann folgte sie den beiden, und der kahle Ire sputete sich, um hinterherzukommen.

Holmers hatte kaum aufgelegt, da hatte Watts schon seine Aktentasche zusammengepackt, Mantel und Hut angezogen und stand auf dem Sprung.

„Ist er zu Hause?“, grollte er von der Türschwelle aus. Sein jüngerer Kollege blickte verwirrt auf.

„Wer?“

„Mann, Holmers, sind Sie auf den Kopf gefallen? Dieser Jones – ist er zu Hause?“

„Nun, ich nehme es an. Ich telefonierte gerade mit ihm.“

Watts verdrehte die Augen und schnaufte tief durch.

„Was hat er gesagt?“

[24] Danke und schönen Tag noch!

„Na, er hat Miss Rutherfords Auto zurückgebracht."

Fassungslos starrte Watts seinen Assistenten an. Er kochte vor Wut.

„Holmers …. lassen Sie sich, verdammt noch mal, nicht alles einzeln aus der Nase ziehen. Wusste er, wo die hin sind? Sind sie noch da?"

„Entschuldigung", entgegnete Holmers und blinzelte irritiert. „Nein, sie sind nicht mehr vor Ort. Mr. Jones konnte oder wollte mir auch nicht sagen, wo sie hin sind."

Ohne ein weiteres Wort zu verlieren, verließ Watts die Polizeiwache. Die rubinrote Ausgangstür krachte ins Schloss. Wütend sperrte er seinen alten Volvo auf, warf sich auf den Fahrersitz und machte sich in Richtung Osten über die A 44 nach Malvern auf.

Aufgrund des Feiertages herrschte dichter Verkehr, deutlich mehr, als Watts angenommen hatte. So wurde aus einer normalerweise zweieinhalbstündigen Fahrt eine fast vierstündige Zerreißprobe der Nerven. Es war bereits stockdunkel, als der alte weinrote Volvo V40 vor dem Häuschen der Jones zu stehen kam. Der Inspektor sammelte sich einen kurzen Moment, dann stieg er aus und strich seinen Mantel, so gut es ging, glatt. Rauer Kies knirschte unter seinen Schuhsohlen. Er läutete an der Tür und zog seinen Filzhut vom Kopf. Er war in Zivil.

David Jones, in bequemer Cordhose und Holzfällerhemd, öffnete die Tür und blickte Watts verständnislos an.

„Kann ich Ihnen helfen?", murmelte er unbeholfen.

„Guten Tag, Sir. Mein Name ist Hubert Watts, Inspektor der Dyfed Powys Police, Polizeiwache Aberystwyth. Entschuldigen Sie den … ähem … Überfall, aber es ist sehr wichtig. Dürfte ich eventuell einen Moment hereinkommen?" Watts war steif um Höflichkeit bemüht. Jones wirkte hin- und hergerissen, schluckte.

„Es … ist leider gerade nicht sehr passend, Inspektor. Wir … es ist Weihnachten, wissen Sie?"

„Verstehe, Sir. Dürfte ich dennoch eine kurze Frage stellen?" Watts bemerkte, wie ihm das Gespräch entglitt, noch bevor es in Gang gekommen war. Er erinnerte sich an diverse Appelle seiner Vorgesetzten, Kommunikationskurse zu besuchen. Empört hatte er stets bestritten, dass an seiner Ausdruckskraft noch geschliffen werden könnte. Doch nun, da er vor dem höflich abwartenden David Jones stand und nicht die rechten Worte fand, kamen ihm Zweifel.

„Wo befindet sich Edward O'Meany?", startete er einen halbherzigen Versuch, doch schon die letzte Silbe verschluckte er derart, dass sie nicht mehr zu hören war. David sah ihn seltsam an.

„Das sagte ich bereits Ihrem Kollegen am Telefon. Ich weiß es nicht.

Eddie bat mich, das Auto zurückzubringen. Als ich zurückkam, waren sie fort. Das ist alles.“ Er sah dem Inspektor in die Augen, die nervös flackerten. „Inspektor – würden Sie mich bitte entschuldigen?“

Ohne eine Antwort abzuwarten, schloss David behutsam die Tür von innen und ließ den Inspektor draußen stehen. Er ging den Flur hinab und löschte das Licht. Auf Zehenspitzen schlich er zurück und spähte durch das Seitenfenster. Der Inspektor stand noch immer dort, mit hängendem Kopf, den Hut in den Händen haltend.

„Wer ist das?“, wisperte Shirley, die plötzlich hinter ihm stand und auf Zehenspitzen über seine Schulter lugte. David zuckte erschrocken zusammen. Obwohl Shirley seit Monaten bei ihm wohnte, hatte er sich noch immer nicht an ihr lautloses Auftreten gewöhnt. Gemeinsam warteten sie in tiefer dunkler Stille, bis der Inspektor sich endlich besann, seinen Hut aufsetzte, auf dem Absatz drehte und zu seinem Auto lief.

Der Morgen war grau, und vom Meer her schwappte ein kalter zäher Nebel über das walisische Städtchen. Watts saß in Unterhosen auf seinem Bett und grübelte. Er hatte frei für die nächsten zwei Tage. Er hatte grundsätzlich nichts für freie Tage übrig. Ihm fehlte es schlicht an Vorstellungsvermögen, was man an solchen Tagen hätte tun sollen. Er ging nicht ins Pub, denn die Klientel dort widerte ihn an. Er besuchte weder Kino noch Theater, denn er verabscheute Schauspielerei, dieses affige Getue. Konzerte mochte er genauso wenig. Wenn er Musik hören wollte, schaltete er sein Radio ein.

Doch an diesem Tag hätte er, selbst wenn er anderweitige Interessen zu verfolgen gehabt hätte, sich zu keiner Unternehmung überwinden können, die nicht mit seinem Fall zu tun hatte. Es ärgerte ihn maßlos, dass die Mühlen seiner Behörde langsamer mahlten, als er nach über vierzig Dienstjahren angenommen hatte. Noch immer keine Nachricht von Interpol. Kein Haftbefehl, nur ein Suchbefehl und das auch nur auf nationaler Ebene. Vermutlich waren diese verfluchten irischen Halunken längst über die Grenze verschwunden, und er saß hier in seinen „gottverdammten Unterhosen“, brach es laut aus ihm hervor, „zur Untätigkeit verdammt!“

Wütend stapfte er ins Bad, wusch sich rasch. Er verzichtete auf die Rasur. Stattdessen zog sich gleich an und verließ das Haus. Mit seinem Volvo hielt er an der Tankstelle, tankte voll, holte sich einen Kaffee im Pappbecher und lenkte den Wagen dann zur A 44.

Er raste bei Überschreiten jeglicher Geschwindigkeitsbegrenzungen Richtung Osten, ließ Hereford rechts und Worcester links liegen. Nach Gloucester fuhr er Richtung Swindon, um bei Newbury auf die A 34 nach

Süden abzubiegen. Natürlich hatte er keine Ahnung, wohin sich diese hintertriebene Bande abgesetzt hatte. Doch sein Instinkt sagte ihm, dass sie über die Grenze gegangen sein mussten. So wählte er auf gut Glück die Nächstliegende, und das war der Grenzübergang nach Frankreich, mit der Fähre von Portsmouth nach Ouistreham.

Inspektor Wattes war fünf Stunden unterwegs gewesen, hatte zweimal an Tankstellen gehalten, sich den Tag über von drei Coffees to go, einem Scone und einem Thunfisch-Sandwich ernährt. In Portsmouth hing am Nachmittag ein ebenso zäher Nebel wie am Morgen in Aberytswyth. Die trübe Suppe drückte Watts auf sein ohnehin schon schweres Gemüt. Was tat er hier eigentlich? Fuhr wie ein Besessener einem Trupp ausgeflippter Iren hinterher, die ein bisschen gedealt hatten. Und der Anschlag auf Petersson? Reine Spekulation. Sein Gespür sagte, ja, verdammt, ein echter Mordversuch. Aber die Beweislage? Schwach. Reichte nicht einmal für einen richtigen Haftbefehl.

Doch nun war es sein Ego, das sich all die endlosen Jahrzehnte aus seinem Leben herausgehalten hatte. Das ihm bisher jegliche Unterstützung versagt hatte, was seine Karriereplanung anging. All das über Dekaden aufgestaute „Jetzt bin ich auch mal dran“ quoll dieser Tage in ihm empor und infizierte jeden seiner Gedanken, wucherte in ihm noch bis in die kleinste seiner Handlungen hinein und bestimmte nunmehr seinen Lebensinhalt. Er würde diesen verfluchten O'Meany kriegen und ihn an seinem Schlafittchen zurück in die verhasste Provinz schleppen.

Auf der Fähre holte er sich einen Burger mit Pommes Frites, die widerlich schmeckten. Das Koffein der Coke feuerte seinen hektischen Herzrhythmus zusätzlich an. Unruhig saß er auf der Plastik-bezogenen Sitzbank und trommelte nervös mit den Fingern. Es war kurz vor neun. Die normannische Küste würde bald in Sichtweite sein, wäre es nicht bereits dunkel und diesig.

Im Shop kaufte er sich noch eine Reisezahnbürste und ein T-Shirt. Dann bestieg er sein Auto und wartete darauf, dass die Fähre anlegte und er von Bord würde fahren können.

„Guten Morgen!“, rief Sarah fröhlich, als sie ihre Mutter im Speisesaal vorfand, wieder in ihr Notizbuch schreibend. „Deine Memoiren?“

Monique klappte das kleine goldverbrämte Büchlein demonstrativ zu und sah zu ihrer Tochter hoch. Sarah sah gut aus. Ihr Gesicht leuchtete. Der kugelrunde Bauch stand weit hervor. Die liebenswürdige Béatrice hatte die Schwangere bestens versorgt. Die ganze Familie hatte sich in den kurzen Tagen über Weihnachten richtiggehend eingelebt und fühlte sich unter der

Obhut von Mme. Martin pudelwohl. Sie genossen die normannische Küche und das französische Laissez-faire.

„Wo ist Geoff? Ist er schon wach?“, wollte Sarah wissen.

„Er brauchte frische Luft, deswegen ist er mit Tyson unterwegs.“ Mo sah auf ihre Armbanduhr. „Müsste demnächst wieder hier eintrudeln. Ah, *bonjour*[25], Béatrice! Bringst du schon das *petit déjeuner*[26]?“ Die Gastwirtin stellte Monique eine große Schale Milchkaffee vor die Nase. „Ah, *merci beaucoup*[27]!“ Eddie kam herein, Finley an der Hand, der fröhlich in den Raum krähte. Er zeigte Béatrice ein neues Spielzeug, das er gemeinsam mit seinem Vater an diesem Morgen gebaut hatte. Eddie begrüßte Sarah mit einem Wangenkuss.

Wenig später standen die *bols*[28] leer vor ihnen, auf den Frühstückstellern lagen nur noch Blätterteigkrümel der Croissants.

„Himmel, wo bleibt denn Geoff?“, wunderte sich Monique laut. Mit zusammengerückten Augenbrauen schaute sie auf das Ziffernblatt ihrer kleinen Uhr.

„’Offentlich ’at er nicht wieder Ärger.“ Die zierliche Hotelierin sorgte sich, denn sie hatte den großen Iren in den vergangenen Tagen bereits ziemlich gut durchschaut. Unruhig blickten sich die Gäste an. Bevor jedoch jemand anfangen konnte, sich ernsthaft Gedanken zu machen, ging mit einem Schwung die Tür auf, und ein abgekämpft wirkender Geoffrey nebst hechelndem Labrador kam herein gestürmt. Kleine dunkelgrüne Zweige, die verdächtig an Thuja erinnerten, hatten sich in Tysons Halsband verfangen. MacGowans Haar hing in wirren feuchten Strähnen über der Stirn. Seine leuchtend grünen Augen glühten wild.

Erschrocken sprangen Eddie und Mo auf. Sarah konnte nicht, denn sie war zwischen Stuhllehne und Tischkante durch ihren dicken Bauch eingeklemmt. Tyson ließ sich schnappatmend an Ort und Stelle auf die Fliesen fallen.

„Was ist los?“, rief Eddie. Sein Freund sah ihn mit gehetztem Blick an.

„Wir müssen verschwinden. Sofort!“

Die anderen starrten sich entsetzt an. Eddie fand als Erster seine Fassung wieder.

„Was ist passiert?“

MacGowan ließ sich schwer auf einen Polsterstuhl fallen.

„Watts ist hier. Der Bulle aus Aberystwyth. Ich habe ihn gesehen. Und er hat mich gesehen. Und erkannt, keine Frage.“

---

[25] Guten Tag

[26] Frühstück

[27] Vielen Dank!

[28] (Kaffee-)Schalen

Betretenes Schweigen breitete sich aus.

„Wo hast du ihn gesehen?“, fragte Eddie nach einem Moment.

„Nahe der Universität. Ich war gerade durch den Schlosspark gelaufen und kam den Stichweg heraus, als ein weinroter Volvo mit walisischem Kennzeichen auf der Esplanade de la Paix an mir vorbei rollte. Ich sah in den Wagen hinein, und er sah hinaus, und sein Blick blieb an meinem hängen. Ich machte sofort kehrt, doch dieser Wahnsinnige bog einfach in den Stichweg ein. Ich rannte um mein Leben, kann ich euch sagen …“

„*Mon Dieu*[29]!“, entfuhr es Béatrice, die gerade aus der Küche kam.

„Tyson und ich mussten uns quer durch die Büsche schlagen, wie ihr unschwer erkennen könnt, um diesem Geistesgestörten zu entkommen. Ohne Rücksicht auf Verluste ist er quer durch den Park gefahren, über Rasen und Gehwege. Spätestens beim Schloss hätte er uns eingeholt, wenn nicht zufällig eine Fußstreife unterwegs gewesen wäre, die ihm in die Quere kam. Der gute Watts dürfte nun erst einmal in Erklärungsnot stehen.“ Geoff lehnte sich zurück, grinste zufrieden und nahm einen großen Schluck vom Milchkaffee, den die Gastwirtin in der Zwischenzeit gebracht hatte.

„Du hast recht, wir sollten keine Zeit verlieren“, meinte Eddie. „Ich finde, wir sollten zusammenpacken und abreisen, so schnell es geht.“

Hierüber waren sie sich einig, so wehmütig sie auch der gemütlichen Tage in Mme. Martins Gesellschaft gedachten. Jeder verschwand auf sein Zimmer und holte die Koffer hervor, um seine Sachen aus den zierlichen Bauernschränken zu räumen. Kaum eine Stunde später standen sie vor der kleinen Rezeption. Ihre tränennassen Gesichter erschauerten unter Béatrice’ zahllosen Wangenküsschen. Unter reichlich Wehklagen verabschiedete die zarte Hotelierin ihre neu gewonnenen Freunde, die sich in den vollgestopften Scénic gesetzt hatten. Sämtliche verfügbaren Arme wurden aus den heruntergelassenen Fenstern gestreckt, und während der Wagen sich langsam in Bewegung setzte, winkten die Hände so eifrig, als könnten sie dadurch ein kleines Stückchen Hôtel Le Huguenot zur Erinnerung mit sich reißen.

„Trotzdem können Sie nicht wie ein Geistesgestörter durch die Grünanlagen fahren, Inspektor Watts!“ Olivier Bettencourt, Chef de Service der städtischen Polizeiwache in Caen, blickte den dicklichen Polizeiinspektor aus Aberystwyth streng an. Watts hatte aufklären können, warum er MacGowan verfolgt hatte. Nachdem man ihn auf die Dienststelle gebracht hatte, nahm

[29] Mein Gott

sich Bettencourt, der fließend Englisch sprach, seiner an. Seit einer halben Stunde waren sie im Gespräch. Bettencourt hatte ihm Kaffee und Kuchen gereicht, die Zuckerspiegel und Herzrhythmus zwar weiter in die Höhe trieben, aber dennoch für eine anheimelnde Atmosphäre sorgten.

Es hatte in Watts' Leben kaum einen Menschen gegeben, der ihm auf den ersten Blick sympathisch gewesen wäre. Bettencourt war hier eine nennenswerte Ausnahme. Der groß gewachsene französische Polizeichef saß in auffällig aufrechter Haltung da, schneidig, mit geraden, breiten Schultern, gestrafftem Rücken und nach vorne gerichtetem Blick, als habe er sich jahrelanger militärischer Ausbildung unterzogen. Ruhig und aufmerksam hatte er Watts' Ausführungen gelauscht. Jedes Wort, jede Silbe schien er aufzunehmen, zu überdenken und abzuspeichern. Watts fühlte sich verstanden. Zum ersten Mal in seinem Leben hörte ihm jemand richtig zu. Er lehnte sich zurück. Er atmete tief aus und ließ damit seine Anspannung für den Moment von sich gleiten. Der heiße Kaffee war köstlich!

„Selbstverständlich, und es tut mir außerordentlich leid. Ich werde für den Schaden natürlich aufkommen …", räumte Watts ein. Der Franzose winkte müde ab.

„Lassen Sie nur. Ich buche das unter verunfalltem Verfahren eines Ortsunkundigen ab. Glücklicherweise war so gut wie niemand unterwegs. Die Sache ist bald vergessen. Im Winter sind die Parkanlagen ohnehin nicht so besonders angelegt." Bettencourt lächelte schmal und nippte ebenfalls von seinem Kaffee.

„Wie können wir nun weiter machen?", fragte Watts kurz darauf. Bettencourt sah ihn einen Moment lang erstaunt an. Er überlegte kurz.

„Sie haben ein Foto der Gesuchten?"

Watts kramte in der Innentasche seines schlecht sitzenden Jacketts. Das Hemd war dämpfig. Obwohl er heute Morgen in der kleinen Pension ausgiebig geduscht hatte, stieg ihm eine kleine Wolke Schweißgeruch in die Nase. Die Bilder, die er hervorzog, waren durch die Feuchtigkeit ledrig geworden, doch man konnte die Gesichter gut erkennen.

„Mon Dieu!", schrie Bettencourt plötzlich und sprang bestürzt auf. „Aber den kenne ich!", brüllte er und wies mit ausgestrecktem Zeigefinger auf Geoffrey MacGowans ewig grinsenden Kopf. Watts sah ihn überrascht an.

„Wie bitte?"

„Dieser Mann saß bis erst gestern in unserer Haftzelle! Er hatte öffentliches Anwesen verunreinigt und anschließend meine Dienstkollegen aufs Gröbste beleidigt. Da er in einer unbekannten Fremdsprache fluchte, blieb leider der Nachweis aus, und so mussten wir ihn wieder ziehen lassen.

Wenn ich gewusst hätte, dass er gesucht wird …"

Watts war wie vom Donner gerührt. Sie hatten ihn wieder laufen lassen? Erneut waren sie ihm um Haaresbreite entwischt? Er konnte es nicht fassen.

„… Haftbefehl?", hörte er Bettencourt noch fragen.

„Wie meinen?"

„Seit wann haben Sie den internationalen Haftbefehl?"

Watts räusperte sich verlegen.

„Nun ja, also, ehrlich gesagt … der internationale Haftbefehl steht noch aus …"

Bettencourt sah ihn fragend an.

„Aber einen britischen Haftbefehl haben Sie dabei?"

Watts schluckte trocken.

„Also, ähm, wie soll ich sagen, die Beweislage ist noch etwas dürftig, aber wissen Sie, es ist ja nur das Formelle, und mein Instinkt sagt mir …" Watts' Worte erstarben mit dem wachsenden Zweifel im Blick des französischen Polizeimeisters.

„Sie haben keinen Haftbefehl?", fragte dieser leise.

„Nun, wissen Sie, ich weiß aber trotzdem ganz genau …"

„Sie haben keinen Haftbefehl?", unterbrach Bettencourt erneut, flüsterte beinahe. Watts hielt inne und sah den großen Franzosen mit dem schmalen langen Gesicht ratlos an. Dann zuckte er mit den Schultern und senkte den Blick zu Boden. Bettencourt seufzte schwer. Das Schweigen hielt etwa eine halbe Minute an. Watts war es wie eine Ewigkeit, in der er Blut und Wasser schwitzte. Sollte er seinen neuen Freund so schnell wieder verlieren, wie er ihn gefunden hatte?

„Dann werden wir uns wohl etwas einfallen lassen müssen", erklärte Bettencourt schließlich. Er schenkte dem britischen Inspektor ein winziges Lächeln, das sich in nicht mehr als seinen hellgrauen Augen offenbarte. Watts hingegen schöpfte aus dieser kleinsten Andeutung die größte Erleichterung und die größte Hoffnung. Er verzog das Gesicht zu einem zufriedenen Grinsen, das seinen verhärteten Wangenmuskeln gänzlich neu war.

„Wohin fahren wir nun?", meldete sich Sarah, die im Scénic hinten neben Finley saß. Eddie lenkte den Wagen auf die Ringautobahn, die Caen komplett umschloss. Er warf einen fragenden Blick auf Geoffrey, der sich im Beifahrersitz zurücklehnte und die Hände hinter dem Kopf verschränkte.

„Worauf habt ihr Lust?", fragte dieser.

Sarah rutschte unbequem hin und her. So sehr sie sonst auch Geoffreys unbekümmerte, stets gut gelaunte Art zu schätzen wusste, so sehr stürzte sie diese Unbekümmertheit genau jetzt in eine fast hoffnungslos zu benennende

Verzweiflung. Zum Kuckuck, was dachte Geoffrey, was das hier war? Eine Vergnügungsreise? Kreuzfahrt durch Europa mit der MS Scénic – und sie mittendrin, sie, die Hauptfiguren aus Disneyland, die sich jedes Ziel in Raum und Zeit wünschen durften?

Ihr runder Babybauch drückte. Das Kleine strampelte gegen die wachsende Beengung an, und die zunehmenden Tritte Richtung Leber machten Sarah zu schaffen. Eine leichte Übelkeit überkam sie, und sie war sich überhaupt nicht sicher, ob diese nur vom Autofahren und von der Schwangerschaft herrührte. Wie knapp war das Entkommen vor der Polizei diesmal gewesen? Hingen bereits Steckbriefe von ihnen in den Rathäusern und Bahnhofshallen der Städte?

Mit Eiseskälte kroch eine leise Angst durch ihren Körper und nagte an den Eingeweiden. Wieder und wieder stiegen in ihrem Kopf zwei Kontrahenten auf. Die eine Seite hatte die Nase endgültig voll von den Eskapaden der zwei Tee-Männer. Diese Seite dachte jetzt nur noch an Sarah, an Finley und an das werdende Leben. Wie konnte Eddie es wagen ihr zuzumuten, mit ihm in einem verdammten Renault durch halb Europa zu hetzen auf der Flucht vor der Polizei? Hatte er einmal darüber nachgedacht, was aus ihr würde, wenn man ihn verhaftete? Wie groß war eigentlich der Schaden, den er angerichtet hatte? Ganz offen hatte er darüber noch nie gesprochen!

Würde sie am Ende mithaften müssen? Schließlich waren sie verheiratet! Käme sie etwa auch ins Gefängnis? Durfte man hochschwangere Frauen einsperren? Und das Baby? Würde das in der Haftanstalt aufwachsen müssen?

Ein Schluchzer kämpfte sich in ihrer Kehle empor. Tränen füllten ihre Augen, doch Sarah zwang sich zur Contenance. Konnte sie nicht auch als Alleinerziehende zurechtkommen? Natürlich würde es hart, unbestritten. Ein Kind oder gar zwei alleine groß zu ziehen erforderte ungleich mehr Disziplin, Durchhaltevermögen und Willenskraft. Aber es wäre nicht unmöglich. Sie könnte zu ihrem Vater ziehen, in dem großen Haus eine Weile unterkommen. Und später könnte sie sich einen netten Halbtagsjob suchen. Ja, sie würde es schaffen.

Doch da war noch die andere Seite. Was hatte diese dem entgegenzusetzen? Die Liebe zu Eddie? Es war wahrlich nicht leicht, diese Liebe, die ihr stets heilig gewesen war, im gleichen Maße aufrechtzuerhalten, wenn der Ehemann beinahe so verwirrt und hilflos wirkte, wie man selbst. Eddie strahlte momentan nicht gerade Zuversicht aus. Wäre Geoffrey nicht … Ja, man konnte von ihm halten, was man wollte, doch mit unerschütterlichem Optimismus und zenhafter Gelassenheit hielt er diese kleine

Gruppe Menschen fest zusammen. Wäre er nicht, so wäre es längst zu einem Eklat gekommen, da war sich Sarah sicher.

Natürlich gab es noch die Liebe für ihren Gatten. Aber die hatte sich irgendwo in ihr tiefstes Inneres zurückgezogen, dort verborgen, wo sie nichts und niemand aufwühlen konnte. Doch wo war dieser geheime Ort? Sarah konnte es zurzeit nicht sagen.

War auch die Liebe momentan schwer zu finden, so hatte sie doch vor über zehn Jahren ein Gelübde geleistet, dessen einer Teil aus den Worten bestand: wie in schlechten Zeiten. Eddie hatte sie keinesfalls absichtlich in dieses verquere Abenteuer gestürzt, nicht wahr?

In Sarahs gedanklichem Dilemma schien es keinen Ausweg zu geben, keine Entscheidung, nicht einmal eine Richtung. In dieser mentalen Pattsituation packte sie plötzlich eine heiße Wut auf Geoffrey. Das Ganze war doch auf seinem Mist gewachsen, oder nicht?

Dieser schwarzhaarige Satan! Was erlaubte er sich, ihre ganze Familie einschließlich ihrer armen Mutter in den Sumpf der Drogenkriminalität zu führen? Dabei trug er unverfroren eine unschuldige Miene zur Schau wie das Lämmchen im Gemüsebeet. Als würde sich alles von selbst regeln, als existierten Probleme gar nicht oder allenfalls in einer fremden Dimension, zu der Geoffrey MacGowan keinerlei Bezug hatte.

„Hier sind wir schon vorbeigekommen", bemerkte Letztgenannter trocken, was Sarah aus ihren Gedanken hochschrecken, sie aber nicht vergessen ließ. Im Gegenteil.

„Ich weiß, Kumpel, aber wo soll ich jetzt abfahren?", entgegnete Eddie, der die niedernormannische Stadt in zweiter Runde auf dem Autobahnring umkreiste.

„Also, Mädels, wo soll es hingehen?", rief Geoffrey launig in die Runde.

„Ich will heim!", fauchte die hochschwangere bengalische Tigerin, die man auf dem Rücksitz des Renaults in eine gedankliche Enge getrieben hatte. Die unfreiwilligen Laiendompteure blickten sich verdutzt um.

„Liebling, wir können nicht heim", merkte Eddie leichtfertig an, der seinen Blick wieder auf die Straße gerichtet hatte.

„Ich will aber nach Hause!", knurrte das Raubtier im Wagenfond. „Ich habe die Nase voll! Mir ist schlecht, ich habe Heimweh, ich will einfach nach Hause!"

„Bitte sei vernünftig, Liebling. Wir suchen uns jetzt ein schönes neues Ziel und dann …"

„Ich will kein neues Ziel!", schrie Sarah auf, und Hysterie mischte sich bei und nahm von ihrer Stimme besitz. „Ich will, dass wir zurück zur Fähre fahren, die uns nach Hause bringt!"

„Liebling, das finde ich jetzt nicht lustig! Bitte reiß dich ein wenig zusammen. Wir sind alle etwas nervös, aber wir suchen uns jetzt ein schönes Plätzchen, wo wir ein paar Tage ungestört sind, und dann sehen wir weiter …“ Eddie konnte einen leicht verärgerten Unterton nicht ganz verbergen.

„Du findest das nicht lustig? DU findest das nicht lustig?“, kreischte Sarah nun in der höchsten Lage, zu der ihre Stimme bei gleichzeitig gewalttätigster Lautstärke noch fähig war. „Wenn hier jemand etwas nicht lustig findet, dann sollte ICH das sein, glaubst du nicht, Edward Louis Patrick O'Meany? Was tust du mir, was tust du hier unseren Kindern an? Was mutest du uns zu? Solltest du als Familienvater uns nicht eher versorgen und ein schönes Heim bieten, als uns über den halben Kontinent zu schleifen?“

13. Führt der Weg in die Schweiz an Köln vorbei?

Eddie setzte den Blinker und nahm die nächste Abfahrt. Besondere Situationen erforderten besondere Maßnahmen. Seine Frau stand offensichtlich kurz davor, durchzudrehen. Finley weinte vor Schreck, Monique starrte empört Sarah an, und Geoffrey konzentrierte sich auf den Inhalt unter seinen Fingernägeln. Als ihr Ehemann konnte Eddie Sarah unmöglich diesem Zustand ausgeliefert lassen. Von der Ausfahrt bog ein Feldweg ab. Dort hinein lenkte er den Wagen und hielt am Wegesrand an. Er zog den Schlüssel ab, stieg aus, öffnete die hintere Wagentür und hielt seiner Frau die Hand entgegen, deren gerötetes Gesicht zu einer Schmerzfratze verzerrt war. Sie folgte ihm und stieg aus. Er nahm ihre Hand und hielt sie eisern umklammert in der festen Absicht, sie nicht mehr loszulassen, bis er seine alte Sarah zurückhatte.

Er führte sie ein Stück vom Auto weg hin zu einer Stelle, an der eine niedrige Steinmauer die Wiese vom Feldweg trennte. Es ging ein leichter, sehr kühler Wind, und Sarah zog den Kopf zwischen die Schultern. Eddie zerrte seinen Schal vom Hals und breitete ihn auf dem Mäuerchen aus. Dann bat er seine Frau, darauf Platz zu nehmen. Er zog seine Jacke aus, was umständlich war, wenn man mit einer Hand weiterhin seine Frau festhielt, und hängte sie ihr um. Ihre Schultern zitterten sichtbar, und es spielte keine Rolle, ob sie dies aus Wut oder vor Kälte taten.

Noch immer liefen Tränen aus Sarahs Augen. Sie konnte ihm nicht ins Gesicht sehen, doch langsam fasste sie sich, atmete ruhiger. Eddie kniete vor ihr nieder.

„Liebling, ich bin mir dessen bewusst, was ich dir und Finley und unserem ungeborenen Kind gerade zumute. Ich sage es dir noch einmal: Es tut mir unendlich leid. Auch ich habe Sorge, was passiert, wenn uns die Polizei schnappen sollte. Ganz egal, was kommt: Es liegt allein in meiner Verantwortung. Du warst und bist an meiner Seite, so wie du es mir vor zehn Jahren versprochen hast. Und das ist mehr, als ich je erwarten konnte, mehr, als ich je zu hoffen gewagt habe. Ich liebe dich über alles, Sarah O'Meany, und ich hoffe, dass du immer an meiner Seite bleiben wirst. Aber ich kann verstehen, wenn du das nicht kannst. Ich habe sogar tiefstes Verständnis dafür. Wenn es dir ernst ist, dann werde ich dich nach Hause bringen. Mo und Geoff werden alleine weiter kommen, und ich fahre dich heim."

Es dauerte einige Minuten, bis Sarah etwas entgegnen konnte.

„Warum hast du diesen Wahnsinn angefangen? Warum verschleppst du mich und dein Kind – deine Kinder ins Ungewisse? Ich bin hochschwanger, verdammt noch mal. Ich brauche meine Ruhe, ich brauche ein Nest. Ich brauche jemanden, der zuverlässig ist."

Eddie schluckte schwer.

„Ich weiß, es ist schwer, das jetzt zu verstehen. Sarah, es geht hier um etwas Größeres. Es geht um meinen Traum …"

„… deinen Traum? Was soll das heißen? Dass du dich endlich mal ausleben willst? Aus deinem alten Leben ausbrechen? Bist du in der Midlife-Crisis? Sind wir dir eine Last?" Sarahs Stimme war schrill.

„Nein, ihr seid mir gar keine Last, im Gegenteil. Sarah, du und Finley und unser ungeborenes Kind, ihr seid Bestandteil meines Traumes. Ich will versuchen, es dir zu erklären. Ich habe einmal das Bankwesen studiert, weil es mich interessiert und mir Spaß gemacht hat. Ich habe das Jonglieren mit Zahlen geliebt, diesen Nervenkitzel, ob die Prognosen, die man aufgestellt hat, sich erfüllen, das Gefühl von Erfolg, wenn man mehr und mehr Geld in immer höherer Geschwindigkeit umsetzt, wenn der Vorstand dir zufrieden auf die Schulter klopft und dir eine seiner kubanischen Zigarren anbietet …

Doch eines Tages habe ich eine E-Mail bekommen, die mein Leben verändert hat. Es hört sich komisch an, denn die E-Mail war nicht einmal für mich bestimmt. Sie war für meinen Kollegen O'Leary aus der Kreditabteilung und kam von einer Kundin. Vielleicht hat sie die E-Mail-Adresse auf der Website nachgeschaut und ist in der Zeile verrutscht. Wie auch immer – die Nachricht ging jedenfalls an meine Adresse. Erst beim Lesen kam ich darauf, dass sie nicht an mich, sondern an O'Leary gerichtet war, obwohl die Dame meinen Namen verwendet hatte. Jedenfalls schrieb sie von ihrer kleinen Konditorei in Borth und ihrer Geldnot. Ihr Kredit wurde gekündigt … Jedenfalls klang sie so nett und sympathisch und irgendwie … ich weiß auch nicht, irgendwie hat mich das berührt. Da war auf einmal ein Mensch. Ein Schicksal."

„Wann war das denn?"

„Na, kurz bevor ich mit Geoff gesprochen habe."

„Aber du hast doch schon länger den Anteil der Unmenschlichkeit bei euch bemängelt …"

„Ich weiß auch nicht. Diese E-Mail war vielleicht nur der Tropfen, der das Fass zum Überlaufen gebracht hat. Vielleicht war es gar nicht das Schicksal dieser Konditorin. Vielleicht war es nur dieser eine Satz, den sie unter ihr Schreiben gesetzt hat."

„Ein Satz? Was für ein Satz?"

„ ‚Es kommt eine Zeit im Leben, da bleibt einem nichts anderes übrig, als seinen eigenen Weg zu gehen …'[30]"

Sarah war still und nachdenklich.

„Ich weiß nicht, woher der ist oder wer das gesagt haben soll. Ich wusste nur plötzlich, was ich zu tun habe", fügte Eddie hinzu.

Eine ganze Weile saßen und knieten sie einträchtig schweigend.

Er sah ihr tief in die Augen, deren Schleier sich etwas gelüftet hatte. Dann senkte er kurz den Blick und räusperte sich leise.

„Ich bringe dich gerne heim, wenn das dein Wunsch ist, Liebling. Ich … es wird nur … also … Sie werden mich dann aber wohl verhaften." Er bemerkte Sarahs fragenden Blick und beeilte sich, hinzuzufügen: „Aber für dich gehe ich gern ins Gefängnis, ehrlich! Also, wenn du willst. Nein, nicht wenn du willst, das willst du ja nicht, also, ich denke jedenfalls, dass du das nicht wollen würdest. Ich meinte nur, weil du doch heimwillst. Ich fahre dich. Jetzt gleich, wenn du magst."

Sarah sah ihn noch immer stumm an, doch ihre Gesichtszüge hatten sich geglättet. Keine Spur eines Lächelns zwar, aber zumindest waren sie auf neutralem Boden angekommen.

„Willst du nach Hause?", fragte er vorsichtig. Sarah schnaufte einmal tief durch; ein halber Seufzer wurde daraus. Sie zuckte mit den Schultern. Ja, schrie eine Stimme in ihr, ich will heim, ich will, dass einfach alles vorbei ist, ich will, dass alles wieder so wie früher ist.

„Nein", krächzte sie schließlich. „Ich will sein, wo du bist. Nirgends anders."

Eddie ging aus der Hocke und ließ dabei ihre Hand los. Er strich ihr eine blonde Haarsträhne aus dem Gesicht und küsste sie sanft auf die Stirn. Er half ihr aufzustehen und wandte sich in Richtung Auto.

„Dann komm!"

---

[30] aus: Sergio Bambaren „Der träumende Delphin", Piper 2012, S. 95

Mo hatte derweil Finley beruhigt, ihn aus dem Wagen geholt und war ein paar Schritte mit ihm und Tyson gelaufen, vor allem auch, um dem Hund eine kurze Erleichterung zu verschaffen. Geoff war im Auto geblieben und starrte nachdenklich mit ungewohnt ernster, gar besorgter Miene vor sich hin. Als er bemerkte, dass Eddie und Sarah Hand in Hand zurück gelaufen kamen, entspannten sich seine Züge merklich, und er nahm seinen gewohnt zufriedenen Gesichtsausdruck an. Mo schnallte Finley in den Kindersitz, Tyson legte sich zu dessen Füßen, und nachdem alle Platz genommen hatten, ließ Eddie den Motor an und wendete den Wagen.

„Also, wohin jetzt?“, fragte Geoffrey. Die anderen überlegten angestrengt, als er selbst antwortete:

„Wir sprachen doch davon, dass es geschickt wäre, in die Schweiz zu fahren, einfach, um unsere Spuren besser zu verwischen. Der direkteste Weg wäre wohl über Paris und Dijon, nehme ich an. Aber das schaffen wir nicht in einem Rutsch, es sind sicher sieben bis acht Stunden Fahrt. Davon abgesehen bleibt die Frage, ob die Strecke allein in Frankreich zu bewältigen nicht ein wenig riskant wäre. Dieser walisische Inspektor hat bestimmt schon Kontakt mit der französischen Polizei aufgenommen.

Wie wäre es stattdessen, auf dem Weg noch ein paar weitere Länder mitzunehmen? In ungefähr vier oder fünf Stunden könnten wir in Belgien sein, von dort aus weiter über Luxemburg nach Deutschland. Ich wollte schon immer den Kölner Dom sehen, wisst ihr?“

„Führt der Weg in die Schweiz an Köln vorbei? Ich hätte gedacht, es liegt zu weit nördlich“, warf Eddie ein. Geoffrey lachte nur.

„Was bedeutet denn zu weit nördlich? Nur der Südpol liegt zu weit nördlich! Wir können hinfahren, wo wir wollen. Ich glaube, es ist besser, unsere Spuren ein wenig im Zickzack laufen zu lassen. Sonst stehen sie in zwei Tagen an allen Schweizer Grenzposten und nehmen uns direkt in Empfang.“

„Ich mag nicht irgendwohin, wo wahnsinnig viele Menschen sind“, gestand Sarah. „Ich habe immer das Gefühl, da sieht uns jeder. Können wir nicht in eine einsamere Gegend? Dort entdecken sie uns vielleicht nicht so leicht.“

„Au contraire, liebste Sarah“, widersprach Geoffrey. „Je mehr Menschen, desto besser. Im Gewimmel einer Großstadt gehen wir unter. Da könnte der alte Inspektor direkt neben uns in der U-Bahn stehen und würde uns nicht bemerken. Nein, ausgestorbene Gegenden sollten wir meiden, da wären wir viel zu auffällig!“

„Apropos auffällig“, meinte Mo, „wir fahren ja die ganze Zeit mit britischem Autokennzeichen herum. Viele Autos habe ich hierzulande damit noch nicht gesehen. Wenn der Inspektor eins und eins zusammenzählen kann, würde er uns schon allein aufgrund des Kennzeichens rasch finden, oder nicht? Das wäre ein weiterer guter Grund für eine Großstadt. Da fahren möglicherweise ein paar Landsleute herum, nicht?"

„Hm …" Geoff strich nachdenklich über sein Kinn.

„Also, ich fahre jetzt mal auf die A 13 nach Osten, oder?", warf Eddie ein und setzte den Blinker.

„Jepp", antwortete sein Beifahrer. „Auf der kannst du erst mal bis Paris fahren!"

Die nächsten Gäste hatten sich nicht vor dem morgigen Tag angekündigt, und so beschloss Béatrice Martin, den Restnachmittag angenehm zu verbringen. Ein lang ersehntes Paar Wildlederstiefeletten wartete darauf gekauft zu werden. Anschließend könnte sie damit eine kleine Runde durch den Park drehen. Ob sie noch Spuren der Verfolgungsjagd auf ihren neu gewonnenen Freund Geoffrey MacGowan würde entdecken können? Sie knöpfte ihren Dufflecoat zu und zog den Schal etwas enger. Wenn es diese Weihnachten auch noch nicht geschneit hatte, so ging doch ein kühles Lüftchen, und klamme Feuchtigkeit hing in der Luft. Sie schloss gerade die Hoteleingangstür hinter sich ab, als eine nicht unbekannte Stimme sie zusammenzucken ließ.

„Guten Tag, Béatrice!"

Es war der Olivier Bettencourt. Mme. Martin zwang sich zu einem Lächeln und drehte sich widerwillig um.

„Guten Tag, Olivier." Überrascht nahm sie zur Kenntnis, dass der Polizeichef nicht alleine unterwegs war. Ein ihr unbekannter, dicklicher Mann mit schütteren dunklen Haaren, einer rötlichen Knollennase, einem kümmerlichen Schnauzbart und einem reichlich abgewetzten, schlecht sitzenden Jackett, schlampig überdeckt von einem aus der Mode gekommenen Mantel, begleitete ihn. Der Mann um die Sechzig irrte in hastigen Blicken zwischen ihr und Bettencourt hin und her. Für Mme. Martin stand es außer Frage, dass der Fremde Ausländer sein musste und kein Wort Französisch sprach.

„Was willst du hier, Olivier?"

Bettencourt warf Béatrice einen Blick zu, der eine Sekunde lang ein gewisses Leiden offenbarte; ein rascher schmerzlicher Blick, der einem Außenstehenden nie etwas verraten hätte von den Flammen, die tief verborgen in Bettencourts Herzen noch immer leise flackerten. Ihre Affäre lag mittlerweile mehr als dreißig Jahre zurück. Während Béatrice inzwischen geheiratet hatte, Hotelierin geworden und wieder verwitwet war, hatte sich der Polizeichef nie ganz einer neuen Liebe öffnen können. Gewiss, auch er hatte geheiratet: Fabiènne Dupont, eine gute Partie, ein braves Mädchen aus besserem Hause. In der Tat war er noch immer mit Fabiènne verheiratet. Sie hatten sich arrangiert, es war eine Ehe ohne besondere Höhen und Tiefen. Doch Béatrice war und blieb ein Wehmutstropfen in seiner Erinnerung. Nicht selten schreckte er aus seiner gutbürgerlichen Erstarrung hoch und dachte: Was wäre, wenn damals …

Béatrice Martin war mit Sicherheit der einzige existierende Mensch, der sich erlauben durfte, den gestandenen Polizeichef Olivier Bettencourt minutenlang anzuschreien. Im Gegenteil, galt er sonst als unbestechlicher und unerschütterlicher Hüter des Gesetzes, so weckte die Hotelierin tief verborgene Leidenschaften in ihm. Diese ließen nicht nur zu, dass sie ihn ungestraft lautstark beschimpfen durfte, sondern sie ließen ihn mit ebensolcher Passion zurückbrüllen, und derartige Dialoge führten zu sinnlichen Schauern auf seiner ehernen Haut.

Er fasste sich rasch und wollte gerade den Mund öffnen, als Watts ihm – auf Englisch – dazwischen fuhr:

„Wo sind diese Leute hin?“

Der Engländer starrte Mme. Martin in einer Weise an, die sie als – milde gesprochen – ungebührlich empfand. Dabei wedelte er mit zwei schlecht erhaltenen Fotografien herum, auf derer einen Geoff und auf der anderen Eddie zu erkennen waren. Mme. Martin wäre nie erfolgreiche Hotelierin geworden, hätte sie nicht über die angemessene Diskretion verfügt, die abverlangte, dass man seinen Gästen gegenüber jederzeit aufs Äußerste loyal war. So ließ sie mit keiner Miene erahnen, dass sie die besagten Herren auf den Fotos vorab schon einmal gesehen hatte.

„Béatrice“, begann Bettencourt in leisem, schmeichelndem Ton und schob den Inspektor sanft beiseite. „Diesen MacGowan habe ich gestern dir zuliebe aus der Haft entlassen. Sein Kompagnon, der andere Ire, O’Meany, der hat dich doch begleitet. Waren sie deine Gäste? Kanntest du sie vorher schon?“

Nur eine sich langsam nach oben schiebende rechte Augenbraue im ansonsten wie versteinert wirkenden Gesicht der Béatrice Martin verriet Bettencourt, dass sich etwas in ihr in Bewegung setzte. Das konnte gefährlich sein oder ein Anzeichen, dass sie kurz davor war, nachzugeben. Ein gewagtes Spiel, das Bettencourt an seiner einstigen Freundin kannte und liebte. Behutsam tastete er sich weiter vor.

„Béatrice, sie mögen dir liebenswert und harmlos erscheinen, aber lass dir bitte sagen, dass sie es mitnichten sind.“

Ein kurzes, kaum merkliches Zucken von Béatrice’ Kaumuskeln zeigte an, dass die Situation brenzliger wurde. Der Polizeichef entschied sich dennoch für einen weiteren Schritt nach vorne.

„Béatrice, Liebste, es handelt sich um gesuchte Verbrecher aus England. Du musst mir sagen, wo sie sind, wo sie hinwollen und was sie über ihre Pläne verraten haben."

Wäre Mme. Martin noch zwei Sekunden zuvor durchaus geneigt gewesen, ihren ehemaligen Liebhaber mit ein wenig belangloser Information zu versorgen, so hatte der unglückliche Polizeichef mit den letzten Worten jedoch zwei kapitale Fehler begangen; Fehler, die er nach mehr als dreißig Jahren, die sie sich kannten, nie hätte machen dürfen. Der erste war die Verwendung der Bezeichnung ‚Liebste'. Der zweite Fehler war zu sagen: ‚Du musst mir …'

Für Außenstehende wäre er nicht zu erahnen gewesen, dieser leise Anflug von zarter Röte. Doch Olivier Bettencourt hatte ihn in Béatrice' Gesicht schon unzählige Male wahrgenommen. So auch jetzt. Und im selben Moment wusste er, dass er alles verspielt hatte – wieder einmal!

Die französische Hotelierin brüllte in einer Tirade hässlicher Worte auf den sonst so schneidigen Polizisten ein, dass dieser mit eingezogenem Haupt zurückwich. Watts folgte dem Spektakel mit ungläubigem Staunen. Es dauerte nicht lange, da weitete sich Mme. Martins Wut auch auf den englischen Inspektor aus. Die Herren traten den Rückzug an, flüchteten ums Eck, wo sie den Zivilwagen geparkt hatten, während die Hotelierin mit rollenden Augen aufstöhnte und sich endlich auf den Weg ins Schuhgeschäft begab.

„Das können wir dieser Dame doch so nicht durchgehen lassen", wunderte sich Watts, als sie wieder im Wagen saßen. „Die behindert die Polizeiarbeit, das ist doch …, da muss es doch …"

„Bei der? Nichts zu machen!" Bettencourt winkte ab und lächelte gequält. „Glauben Sie mir, *mon ami*[31], bei Béatrice Martin ist man chancenlos. Die ist zäher als Schuhsohlenleder. Aber einen Versuch war es wert."

Er startete den Wagen und lenkte ihn in Richtung Polizeiwache.

„Kommen Sie Watts, dann müssen wir uns eben als Profiler betätigen."

Es hatte bereits das zweite Mal in der Queen's Road, direkt neben dem St. Pauls Methodist Centre, geklingelt. Barb Petersson stand im Flur und betrachtete sich im Garderobenspiegel. Ihr grau durchwirktes mittelbraunes Haar verlieh ihr die Lebendigkeit einer verstaubten, altmodischen Puppe. Es war wie üblich hochgesteckt, doch hatten sich, wie ebenso üblich, einige der graubraunen Strähnen gelöst. Sie war gewiss nicht hässlich. Aus ihrem neuen

---

[31] mein Freund

Standpunkt heraus, jener, bei dem sie nicht mehr wusste, wer sie eigentlich war, fand sie sich sogar ein bisschen hübsch. Sie wunderte sich sehr ob der langweiligen, unvorteilhaften wie biederen Mode, die sich in ihrem angeblichen Kleiderschrank befand.

War sie wirklich Barbara Petersson? Pfarrer Petersson, ihr mutmaßlicher Mann, hatte ihr den Ausweis gezeigt, auf dessen Bild unzweifelhaft ihr Gesicht zu erkennen war. Trotzdem beschlich sie immer häufiger das seltsame Gefühl, hier nicht herzugehören. Der Priester wurde ihr mit jedem Tag, der verging, unsympathischer. Statt sich an ihn zu gewöhnen, wie es ihre Pflicht als Ehefrau, so es denn sei, gewesen wäre, ertappte sie sich dabei, dass sie insgeheim begann, ihn zu verabscheuen. Seine vordergründige, aufgesetzte Moral, seine steife, leblose Erscheinung stießen sie ab. Jeder seiner Sätze zeugte von einer Leidenschaftslosigkeit, die im krassen Gegensatz zu seiner Aufgabe standen.

Manchmal überkam sie der Gedanke, durch eine Intrige, eine Falschtat, einen Betrug hierher geraten zu sein. Möglicherweise war sie nie Mrs. Petersson gewesen und sah dieser Dame durch einen ungünstigen Umstand nur sehr ähnlich. Hatte man den Ausweis besagter Dame gar fälschen lassen, um ihr dieses Leben aufzudrücken? Was mochte mit der echten Barbara Petersson geschehen sein?

Barb beäugte den hinter ihr im Wohnzimmer sitzenden Mann misstrauisch. Durch die offene Tür sah sie, wie dieser im Ohrensessel zurückgelehnt in sein Buch vertieft war und sie, wie die Tage zuvor auch, nicht weiter beachtete.

Ob die wahre Mrs. Petersson noch lebte? Schreckliche Ahnungen stiegen in ihr auf, ein furchtbarer Verdacht keimte. Was, wenn Mrs. Petersson nicht mehr lebte? Hatte möglicherweise er …? Nein, der Gedanke war zu schrecklich, um ihn weiter zu verfolgen.

Es klingelte das dritte Mal, und Barb setzte sich endlich in Bewegung, als ihr angeblicher Mann im Lehnsessel ohne aufzuschauen rief:

„Wirst du endlich nachsehen, wer es ist, zum Kuckuck!"

Eine sehr freundlich aussehende, hoch aufragende, ältere Dame mit bemerkenswertem Hutschmuck stand vor ihr. Sie trug sehr feine Kleidung in einem ungewöhnlich exzentrischen Stil. Barb war sich sicher, dass die Dame zum alten Landadel gehören musste, so vornehm, wie sie aussah. Und sie erkannte sie: Die Dame gehörte zu jenen, die ihr im Krankenhaus ihre Aufwartung gemacht hatten. Wie hieß sie noch?

„Guten Tag, Ms …"

Die alte Dame schenkte ihr ein liebenswürdiges Lächeln und half aus:

„Miss Rutherford, Aetheldreda Rutherford, *prynhawn da*[32], meine Liebe. Vor deinem Unfall waren wir beim Vornamen, Barbara. Ich hoffe, es stört dich nicht, wenn wir dies weiterhin pflegen."

„Nein, gar nicht, vielen Dank, Aetheldreda. Komm doch herein, oder wie kann ich dir helfen?" Barbara war erleichtert. Die spontane Sympathie gründete anscheinend auf einen längeren Bestand, und das ließ sie sofort ihre düsteren Gedanken vergessen. Vielleicht war sie doch Barbara Petersson, und möglicherweise hatte es dieses kräftigen Schlages auf den Kopf bedurft, um ihr Selbstbild ein wenig gerade zu rücken. Wie zum Teufel hatte sie in dieses Leben hineinrutschen können?

„Ich komme gerne herein, liebe Barb, aber bitte nur auf ein oder zwei Minuten. Ich möchte gar nicht stören", antwortete Miss Rutherford, während sie schon in den Flur eintrat und Hut und Mantel ablegte. Barb warf einen nervösen Blick durch die offene Stubentür auf ihren Mann. Dieser ignorierte sie weiter. Sie schob Aetheldreda in die Küche und schenkte ihr vom Tee ein, der auf dem Stövchen stand.

„Wie geht es dir, Barb? Hast du noch immer keine Erinnerungen?", fragte Aetheldreda nach einem Schluck Sencha-Tee. Barb schüttelte vehement den Kopf und beugte sich zu Aetheldreda vor.

„Weißt du, was seltsam ist?", wisperte sie der alten Dame vertraulich zu. „Ich fühle mich irgendwie falsch hier. Ich kann diesen Typen", sie nickte mit ihrem Kopf in Richtung Wohnzimmer, „einfach nicht ausstehen. Was hat mich je dazu veranlasst, ein solches Leben zu führen?"

Überrascht schlug sich Aetheldreda die Hand vor den Mund. Glücklicherweise, denn diese verbarg ihr Grinsen, das sich breitgemacht hatte. So war es wahr, was die Leute munkelten: Barbara Petersson war komplett hirngewaschen und umgekrempelt. Und Aetheldreda fand außerordentliches Gefallen daran. In diesem Zustand hatte Barb das Zeug dazu, ihre beste Freundin zu werden. Und der angenehme Nebeneffekt war, dass die Pfarrersfrau sich nicht an das kleinste bisschen erinnern konnte, was Aetheldredas Schützlinge betraf, die O'Meanys. Etwas wehmütig gedachte sie der Tatsache, dass sie nun schon tagelang keinen Kontakt mehr zu Eddie und seiner Familie gehabt hatte. Hoffentlich ging es ihnen gut! Ob sie schon im Ausland waren?

Nicht viel später kamen sie tatsächlich auf die O'Meanys zu sprechen, allerdings nur indirekt. Im Austausch von Klatsch und Tratsch, der Barb wie ehedem treulich und täglich zugetragen wurde, wusste sie von Inspektor Watts zu berichten, der an den Feiertagen überstürzt abgereist sei. Seitdem

[32] Guten Tag (nachmittags)

war er nicht wieder zurückgekehrt, obwohl sein Dienstplan es verlangt hätte. Aus Mr. Holmers war nichts herauszubringen, hatte Mrs. Holmers sich bei Barb beklagt, außer, dass sich Watts offenbar auf einer inoffiziellen dienstlichen Reise befand. Möglicherweise undercover, wie Mrs. Holmers vermutete.

Aetheldreda wiederum ahnte, dass sie mehr über diese geheime Mission wusste als die Frau von Watts' Assistenten, und deshalb beschloss sie, Barbara Petersson eine eigene Version der gesamten Geschichte zu erzählen. Die Lücken in deren Gedächtnis, so dachte sie, mussten schließlich gefüllt werden. Und so ersann sie eine haarsträubende Geschichte zweier armer irischer Teeverkäufer, die in ein Komplott internationaler Drogenhändler (unter reichlichem Zutun örtlicher Polizeibehörden) geraten waren und so – vollkommen schuldlos – gesucht und verfolgt wurden.

Sie schloss mit dem Hinweis, dass vermutlich auch Watts und Holmers, denn sie wünschte niemandem zu schaden, auch wenn sie den kleinen hässlichen englischen Polizeibeamten nicht ausstehen konnte, unwissentlich und unschuldig in diese Verwicklungen hineingeraten seien. Sie verabschiedete sich herzlich von ihrer neuen alten Freundin mit der Bitte, doch recht bald einen Gegenbesuch zu machen, was Barbara Petersson von Herzen gerne versprach.

Paris war genau, wie Sarah es in ihrer Erinnerung bewahrt hatte: ein sprudelnder Quell des Savoir-vivre. Da war diese Anhäufung architektonischer Schätze von damals und heute, zu deren Beschreibung die Verwendung jedweder Superlative nicht ausreichend gewesen wäre. Die Straßen wimmelten von Artisten, Künstlern und Kunstwerken. Da waren die Cafés, deren Stuhlreihen sämtlich zur Straße hin orientiert waren, da man die Schau auf das überbordende Straßenleben höher bewertete als das Vis-à-vis-Gespräch. Da gab es die Parks, in denen Pariser Studenten das wahre Laissez-faire demonstrierten. Und die Kulturdenkmäler, in deren Bannkreis jeder Weltsprache (außer Französisch) gelauscht werden konnte, der rasante Verkehr, der so manchem Kleinstädter einen Kulturschock versetzte, die Metro, in der es zuging wie in einem internationalen Taubenschlag: All das ließ Sarah in eine Zeit bezauberten Verliebtseins zurückgleiten.

Natürlich liebte sie Eddie noch immer, und wieder, doch die Rückkopplung alter romantischer Gefühle ließ sie leicht werden wie ein Schmetterling. So tänzelte sie, ihren runden Babybauch vergessend, schwerelos durch die Straßen, den betörten Eddie hinter sich herziehend. Mo bemühte sich mitzukommen, Tyson und Finley fest im Griff aus Sorge über den wahnwitzigen Verkehr, im hoffnungslosen Versuch, einen Hauch dieser überwältigenden Stadt, die sie nie zuvor besucht hatte, in sich aufzunehmen.

Geoff hatte sich kurzfristig verabschiedet, indem er Erledigungen vorschob. Mo hatte daran keinen Zweifel. „Erledigungen“ – das konnte alles sein, von einem Gang zur Toilette über den Besuch des Moulin Rouge, von einem Anruf zu den Kaiman Inseln bis zu einen Einkauf in der *boulangerie*[33]. Sie zerbrach sich darüber nicht den Kopf; MacGowan würde zurückkommen.

Sie nahmen in einem hübschen Café eine kleine Mittagsmahlzeit ein. Anschließend beschloss Eddie, sich bei Miss Rutherford zu melden. Möglicherweise war sie schon krank vor Sorge, da sie seit einigen Tagen nichts von sich hatten hören lassen. Im Café befand sich ein öffentlicher Münzfernsprecher, der internationale Gespräche zuließ. Das Benutzen des antiquierten Gerätes brachte Eddie allerdings in eine solche Verlegenheit, dass er den anwesenden Kellner um Hilfe bitten musste.

Zunächst reagierte jener auf für Pariser Servicekräfte typisch unwirsche Art. Doch Eddies Charme weichte diese zur Schau gestellte harte Schale des Franzosen rasch auf. So hatte der Ire nicht nur binnen weniger Minuten das Telefonieren mit einem alten Pariser Münztelefon erlernt, sondern im Anschluss daran auch eine Runde Pastis auf dem Tisch stehen.

Das Gespräch mit Aetheldreda Rutherford verlief kurz und bündig. Sie war beruhigt, dass sich die Familie in Paris zunächst sicher vor den Fängen des Inspektors befand. Ihrerseits berichtete sie mit knappen Worten von den unerwarteten Veränderungen im Charakter der Barbara Petersson, ohne jedoch die wahre Ursache zu verraten.

Nachdem er zum Tisch zurückgekehrt war, beschlossen sie die obligatorische Besichtigung des Eiffelturms – dies sollte Mo nicht vorenthalten werden. Sie fuhren mit der Métro zum Trocadéro und liefen zunächst über den großzügigen Platz am Palais de Chaillot. Mo bewunderte den kunstvoll mit großen Platten ausgelegten Boden. Eine professionelle Mode-Fotosession war im Gange. Die zwei Britinnen bestaunten mit offenen Mündern das Shooting der leicht bekleideten Models. Es waren kaum fünf Grad Celsius über null, dazu ein unangenehmer Wind, und die Mannequins stellten sich in zarten Seidenhemdchen und Miniröcken zur Schau. Das Fototeam war bald verschwunden. Eddie schlug seinerseits ein kleines Shooting vor und ließ seine Damen vor den goldplattierten Statuen der Säulenkolonnen des Palais posieren.

Sie bewunderten das Panorama, das man von diesem erhöhten Standpunkt aus hatte. Am meisten beeindruckte natürlich die mehrere

[33] Bäckerei

Hundert Meter hohe filigrane Stahlkonstruktion des deutschstämmigen Ingenieurs Gustave Eiffel. Bemerkenswert waren aber auch die zahlreichen Sehenswürdigkeiten dahinter, wie beispielsweise die vergoldete Kuppel des Invalidendoms.

Sie liefen durch die kleinen Jardins du Trocadéro über den Pont d'Iéna auf den Eiffelturm zu. Dort angekommen erfuhren sie Erstaunliches, etwa, dass der Turm zwar von Eiffel gebaut, aber nicht entworfen worden war. Das Design stammte vom Architekten Sauvestre, dem eine Idee des Ingenieurs Koechlin zugrunde lag. Letztgenannter war übrigens nicht nur Eiffels Nachfolger in dessen Firma, sondern war, ebenso wie Eiffel selbst, auch an der Konstruktion der Freiheitsstatue maßgeblich beteiligt.

Die lange Warteschlange schreckte sie von einer Besteigung des Eiffelturms ab, zumal die Zeit ohnehin knapp wurde: Mit Geoffrey hatten sie verabredet, sich um vier Uhr nachmittags am Haupteingang des Louvre zu treffen. Sie nahmen die Métro zum Franklin D. Roosevelt, von dort aus fuhren sie mit der Untergrundbahn unter den Champs Élysées entlang bis zum U-Bahnhof Palais Royal – Musée de Louvre. Vor Ort erschien das Ganze wie eine Schnapsidee, da sich vor der Glaspyramide des Haupteingangs noch immer Menschenmassen drängelten, die an die berühmten Montagsdemonstrationen 1989 in Leipzig erinnerten: friedlich, aber gewaltig.

MacGowans Instinkt oder Glück erwies sich einmal mehr als unbeirrbar. Zielstrebig steuerte er durch die Menge, und nur ein Beobachter von hoch oben, ein Satellit beispielsweise mit hochauflösender Kamera, hätte erkennen können, dass er sich in absolut gerader Linie direkt auf Monique Jessica Jones, geborene Smith, zubewegte. Einzig Tyson mit seinem hundeeigenen siebten Sinn erkannte das Kommen des geliebten Ersatz-Herrchens. Er hechelte punktgenau in Geoffreys Richtung; lange, bevor dieser zu sehen, geschweige denn zu hören oder zu riechen gewesen wäre.

Sie begrüßten einander und beschlossen spontan, den Louvre links liegen zu lassen. Stattdessen wollten sie dem benachbarten Jardin des Tuileries eine Stippvisite abzustatten. Die prächtige Barockgartenanlage eignete sich auch im Winter für einen Spaziergang. Allen tat die frische Luft nach der langen Autofahrt gut, und Finley schlief bald warm eingewickelt in seinem Buggy ein.

Nach einem sündhaft teuren und leider für französische Verhältnisse wenig schmackhaftem Abendessen berichtete Geoff, ein kleines verschwiegenes Hotel aufgetan zu haben, wo er eine Nacht für alle gebucht habe. Wie beinahe nicht anders zu erwarten, lag das Etablissement, das auch nicht im Entferntesten an das schöne Hôtel Le Huguenot erinnerte, im

Bannkreis der Place Pigalle mit seinem berüchtigten Rotlichtviertel.

Das Hotel erweckte den Anschein, als sei es auch stundenweise zu buchen, was die Frauen zwar durchaus störte, aber angesichts fortgeschrittener Bettschwere nicht davon abhielt, Quartier zu beziehen. Die Zimmer befanden sich in einem abgelegenen Teil des Hotels, in welchem vom sonstigen nächtlichen Treiben glücklicherweise wenig mitzubekommen war. Die Räume waren weder schön noch allzu sauber, dafür benutzbar. Für eine Nacht würden sie ihren Dienst tun.

Am nächsten Morgen überraschte Geoff sie mit der Bemerkung, er habe den Wagen in eine Werkstatt gegeben, rein vorsorglich. Die anderen misstrauten seiner Aussage aufs Gründlichste. Doch da das Auto nicht zur Verfügung stand, konnten sie ebenso gut diesen weiteren Tag in Paris nutzen. Mo und Sarah übergaben den Männern Kind und Hund und machten sich auf in die legendären Galeries Lafayette.

Sarah fühlte sich zurückversetzt in einen Zustand ungetrübter Freude am Materiellen, der sonst nur kleinen Kindern vorbehalten ist. Wie eine Dreijährige unterm geschmückten Christbaum stand sie im riesigen Warenhaus und bestaunte die bunt verglaste Kuppel, die üppigen Auslagen und glitzernden Präsentationstische. Mit den wimmelnden Menschenmassen, deren geschäftigem Geschnatter bei dezenter verkaufsfördernder Musik und den blinkenden Lampen und Leuchten glich das Kaufhaus einem wahren Basar.

Sie durchstreiften die Bekleidungsetagen auf der Jagd nach etwas Erlegbarem, doch die feinen Gewänder waren allesamt auf den elfenhaften Körperbau der Pariserinnen zugeschnitten. Mo war zwar nicht dick, in keinster Weise, aber die englische Landluft hatte den Frauen ihrer Familie über Generationen zu einem robusten Knochenbau verholfen, der ganz natürlich zu einem über die Reichweite französischer Modekollektion hinausgehenden Körpermaß führte.

Sarah war deutlich zierlicher als ihre Mutter. Diese wiederum fragte sich, wie das möglich war, denn die Frauen auf Davids Seite hatten eher noch gröbere Formen. Sarah aber konnte ebenfalls nur gucken und staunen. Was sollte sie sich im beinahe neunten Schwangerschaftsmonat auf Verdacht ein sündhaft teures Kleidungsstück zulegen, das ihr vielleicht niemals wirklich passen würde? Zudem – wann würde sie so etwas Edles in nächster Zeit auch anziehen wollen? Das kommende Jahr war bereits verplant mit Muttermilchflecken, Babyspucke und Breispritzern – da hatte Kleidung bequem, unkompliziert und kochfest zu sein.

Der Schuhabteilung hinterließ sie einen mehr als wehmütigen Blick.

Hatte sie auch großes Glück, dass sich kaum Wasser in ihren Beinen ansammelte, so waren ihre Füße durch den schweren Babybauch doch etwas breitflächiger als zu nichtschwangeren Zeiten. So machte es auch hier wenig Sinn, sich etwas zu kaufen. Mo hingegen schlug zu und schaffte sich zwei Paar atemberaubender High Heels-Sandalen an. Sarah überlegte insgeheim, bei welchen Gelegenheiten Mo diese anzuziehen gedachte. Laufen konnte man in den Dingern jedenfalls nicht, so viel stand fest.

Am späten Nachmittag, es war bereits dunkel, trafen sie sich mit ihren Männern etwas abseits des Pigalle, wo Geoff den Wagen untergebracht hatte. Finley war bester Laune. Er trug einen quietschgrünen Luftballon mit sich sowie ein riesiges unförmiges Kuscheltier; was es darstellen sollte, blieb Sarah ein Rätsel. Es hatte ein großes mittiges Auge und bestand ansonsten aus bananengelbem Langflorplüsch mit kleinen Stummelbeinchen. Sollte es ein Monster, ein Außerirdischer oder einfach ein ungewöhnliches Kissen sein, es war nicht auszumachen. Finley jedenfalls gefiel das Ungetüm.

Der Renault stand in einer kleinen Garage mit baufälligem Holztor. Sie luden ihr Gepäck ein, während Geoffrey mit einem etwas zwielichtig aussehenden Mann, der der Werkstattbesitzer sein musste, wohlwollend verhandelte. Er drückte ihm eine unbekannte Menge Geldscheine in die Hand und klopfte dem orientalisch aussehenden Mann freundschaftlich auf die Schulter. Das erwiderte dieser mit einer herzlichen Umarmung. Anschließend setzte Geoff sich hinters Steuer.

Die Frauen hatten es sich im Fond gemütlich gemacht. Eddie saß auf dem Beifahrersitz und starrte Geoff seltsam an. Dieser hatte soeben den Schlüssel ins Zündschloss gesteckt, bemerkte aber den stechenden Blick und hielt inne, bevor er den Wagen startete.

„Was?“, fragte er.

„Die Nummernschilder …“, antwortete Eddie.

„Ach!“ Geoff lachte kurz auf. „Die!“

„Was ist mit den Nummernschildern?“, erscholl es von hinten wie aus einem Munde.

Ein kurzer Moment des Schweigens setzte ein – eine spannungsgeladene Stille, bei der man sofort wusste, dass etwas Seltsames im Gange war.

„Was ist mit den Nummernschildern?“, fragte Sarah nun etwas schriller.

Eddie schluckte.

„Wir haben französische Nummernschilder …“

Die Frauen sahen sich überrascht an. Monique fing sich als Erste.

„Wie das?“

„Ach!“ Geoff lachte erneut auf. „Verrückte Geschichte, das. Monsieur Essabar hatte einen alten Peugeot im Hinterhof stehen, na, und, also, … er wollte eigentlich gar nicht wissen, wie und warum. Er hat mir die Nummernschilder für nur fünfzig Euro verkauft. Genial, nicht wahr?“ Er grinste selbstzufrieden in die Runde. Die anderen Gesichter hingegen hatten sich bewölkt.

„Ist das nicht illegal?“, warf Sarah ein. Mo war weniger zurückhaltend.

„Spinnst du jetzt völlig?“

„Ach, kommt schon! Werden wir nicht sowieso von der Polizei gesucht? Warst du es nicht, Liebling, die du darauf hingewiesen hast, dass unser englisches Kennzeichen auf Dauer ein wenig zu auffällig sein könnte?“

Eddie zuckte ratlos mit den Achseln und signalisierte mit einem leisen Seufzer seine Unentschlossenheit in dieser Angelegenheit. Geoff interpretierte dies als Schlussstrich unter der Diskussion und ließ den Wagen an. Er tippte vorsichtig das Gaspedal mit den Zehenspitzen an, woraufhin der Motor aufheulte wie ein italienischer Rennwagen. In drei Gesichtern hoben sich fragend die Augenbrauen. Doch bevor jemand was sagen konnte, ließ Geoffrey die Kupplung kommen. Der Renault sprintete los wie ein Gepard auf Beutejagd. Die Fahrzeuginsassen wurden so tief in ihre Sitze gedrückt, dass Eddie glaubte, neben Armstrong, Collins und Co. in der Apollo 11 zu sitzen.

„Was ist das?“, schrie er gegen den brüllenden Motor an.

„Ich habe ihn ein bisschen tunen lassen“, rief Geoffrey zurück. „Geht ab wie ein Hamster im Staubsaugerrohr, nicht wahr?“

Er drosselte das Gas ein wenig, denn mit knapp 80 Stundenkilometern waren sie für die engen Seitenstraßen ein wenig rasant unterwegs. Kurz vor Erreichen der berühmten Pariser Stadtautobahn wurden sie jäh gestoppt: Ein Streifenpolizist winkte sie an den Straßenrand.

14. Eine Fahndung. Zwei Iren. Drogenhandel, versuchter Mord.

Monique und Sarah erstarrten auf ihren Rücksitzen. Warum hatten sie gewusst, dass so etwas passieren würde? Weshalb musste Geoff aber auch immer sein Glück herausfordern? Eddie hingegen stöhnte nur auf und ließ seinen Kopf nach vorne auf seine Hände sinken, die auf dem Armaturenbrett lagen. Geoff aber war die Ruhe selbst. Liebenswürdig lächelnd ließ er die Seitenscheibe herunter und begrüßte den Polizisten:

„*Bonjour, Monsieur*[34]!"

„*Bonjour, Mesdames Messieurs*[35]", grüßte dieser zurück. „*Vous n'avez pas de vignette*[36] ..."

"*Vignette*?", gab Geoffrey verwundert zurück. „*Quelle vignette*[37]?"

„*Est-ce que votre voiture est passé le contrôle technique*[38]?", wollte der Polizist wissen. Es fehlte irgendeine Vignette, so viel war Geoff klar. Aber was hatte es mit der technischen Kontrolle auf sich? Er war ein wenig ratlos. Der Beamte bemerkte seine Unsicherheit, und da er aufmerksam genug war, den starken Akzent wahrzunehmen, der ihn annehmen ließ, dass es sich um einen Ausländer handelte, erklärte er:

„*La vôtre voiture doit passer le contrôle technique. La date du dernier contrôle effectué, s'il vous plaît*[39]?"

---

[34] Guten Tag, mein Herr!
[35] Guten Tag, meine Damen und Herren
[36] Sie haben keine Vignette ...
[37] Welche Vignette?
[38] Hat Ihr Wagen die technische Prüfung bestanden?
[39] Ihr Wagen muss die technische Prüfung bestehen. Das Datum der letzten erfolgten Kontrolle, bitte?

Geoffreys Französischkenntnisse reichten mitnichten so weit, um wortwörtlich zu verstehen, dass seinem Wagen die amtliche Vignette für die bestandene technische Prüfung fehlte. Doch er ahnte, dass er das Problem nur in einem persönlichen Zwiegespräch lösen konnte. Freundlich lächelnd zuckte er mit den Schultern. Mit den Händen signalisierte er die Bitte um einen Moment Geduld, schnallte sich ab und stieg aus. Er drehte sich mit dem Polizisten ein wenig vom Wagen weg, fasste ihn behutsam am Oberarm und lehnte seinen Kopf zu ihm herüber, ausgedehnte Erläuterungen murmelnd. Der Polizist reagierte überaus zuvorkommend und verständnisvoll, brummte einige Antworten, bis sie sich nach wenigen Minuten Hände schüttelnd verabschiedeten.

Der Polizist winkte freundlich und rief noch „*bon voyage*[40]“ hinterher, ehe sie aus seinem Sichtfeld verschwanden.

„Was wollte der?“, fragte Eddie verwundert.

„Wir haben keine Prüfvignette. In Frankreich braucht man eine Vignette, die bestätigt, dass der Wagen technisch geprüft und somit verkehrssicher ist“, erklärte Geoff wie selbstverständlich.

„Und was hast du dem erzählt? Ich meine, der hat uns doch jetzt einfach laufen lassen, oder?“

„Ja, eigentlich habe ich dem nicht viel gesagt. Ich habe lediglich erzählt, dass wir das Auto für viel Geld bei Monsieur Essabar gemietet haben, dass wir isländische Touristen sind, die zu einer Familienfeier eines entfernten Cousins nach Luxemburg unterwegs sind und ohnehin schon spät dran. Essabar war dem Polizisten offensichtlich ein Begriff, er hat sich gleich was notiert und wissend gegrinst. Ich habe gar nicht so genau verstanden, was er geantwortet hat. Wohl etwas in der Richtung, dass wir in Zukunft keine Autos mehr bei Essabar mieten sollten. Als er mir dann die Hand geschüttelt hat, dachte ich, es wäre eine gute Gelegenheit, zurück zum Auto zu gehen und abzufahren.“

Erleichtert nahmen die anderen zur Kenntnis, dass auf MacGowans sprichwörtliches Schwein nach wie vor Verlass war, und so sahen sie der Reise nach Reims gelassen entgegen.

Jean Jaques Marchand kehrte, nachdem er vergebens in der kleinen Reparaturwerkstatt von Mohammad Essabar vorbeigeschaut hatte, von seiner Streife im 17. Arrondissement zur Dienstwache zurück. Nicolas Berger, sein Kollege, stand am Faxgerät und entnahm eine bedruckte Seite.

„Was ist gekommen?“, rief Marchand herüber, während er sich die

[40] gute Reise

Dienstjacke auszog und sorgfältig über einen Kleiderbügel hängte.

„Eine Fahndung. Zwei Iren. Drogenhandel, versuchter Mord. Hm. Schauen eigentlich ganz nett aus …" Berger antwortete in einer Art, die erkennen ließ, dass er dem Auftrag wenig Interesse entgegenbrachte.

„Lass mal sehen!" Marchand nahm Berger den Zettel aus der Hand. Ein kleiner Schrei des Entsetzens entfuhr ihm.

„*Merde*[41]!"

„Was ist los?"

„Ich kenne die Zwei!" Fassungslos deutete Marchand auf die freundlich grinsenden Gesichter auf den Fotos von Geoffrey MacGowan und Edward O'Meany.

„Du kennst sie?", fragte Berger ungläubig.

„Na ja, ich bin ihnen vor nicht einmal einer Stunde begegnet. *Zut alors*[42]! Die hatten keine Vignette, und der Schwarzhaarige hat mich so nett bequatscht, na …" Er stöhnte leise auf. Er legte das Fax beiseite und griff zum Telefon. Von der Zentrale ließ er sich mit der angegebenen Polizeidienststelle verbinden. Es dauerte einige Sekunden, bis jemand auf das Klingeln reagierte.

„*Allô*[43]?"

Marchand stellte sich vor und nahm Bezug zum Fahndungsauftrag. Er wurde mit Polizeichef Bettencourt verbunden, dem er rasch die Ereignisse schilderte. Bettencourt reagierte äußerst knapp. Er wiederholte die Angaben, bedankte sich und beendete das Gespräch. Verwirrt legte Marchand das Telefon auf und sah zu Berger, der ihn erwartungsvoll anstarrte.

„Und?"

Marchand zuckte mit den Achseln.

„Weiß auch nicht. Keine Anweisung, gar nichts. Ich verstehe das nicht. Nun ja. Ich mach dann jetzt mal Feierabend. *À demain*[44]!" Drehte sich um, räumte seine Tasche ein, griff nach seinem Mantel und verschwand.

Berger zuckte ebenfalls mit den Schultern und setzte sich zurück an den Schreibtisch, um liegen gebliebene Formalitäten zu erledigen.

Die Autobahn war voll, und es gab Baustellen, die die Fahrt noch beschwerlicher machten. Gegen sieben trafen die O'Meanys, Geoffrey und Monique in Reims ein und fragten sich durch nach einem Hotel. Auf die Schnelle entschieden sie, die nächstgelegene Unterkunft zu nehmen, und das

---

[41] Sch…!

[42] Verdammt noch mal!

[43] Hallo?

[44] Bis morgen!

war das Motel Campanile im Süden der Stadt, unweit der Autobahnausfahrt im Stadtteil Murigny. Das Motel war im amerikanischen Stil gehalten mit kleinen zweistöckigen Gebäuden. Die einzelnen Zimmer hatten jeweils einen eigenen Außenzugang.

Geoffrey parkte etwas abgelegen hinter der letzten Lkw-Reihe, wo sich etwas Gestrüpp befand, in welchem schon einige Leute ihren Müll entsorgt hatten.

„Musst du so weit hinten parken?“, fragte Mo etwas genervt, nachdem sie ausgestiegen war. Sarah erschien ihr erschöpft und kurzatmig. Geoff gab ihr als Antwort lediglich einen kleinen Wangenkuss, dann drückte er Eddie das Gepäck in die Hand und deutete ihm an, mit den Frauen, Finley und Tyson schon mal vorzulaufen. Im Weggehen drehte sich Eddie nochmals um, denn er wollte mit seinem Freund abzusprechen, wo sie sich gleich treffen würden. Überrascht sah er, wie Geoffrey dabei war, die französischen Nummernschilder abzumontieren.

„Was wird das nun wieder?“, rief er. Geoff sah auf und grinste ihn an.

„Sind mir doch zu heiß. Der nächste Polizist, der uns anhält, lässt uns ohne Vignette sicher nicht laufen!“

Da sie die Zimmer im Voraus bezahlten, war das Buchen und Belegen derselben kein Problem. Nachdem sie die Anmeldebögen ausgefüllt hatten, auf denen sie Fantasienamen verwendeten von ‚Ron Weasley‘ über ‚Jane Eyre‘ und ‚Julia Capulet‘ bis hin zu ‚Peregrin Tuk‘, sich mühsam das Lachen verkneifend, reichte ihnen der etwas mürrisch wirkende Herr am Empfang wortlos die Zimmerschlüssel. Der Mann würdigte sie keines weiteren Blickes, sondern widmete sich umgehend wieder seiner Rätselzeitschrift.

Lautes fröhliches Pfeifen kündigte Geoffrey an, und sie bezogen ihre Zimmer. Wenige Minuten später, es war nicht einmal Viertel vor acht, gingen sie gemeinsam in den Speiseraum und nahmen vor der großzügigen Panoramaverglasung Platz. Sie bestellten ein üppiges Abendbrot, aßen sich satt, und während Sarah Finley ins Bett brachte, versackten die drei anderen noch bei einer Runde Pastis.

An diesem Abend gingen sie alle früh schlafen. Die letzten Tage hatten ihre Spuren hinterlassen, und Geoffrey hatte darauf hingewiesen, dass die vielen Lkw auf dem Parkplatz sicher ein Hinweis darauf wären, dass es mit der Nachtruhe bald vorüber sein würde. Fernfahrer brächen in der Regel sehr früh zu ihren Routen auf. Die anderen hatten nichts dagegen einzuwenden, und so verzogen sie sich auf ihre kleinen, schlichten Zimmer und frönten ihrem wohlverdienten Schlaf.

„Können wir Ihren Wagen nehmen?", wandte sich Bettencourt in Caen an Watts. Sein Ton war generalstabsmäßig. Der Inspektor nickte zögerlich.

„Was …?"

„Haben Sie alles dabei, oder müssen wir noch mal ins Hotel?"

„Nun, nein, ich habe alles dabei, wir müssen nicht …"

Der normannische Polizeichef sah ungeduldig auf seine Armbanduhr. Kurz nach sechs Uhr abends. Nach Reims wären sie mindestens dreieinhalb Stunden unterwegs.

„Dann kommen Sie, wir sollten sofort los …" Im Stechschritt lief er aus dem Dienstzimmer, und der dickliche Engländer hatte seine liebe Mühe, ihm zu folgen.

Sie setzten sich in Watts' Auto, und Bettencourt forderte ihn auf, die A 13 Richtung Paris zu nehmen. Er hatte noch kurz gezögert, ob er die Route über Amiens hätte bevorzugen sollen, die zwar einiges länger war, dafür aber nicht durch das Ballungsgebiet der französischen Hauptstadt hindurch führte.

Kurz vor Paris wurde ihm klar, dass er sich falsch entschieden hatte. Hatte er geglaubt, der Feierabendverkehr müsste sich um diese Zeit längst ausgedünnt haben, so hatte er die Frequentation der Pariser Autobahnen gewaltig unterschätzt. Ein Unfall, den sie von ihrer Position aus noch nicht sehen konnten, führte zu einem kurzzeitigen totalen Erliegen des Verkehrs. Bettencourt zauberte ein mobiles Blaulicht aus seiner Tasche, lehnte sich aus dem geöffneten Fenster und stellte es aufs Dach. Er wies Watts an, nach rechts auf die Standspur auszuweichen.

Sie kamen etwa hundert Meter weit, bis sie erneut anhalten mussten: Ein Lkw war auf den Seitenstreifen ausgewichen und steckte fest. So ungehalten Bettencourt auch auf die Hupe drückte: Hier bewegte sich nichts mehr.

Es dauerte geschlagene zwei Stunden, bedurfte des Einsatzes eines Rettungshubschraubers und des Abwimmelns einer kleinen Pressemeute, ehe es langsam weiter ging. Zuckelnd setzte sich die Autoschlange in Bewegung. Allmählich, Glied für Glied rutschte sie schwerfällig über den nächtlichen Asphalt, bis auch die beiden Polizisten endlich weiter fahren konnten. An Tempo aufzunehmen war lange nicht zu denken. Fast bis Logne ging es nur im Stop-and-go, auch wenn Bettencourt tobte.

Kurz vor ein Uhr nachts erreichten sie den Autobahnring rund um Reims, und der französische Polizeichef zückte sein Handy. Nachdem er eine Nummer eingetippt hatte, folgte endloses Tuten. Watts saß noch immer am Steuer und war durchweicht vom Schweiß, übermüdet und hungrig. Er fragte sich, wen sein Kollege um diese Zeit wohl anzurufen versuchte. Endlich meldete sich eine Stimme, und Bettencourt feuerte eine schnelle

Folge französischer Sätze durchs Telefon, die sich unmissverständlich nach Befehlen anhörten. Anschließend wies er Watts an, über die nächste Autobahnausfahrt hinein in den Stadtteil Murigny zu fahren.

„Wir werden jedes Hotel, jeden Rasthof, jede Pension in Reims abgrasen. Sie müssen hier sein", erklärte Bettencourt, als er den alten Volvo auf den Parkplatz des Hotels ‚Première Classe Reims Sud – Murigny' dirigierte. Sie stiegen aus und überschauten zunächst die Parkflächen. Es zeigte sich kein verdächtiges Fahrzeug. Sie betraten den Bau, der wie eine Mischung aus einem siebziger Jahre Designer-Plastikmöbel und eines zweitklassigen Kreuzfahrtschiffes aussah. Sie hielten dem Rezeptionisten die Fahndungsfotos unter die Nase. Der ältere Herr war sichtlich beeindruckt, schüttelte aber bedauernd sein schütteres Haupt, woraufhin die Polizisten grußlos auf dem Absatz kehrt machten.

Sie fuhren zur nächsten Unterkunft. Sorgfältig durchstreiften sie den Parkplatz. Watts stieß einen kurzen Triumphschrei aus, als er glaubte, den gesuchten dunkelblauen Scénic gefunden zu haben. Der kleine Aufschrei der Freude endete in einem Seufzer der Enttäuschung, als er gewahrte, dass das vermeintliche Fluchtfahrzeug belgische Kennzeichen trug.

Sie betraten die Rezeption, wo der Bedienstete über seinem Rätselheft brütete. Bettencourt legte auch ihm die Fotos vor. Der Mann schaute kurz auf, schüttelte unwirsch den Kopf und vertiefte sich wieder in seine Kreuzworträtsel.

Nachdem der normannische Polizeichef noch zwei Telefonate geführt hatte und die Uhr bereits Viertel nach Zwei anzeigte, erklärte er, dass sie heute wohl nichts mehr würden erreichen können. Sie ließen sich vom Nachtportier zwei Zimmer geben und holten ihr spärliches Gepäck aus Watts' Wagen. Nachdem sie noch einen kleinen Nachtimbiss zu sich genommen hatten, der in Anbetracht der bereits geschlossenen Küche nur aus zwei Litern Rotwein und einem Päckchen gesalzener Erdnüsse bestand, begaben sie sich erschöpft in den Zimmern Nummer 33 und 34 zur Ruhe.

Während die Polizisten tief und fest schliefen, klingelte im Nebenzimmer Nummer 35 um Punkt vier Uhr morgens der Wecker. MacGowan küsste seine Angebetete wach und begab sich zu einer kleinen Katzenwäsche ins Bad. Während er sich anzog und packte, folgte ihm Monique, und nach nur zwanzig Minuten trafen sie sich fertig angezogen, das Gepäck in den Händen, mit den O'Meanys vor deren Zimmer.

„Gut geschlafen?", begrüßte Geoffrey seine Freunde, die noch ein wenig müde aus der Wäsche blinzelten. Finley ließ sich gar nicht erweichen. Er hing in Eddies Armen, den Kopf auf der väterlichen Schulter zur Seite gerollt, und setzte seinen Schlaf einfach fort. Sarah nickte knapp.

„Und ihr?"

Geoffrey rollte mit den Augen.

„Du glaubst es nicht, Mädchen, um halb drei Uhr nachts sind neben uns die Elefanten eingezogen, und die haben seither einen ganzen Urwald abgesägt …"

Sarah hatte Mühe, ihm zu folgen und sah ihn rätselnd an. Geoffrey imitierte zur Untermalung ein lautstarkes Schnarch-Geräusch, was ihr ein müdes Lächeln abrang.

Auf dem Weg zum Auto wies Eddie mit einem kleinen Ausruf des Erstaunens auf einen weinroten Volvo mit walisischer Autonummer.

„Hey … Seht mal! Glaubt ihr …?"

„Ha! Wer sonst!" Geoffrey lachte verächtlich auf. Er sah sich kurz um. Kein Mensch weit und breit, nur zwei Lkw-Fahrer machten sich an ihren Fahrzeugen zu schaffen. Gut, dass sie beschlossen hatten, so früh aufzubrechen.

Als sie vor ihrem Auto standen, stutzte Eddie erneut.

„Was zum Kuckuck …?" Fragend sah er Geoffrey an. Mit einem Achselzucken wies dieser auf einen nebenstehenden Kleinlaster, der keine Nummernschilder trug.

„Ich habe sie mir ja nur mal geborgt. Sobald wir in Deutschland sind, nehmen wir sie wieder ab, einverstanden?"

Eddie betrachtete ratlos die belgischen Kennzeichen. Die Nacht hatte viel zu früh geendet, als dass er sich darüber den Kopf zerbrechen konnte. Er litt ohnehin noch unter leichten Nachwehen vom abendlichen Pastis. Achselzuckend setzte er sich hinter Monique, die zu fahren sich bereit erklärt hatte. Er machte es sich auf der Rückbank bequem, nachdem er Finley in dessen Sitz verstaut hatte. Schweigend hatten auch die anderen Platz genommen, und Monique startete den Motor und ließ den getunten Scénic mit einem eleganten Satz über die Avenue de Champagne und die Voie de la Liberté jagen, ehe sie auf die fast leere Autobahn in Richtung Nordosten fuhr.

Sie folgten der A 34, die bei Charleville-Mézières nach Osten abbog, um bei Bouillon über die Grenze nach Belgien zu gelangen. Bei Bastogne verließen sie die Autobahn, um in einem Café ein kleines Frühstück einzunehmen. Ein anschließender Spaziergang endete nach wenigen Metern, weil sich vor ihnen statt des Wanderweges nur knöcheltiefer Morast erstreckte. So beschlossen sie, nicht länger in Belgien zu verweilen. Das Land erschien ihnen zu matschig. Stattdessen wollten sie auf direktem Wege bis nach Köln fahren.

Um halb sieben hatte Olivier Bettencourt geplant, sich wecken zu lassen. Doch bereits um Viertel vor sechs klingelte sein Telefon. Nur drei kurze Stunden Schlaf ließen den französischen Polizisten in voller Wucht spüren, dass er keine zwanzig mehr war. Der grelle Klingelton, den sein Bewusst-sein zunächst nur unterschwellig wahrnahm und in den laufenden Traum einbaute, gab nicht nach. Das nervenzerreißende Schrillen fuhr Bettencourt derart unangenehm unters Leder, dass er sich fühlte, als befände er sich auf einer mittelalterlichen Folterbank, auf der man ihm geeiste Nadelspitzen unter die Haut trieb. Der Schmerz ließ nach, sein Wachen nahte. Schwindel erfasste seinen Kopf, und seine Kehle brannte trocken.

Er tastete nach seinem Handy, das auf dem Nachttisch lärmte. Im Moment des nur minimalen Aufrichtens, gerade so viel, wie erforderlich war, um mit dem Arm nach dem Nachttisch zu langen, legte sich ein gusseiserner Ring um seine Schädeldecke und wurde augenblicklich so fest angezogen, dass Bettencourt meinte, es krachen zu hören. Er drückte mit einer Hand gegen den dumpfen Kopfschmerz an. Mit der anderen angelte er sich das Telefon. Während er die Rufannahmetaste betätigte, erhärtete sich in seinem Inneren der Verdacht, dass mit dem nächtlichen Wein etwas nicht in Ordnung gewesen sein musste.

„Allô?“, wollte er sagen, es kam aber nur ein reibeisenähnliches Geräusch aus, etwa: „Chchrhafr“.

„Bettencourt? Hier ist Antoine Lasalle, ich bin der diensthabende Chef de Police von Reims-Sud. Ich wollte nur melden, dass wir in unserem Bereich alle Unterkünfte geprüft haben, von den Flüchtigen keine Spur. Montenière, Rousseau und LeGrand von den anderen Bereichen haben ebenfalls nichts finden können. Wo sind Sie?“

„Chhrhmm, Moment … ah! Hier, im Campanile in Murigny.“

„Auch nichts?“

Angestrengt versuchte Bettencourt zu ordnen, was vergangene Nacht, die nur besagte drei Stunden zurücklag, passiert war. Der Portier hatte die Gesuchten auf den Fotos nicht erkannt. Das mochte nichts zu bedeuten – die Aufmerksamkeit des Rezeptionisten hatte eindeutig bei seinem Rätselheft und nirgendwo sonst gelegen.

An der Tür klopfte es lautstark. Von draußen machte sich Watts bemerkbar, der offensichtlich ebenfalls schon wach war.

„Bettencourt?“, erklang Lasalles Stimme aus dem Telefon.

„Ja, ich bin noch dran. Moment …“, antwortete er schwerfällig. Er war noch nicht einmal angezogen. Verflixt und zugenäht – konnte der Engländer nicht vorne auf ihn warten, in der Hotellobby, im Speisesaal oder weiß der

Kuckuck, wo, eigentlich war es ihm egal.

„Bettencourt?“, hörte er dumpf Watts’ Stimme poltern. „Sind Sie wach? Wachen Sie auf, es ist etwas passiert!“

„Bettencourt? Sind Sie noch dran?“, rief Lasalle aus dem Handy.

„Ja“, brüllte Bettencourt zurück. Stöhnend lief er zur Eingangstür und öffnete sie. Watts fiel mit ihr ins Zimmer, stockte aber, als er seinen französischen Kollegen sah, wie er in Unterhemd und Unterhosen, das Telefon noch am Ohr, vor ihm stand.

„Oh! Pardon!“

Bettencourt verdrehte entnervt die Augen. Er winkte ihn herein und widmete sich wieder Lasalle.

„Bei uns auch nichts. Ich melde mich gleich zurück, der englische Kollege kam eben herein. Adieu.“

Er beendete das Telefonat und sah Watts mit finsterer Miene an.

„Nun? Was ist passiert?“

Der Engländer erwachte aus seiner Starre und fing an, wild zu gestikulieren.

„Der Scénic, Sie wissen doch, gestern, und ich dachte noch, merkwürdig, hat der das Lenkrad nicht rechts? Und dann kam der Lkw-Fahrer, ich habe nicht alles verstanden, aber er wollte wegfahren und konnte nicht, also, zurück nach Belgien, und ich bin mit ihm mit, verstehen Sie?“

Bettencourt blickte ihn mit glasigen Augen an.

„Nein!“

„Wie bitte?“ Watts sah ihn irritiert an.

„Nein!“

„Was heißt nein?“

„Nein, ich verstehe nicht. Was für ein Lkw-Fahrer?“

Watts holte tief Luft und wollte gerade wieder ansetzen, als Bettencourt ihn mit erhobener Hand zurückhielt.

„Langsam, Inspektor. Erklären Sie bitte alles ganz langsam. Ich komme heute Morgen noch nicht ganz mit …“

Watts blies die Luft wieder aus. Er nahm sich den Hocker, der abseits vom Bett stand, setzte sich darauf und begann zu erzählen:

„Ich bin vor einer halben Stunde wach geworden, weil ich jemanden draußen habe fluchen hören. Ich schlafe nämlich immer bei offenem Fenster, wissen Sie? Na, ich habe nachgesehen, wer sich da so lautstark aufregt, und habe ganz hinten bei dem kleinen Lkw jemanden stehen sehen. Neben diesem Lkw stand gestern der Scénic mit den belgischen Kennzeichen. Und ich hätte schwören können, dass der das Lenkrad rechts hatte …“

Bettencourt hob fragend die Augenbrauen, und Watts dachte verärgert, dass der Franzose reichlich unaufmerksam an diese Fahndung heranging. Verurteilen wollte er seinen Kollegen dann aber doch nicht, schließlich hätte er ohne ihn noch nicht einmal einen Fahndungsbefehl in der Hand. So fuhr er fort:

„Ich bin zu dem Lkw-Fahrer hingelaufen und habe gefragt, was los ist. Besonders gut Englisch konnte der nicht, wie die meisten Franzosen …“ Ihm entging der verstörte Blick Bettencourts nicht, er ignorierte ihn jedoch. „Trotzdem konnte er mir klar machen, dass ihm der Kleinlaster mit den fehlenden Kennzeichen gehörte, und dass er nach Belgien musste.“

Bettencourt fehlte noch immer der Zusammenhang, so zuckte er mit den Schultern und meinte:

„Und?“

„Und?“, erwiderte Watts gereizt. „Es kann doch nur eine Schlussfolgerung geben: Die Kennzeichen des Lkw sind gestohlen worden. Und es ist doch ein sehr merkwürdiger Zufall, dass genau neben dem Lkw mit den fehlenden Kennzeichen ein Scénic gleichen Typs und gleicher Farbe wie unser gesuchter stand, der belgische Kennzeichen trug.“

„Wir sind hier ziemlich nahe der belgischen Grenze, und ich wage zu behaupten, dass durchaus einige dunkelblaue Scénics in Belgien herumfahren könnten. Haben Sie sich die Autonummer gemerkt?“

„Herrgott, nein!“ Watts blickte düster. „Das Auto hatte das Lenkrad auf der rechten Seite, ich bin mir sicher. Ein englischer Wagen, demnach!“

„Ich ziehe mich an, dann knöpfen wir uns noch mal den Rezeptionisten vor“, erklärte Bettencourt gleichmütig und stand auf. Er sah Watts erwartungsvoll an, und nachdem dieser sich nicht rührte, wiederholte er:

„Ich ziehe mich jetzt an.“

Watts sah ihn fragend an.

„Ich würde mich jetzt gerne anziehen.“ Bettencourt wies auf den Ausgang.

„Oh, Pardon!“, stammelte Watts und beeilte sich aus dem Zimmer zu kommen.

Bettencourt hörte ihn minutenlang vor seiner Tür mit den Füßen scharren, was ihn innerlich zur Weißglut trieb. Kannte der dicke Engländer keinen Anstand? Auf der anderen Seite gestand er sich ein, dass ihn in Anbetracht des mangelhaften Schlafpensums so ziemlich alles in Rage gebracht hätte. Also seufzte er ergeben und zog sich endlich an.

Um Viertel nach sechs standen sie an der Rezeption, wo der Portier sich erhoben hatte und umständlich sein Rätselheft in einer Schublade verstaute.

„*Excusez-moi, Monsieur*[45]…", begann Bettencourt, doch der Mann antwortete, ohne ihn eines Blickes zu würdigen:

„Habe Feierabend!"

Nun wurde Bettencourt richtig sauer.

„Police Nationale, guter Mann, wir haben ein paar Fragen an Sie, und bis diese zu unserer vollsten Zufriedenheit beantwortet sind, hat es sich mit Ihrem Feierabend!"

Der Portier hatte sich angesichts des scharfen Tons erschrocken aufgerichtet und blickte die Polizisten eingeschüchtert an. Erneut legte ihm Watts die Fahndungsfotos vor, doch wieder schüttelte der Mann sein Haupt. Diesmal aber hatte er die Fotos wenigstens etwas eingehender betrachtet.

„Bedauere, nie gesehen."

„Dürfen wir bitte mal ihre Gästeliste einsehen? Von gestern Abend?" Bettencourts Ton war unmissverständlich.

Der Portier kramte einige Blätter heraus und stammelte verlegen:

„Sind noch nicht auf die Liste übertragen, ich kam nicht dazu. Aber hier sind alle, die gestern angekommen sind …"

Die Polizisten teilten die Formulare unter sich auf und begannen, die Eintragungen zu studieren. Sie wühlten sich durch eine Menge französischer und flämisch klingender Namen, bis Watts plötzlich aufschrie:

„Ha!"

Bettencourt legte seinen Stapel beiseite und trat zu ihm heran, um ihm über die Schulter zu sehen.

„Hier! ‚Ron Weasley', ‚Julia Capulet', ‚Jane Eyre' und ‚Peregrin Tuk'!" Watts sah ihn empört an. Bettencourt, der abgesehen von Sachbüchern und Fachzeitschriften nichts las, blickte verständnislos zurück.

„Rowling, Shakespeare, Brontë, Tolkien. Hallo?"

Bettencourt versuchte einen wissenden Gesichtsausdruck aufzulegen, was ihm aufgrund des Schlafmangels jedoch äußerst schwer fiel.

„Auf jeden Fall sind die jetzt schon weg!" Watts brummte missmutig und pfefferte die Anmeldebögen zurück auf den Empfangstresen. Der Portier klaubte sie mit nervösen Blicken zusammen. Anschließend zog er sich zögerlich zurück, unsicher, ob er sich offiziell abmelden musste oder leichter ungesehen verdrückte. Die Polizisten aber waren anderweitig beschäftigt.

Nach einer kurzen, bisweilen sogar heftigen Auseinandersetzung hatte sich Bettencourt durchgesetzt, dass momentan ohnehin nichts zu unternehmen war. Sie hatten keine Ahnung, in welche Richtung die Flüchtigen

---

[45] Entschuldigen Sie, mein Herr

sich weiter bewegt hatten. Watts zeterte: „Belgische Kennzeichen – Belgien, ist doch logisch!“, doch der Franzose zeigte sich unnachgiebig. Er bestand darauf, versäumten Schlaf nachzuholen und sich um acht Uhr im Frühstückssaal zu treffen, um dann den weiteren Schlachtplan auszuarbeiten.

15. Köln ist eine große Stadt.

„*Morje*[46]!", begrüßte launig die rauchige Stimme einer geschätzten Endvierzigerin Eddies Familie in einer kleinen Kölner Kneipe, die laut Aushang auch Frühstück anbot. Die Dame stellte für Eddie auf Anhieb die Personifizierung der vollendeten Walküre dar. Die Aussicht auf ein zweites Frühstück, eines deutscher Art womöglich, üppig, der englischen Tradition nahe kommend, mit Eiern, Schinken, Brötchen, Marmelade, vielleicht sogar etwas Kuchen, Früchten oder kleinen Bratwürsten, lockte Familie O'Meany, Geoffrey und Monique auf beinahe magische Weise in die kleine, verstaubt wirkende Gaststätte. Tyson war der Erste, dem der Geruch von frisch brutzelndem Bratfett in die Nase stach. Zielsicher hatte er sein Frauchen nebst Anhang zur besagten Kneipe geführt.

Elisabeth ‚Betty' Stepanski war ein echtes Urgestein und führte das Lokal seit beinahe zwanzig Jahren. Ihre langen, dunkelblonden Haare rollten sich in einer locker gewellten Schnecke um ihr Hinterhaupt. Ihr Gesicht entsprach dem Schönheitsideal römisch-griechischer Proportionen. Den großen Busen, der einer Amazone den Panzer erspart hätte, schob sie wie einen Räumschild vor sich durch das eng bestuhlte Lokal. Ihre muskulösen Oberarme, die unablässig ein weißes Biertablett trugen, konnten manchem Hobby-Bodybuilder die Tränen in die Augen treiben. Alles in allem erschien sie den ausländischen Gästen wie eine Inkarnation der Germania.

Sie hatten deutsches Frühstück und Kaffee bestellt. Was die irisch-englische Familie nicht wissen konnte, war die Tatsache, dass Betty vor allem auch für ihren starken Kaffee arabischer Art berüchtigt war, der schon bei

[46] Morgen!

härteren Zeitgenossen für Nervenflattern gesorgt hatte. Eddie bemerkte als Erster die Überdosis Koffein, die im Potte mitschwamm, und bestellte heißes Wasser zum Verdünnen.

„*Wellsten Blömcheskaffee, Plaatekopp*[47]?", scherzte Betty dem verständnislos dreinblickenden Eddie entgegen. Beschwingt lief sie zum Tresen, um mit einer großen Thermoskanne zurückzukehren, aus der sie heißes Wasser in Eddies Tasse nachfüllte.

„*Da mosste dir dran jewenne, wat mer dolle Sprüch am kloppe sin, mer in Kölle*[48] ...", polterte es lachend aus ihr heraus. Sarah, Eddie, und Mo, die weder Deutsch noch Kölsch sprachen, verstanden kein Wort. Selbst Geoff, der zwar nicht direkt Deutsch, aber zumindest ein paar Brocken Bayerisch beherrschte, wenn auch Bayerisch mit irischem Akzent, konnte hier wenig helfen. Bettys mächtige Erscheinung gepaart mit dem herzlichsten Lachen, das die Freunde jemals jenseits des Ärmelkanals gehört hatten, gewann sofort die Herzen aller. Am meisten aber verliebte sich Tyson, dem Imposanz und sonniges Gemüt nur zweitrangig waren nach dem allüberall anhaftenden Bratenduft, den Betty mit jeder Pore verströmte.

Das Lokal war abgesehen von ihnen und wenigen versprengten Stammgästen leer. Sie kamen etwas hakend aber wohlmeinend ins Gespräch, und nach einer Viertelstunde setzte sich die Wirtin an ihren Tisch und plauderte aus dem Kölner Nähkästchen. Sie beschrieb ihnen die wichtigsten Sehenswürdigkeiten und nannte ihnen die Adresse einer kleinen, aber feinen Pension, die ihrer Mutter, Melitta Stepanski, gehörte. Melitta war zwar recht schwerhörig und auch nicht mehr gut zu Fuß, führte aber die Zimmer penibel reinlich und nach modernsten Maßstäben. Die Pension lag nur eine Straßenecke weiter, und frühstücken könnten sie bei ihr, Betty.

Die ausländischen Gäste widersprachen nicht, sondern befolgten brav alle Anweisungen. Als Erstes brachten sie ihr belgisch beschildertes Auto in Bettys Garage, in der sich leere Frittierfetteimer auftürmten. Eddie und Geoffrey sprangen hilfsbereit hinzu, die öligen Kübel in den hinteren Bereich zu räumen, bis genug Platz war, damit Monique den Wagen einparken konnte. Geoffrey schraubte die falschen Kennzeichen ab, was Betty mit belustigtem Gesichtsausdruck zur Kenntnis nahm. Sie verschwand kurz in einem Seitenkabuff und kehrte mit zwei deutschen Kennzeichen zurück, auf denen jeweils zu lesen stand: K-BS 13.

„*Da, sin noch von ming eetste Kess*[49] ..."

Geoffrey blickte ratlos, und Betty imitierte das Motorgeräusch eines

---

[47] Willst du einen schwachen Kaffee, Glatzkopf?
[48] Da musst du dich dran gewöhnen, was wir für tolle Sprüche klopfen, wir in Köln ...
[49] Da, sind noch von meiner ersten Kiste (= Auto) ...

Autos: „Brumm, brumm!“

Der schwarze Ire lachte, nahm die Schilder entgegen und schraubte sie am Scénic fest. Betty machte sich anschließend noch mit einem schwarzen Lackstift an den Kennzeichen zu schaffen und korrigierte etwas an der TÜV-Plakette.

Dann begleitete die germanische Schankwirtin ihre Gäste zu Stepanskis kleiner Pension. Alles war, wie Betty es beschrieben hatte: Die Zimmer waren akkurat und sauber, sparsam aber modern ausgestattet. Das Gespräch mit der Pensionswirtin verlief noch mühsamer als mit deren Tochter, obwohl sie ein viel besseres Hochdeutsch sprach. Aber auch in puncto Schwerhörigkeit hatte Betty nicht übertrieben.

Wäre Mo nicht gewesen, und wäre er sich bei ihr nicht das erste Mal in seinem ganzen großen bärenhaften bewegten Leben sicher gewesen, die Eine, die Richtige, getroffen zu haben, dann hätte Geoff sich ohne Weiteres und sofort unsterblich in Betty verliebt. Ihn hätte zu sehr interessiert, woher ihr kriemhildsches Aussehen rührte. Melitta, ihre 72-jährige Mutter, mit geschätzten 45 Kilogramm Gewicht, kaum 1,57 m groß, mit dünnen gräulichen Löckchen, dazu noch leicht gebeugt laufend, wirkte in ihrer zurückhaltenden Art eher wie ein unscheinbares Stück Inventar, das man in einer Raumecke versteckte, wie einen Handfeger oder Ähnliches. Sie war das krasse Gegenteil ihrer 1,85 m großen Tochter, die durch ihre üppige Pracht und mächtige Präsenz eher noch größer wirkte.

Nicht umsonst hatte Melitta wohl den Namen Elisabeth gewählt. War die winzige Melitta der Bedeutung ihres Namens nach ‚die Biene‘, die trotz ihres fortgeschrittenen Alters noch emsig umherschwirrte (obschon das Schwirren durch ihren Hüftschaden in eher gemächlichem Tempo vonstattenging), so war ‚Elisabeth‘ eine Entsprechung der Fülle Gottes. Und wer personifizierte göttliche Allmacht und Fülle in diesen Tagen besser als die freundliche Kölner Eckwirtin?

Sie bezogen ihre Zimmer und kehrten danach in Bettys Kneipe zurück. Dort nahmen sie ein deftiges Mittagsmahl zu sich, bevor sie sich in Köln zerstreuten.

Trübsinnig starrte Watts in das verwaschene Wintergrau durch die großen Panoramascheiben des schönen Speisesaals des Campanile-Motels und ließ ungeordnete Gedanken umherirren. Bettencourt wischte sich mit der weißen Papierserviette die letzten Krümel eines Croissants von der dünn bleigrau behaarten Oberlippe. Dann beugte er sich zu Watts vor.

„Wir sollten erst mal schauen, dass wir einen internationalen Haftbefehl herbekommen.“

Der Engländer schrak aus seinen Gedanken hoch und sah ihn stumpfsinnig an.

„Das habe ich doch schon versucht …", erwiderte er lahm.

Bettencourt zog irritiert die Augenbrauen nach oben.

„Nun, in Großbritannien mögen die Mühlen langsamer mahlen, weiß der Himmel. Ich für meinen Teil werde jetzt ein paar entsprechende Anrufe tätigen. Wie wäre es, wenn Sie in der Zwischenzeit den Fernfahrer mit den vermissten Kennzeichen vernehmen?" In Ermangelung einer besseren Idee fügte sich Watts.

An der Rezeption saß nun eine junge Dame. Sie erschien ebenso desinteressiert wie ihr nächtlicher Vorgänger. Kaugummi kauend saß sie hinter dem Tresen und blätterte in einem Magazin. Ihre langen, schwarz gefärbten Haare umrahmten links und rechts einem Vorhang gleich ihr schmales, bleiches Gesicht, welches gepudert und geschminkt war. Watts kam es vor, als habe sie ihre Blässe noch künstlich unterstreichen wollen.

„Entschuldigen Sie, Ma'am, sprechen Sie Englisch?", wandte er sich nach einem verlegenen Räuspern an sie. Das Mädchen ignorierte ihn völlig. Eifrig Kaugummi kauend blätterte sie in der Zeitschrift weiter. Watts hatte zuvor schon von einer gewissen Arroganz gehört, die manchen Franzosen nachgesagt wurde. Aber das ging doch entschieden zu weit. In einem Wutanfall zerrte er seine Dienstmarke aus der Innentasche seines Jacketts, schleuderte sie auf den Tresen und schrie das Fräulein an:

„Es geht hier um eine dienstliche Angelegenheit, meine Dame, und ich wäre Ihnen dankbar, wenn Sie mir für einen kurzen Augenblick Ihre Aufmerksamkeit schenken könnten!"

Er hatte den ersten Satzteil noch nicht einmal zu Ende gebrüllt, da holte es das Mädchen vom Stuhl. Erschrocken riss sie die Arme hoch und mit diesen stieg das Magazin empor. Die Seiten flatterten wie ein aufgescheuchter Vogel durch die Luft. Der Stuhl drohte zu kippen, und sie warf den Oberkörper nach hinten im hektischen Versuch, das Gleichgewicht zu wahren, was ihr gründlich misslang. Mit rudernden Armen schlug sie samt Stuhl nach hinten, glücklicherweise gebremst durch den zwar harten, aber doch rasch erfolgten Zusammenstoß der Stuhllehne mit der rückwärtigen Wand. Das etwas altersschwache hintere rechte Stuhlbein jedoch war dem schockartigen Aufprall nicht mehr gewachsen und gab nach, was eine Lücke in die Tragkonstruktion des Sitzmöbels riss. Da sich dieses ohnehin nur auf den zwei hinteren Beinen gehalten hatte, folgte nun der totale Niedergang.

Watts schlug sich entsetzt die Hand vor den Mund, während das Mädchen in sich zusammenfiel. Mühsam rappelte es sich unter einem Wirrwarr von langer schwarzer Mähne, Zeitschriftenseiten und dem gefallenen Stuhl wieder empor, das schmale Gesicht noch bleicher als zuvor. Wieder auf die Füße gekommen, zog sie sich zwei weiße Stöpsel aus den Ohren, die an langen weißen Drähten hingen, die diese wiederum mit einem kleinen Musikspieler verbanden.

„*Excusez-moi, Monsieur*[50], es tut mir sehr leid“, stammelte sie verlegen und versuchte, sich ein wenig zu ordnen. „Ich habe Sie nicht ge’ört. Kann ich ’elfen, bitte?“

Watts ließ sich von ihr den Namen des belgischen Lkw-Fahrers heraussuchen. Als Nächstes bat er darum, den Mann ausfindig zu machen. Nach einem kurzen Telefonat gab sie an, er würde jeden Moment zur Rezeption kommen.

Watts Geduldsfaden war nicht gerade als der längste und stärkste bekannt, aber glücklicherweise dauerte es keine Minute, bis der Fernfahrer sich zu Diensten meldete. Im Gegenteil, Jean-Louis Dreezen war froh, dass sich endlich ein Polizist der leidigen Sache annahm, auch wenn es nur dieser seltsame Engländer war.

Letztgenannter nahm die fehlenden Kennzeichen auf. Er befragte den Fahrer nach sonstigen Auffälligkeiten, was dieser komplett missverstand, da sein Englisch nicht besonders gut, das Französisch Watts’ aber so gut wie nicht vorhanden war. Irgendwie kamen sie schließlich doch zu einem Konsens. Watts kehrte im Anschluss daran wieder zu Bettencourts Unterkunft zurück. Diesem war inzwischen der internationale Haftbefehl in Aussicht gestellt worden. Sie wiesen den Dienst telefonisch an, die belgischen Kennzeichen zu überprüfen und diesbezüglich Kontakt mit den Kollegen in Belgien aufzunehmen.

Ein Ergebnis gab es an diesem Tage nicht, auch nicht am nächsten, auch nicht am dritten. Das Auto schien verschollen, die Kennzeichen unauffindbar, und Watts dachte vergrämt, wo zur Hölle die Flüchtigen überall schon hingelangt sein konnten. Was er nicht wusste, und was weder die englische, die französische, noch die belgische Polizei herausfanden, sondern am Ende die polnische Polizei, war die Tatsache, dass Dreezens Lkw ebenfalls nicht lupenrein war. Eine genauere Durchsuchung desselben hätte sich durchaus gelohnt – immerhin trug er rund 1.500 Stangen geschmuggelter Zigaretten unter seinem Verdeck.

Am dritten Tage hielt es Bettencourt im Campanile Reims-Sud ob der aufgezwungenen Untätigkeit nicht mehr aus. Er verabschiedete sich von Watts, um zurück nach Caen zu fahren und sich anderen Dingen zu widmen.

Watts hatte seinen internationalen Haftbefehl in der Tasche und begab

[50] Entschuldigen Sie, mein Herr

sich weiter auf die Suche. Er telefonierte mit Holmers, um ihm neue Order in der Angelegenheit durchzugeben.

„… bei Ihnen ist jetzt alles klar, oder? Ich muss mich hier jetzt erst mal sortieren, dann begebe ich mich auf die Fährte der Flüchtigen. Die sollen nicht glauben, dass sie mir so einfach entkommen können“, schloss der Inspektor zuversichtlich.

„Ja, alles klar. Allerdings …“ Holmers zögerte, so wie er immer zögerte, wenn er, vorausnehmend wie vorausschauend, etwas auf eigene Faust initiiert hatte, ohne sich vorab bei seinem Chef abzusichern. Watts kannte dieses Zögern und hasste es, denn Holmers teilte sich in solchen Fällen nur mit, wenn sie bereits von Erfolg gekrönt waren. Obschon es niemals Holmers' Absicht war, gegenüber seinem Chef aufzutrumpfen, interpretierte dieser es aber so und fühlte sich gedemütigt, wiewohl zu Unrecht.

„Allerdings kann ich Ihnen sagen, wo sich die Flüchtigen gerade aufhalten, oder zumindest, wo sie sich bis vor etwa zehn Minuten aufgehalten haben.“ Er stockte kurz und lauschte einen winzigen Moment lang dem gepressten Atmen seines Vorgesetzten.

„Sie sind in Köln. Ich habe Miss Rutherfords Telefon abhören lassen, und kaum, dass wir die Schaltung aktiv hatten, rief auch schon O'Meany an, übrigens mit dem Telefon einer Blumenhändlerin aus Malvern. Ob er es gestohlen hat? Jedenfalls konnten wir das Telefon tracken und fanden heraus, dass es sich in Köln befindet oder befand. Leider hat er es abgestellt, und solange es aus ist, können wir seine Spur nicht weiter verfolgen.“

Watts dachte einen Moment lang nach. In Wahrheit musste er sich nur kurz sammeln, um seine Wut, seine Eifersucht und seine Missgunst gegenüber dem jüngeren Kollegen hinab zu würgen. Er zwickte sich mit Zeigefinger und Daumen einen Moment lang fest in die Nasenwurzel.

„Köln ist eine große Stadt. Haben Sie eine Idee, wo sich die Flüchtigen aufhalten?“

„Eine Idee, mehr leider nicht. Ich habe aus dem abgehörten Telefonat folgende Anhaltspunkte: Erstens – im Hintergrund war ein Lärmgemisch aus Stimmengewirr, Gläserklappern und Musik zu hören. Das würde ich in jedem Fall einer belebten Kneipe zuordnen. Zweitens – während des Gesprächs wurde Mr. O'Meany von einer Dame mit markanter, durchdringender Stimme angesprochen. Er reagierte mit ‚Einen Moment, Betty‘. Die Dame hat in einer mir fremden Sprache gesprochen, es klang wie eine Mischung aus Deutsch und Niederländisch, oder vielleicht ein keltischer Einschlag. Möglicherweise einfach ein lokaler Dialekt, schwer zu sagen.“

Watts grummelte ungeduldig. Konnte Holmers nicht ein einziges Mal in zwei oder drei Sätzen zum Punkt kommen? Das Telefonat musste inzwischen ein Vermögen kosten.

„Selbstverständlich kann eine Dame namens Betty alles Mögliche bedeuten, jemand, dem sie einfach zufällig begegnet sind. Es besteht aber auch die Möglichkeit, dass Betty und der Kneipenlärm irgendwie zusammen hängen, und dazu habe ich das Internet befragt."

„Sie haben gegoogelt", unterbrach Watts ungehalten. Musste Holmers sich immer ausdrücken, als hätte er einen Spazierstock verschluckt?

„Nun, ich bevorzuge Ixquick, aber: ja! Und ob Sie es glauben, oder nicht: Es gibt eine kleine, anscheinend überaus beliebte Kneipe am Rand der Altstadt, die sich ‚Bettys Eck' nennt."

„Muss nichts heißen", erwiderte der Inspektor bärbeißig.

„Nein, selbstverständlich nicht, aber …"

Watts fuhr erneut dazwischen und ließ sich die Anschrift der Kneipe nennen, „nur für den Fall", und legte auf.

Mit einem grimmigen Lächeln packte er seine wenigen Habseligkeiten zusammen und verließ das Motelzimmer. Ein letzter Blick in den Garderobenspiegel warf ein dunkelgrau verwachsenes Gesicht zurück, in dem zwei schwarze Augen wie dunkle Kohlestücke glühten. Das Jagdfieber hatte wieder eingesetzt.

16. Normalerweise sind Krankenhäuser ausgeschildert.

Aetheldreda Rutherford besaß seit ihrem 75. Geburtstag ein Fernsehgerät. Ihr Leben lang hatte sie sich geweigert, sich dieser neumodischen Unterhaltung hinzugeben, die sie als niveaulos und reißerisch verachtete. Ihr Neffe Harry, der ihr wie ein Sohn war, hatte ihr zu besagtem Geburtstag einfach den Fernsehapparat geschenkt. Ohne zu fragen, wohlbemerkt.

Es handelte sich um ein damals ultramodernes Flachbildgerät mit HD Technik. Zunächst beschloss sie, dieses Gerät einfach nicht einzuschalten. Doch die Neugier siegte. Nachdem sie feststellte, dass einen Großteil des Sendeprogramms nicht ausschließlich dümmliche Talkshows und Seifenopern einnahmen, sondern ausgesprochen viele Kriminalfilme und Krimiserien ausgestrahlt wurden, versöhnte sie sich mit dem neuen Medium. Denn sie liebte Krimis aller Art. Und sie liebte nicht nur diese, sondern auch Spionagefilme und ähnliche Thriller.

Nun war es in älteren Agentenfilmen doch häufig so, dass Telefonapparate abgehört wurden. Der findige Spion wusste durch ein kleines verräterisches Klicken, dass er abgehört wurde. Im Zusammenhang mit den O'Meanys, zu denen sie doch regen Kontakt hielt, wunderte sich Miss Rutherford nun darüber, ob sie nicht abgehört wurde. So sehr sie auch ab dann darauf achtete – nie hörte sie ein solches Klicken. Gegenüber Inspektor Watts blieb sie dennoch misstrauisch. Bei einer Gelegenheit erkundigte sich möglichst unverfänglich bei ihrem Neffen. Harry Rutherford war technisch sehr versiert und erklärte, dass seit der Umstellung auf digitale Telefonie die Relais und damit das Klicken der Verbindungen der

Vergangenheit angehörten.

Somit war es durchaus möglich, dass sie abgehört wurde, ohne es mitzubekommen. Möglicherweise oder sogar sehr wahrscheinlich hatte die Polizei dadurch bereits mitbekommen, wo sich Familie O'Meany derzeit aufhielt! Das Beste wäre es, beschloss sie, ihren eigenen Telefonanschluss vorerst zu meiden und Familie O'Meany schleunigst zu warnen.

Kurz entschlossen zog sie Hut und Mantel an, schlüpfte in ihre warmen Lammfellstiefel und stapfte zur Haltestelle, wo sie auf den Bus wartete. Wenig später brachte dieser sie zur Stadtmitte in die Nähe des Telefonshops. Sie betrat den kleinen Laden, der mit technischen Gerätschaften vollgestopft war. Etliche Kunden drängelten sich um einen kleinen Tresen.

Nach einiger Zeit geduldigen Wartens war schließlich sie an der Reihe. Sie legte sich ein Mobiltelefon neuester Generation zu. Das Smartphone mit Touchscreen erinnerte sie eher an ein modernes Kinderspielzeug denn an ein Fernsprechgerät. Sie ließ sich die Funktion des Telefonierens erläutern. Daraufhin begab sie sich aus dem Laden und lief zur Polizeiwache. Dort teilte ihr Holmers auf ihre Nachfrage hin mit, dass Inspektor Watts noch immer dienstlich verreist sei.

Wieder draußen lief sie einige Meter weit, stellte sich in die nächste Wandnische eines benachbarten Gebäudes und gab Eddie O'Meanys Nummer ein, welche streng genommen Shirley Andersons Nummer war, sich aber seit geraumer Zeit in Empfangsweite von Eddie befand.

Aetheldreda setzte ihn von ihren düsteren Ahnungen, die an Gewissheit grenzten, in Kenntnis und empfahl ihm, schleunigst das Weite zu suchen. Watts hielt sich allem Anschein nach noch immer auf dem Kontinent auf, im besten Falle in Frankreich, in schlechtestem Falle schon auf dem Weg nach Köln. Sie bat ihn, sich nicht auf dem soeben erworbenen Smartphone zu melden, sondern bei ihrer Cousine Cilly in Pen-Y-Garn, zu der sie nun für einige Tage aufbrechen würde. Niemand würde davon erfahren, und niemanden würde es interessieren, und so lief das Risiko, dass auch Cecilias Telefonapparat abgehört wurde, gegen null. Eddie ließ sich die Nummer geben, bedankte sich und legte nachdenklich auf.

Eddie und Geoffrey hatten sich besprochen und beschlossen, Köln schweren Herzens am nächsten Morgen den Rücken zu kehren. Sie waren bereits einige Tage bei Melitta Stepanski untergekommen, die sie allesamt ins Herz geschlossen und so gut wie adoptiert hatte. Finley verstand sich außerordentlich gut mit dem alten Mütterchen, die sich wiederum in Ermangelung eines eigenen Enkelkindes spontan in den rothaarigen Dreikäsehoch verliebt hatte. Sie verwöhnte ihn nach Strich und Faden, so, wie es sich einer anständigen Großmutter geziemte.

Der einzige Polizist, dem die Iren und ihr englischer Anhang in Köln begegnet waren, hieß Manfred ‚Manni' Herrmann und war Bettys Verflossener. Sie hätte ihn durchaus gelegentlich wieder in Erwägung gezogen, diesen breitschultrigen, etwas massigen blonden Bullen, der seinem polizeiüblichen Schimpfnamen in Statur (wohl auch in anderen Belangen, über die wir hier aus Anstandsgründen aber kein weiteres Wort verlieren wollen) alle Ehre machte. Ja, sie hätte ihn ernsthaft in Erwägung gezogen, nur so zur Abwechslung, hätte ihr derzeitiger Liebhaber Juan-Pablo Valderez nicht eifersüchtigst über sie und ihre ausgestreckten Fühler gewacht. Dieser war seines Zeichens glutäugiger Vollblut-Spanier mit langer blauschwarzer Mähne. War Manni der Bulle, so war Juan-Pablo El Garañón, der Hengst.

Manni jedenfalls war so gutmütig, wie er groß war. Er freundete sich schnell mit den ausländischen Besuchern an, denn selbstredend war er Stammgast in ‚Bettys Eck'. Er kam in die geliebte Kneipe, um sich vom Dienst zu erholen. Dazu gehörte, dass er selig lächelnd stumm an seinem Stammplatz hinten links am Tresen saß und genüsslich ein Glas Kölsch süffelte. Zudem waren seine Englischkenntnisse nicht gerade rühmlich, deshalb stellte er den sympathischen Fremden keine unangenehmen Fragen. Das Einzige, was sie aus seinem Mund zu hören bekamen, war ein gelegentliches „*Drink doch ene met*[51]!", was durch die zugehörigen Begleitgesten international verständlich war.

Eddie und Geoffrey kamen sofort überein, dass sie sich von Betty und ihren Gefolgsleuten mit einer angemessenen Party verabschieden wollten. Aus diesem Grunde schlichen sie sich zu Bettys Garage, öffneten die hintere rechte Wagentür, hoben die kleine viereckige Fußmatte an, unter der sich eine Klappe im Fahrzeugboden befand. Die Klappe war der Deckel eines verborgenen Kastens, Stauraum, der im französischen Familienauto an allerlei unvermuteten Stellen zutage trat. Unter einer nicht ganz frischen Baumwollwindel und mehreren Packungen Pfefferminztee holten sie ein kleines dunkelbraunes Paket mit nugatbraunem Aufdruck heraus, schlossen Auto wie Garage wieder ab und zogen sich in Bettys Kneipenküche zurück.

Betty war über die geplante Party selbstverständlich unterrichtet und hatte alles vorbereitet. Manni, Peter und Carsten mit ‚C', allesamt Stammgäste und Hobbymusiker, bauten ihre Instrumente auf, bestehend aus Schlagzeug, Keyboard und Saxofon. Erwin, ein Nachbar und pensionierter Elektrikermeister der Stadtwerke, hatte sich um die Beleuchtung bemüht und ein paar Diskoampeln aus den frühen Neunzigern ausgegraben. Juan-Pablo

[51] Trink doch einen mit!

hatte sich in Schale geworfen, die Flamenco-Schuhe angezogen und begann, sich aufzuwärmen.

Mo und Sarah saßen bereits an ihrem Lieblingstisch und harrten gespannt der Dinge. Hinter ihrem Tresen strahlte Betty wie ein Honigkuchenpferd und schenkte Getränke aus. Finley saß bei Oma Melitta auf dem Schoß, die ihm versprochen hatte, in Kürze heim in die Pension zu gehen, wo er sich auf Deutsch das Dschungelbuch anschauen dürfte. Sarah war der Babysitterdienst mehr als recht. Kneipenlärm war nichts für einen dreijährigen Jungen. Und sie war glücklich, dass sie, so kurz vor der Geburt ihres nächsten Kindes, noch einmal eine richtige Party würde erleben können.

Die Band begann bereits sich einzuspielen, als Eddie und Geoffrey freudestrahlend mit breiten Tabletts in den Händen aus der Küche in den Kneipenraum traten. Auf den Tabletts standen dampfende Kaffeebecher verschiedenster Couleur, voll mit herrlich duftendem Maarten de Brouwers Speciaal-Chocoladedrank. Die Freunde verteilten die Becher, und niemand ging leer aus, abgesehen von Sarah, die verständlicherweise lieber verzichtete.

Es dauerte keine fünf Minuten, bis die Party in vollem Gang war. Manni und seine Musikkollegen begannen mit einem Kracher von den Bläck Fööss. Es folgten gängige Partyschlager. Sie rockten die kleine Kneipe, dass die Gläser in den Barregalen zitterten. Nachdem sie fast eine Stunde lang gespielt hatten, begaben sie sich musikalisch in spanische Gefilde. Carsten mit ‚C' holte aus zu einem lateinamerikanisch anmutenden Saxofonsolo, an Gato Barbieri erinnernd, das die Kneipenbesucher von den Socken haute. Niemanden hielt es mehr auf den Stühlen, die Leute schrien und johlten.

Plötzlich brach die Musik unvermittelt ab. Die Leute verstummten und warteten in gespannter Stille, was folgen würde. Manni tauschte das Keyboard gegen eine Ramirez-Gitarre aus, setzte sich auf einen bereitstehenden Barhocker und begann, die Stimmung seines Instruments zu überprüfen. Das Licht war abgedämpft. Ein roter und ein blauer Scheinwerfer warfen ihre Kegel auf die Mitte der Bühne. Peter und Carsten mit ‚C' hatten sich mit Cajón und Kastagnetten bewaffnet und saßen hinter Manni, der nun erste leise Flamenco-Akkorde erklingen ließ. Applaus brandete auf, klang jedoch wieder ab, als die Musik erneut aussetzte. Gebannt blickten die Kneipenbesucher auf die Musiker.

Manni nahm kurzen Blickkontakt zu seinen Musikkollegen auf. Dann setzte schlagartig das Gitarrenspiel ein: Ein lautes Trémolo, dem in virtuoser Weise Hoquillas, Punteados und Tamboras folgten, untermalt von einigen fächerartigen Abanicos. Aus dem Dunkel der Hinterbühne tänzelte einem schwarzen Engel gleich Juan-Pablo hervor. Die wallenden offenen Haare fielen ihm lang über die Schultern. Seine Hände hielt er entrückt erhoben, den Kopf ein wenig zur Seite geneigt, die Augen in tiefer Versenkung geschlossen. Die hochhackigen silberbeschlagenen Flamencoschuhe klackerten Maschinengewehrsalven gleich auf dem alten Dielenboden, bis der Spanier sich in den rotblauen Lichtkegel hervorgearbeitet hatte. Sein Oberkörper war entblößt. Unter der olivbraunen Haut trat die edel definierte Muskulatur hervor, durch tägliches Training gestählt. Juan-Pablo glich einem Adonis, wie Michelangelo Buonarroti selbst ihn in seinen besten Werken nicht besser hätte herausmeißeln können. Frenetischer Jubel entbrannte und mehrere Frauen schrien sich hysterisch die Lungen aus den Leibern.

Juan-Pablo hielt kurz inne, wie auch die Musik. Und mit einem zeitgleichen Schlag auf Cajón und Gitarre setzte eine fanatisch galoppierende Flamencomusik ein, die der Spanier in ekstatischen Tanzfolgen interpretierte, als sei dies sein letzter großer Auftritt vor dem Herrn. Die Zuschauer flippten völlig aus. Die Männer brüllten, die Damen kreischten, und Bettys Eck war in ein Tollhaus verwandelt, einer himmlischen Hölle oder einem höllischen Himmel entsprungen. Der Spezialkakao tat sein Übriges, um die Leute außer Rand und Band zu setzen; und so entlud sich eine Party, von der noch nach Jahrzehnten geschwärmt werden sollte: „*Wesste noch bei Betty? Kutt mer vuur, als wenn et jestern woor*[52]!“

Juan-Pablo wirbelte über den Tanzboden, und seine langen schwarzen Haare flogen wie ein Heldenumhang um ihn herum. Schweiß, der in dicken Perlen von der nass glänzenden olivfarbenen Haut troff, sprühte wie Gischt in alle Richtungen. Die lüsternen Damen aus der ersten Reihe fuhren klammheimlich die Zungenspitzen aus ihren Mündern, um ein oder zwei Tröpfchen der hormongesättigten Flüssigkeit aufzufangen und sich daran zu berauschen.

Nach einer knappen Dreiviertelstunde waren Musiker wie auch der Tänzer vollkommen erschöpft. Die Zuschauer ereiferten sich in minutenlangen stehenden Ovationen. Sie brüllten sich heiser, klatschten, bis die Hände vor Schmerz gerötet waren und stampften mit den Füßen, dass die Flaschen auf dem Tresen wackelten. Der Spanier schritt zum rechten Bühnenrand, nahm sich ein bereitliegendes Handtuch und tupfte sich den Schweiß ab. Er schien sich keiner Bewegung bewusst, und dennoch erschien jede seiner Handlungen so gezielt, so unmissverständlich. Er bemerkte nicht einmal, dass die Damen der vordersten Reihe unmäßig ihre Hälse verrenkten, um ihn mit ihren hervortretenden Augen nicht loszulassen. In anmutiger Geste strich er sich die seidig glänzenden langen schwarzen Haare

[52] Weißt du noch bei Betty? Kommt mir vor, als wenn es gestern gewesen wäre!

zurück, hängte sich das Handtuch um die muskulösen Schultern, in die sowohl Sarah als auch Mo insgeheim gerne einmal zärtlich hineingebissen hätten. Anschließend nahm er am Tisch der Freunde Platz, wo sich inzwischen auch die strahlende Betty hinzugesellt hatte.

Manni und seine Bandmitglieder sortierten sich neu und gaben noch einige Stücke von BAP wieder, ehe auch sie sich geschlagen gaben. Erwin zog eine Jukebox-Replik auf die Bühne und setzte ein Unterhaltungsprogramm in Gang. Ein Potpourri an aktuellen Schlagern und Rock- und Popmusikstücken untermalte angemessen den restlichen Abend.

Sarah, Mo, Eddie und Geoffrey stürmten begeistert auf den talentierten Spanier ein. Es ergab sich eine kurzweilige Unterhaltungsrunde, bei der weder Juan-Pablo ein Wort Englisch, noch die anderen ein Wort Spanisch sprachen, vermischt mit einigen Fetzen Kölsch von Bettys Seite. Keiner verstand den anderen, was aber aufgrund des allgemeinen Lärmpegels keine große Bedeutung hatte. Obwohl sie sich nicht verständigen konnten, verstanden sie sich prächtig. Sie amüsierten sich nichtsdestotrotz, und auch ihnen blieb dieser Abend für lange Zeit unvergessen.

Sie ließen die Party in jener Pheromon- und Chocolate-geschwängerten Atmosphäre ausklingen, so wie man sehnsüchtig dem letzten Rauchfaden einer feinen Zigarre hinterherstarrt. Wie das Rauchen der Zigarre hatte das Feiern einer exzellenten Party nur wenig mit dem Konsumieren derselben zu tun. Der stoffliche Inhalt war Nebensache. Es ging um viel mehr. Es war die wohlwollende Begegnung, so wie man sich einst beim Rauchen der Friedenspfeife begegnete. Wie die Zigarre stand das Fest für einen Abschnitt, in dem für einen Moment lang die Zeit stillstand, wo alle Hektik verstummte. Ein Zeitabschnitt voll Freundschaft und Kameradschaft, zelebriert in einer sternklaren Nacht. Ein Mikrokosmos des Lebens selbst, die Freude, aber auch die Vergänglichkeit zu spüren.

Sarah zog es naturgemäß als Erste zurück in die Pension. Etwas ernüchtert musste sie feststellen, dass ihr – zumindest die meiste Zeit – über alles geliebter Mann nicht über ein umfängliches Verständnis für ihre Situation verfügte. So weigerte er sich ihr anzubieten, gemeinsam mit ihr zurückzulaufen. Im Gegenteil. Eddie war gerade dabei, sich intensiv mit Manni, Peter, Carsten mit ‚C', Juan-Pablo und Geoffrey zu verbrüdern. Mit Letzterem natürlich nicht, der verbrüderte sich ebenfalls mit den Kneipenbewohnern, denn die Iren waren ja bereits verbrüdert. Wobei gegen ein gelegentliches Auffrischen natürlich nichts sprach.

Mo sprang in die Bresche und begleitete ihre Tochter zu Melittas Pension. Ex-Elektriker Erwin, ein Kavalier allererster Kajüte, ließ es sich nicht nehmen, die beiden Damen zu eskortieren. Zu nächtlicher Stunde durfte man Angehörige des zarten Geschlechts unmöglich alleine durch Kölns Straßen laufen lassen! Zudem kam es Erwin wohl ganz gelegen, seinerseits Geleit zu haben. Er wohnte schräg gegenüber der Pension. Alleine wäre er, aufgrund eines unerwartet intensiven Effekts des von ihm konsumierten Alkohols, was möglicherweise in Zusammenhang mit dem zusätzlich vereinnahmten Kakaogetränk stand, wohl nie zu Hause gelandet. So torkelte er zwischen den zwei Damen, wie in einer Troika von den Galopins eingerahmt, den kurzen Weg heimwärts. Nach mehreren missglückten eigenen Versuchen ließ er sich von Sarah die Tür aufschließen. Er verabschiedete sich mit zwei Luftküsschen, bevor Sarah und Mo die Straße überquerten, um in Melittas Pension zu gehen.

Der weinrote Volvo röhrte grimmigen Protest, während Watts das Gaspedal bis zum Anschlag durchtrat. Er hoffte nur, dass Bettencourt Wort gehalten und die zuständigen Behörden informiert hatte. Er, Watts, der Jäger, durfte nun nicht mehr aufgehalten werden, so, wie Bettencourt es am Telefon versprochen hatte.

Vor seinem geistigen Auge ging er den vor sich liegenden Weg durch: Spurensuche durch planmäßiges Durchstreifen der Kölner Kneipenviertel. Witterung aufnehmen, Fährtenlese. Sichtung des Wilds, Pardon, der Flüchtigen, und dann: Zuschnappen. Mit einem erregten Grollen, dass einem Bullterrier zur Ehre gereicht hätte, schob Watts siegessicher den Unterkiefer nach vorne. Dummerweise verpasste er, während in seiner Vorstellung bereits die Handschellen klackten, bei Sedan die Autobahnabfahrt N 58, die er hätte nehmen müssen. Während die Ausfahrtsschilder an ihm vorbei rauschten, schreckte er aus seinen Gedanken hoch, um sogleich seinen Fehler zu bemerken.

„Scheiße!“, schrie er und trat auf die Bremse. Da sein Blick noch dem verschwindenden Schild folgte, verriss er beinahe das Lenkrad und geriet mit einem Drittel seiner Wagenbreite auf die benachbarte Fahrbahn. Ein gnadenloses Hupkonzert folgte. Natürlich, ein Audi A8 – aggressive LED-Scheinwerfer und deutsches Kennzeichen! In allen Vorurteilen bestätigt fing Watts mit sachten Gegenlenkmaßnahmen das leichte Schaukeln des schwedischen Panzers ab und sortierte sich in der rechten Fahrbahnhälfte ein. Kurze Zeit später folgte das Ende der Autobahn, als sie in einen Kreisverkehr mündete. Diesen verließ Watts an der dritten Ausfahrt und fuhr über einige mäandernde Straßen in Richtung des gewünschten Autobahnanschlusses nach Belgien. Leider ohne Erfolg. Die Straßen führten, zumindest was seine Bedürfnisse anging, ins Nichts.

Laut fluchend kommentierte Watts seinen erneuten Fehler, wendete und fuhr zurück zum Kreisverkehr, um die Autobahn in entgegengesetzter Richtung anzuvisieren. Es war bereits sehr spät. Der Minutenzeiger der kleinen Uhr im Armaturenbrett bewegte sich auf Mitternacht zu. Watts war es gleichgültig. Mit seinem Adrenalinspiegel hätte er die komplette Nacht und noch den nächsten Tag durchfahren können, wenn es nötig gewesen wäre.

Um kurz vor zwei erreichte er die Stadtgrenze von Köln. Er hielt an einer durchgehend geöffneten Tankstelle und holte sich einen Kaffee im Pappbecher. Leider zeigte das Koffein desselben eine fatale Wirkung: Statt seine Lebensgeister zu mobilisieren, verspürte Watts plötzlich eine bleierne Schwere, die ihn schier zerriss. Mit Müh und Not kämpfte er sich bis in den südlichen Bereich der Neustadt vor, wo er vor einer kleinen Pension stehen blieb. Über dem Eingang leuchtete in fahlen Neonlettern der Schriftzug ‚Me itta'. Das ‚l' war defekt.

War ihre Tochter als Kneipenwirtin berufsgemäß redselig und laut, so war Melitta Stepanski ruhig und verschwiegen. So nahm sie stoisch die Anmeldung des seltsam abgekämpften Briten entgegen und dachte, aber sprach nie aus, wie merkwürdig es doch war, dass die Briten anscheinend ein Völkchen waren, was gerne in Massen auftrat. In den letzten fünfzehn Jahren konnte sie sich an nicht einen einzigen britischen Gast erinnern. Nun kam innerhalb von wenigen Tagen gleich schon wieder einer. Einer, allerdings, der ihr gleich weniger sympathisch vorkam. Wesentlich weniger, um genau zu sein.

Halb drei war vorbei, ehe Watts im Zustand vollkommener Erschöpfung komplett angezogen auf sein Hotelbett sank und augenblicklich in einen tiefen, traumlosen Schlaf fiel. Kaum zwei Stunden später schreckte er wieder hoch, da er lautes, pöbelhaftes Benehmen vernahm. Gäste in offensichtlich stark angetrunkenem Zustand lallten lautstark im Flur. Watts fühlte sich kurz geneigt, hinauszugehen und denen tüchtig die Meinung zu geigen. Er bemerkte jedoch schnell, dass es sich um englischsprachige Gäste handelte, und so, wie diese sich verhielten, konnten es nur britische Hooligans sein. Watts streifte die Schuhe ab, zog Hemd und Hose aus und verkroch sich unter der Bettdecke. Er hatte nun gewiss keine Zeit, sich um besoffene Fußballrowdys zu kümmern. Sollten diese gewalttätig werden, würden sich die deutschen Behörden darum kümmern müssen. Er zog sich die Decke über die Ohren. Die lautstarken Gäste waren offensichtlich auch in ihre Zimmer gelangt, zumindest war nun kein Lärm mehr zu hören, und der Inspektor schlief wieder tief und fest ein.

Eddie und Geoff waren gegen halb fünf in der kleinen Pension angekommen, nachdem Betty sie fast schon gewaltsam, aber dennoch mit einem gewissen Augenzwinkern, aus ihrem Lokal herauskehren musste. Auf dem endlos erscheinenden Heimweg hielten die Zwei sich Arm in Arm und bemühten sich vergeblich, das weltbekannte Lied „*It's a Long Way to Tipperary*" zum Besten zu geben. Sie erinnerten sich der ersten Strophe nur lückenhaft und setzten nach Gutdünken fehlende Textteile ein, sodass das komplette Lied eine neue Bedeutung bekam. So sangen sie:

„*A Pub in mighty London*
Came an Irishman to stay
As the beer was paid with gold
Sure, ev'ryone ran away[53] ..."

Im Refrain konnten sie sich beim besten Willen nicht des Namens dieser verdammten südirischen Stadt entsinnen und sangen deshalb „It's a Long Way to Tippelmary". Sie aber hatten den größten Spaß und verstummten erst, als sie, am Hotelzimmer angelangt, in die einigermaßen konsternierten Gesichter ihrer jeweiligen Liebsten blickten.

Die Männer beruhigten sich und nahmen sogar beinahe Vernunft an. Die Frauen beschlossen, nun, da sie schon einmal wach waren, die Gunst der Stunde zu nutzen, zu packen und Köln zu verlassen. Ihre Männer hatten dem wenig entgegenzusetzen. Da sie genauso gut im Auto schlafen konnten, sammelten sie brav ihre Siebensachen ein. Hernach stiegen alle gemeinsam die Treppe herunter, nicht ohne sich noch über das wahnsinnig laute Schnarchen aus Zimmer Nummer 21 zu wundern, und beglichen bei Melitta ihre Rechnung. Der Abschied verlief kurz und herzlich, und sie trugen ihr Gepäck die kurze Straße hinunter bis hinter Bettys Kneipe, wo sich ihr, respektive Davids Auto befand.

Mit einem kurzen Stirnrunzeln bemerkte Sarah die deutschen Nummernschilder, beschloss aber, angesichts der fortgeschrittenen Stunde nicht darauf einzugehen. Sie setzte sich hinters Steuer, und nachdem alle Platz genommen und sicher angeschnallt waren, fuhr sie los.

Sie waren schon einige Zeit auf der A 61 Richtung Süden unterwegs und kamen gerade auf das Autobahnkreuz Ludwigshafen zu, als Sarah plötzlich Stiche im Bauch verspürte. Sie erschrak ziemlich, denn der Geburtstermin sollte frühestens in zwei Wochen sein. Ging es jetzt schon los, waren das erste Wehen? Sie warf einen raschen Blick zum Beifahrersitz: Eddie schnarchte selig. Doch Mo rührte sich auf dem Rücksitz, und Sarah berichtete ihr kurz von ihren Bedenken.

„Schau – fahr hier raus Richtung Ludwigshafen!" Mo deutete auf ein Autobahnschild. „Das schaut nach größerer Stadt aus, da ist sicher ein

---

[53] Ein Pub im mächtigen London/ kam ein Ire und blieb dort/ da das Bier mit Gold aufgewogen ward/ rannte sicher ein jeder fort ...

Krankenhaus. Soll ich fahren?"

Sarah schüttelte den Kopf.

„Nein, danke. Es geht wieder." Nachdem sie die Abzweigung am Autobahnkreuz hinter sich gelassen hatte und die nächste Abfahrt schon zu sehen war, fragte sie: „Soll ich gleich hier runter fahren?"

„Fahr doch mal weiter, bis irgendwelche Hinweise kommen. Normalerweise sind Krankenhäuser ausgeschildert."

Sie folgten eine Zeit lang der A 650, die in die B 37 überging. Als sie den Rhein überquert hatten, folgten bald Ausschilderungen Richtung Kliniken. Nicht viel später hatten sie um Punkt halb acht die Diakonissenklinik erreicht. Sarah hielt den Wagen vorm Haupteingang an und bat Monique, ihn irgendwo zu parken. Sie selbst stieg aus und biss die Zähne zusammen, um sich nicht schmerzbedingt zu krümmen – Mo sollte sich keine unnötigen Sorgen machen.

Während Mo den Wagen parkte und die zweieinhalb Herren weckte, trat Sarah in der Klinik zum Empfang vor. Eine freundlich aussehende ältere Dame mit blondierten Wasserwellen saß hinter der Glasscheibe. Sie hatte gerade einige Papiere vor sich liegen und blickte über den Rand ihrer schmalen Lesebrille auf.

„Kann ich helfen?", fragte sie auf Deutsch.

„Entschuldigung, sprechen Sie eventuell etwas Englisch?", entgegnete Sarah schüchtern. Die Dame runzelte die Stirn etwas, antwortete dann aber auf Englisch:

„Ich will es probieren. Nicht viel Englisch, nur ein bisschen."

Sarah lächelte erleichtert. Sie deutete auf ihren Bauch und wollte gerade anfangen zu erklären, als ein starker Stich im Unterleib sie zusammenfahren ließ und sie auf ihre Knie sank.

17. Ich habe hier einen internationalen Haftbefehl.

Die ältere Dame sprang aus ihrer Kabine heraus und führte Sarah zu einer Sitzbank. Beruhigend murmelte sie auf sie ein und streichelte ihre Schulter. Einen vorbeilaufenden Assistenzarzt schnauzte sie derart unbeherrscht an, dass dieser sogleich ins Stolpern kam. Er vergaß komplett seine Göttlichkeit in Weiß und eilte hastig davon, um Hilfe zu holen. Binnen Sekunden rollte ein Pfleger ein mobiles Krankenbett heran. Er half Sarah hinauf und schob sie in die gynäkologische Abteilung. Ein unglaublich gut aussehender Arzt, ein Orientale mit vollem schwarzen Haar und leicht ergrauten Schläfen, begrüßte sie formvollendet in akzentfreiem Englisch. Er erklärte ihr, dass er sie nun untersuchen würde. Sie solle sich keine Sorgen machen, sie wäre hier in besten Händen.

Die Untersuchung war soeben beendet, als es an der Zimmertür klopfte und Eddie seinen kahlen Schädel hereinstreckte. Der Schreck hatte ihn schlagartig ausgenüchtert. Obwohl er nicht besonders gut roch, wirkte er stabil und gefasst. Er lief zu Sarah und nahm ihre Hand.

„Wie geht es dir?"

„Guten Tag! Sind Sie Mr. O'Meany?" Der Arzt war zurückgekehrt und schüttelte Eddie die Hand.

„Es besteht kein Anlass zur Sorge. Es handelt sich um harmlose Vorwehen. Wenn möglich, sollten Sie es in den nächsten Tagen ein wenig ruhiger angehen lassen, Mrs. O'Meany. Heute sollten Sie ein bisschen liegen, dann wird sich alles wieder beruhigen."

„Dann steht die Geburt noch nicht bevor?", fragte Eddie. Der Arzt verneinte und entließ die beiden.

Auf dem Flur trafen sie Mo, Geoff und Finley. Tyson wartete im Auto.

Sie beschlossen, sich ein hübsches Quartier für eine Nacht zu suchen, damit Sarah sich etwas erholen und die Herren sich komplett ausnüchtern konnten. Sarah sollte nun wirklich nicht mehr fahren müssen.

Sie würden versuchen, schnellstmöglich in die Schweiz zu gelangen. Dort planten sie eine Weile bleiben, damit Sarah in aller Ruhe ihr Kind zur Welt bringen können würde.

Unweit des Klinikums fanden sie, wunderbar direkt am Ufer des Rheins gelegen, die großzügige Anlage der Jugendherberge Mannheim. Sie bekamen zwei schöne Familienzimmer und bestaunten das moderne wie ansprechende Ambiente. Mo, Geoff, Finley und Tyson unternahmen einen ausgiebigen Spaziergang in den Rheinwiesen, während sich Sarah ein wenig hinlegte. Eddie lief derweil etwas durch die Straßen, um für Sarah ein paar Blumen und etwas zu lesen zu besorgen. Nach einigem Durchfragen wurde er zur Universität geschickt, wo es einen kleinen Bücherladen gab, der tatsächlich englische Lektüre bot. Er wählte einen zeitgenössischen Roman aus, eine komplizierte Liebesgeschichte, wie es aussah, und kehrte mit einem Paket belgischer Pralinen, einem kleinen Rosenstrauß und dem Buch zu seiner Angetrauten zurück.

Sie speisten in der Jugendherberge und waren auch hier von der lukullischen Vielfalt überrascht. Beschämt dachte Eddie, dass an den Klischees über die miserable englische wie irische Küche wohl doch etwas dran sein mochte. Auf der anderen Seite befanden sie sich schließlich noch immer fast in Spuckweite zur französischen Grenze, da waren gewisse kulinarische Einflüsse wohl kaum zu vermeiden. Ein ganzer Ärmelkanal war da natürlich etwas anderes, als ein lächerlicher Fluss.

Den Nachmittag verbrachten sie die meiste Zeit in der Jugendherberge selbst. Finley war mit Mo im Spieleraum, Tyson und Geoffrey schnarchten auf ihrem Zimmer um die Wette. Sarah lag auf ihrem Bett und schmökerte, während Eddie gemütlich döste. So gemütlich, dass Sarah bald tiefe, gleichmäßige Atemzüge vernahm, die allmählich in ein leises Schnarchen übergingen.

Es war noch dunkel draußen, als Inspektor Watts hochschreckte. Er tastete nach seinem Handy, um die Uhrzeit abzulesen. Gerade einmal dreieinhalb Stunden hatte er geschlafen. Kein Wunder, dass sein Schädel brummte wie ein aufgebrachter Hornissenstaat. Er räusperte sich und hustete den zähen Nachtschleim ab. Dann ging er ins Bad. Er wusch sein Gesicht mit eiskaltem Wasser, nicht, weil er es so gewollt hätte, sondern weil die zwei Wasserhähne nicht beschriftet und zudem noch verkehrt herum angeschlossen waren.

Er fluchte leise, trocknete sich ab und zog sich an. Seine spärlich ausgestattete Tasche war rasch gepackt, dann stieg er die Treppe hinunter und ging zur Rezeption. Melitta Stepanski saß auf einem hölzernen Küchenstuhl hinter dem Tresen und war über einer Handarbeit eingenickt. Sie strickte regelmäßig Wollsocken für die ganze Nachbarschaft. Ihre Finger hielten noch die Stricknadeln fest umklammert, und ihr Kopf war auf die knochige schmale Brust gesunken. Die Augendeckel waren geschlossen. Lediglich sanfte, gleichmäßige Atemzüge waren zu hören.

Watts räusperte sich betreten, doch Melitta reagierte nicht. Neben dem Block mit Aufnahmeformularen, der gut sichtbar auf dem Tresen lag, stand eine kleine mechanische Messingglocke. Der Inspektor tippte vorsichtig darauf. Ein hauchzarter, der Statur der alt-elfenhaften Wirtin angemessener heller Ton erklang. Melitta rührte sich nicht. Watts tippte nochmals auf die Klingel, diesmal etwas energischer. Prompt schlug sie die Augen auf und sah ihn an, als hätte sie mit niemand anderem gerechnet.

Watts hielt ihr die zwei Fotos von Eddie O'Meany und Geoff MacGowan unter die Nase, was Melitta einen gehörigen Schrecken versetzte. In ihrem Schock, einer gewissen Geistesgegenwart nicht entbehrend, rief sie sogleich:

„*Die kenn isch nit*[54]!"

Da Watts in seinem bislang nur wenige Stunden andauernden Aufenthalt in Deutschland seine Deutschkenntnisse noch nicht nennenswert hatte aufpolieren können, verstand er kein Wort.

„Pardon?", fragte er folgerichtig auf Englisch, was wiederum Melitta nicht verstand. Doch die kluge Pensionswirtin erkannte sofort, dass sie einer Befragung nicht würde entgehen können, so sehr sie sich auch bemühte, den seltsamen Inspektor nicht zu verstehen. Also machte sie eine beschwichtigende Geste mit den Händen. Sie drehte sich seufzend um und schlurfte in ihr Wohnzimmer, was sich gleich hinter dem Empfang befand. Sie kramte einen Langenscheidt von 1988 heraus und kehrte, darin blätternd, zum Inspektor zurück.

„*Not … know … people, … away! Away*[55]!", las sie aus dem vergilbten Buch ab, und beim ‚Away' machte sie eine fortwerfende Handbewegung. Watts stutzte kurz, ob das ‚Away' wohl ihm galt, kam aber zu dem Schluss, dass nicht einmal ein Deutscher derartige Unhöflichkeiten von sich geben würde. Er überlegte weiter und schlussfolgerte, dass Melitta A) bestritt, die Männer auf den Fotos zu kennen, aber B) ihm andeutete, dass sich dieselbigen davon gemacht hatten. Somit befanden sie sich weiter auf der Flucht. Watts ignorierte diesen kleinen Widerspruch, den Melittas Antwort in sich barg. Er

[54] Die kenne ich nicht!

[55] Nicht … kennen … Leute, … weg! Weg!

war an einer Auseinandersetzung mit der fragilen älteren Dame nicht interessiert. Stattdessen checkte er aus und lief zu seinem Wagen, der in einer Nebenstraße geparkt war.

Ein Strafzettel über zehn Euro für Falschparken klemmte hinter dem Scheibenwischer. Watts besah sich das Papier. Er wurde nicht schlau daraus, knüllte es zusammen und stieg in sein Auto. Der alte Volvo brummte heiser und stotterte noch ein bisschen. Das machte er gerne im Winter, solange er noch kalt war. Der Inspektor fuhr auf die nächstgrößere Straße und folgte der Ausschilderung Richtung Autobahn.

Den ganzen Morgen über hatte er sich Gedanken gemacht, wohin die Flüchtigen wollten. Er verfolgt die Route im Gedächtnis, bis ihm plötzlich ein Gedanke kam: Köln war nur ein Ablenkungsmanöver gewesen. Wo konnte ein EU-Bürger zunächst mal diskret untertauchen? Sie waren auf dem Weg in die Schweiz, das stand für ihn nun außer Frage. Die Verschwiegenheit der Eidgenossen war in britischen Gefilden weithin bekannt. Wenn er, Watts, sich überlegte, wohin er als Erstes verschwinden würde, so würde er auf jeden Fall die Schweiz wählen. Er hielt kurz an einer Raststätte und holte sich einen Kaffee und eine Butterbrezel. Mit beidem setzte er sich wieder hinters Steuer.

Auf der Autobahn angelangt orientierte er sich zunächst an der Ausschilderung Richtung Frankfurt. Als er den Dunstkreis Kölns verlassen hatte, waren schon die ersten Hinweise Richtung Basel zu sehen. Der Verkehr war für kurz vor sieben Uhr morgens beachtlich. Watts hatte alle Mühe, sich in der dicht befahrenen mehrspurigen Autobahn zurechtzufinden. Der Rechtsverkehr verwirrte ihn, und seine bleierne Müdigkeit tat ein Übriges.

Dem ersten Stau sah er sich um Punkt neun Uhr ausgesetzt, etwa zehn Kilometer vorm Mönchhof-Dreieck. Der zäh fließende Verkehr geriet ins Stocken. Einige Autofahrer unternahmen hektische Spurwechselversuche, die die Gesamtsituation nur verschlimmerten. Watts kam es vor, als wäre er in klebrigen Hefeteig geraten. Der alte Volvo bremste allmählich, ohne dass der Inspektor das Gefühl hatte, aktiv daran beteiligt zu sein. Der Wagen verlangsamte bis zur Schrittgeschwindigkeit, eher er nach einigen Metern zum Stehen kam.

Eingeklemmt zwischen zwei niederländischen Sattelzügen hing der weinrote Schwede auf der rechten Spur fest. Auf der linken Spur kamen die Fahrzeuge währenddessen langsam wieder ins Rollen. Doch Watts hatte keine Chance, aus seiner Lücke zu entkommen; die beiden Lastkraftwagen hatten ihn eingekeilt. Endlich setzten sich auch die Fahrzeuge vor ihm in Bewegung. Watts setzte den Blinker und wollte auf die linke Spur wechseln, doch dort war der Verkehr wieder zum Stillstand gekommen, und nicht die kleinste Lücke tat sich auf.

Hinter ihm erscholl die unerbittliche Fanfare des holländischen Trucks. Wutschäumend gab der Inspektor nach und trat aufs Gas. Er fuhr zum vorderen Lkw auf, kaum einhundert Meter, bevor auch hier wieder alles stand. Diesmal aber hielt er etwas Abstand nach vorne. Er blieb dicht an der linken Fahrbahnmarkierung stehen, damit er im Falle einer sich ergebenden Lücke sofort in der linken Spur würde wechseln können.

Im Autoradio lief unverständliches deutsches Gebrabbel, dem Rhythmus und dem Tonfall und der Uhrzeit nach vermutlich die Nachrichten. Eine Signalmelodie erfolgte, und es kamen Staumeldungen, die Watts nicht verstand; hätte er sie verstehen können, hätte dies seine schlechte Laune nur verschlimmert: Eine kurzfristige Totalsperrung der A 3 im Bereich des Mönchhofer Dreiecks war die Folge eines schweren Unfalls. Der Verkehr stand. Nach und nach stellten die Teilnehmer die Motoren aus. Watts folgte dem Vorbild, was nicht an seiner Liebe zur Umwelt lag, sondern an der sich rasch dem unteren Ende der Skala nähernden Benzinnadel.

Martinshörner erklangen. Eine Ambulanz erkämpfte sich ihren Weg durch die Rettungsgasse, die die erfahrenen Pendler und Berufsfahrer bereits eingerichtet hatten. Doch unmittelbar hinter dem alten weinroten Volvo mit englischen Kennzeichen kam das Krankenfahrzeug abrupt zum Stehen. Die Sirene jaulte durchdringend, doch Watts brauchte einige Zeit, um zu erkennen, dass das Wutgeheul ihm galt. Peinlich berührt betätigte er den Anlasser. Der Volvo stotterte und spuckte, und der Inspektor befürchtete schon, der alte Schwede wolle ihn diesmal im Stich lassen. Er nahm den Fuß von der Kupplung und ließ den Zündschlüssel los, was allerdings zur Folge hatte, dass der Volvo einen spontanen Satz nach vorne tat. Tatsächlich war der Motor soeben angesprungen, wurde durch das unüberlegte Manöver vonseiten des Inspektors aber jäh wieder abgewürgt. Durch den plötzlichen Hopser seines Fahrzeugs hatte Watts sich in die prekäre Lage gebracht, dass sein Auto nun vollends mittig zwischen den beiden Spuren stand und keinen Platz mehr nach vorne zum Ausweichen hatte.

Ein wütendes Hupkonzert folgte. Die Fahrzeuglenker um ihn herum zeigten ihm Vögel und Schlimmeres. Mit hochrotem Kopf ließ Watts seinen Wagen erneut an, und als der brave Volvo seinem Dienst nachkam, kurbelte er das eiserne Gefährt mühsam durch wechselndes Vor- und Zurücksetzen wieder so weit in die rechte Spur, dass der Krankenwagen endlich passieren konnte.

Watts glaubte, alles Pech der Welt verfolge ihn. Doch in Wahrheit hatte er Riesenglück – die Vollsperrung der Autobahn dauerte nur eine gute

Stunde, dann konnte der Verkehr zumindest in seiner Fahrbahnrichtung einspurig auf der rechten Seite an der Unfallstelle vorbeigelotst werden. Ein bisschen Pech war natürlich dennoch dabei, denn auf der rechten Spur zu sein bedeutete, dass der Reißverschluss vor der Unfallstelle von links her einfädelte, was den Teilnehmern der rechten Spur das Gefühl gab, viel langsamer als die anderen vorwärtszukommen.

Um Viertel nach elf hatte Watts endlich das Mönchhof-Dreieck verlassen. Er hielt bei der nächsten Raststätte an, um sich einen Kaffee und ein süßes Teilchen zu kaufen. Er verzichtete auf den Gang zur Toilette. Sein Bedürfnis war nicht dringend genug, um eine Schlange von geschätzten fünfzig Personen vor den sanitären Anlagen in Kauf zu nehmen. Hätte Watts sich auch nur eine Sekunde länger Zeit genommen, so hätte er rasch festgestellt, dass kaum ein Drittel der anwesenden Männer tatsächlich auf eine freie Toilette wartete. Der Rest der Herren wartete auf ihre Frauen, die die Gegenseite besuchten, um anschließend mit ihnen die Bustour nach Mailand fortzusetzen. Zudem verschwand auch das bedürftige Drittel schon nach wenigen Minuten in den türkis gefliesten Räumlichkeiten, denn die Anzahl der WC-Kabinen in der Anlage war großzügig bemessen.

Watts bereute seine Entscheidung bald. Um halb eins, kaum eine Stunde später, geriet er in den nächsten Stau, kurz vorm Kreuz Walldorf. Der Verkehr bewegte sich im erfreulichen Stop-and-go, gemessen am Totalstillstand des vorherigen Staus. Leider machte sich nun die volle Blase bemerkbar. Watts schielte verzweifelt aus dem Fenster nach einer Möglichkeit rechts rauszufahren – vergebens.

Der Stau war baustellenbedingt. Straßenarbeiten hatten eine Verengung der Fahrbahn unter Miteinbeziehung des Standstreifens über mehrere Kilometer erforderlich gemacht. Ausfahrten gab es in diesem Bereich keine, und eine Möglichkeit, rechts ranzufahren und anzuhalten, erst recht nicht. Watts wurde nervös und begann zu schwitzen. Seine Blase drückte derart, dass ihm das Wasser aus den Augen zu laufen drohte. Er zog den Beckenboden zusammen, soweit ihm das möglich war, drehte die Knie gegeneinander und zwang sich, an alles zu denken, nur nicht ans Pinkeln.

Leichter gesagt als getan. Der elendig langsame, stockende Verkehr – noch immer zu schnell, um mal kurz anzuhalten – passierte die Straßenarbeiter, von denen zwei gerade ein Gerät mithilfe eines Wasserschlauchs reinigten. Das Geräusch des spritzenden Wassers gab dem gepeinigten Inspektor den Rest. Mit einem gequälten Winseln sah Watts sich nach einer Möglichkeit zur Entleerung um. Er entdeckte den Pappbecher des zuvor konsumierten Kaffees im Fußraum des Beifahrers und angelte sich diesen hervor. Hektisch riss er seinen Hosenschlitz auf, holte sein für derlei

Verrichtungen unentbehrliches Stück heraus und hielt den Kaffeebecher darunter. Unter befreitem Aufstöhnen entleerte er sich.

Glücklicherweise war der Kaffeebecher vom Format „Grande" gewesen und reichte so gerade eben zur Aufnahme der polizeilichen Notdurft. Inspektor Watts stellte den erneut gefüllten Becher erleichtert in den Getränkehalter und folgte nun entspannt dem sich dahin schleppenden Verkehr.

Die restliche Fahrt verlief einigermaßen angenehm. Trotz zahlreicher Baustellen auf der als „deutscher Flickenteppich" bekannt gewordenen Autobahn 5 kam Watts gut in Richtung Süden voran. Vielleicht ging es nicht ganz so schnell wie in seinen Idealvorstellungen, doch nach den jüngsten Stauerfahrungen noch recht zufriedenstellend. Er hielt an einer weiteren Raststätte, um eine Vignette für die Schweizer Autobahn zu kaufen. Er aß ein Schnitzel mit Pommes frites, trank eine große Cola und unternahm – aus Erfahrung klug geworden – noch einmal einen Gang zur Toilette, bevor er sich wieder ins Auto setzte.

Er befand sich bereits zurück auf der Autobahn, als er bemerkte, dass er vergessen hatte, seinen gefüllten Kaffeebecher zu entsorgen. Er verschob dies auf später und fuhr voran.

Im Radio lief angenehme Klassikmusik. Watts vergaß für eine Weile die unangenehmen Vorkommnisse des Tages. Schließlich erblickte er die ersten Ankündigungen der sich nähernden Schweizer Landesgrenze. Rasch hatte er den äußersten Grenzbereich erreicht. Der Verkehr wurde auf achtzig Stundenkilometer gedrosselt. Nun stach ihm der uringefüllte Pappbecher wieder ins Auge. Dieser konnte unmöglich im Auto bleiben. Was würden die Grenzbeamten sagen, wenn sie ihn anhielten und diesen Becher entdeckten? Sollte er behaupten, es wäre Apfelsaft? Ausgeschlossen, denn die gelbe Flüssigkeit begann bereits, arttypisch zu stinken.

In seiner aufkommenden Panik sah er nur einen Ausweg: Er ließ das Fenster herunter, nahm den Kaffeebecher und leerte ihn mit Schwung nach draußen. Leider hatte er die Rechnung ohne den Fahrtwind gemacht, denn dieser drückte einen guten Teil der freigesetzten Flüssigkeit wieder ins Wageninnere, wo sie Sitzpolster und Kleidung großflächig benetzte. Watts heulte auf wie ein zorniger Pitbull und begann in hektischen Bewegungen, nach einem Papiertaschentuch zu angeln. Er versuchte, sich den Schoß trocken zu tupfen, was zur Folge hatte, dass sich zum nass-dunklen Urinfleck auch noch weiße Fusseln des Papiertaschentuchs hinzugesellten.

In einem durchaus als desperat zu bezeichnenden Zustand erreichte der Inspektor den Grenzposten. Es war viel los, und so dauerte es eine Weile, bis Watts an der Reihe war. Der Urin in seiner Kleidung begann sich zu zersetzen, und dies war von einer entsprechenden Geruchsentwicklung begleitet. Zwei uniformierte Schweizer Beamte hielten ihn per Handzeichen an und signalisierten ihm, die Fensterscheibe herunter zu kurbeln. Der Gestank, der den Schweizer Grenzbeamten entgegenschlug, ließ sie schockiert die Köpfe zurückziehen. Angewidert wedelten sie sich mit den Händen vor der Nase, ehe sich einer der beiden fasste und Watts ansprach:

„*Grüezi. Händ Si öpis z'verzollä*[56]?"

Watts verstand kein Wort, hielt ihnen aber seine Ausweispapiere und seine Dienstmarke entgegen und konterte auf Englisch:

„Ich habe hier einen internationalen Haftbefehl. Bitte lassen Sie mich weiter fahren, ich bin den Flüchtigen auf der Spur."

Man nahm die Papiere entgegen und studierte sie eingehend. Die zwei Beamten verfügten zwar nicht über ausreichende Englischkenntnisse, interpretierten die vorgelegten Unterlagen dennoch richtig. Erstaunt sahen sie sich an. In einem alten verbeulten Volvo mit englischen Kennzeichen saß ein unrasierter Mann, der übel nach Urin roch, den man der Erscheinung nach sicher schnell als „Penner" bezeichnet hätte, und gab vor, ein englischer Inspektor zu sein mit einem internationalen Haftbefehl. Weshalb, zum Kuckuck, war der Haftbefehl in Frankreich ausgestellt? Einer der Beamten, der gebürtig aus Genf kam und daher französischer Muttersprachler war, überflog nochmals den Haftbefehl. Das brachte ihn des Rätsels Lösung jedoch auch keinen Schritt näher. Etwas stank gewaltig zum Himmel, und das nicht nur im wörtlichen Sinne. Die zwei Grenzbeamten sahen sich erneut an, ehe sie Watts eindringlich anblickten und ihn betont langsam in wenigen Worten aufforderten, den Wagen rechts zu parken, auszusteigen und ihnen zu folgen.

Der Inspektor überlegte kurz, ob er dem intensiven Bedürfnis nach einem Wutausbruch nachkommen sollte. Er entschied sich aber dagegen, da es seine Situation mutmaßlich nicht verbessert hätte.

Sarah ging es am nächsten Tag deutlich besser. Sie sah frisch und rosig aus und begrüßte wohl gelaunt die anderen, die sich bereits um den Frühstückstisch versammelt hatten. Auch die Männer sahen nun wieder aus wie Menschen. Frisch geduscht und frisch rasiert (was Geoff wie gewöhnlich nicht anzusehen war) saßen sie am Tisch und bissen in ihre Marmeladen- und Honigbrötchen.

Sie besprachen, wie es weiter gehen sollte. Geoffrey erwähnte seine italienischen Kontakte, die bei der Beschaffung neuer Identitäten hilfreich

[56] Guten Tag. Haben Sie etwas zu verzollen?

sein konnten. Deshalb plädierte er für einen Grenzübertritt in die Schweiz möglichst weit westlich, um von dort aus rasch nach Italien gelangen zu können. Es war das erste Mal, dass konkret über ein Leben „nach der Flucht“ gesprochen wurde, und es tat allen Beteiligten gut. In Ermangelung anderer Möglichkeiten vertrauten sie Geoffreys Vorschlägen. Allerdings lehnte Eddie den Wunsch seines Kumpels ab, möglichst direkt nach Italien weiter zu fahren, aus verständlicher Sorge um seine Frau.

Da Sarah selbstredend nicht garantieren konnte, die herannahende Geburt weiter hinauszögern zu können, und sich auch Mo für ihre Tochter einsetzte, und da in den Köpfen beider Frauen gewisse Klischeevorstellungen über die jeweiligen Kliniken in der Schweiz beziehungsweise in Italien herrschten, gab Geoff schließlich nach. Sie einigten sich darauf, bei Basel die Grenze zu passieren. Danach würden sie sich in südlicher Richtung bewegen bis nahe zur italienischen Grenze. Bei den ersten Geburtsanzeichen würden sie sich ein gemütliches, zuverlässig erscheinendes Quartier zu suchen.

Sie fuhren am späten Vormittag los. Gegen Mittag kehrten sie in der Raststätte Mahlberg ein. Zu Finleys großer Begeisterung gab es Hamburger und Pommes frites für alle. Anschließend zogen sie weiter, um am frühen Nachmittag am Grenzübergang Weil/Basel anzukommen. Geoffrey saß am Steuer, Sarah auf dem Beifahrersitz daneben. Eddie und Mo sorgten hinten für Finleys Unterhaltung während der Fahrt.

„*Grüezi*“, begrüßte ein Schweizer Grenzbeamter die Ankömmlinge durch das heruntergelassene Fenster. „*Ihri Uswiis, bitte*[57].“

Während sie ihm die Papiere reichten, kam ein anderer Beamter, ebenfalls uniformiert, jedoch mit einer Schusswaffe im Holster. Er führte einen großen Deutschen Schäferhund bei sich. Der Hund begann aufgeregt zu japsen und zerrte an der Leine in Richtung des Scénics. Der Mann schritt zum Auto. Das Tier begann hektisch zu schnüffeln, um anschließend in wildes Gebell auszubrechen.

Der Grenzbeamte, der die Papiere noch immer in der Hand hielt, ohne hineingeschaut zu haben, verfolgte das Gebaren reglos. Er beugte sich herunter zum Fenster und bat mit unbewegter Miene:

„*Bitte schtiiged Sie mal us. D'Händ sichtbar nach füre hebä*[58]!“

Geoff murmelte eine Übersetzung. Eddie und Mo gerieten sogleich ins Schwitzen, da sie sofort an die Chocolate-Pakete dachten, die im Staufach zu ihren Füßen versteckt waren. Sarah hatte damit zu tun, ihren dicken Bauch aus dem Fahrzeug zu winden. Nur Geoffrey war unbekümmert wie immer. Eddie schnallte Finley ab und musste auf Mos Seite aussteigen, die hinter

---

[57] Ihre Ausweise, bitte.

[58] Bitte steigen Sie mal aus. Die Hände sichtbar nach vorne strecken!

Geoffrey gesessen hatte, da auf der linken Seite die Kindersicherung aktiviert war. Anschließend stellten sie sich allesamt brav neben dem Fahrzeug in einer Reihe auf.

Der Grenzbeamte musterte die vier Erwachsenen kritisch. Bei Sarah aber, die zuletzt in der Reihe stand, entlockte ihm der Anblick ein flüchtiges Lächeln.

„*Wänn isch äs so wiit*[59]?", fragte der Beamte freundlich. Sarah sah sich hilfesuchend nach Geoffrey um, dieser nahm ihr die Antwort ab:

„Wohl in den nächstn Togn …"

Der Beamte sah ihn erstaunt an, denn Geoffrey sprach mit einem starken oberbayerischen Akzent, der ihm noch aus Weihenstephaner Zeiten geblieben war. Der Blick des Schweizers wurde wieder kühl. Der zweite Beamte, der Hundeführer, meldete sich zu Wort und machte deutlich, dass er den Wagen durchsuchen müsse. Der erste Beamte nickte ihm zu.

Der Hund zog noch stärker an seiner Leine, kläffte und japste. Der Hundeführer öffnete die Beifahrertür. Das Tier steckte seine Nase ins Wageninnere, zog sie jedoch wieder zurück und sah seinen Führer an. Dann zerrte es wieder an der Leine, unablässig auf die hintere Wagentür deutend. Der Mann öffnete diese, was vom Hund mit aufgeregtem Gebell begleitet wurde.

Hinter der Tür verbarg sich im Fußraum des Renault ein zitternder schokoladenbrauner Berg: Tyson. Mit seinem massigen Körper verdeckte er die verborgenen Fächer. Der bullige Schädel lag flach am Boden. Furchtsam aufgerissene Augen blickten schräg nach oben. Der arme Kerl schlotterte vor Angst. Tyson peinigte eine unerklärliche Furcht vor Deutschen Schäferhunden.

Der Hundeführer bat darum, den Hund aus dem Auto zu nehmen. Mo musste kräftig an seinem Halsband ziehen und kam nicht umhin, wie ein Rohrspatz auf ihn zu schimpfen, ehe er mit wackeligen Beinen aus dem Auto stieg. Seine Rute hatte er so weit unter den Leib gezogen, dass die Schwanzspitze an den Bauch stieß. Mit zurückgeklappten Ohren drehte er den Kopf und schielte ängstlich nach dem Schäferhund. Dieser aber schien jegliches Interesse am Wagen verloren zu haben und zog an seiner Leine in Richtung Tyson.

Der dicke, alte Labrador versuchte, sich hinter Mos Beinen zu verstecken, vergebens. Der Schäferhund zog in seine Richtung, kläffte und jaulte, was bei seinem Führer wiederum für absolutes Unverständnis sorgte.

„*Hör jätz ändlich uf, du blöde Hund. Was söll das jätz? Mach ändlich dini Arbet,*

[59] Wann ist es so weit?

aber hop jätz[60]!", brüllte der Beamte das Tier an. Er zerrte es zum Auto, doch an diesem zeigte der Schäferhund weiterhin kein Interesse. Während er ihm einen Schlag mit dem Leinenende auf den Rücken gab, woraufhin Mo entsetzt die Luft einsog, begann Geoff sich leise mit dem ersten Beamten zu unterhalten.

Sarah und Eddie standen wie versteinert da. Sie hörten, aber verstanden nicht, was Geoffrey dem ersten Beamten ins Ohr flüsterte. Sie sahen, wie der irische Kumpel sein Friedhofsgärtnerzertifikat herausholte sowie eine Ansichtskarte mit dem Konterfei von Prinz Charles, welche Eddie ihm einst aus Jux zum Geburtstag geschickt hatte.

Der Hundeführer, der aus dem unangemessenen Verhalten seines Vierbeiners nicht schlau wurde, zog den armen, verstörten Spürhund ab. Geoff derweil redete mit Händen und Füßen auf den ersten Beamten ein, dessen Augen größer und größer wurden. Sarah und Eddie hatten keine Idee, was dort gesprochen wurde. Beide dachten nur für sich, wie schön es jetzt wäre, wenn sich der Erdboden auftäte und sie beide einfach darin verschwinden könnten.

Plötzlich wandte sich Geoff ihnen zu:

„Kommt, steigt ein! Wir können fahren."

[60] Hör jetzt endlich auf, du blöder Hund. Was soll das jetzt? Mach endlich deine Arbeit, aber ein bisschen plötzlich!

18. Soll ich rausfahren?

Mo, Sarah und Eddie starrten ihn verwundert an. Er hievte sich auf den Fahrersitz, steckte den Schlüssel ins Zündschloss und schnallte sich an. Verdutzt drehte er ihnen den Kopf zu.

„Was ist los? Kommt ihr?"

Bevor es sich die Schweizer Zöllner möglicherweise anders überlegten, sprangen die anderen rasch ins Auto. Geoffrey startete den Wagen und fuhr gemächlich los.

„Was ist denn jetzt?"

„Wie hast du das hinbekommen?"

„Was hast du denen erzählt?"

Geoff grinste still vor sich hin und zuckte geheimnistuerisch mit den Schultern.

„Nun rede schon!", schimpfte Mo von hinten. Geoff seufzte ergeben.

„Also, gut. Ich sehe schon, ihr könnt euch vor Neugier kaum halten. Nun, ich hatte mir überlegt, wie wir den Kopf diesmal aus der Schlinge ziehen können. Na ja. Wir sind mit einem englischen Auto mit Kölner Kennzeichen unterwegs, nicht wahr? Und wir sprechen alle Englisch. Und ich beherrsche ein wenig Deutsch. Also habe ich dem Beamten erzählt, wir hätten den Wagen in Köln gemietet, wo wir mit dem Flugzeug hingeflogen wären, weil wir dort dem Erzbischof einen Besuch abgestattet hätten."

„Dem Erzbischof?", staunte Eddie.

„Nun, ja … ich musste mir schnell irgendjemand Wichtiges einfallen lassen. Na, da fiel mir nur der Woelki ein."

„Woelki?"

„Kardinal Woelki. Der Erzbischof von Köln. Und nun wären wir unterwegs, um rechtzeitig zur bevorstehenden Geburt nach Liechtenstein zu unseren entfernten Verwandten zu gelangen."

„Zu unseren Verwandten?", wunderte sich Mo.

„Na, die Liechtensteins! Die Fürsten von und zu Liechtenstein!"

„Als wen, bitte, hast du uns denn ausgegeben?", fragte Sarah irritiert.

„Wie gefällt es dir, eine entfernte Cousine der Herzogin von Cornwall zu sein?"

„Von Camilla? Bist du wahnsinnig?", rief Sarah. Geoffrey grinste breit.

„Ja, ich bin der Chauffeur einer Abordnung von Vertretern des englischen Königshauses. Ich fahre Eure Königlichen Hoheiten zu einem Aufenthalt bei Euren durchlauchtigen Verwandten in Liechtenstein."

„Und das hat man dir abgekauft?" Eddie musste ebenfalls grinsen. „Wer bin ich denn dann?"

„Ein Angehöriger der Linie der Herzöge von Albany."

„Ich wusste gar nicht, dass die Royals mit den Fürsten zu Liechtenstein verwandt sind", rief Mo und prustete los.

„Seid Ihr nicht alle untereinander verwandt, M'Lady? Du bist übrigens die Baroness Cubitt-Ashcombe, falls dich jemand fragt."

Mo verdrehte die Augen.

„Hätte ich nicht auch Camillas Cousine sein können?"

Geoff ignorierte die Beschwerde und berichtete weiter:

„Am Anfang hat der Beamte natürlich gedacht, ich sei ein Wahnsinniger. Mein Friedhofsgärtner-Zertifikat hat ihn dann aber überzeugt. Ich gebe zu, ich habe ziemlich hoch gepokert. Aber irgendwie hatte ich gleich das Gefühl, dass der Mann nicht besonders gut Englisch spricht. Ich habe ihm mit dem Zertifikat unter der Nase herumgewedelt und immer wieder auf das Amtswappen gedeutet; das Konterfei der Queen war ihm Beweis genug. Ich habe ihm zuletzt angeboten, dass ich bei der Fürstenfamilie anrufen könne, um unsere Identitäten und unser Ansinnen bestätigen zu lassen."

Monique sog scharf die Luft ein.

„Du hast …? Das war aber riskant! Was hättest du getan, wenn sie dich hätten telefonieren lassen? Dann wäre alles aufgeflogen! Die hätten angefangen, unser Auto zu filzen, möglicherweise hätten sie die Polizei gerufen. Wer weiß, ob nicht schon längst unsere Fahndungsfotos in allen Polizeiwachen europaweit aushängen! Und was wäre dann aus uns geworden?"

Geoff zuckte unbekümmert mit den Schultern.

„Wer nicht wagt, der nicht gewinnt!"

„Oh, Geoff!" Mo schüttelte fassungslos den Kopf.

Sie folgten der A 3 in östlicher Richtung, ohne darüber gesprochen zu haben, wo genau sie eigentlich hinwollten. Geoffrey folgte intuitiv einer

Richtung nach Liechtenstein, da dies der letzte Ort war, über den er nachgedacht hatte. Die Fahrt bis Zürich verlief eher unspektakulär, bisweilen gar etwas langweilig. Das Land war flach und lag tief, die Wiesen und Felder waren matschbraun und olivgrün. Die Dörfer wirkten geduckt vor einem bleigrauen Himmel.

Die Durchfahrt durch die größte, vielleicht sogar wichtigste Stadt der Schweiz wurde vom allmählich anschwellenden Vorfeierabendverkehr begleitet. Größere Staus blieben ihnen jedoch erspart. Aufgrund Geoffreys gelassener Fahrweise hatten sie auch keine unangenehme Begegnung mit einem der zahlreichen Starenkästen, die entlang der Route stationiert waren, um möglichen Temposündern ein kostspieliges Erinnerungsfoto zu verschaffen.

Durch Zürich hindurch herrschte eine angespannte Stille, in der sich jeder seine eigenen Gedanken zur Schweizer Polizei und deren Auslegung von Geoffreys neuesten Lügengeschichten machte. Am Stadtrand angekommen unterbrach Eddie das Schweigen:

„Und – fahren wir jetzt nach Liechtenstein?“

Geoffrey setzte eine nachdenkliche Miene auf.

„Einerseits klingt es verlockend. Durch ein kleines, verschwiegenes Land in ein noch viel kleineres und viel verschwiegeneres Land zu fahren erscheint mir nicht als die schlechteste Idee. Andererseits: In Liechtenstein kleben wir schon wieder an der Grenze zu Österreich.“

Ihm war nicht wohl bei dem Gedanken, sich in Griffweite der österreichischen Staatsgewalt zu befinden. Er mutmaßte, dass die Querverbindungen der Polizeibehörden innerhalb der EU kürzer und schneller waren, als der Austausch mit den Schweizer Behörden. Deshalb fühlte er sich hier sicherer. Zudem war die Diskretion der Schweizer sprichwörtlich, wie auch ihre Besonnenheit, die sich nicht gerade in der Hastigkeit ihrer Aktionen äußerte. Den Österreichern hingegen wurde allgemein eine viel größere Redseligkeit nachgesagt.

Sie fuhren nicht wieder auf die Autobahn, sondern auf der parallel verlaufenden Straße entlang des Südufers vom Zürichsee. Die pompöse Kulisse der Alpen breitete sich in der Ferne vor ihnen aus. Föhnwetter ließ die Sonne zwischen den Wolken hervorblitzen. Die fahlgoldenen Strahlen beleuchteten die schneesatten Berggipfel, die im Hintergrund wie in einem göttlichen Licht erglühten.

„Ich bieg mal hier ab“, verlautbarte Geoff an der Abzweigung nach Schwyz, „sonst sind wir ruckzuck in Liechtenstein. Besser, wir fahren ein bisschen ins Landesinnere.“

Je weiter sie kamen, umso mehr verdichtete sich eine anfangs sehr lückenhafte Schneedecke, und umso weißer wurde der Schnee links und rechts. Die Straße durch den Kanton Schwyz stieg beständig bis auf knappe tausend Höhenmeter an, ehe sie zum namensgebenden Ort hin wieder abfiel. Auf der rechten Seite unter ihnen schillerte der türkisblaue Lauerzersee, an dessen Ufern sich die Dörfer schmiegten. Links von ihnen türmte sich das beeindruckende Mythenmassiv auf. Es beeindruckte weniger der Höhe wegen, sondern vielmehr aufgrund seiner markanten Zacken. Der große und der kleine Mythen stellten ein Postkartenmotiv dar, wie sich der Inseleuropäer die Alpen gemeinhin vorstellen mochte. Die einprägsamen Gipfel standen wie zwei Wächter oberhalb des Flecken Schwyz und schienen die angeblichen Abkömmlinge des englischen Königshauses willkommen zu heißen.

Verstreute Ortschaften fügten sich wie bei einem hübschen Flickenteppich in die sanften Mulden der umgebenden verschneiten Wiesen ein. Vereinzelt fanden sich Schmuckstücke der jahrhundertealten Schweizer Holzbaukultur, die ausladenden Dächer von dicken weißen Mützen aus Schnee bedeckt. Kahle Laubbäume ragten in rotbräunlichen Farbtönen aus dem sonst fleckenlosen Weiß hervor. Einige Schneereste klebten noch an den stärkeren Zweigen und verliehen dem Anblick etwas Zauberhaftes. Oberhalb in den Hängen erklommen blaugrün gesprenkelte Nadelwälder die Bergflanken. Ihre verschneiten Baumwipfel wirkten wie geschmackvolle Christbaumdekoration.

In weiterer Ferne verschwammen die Fichten, Föhren und Zirben zu einer bläulich schimmernden Masse, ehe sie den perlmuttfarbenen Spitzen der Höhen wichen. Wie mit einer dicken, weichen Decke waren die Berggipfel verhüllt vom leuchtend weißen Schnee, auf dem die Schatten in bläulichen Nuancen glommen.

Wie berauscht glitten sie staunend durch die Märchenlandschaft und konnten kaum fassen, dass so etwas überirdisch Schönes in dieser Welt, hier in Europa existierte. Und dass man nicht einmal Eintritt bezahlen musste, sah man einmal von den 40 Schweizer Franken für die Vignette ab, die sie für die Benutzung der Autobahnen entrichtet hatten.

Die raue Schönheit der walisischen Gefilde mit ihren sanft gerundeten grünen Hügeln und ihrer schroff abbrechenden Küste gewöhnt, wurden die vier Reisenden samt Kind und Kegel zunehmend stumm und bestaunten ehrfürchtig die überwältigende alpine Kulisse. Wem es hier nicht dämmerte, dass dies ein Beweis für die Existenz Gottes sein musste – wer sonst hätte etwas derartig Schönes hervorbringen können – der mochte wohl an gar nichts glauben.

Eine gute Weile lang vergaßen sie alle äußeren Umstände ihrer Fahrt hierher. Sie dachten nicht mehr daran, dass sie sich auf der Flucht befanden und dass sie möglicherweise bereits oder noch immer von der Polizei verfolgt wurden. Ihre Herzen waren erfüllt vom prachtvollen Anblick der majestätischen Alpen, und der Geist ward leicht und erhob sich mit den ansteigenden Höhen dem Himmel entgegen. Halleluja!

„Aaaaah! Auaauauuu! Au!“ Eine Folge plötzlicher Schmerzensrufe zerriss die andächtige Stille abrupt.

„Sarah, Liebling! Alles in Ordnung?“ Eddie legte seine Hand auf die Schulter seiner Frau, die sich auf ihrem Vordersitz wand. Kleine Schweißperlen standen auf ihrer Stirn, die sich in tiefe Falten gelegt hatte. Sarah atmete tief ein und aus, versuchte, sich durch bewusstes Atmen Erleichterung zu verschaffen. Sie beruhigte sich. Die Wehen schienen nachzulassen.

„Soll ich rausfahren?“, fragte Geoff besorgt. Sarah nickte matt. Sie sank ein wenig in ihrem Sitz ein. Glücklicherweise kamen sie gerade in den Hauptort Schwyz hinein. Geoff bog von der großen Hauptstraße ab und suchte nach einem Hinweisschild auf eine Klinik oder einen Arzt. Sarah hatte erneute Wehen und wimmerte vor sich hin. Eddie beugte sich vor und streichelte ihre Schulter; Geoff blickte mit sorgenvoller Miene zu ihr herüber. Leider übersah er dabei einen Randstein an der rechten Fahrbahnseite, den er nun unsanft touchierte, woraufhin der Wagen einen empörten Buckler tat. Die Fahrzeuginsassen hüpften aufgrund des Aufpralls allesamt kurz in die Höhe. Am Auto selbst blieben außer einer verkratzten Felge keine nennenswerten Spuren zurück. Im Wageninneren allerdings bemerkte Sarah plötzlich, wie es zwischen ihren Beinen feucht wurde.

„Scheiße!“, entfuhr es ihr erschrocken.

„Scheiße?“, rief Eddie.

Sie sah sich nach hinten zu ihm um.

„Meine Fruchtblase!“

„Deine Fruchtblase?“

„Geplatzt!“

„Scheiße!“, riefen nun Eddie, Geoffrey und Mo.

„Da!“, brüllte Mo plötzlich und fuchtelte aufgeregt mit der Hand. „Ein Krankenhaus-Hinweis! Fahr links, Schatz!“

Geoffrey, der sich eben noch nach rechts orientiert hatte, fuhr einen eleganten Schlenker nach links, der vom Hintermann mit einem wütenden Hupkonzert quittiert wurde. Geoff kümmerte sich nicht darum, sondern folgte der nächsten Rechtskurve mit quietschenden Reifen. Wenige Meter später standen sie vor dem Haupteingang des Schwyzer Spitals. Eddie zog

Sarah aus dem Auto, hakte sie bei sich unter und geleitete sie durch die Glastüren. Geoffrey und Mo fuhren auf den Parkplatz und kümmerten sich um Finley und Tyson.

Der junge Mann am Empfang war glücklicherweise des Englischen so weit mächtig, dass er verstand, dass sich Sarah in höchst eiligen anderen Umständen befand. Dennoch brachte ihn das nicht aus seiner den Schweizern ureigenen Ruhe.

„Wollen Sie ein Upgrade?“, fragte er, über das Aufnahmeformular gebeugt.

„Wie bitte?“, fragten Eddie und Sarah gleichzeitig.

„Wollen Sie ein Upgrade?“ Er lächelte höflich.

Geoff gesellte sich hinzu.

„Gibt es Probleme?“

„Er will wissen, ob wir ein Upgrade wünschen“, raunte ihm Eddie zu.

„Upgrade?“ Geoff grinste breit. „Baby 2.0, oder wie?“ Über seinen eigenen Witz brach er in wieherndes Gelächter aus. Sarah krümmte sich in einer neuen Schmerzwelle, klammerte sich an Eddies Arm.

„Können wir vielleicht erst mal das mit der Geburt machen, und danach über das Upgrade sprechen?“, fragte Eddie nervös, während er Sarah stützte. Der junge Mann blickte ihn einen Moment lang ausdruckslos an. Dann nickte er und drückte eine Taste auf seinem Telefon, um ein paar Worte in den Hörer zu sprechen. Kurz darauf erschien eine freundliche ältere Krankenschwester mit einem Rollstuhl, in den sie die schnaufende Sarah bugsierte. Umgehend verschwand sie mit ihrer Patientin in einem Fahrstuhl, Eddie hinterher eilend.

Geoffrey stützte sich mit dem rechten Ellenbogen am Empfangstresen auf und taxierte den jungen Mann.

„Wie läuft das denn so mit dem Upgrade?“, fragte er schließlich und besah sich seine Fingernägel. Der junge Mann erklärte, dass es drei Möglichkeiten zur Wahl gab, was Ausstattung und Service rund um die Geburt anging. Im Standardpaket gab es ein Zweibettzimmer und verkürzte Besuchszeiten. Das Upgrade Halbprivat beinhaltete ein besseres Zweibettzimmer und ein TV-Gerät. Das Upgrade Privat bot hingegen ein Einbettzimmer, alkoholfreien Schaumwein zum Anstoßen auf die Geburt, ein romantisches Abendessen mit dem Partner, einen Gutschein für einen Baby-Schwimmkurs und eine Parkkarte für die Dauer des Klinikaufenthalts. Geoffrey buchte das Upgrade Privat.

Sarah wurde in den Kreißsaal gebracht. Da die Wehen heftiger wurden, hatte sie kein Auge für die sinnlich-schöne Ausstattung des Raumes, der mehr an ein gemütliches Wohnzimmer erinnerte denn an einen Kliniksaal.

Eddie dagegen fühlte sich sofort wohl. Hatte Mann erst mal ein Kind, zählte man nunmehr zu den erfahrenen Vätern. Eddie hatte nicht versäumt, auch diesmal einen Begleitkurs zu besuchen, der bei Sarahs Schwangerschaftsvorbereitung angeboten worden war. Er hatte sich einige Massage-kniffe und andere Tricks angeeignet, die er nun liebevoll seinem schreienden Weib angedeihen ließ, damit sie vom Kind in einem möglichst gesammelten wie tiefenentspannten Zustand entbunden werden konnte.

Geoffrey derweil unterrichtete den jungen Mann am Empfang und alle drum herum, die es wissen wollten, in oberbayerischem Akzent über die angebliche Zugehörigkeit seiner Mitreisenden zum englischen Königshaus. Er zählte Linie über Seitenlinie auf, zitierte dabei Verwandtschaftsgrade und historische Beziehungen und wies auf die Wichtigkeit der Verschwiegenheit über den Besuch der royalen Herrschaften hin. Die Schwyzer Kräfte folgten seinen Schilderungen mit vor Staunen, ja, vor Ehrfurcht aufgerissenen Mündern und nickten in stummem Einvernehmen. Eines dieser Einverständnisse allerdings schien nicht ganz so still gewesen zu sein. Lediglich Minuten später ging in der Zentrale einer bekannten Schweizer Boulevardzeitung ein diskreter Anruf ein, der über die Anwesenheit der vermeintlichen britischen Adeligen informierte.

Sarahs Niederkunft machte Fortschritte – schneller, als der niedergelassene Gynäkologe sich hatte präparieren können. Sie hatte große Schmerzen. In einem der klareren Momente erkundigte sich Sarah nach den Möglichkeiten einer Periduralanästhesie. Als Antwort bekam sie nur ein bedauerndes Schulterzucken: Es war schlichtweg zu spät. Da hieß es wohl, Zähne zusammenbeißen und durch; wobei das kaum wörtlich zu nehmen war: Bekanntermaßen führte das Verkrampfen der Mundmuskulatur zu Verspannungen im Bereich des einstigen Urmundes, was einer Niederkunft nicht eben förderlich war.

Eddie massierte Sarahs Schultern. Sarah brüllte ihn in unflätigen Worten an, wie es gelegentlich bei Gebärenden vorkam; Worte, die selbstverständlich allein dem Abbau von Stresshormonen dienten und in keinster Weise für bare Münze genommen werden sollten.

Mo und Geoff liefen nervös den Krankenhausflur auf und ab. In der Spielzeugecke des Wartebereichs nörgelte Finley und fragte nach seiner Mutter. Sie setzten sich für einen Moment zu ihm hin, sahen sich wortlos an. Dann sprangen sie wieder auf, weil sie dachten, es hätte sich etwas an der doppelflügeligen Tür getan. Jedoch: Es war ein Fehlalarm. Die Flügel blieben geschlossen. Mo kniete sich zu Finley, der weiter maulte. Unbeholfen wie erfolglos versuchte sie, ihn mit dem vorhandenen Spielzeug abzulenken. Sie warf einen verzweifelten Blick zu Geoffrey, der weiter den Gang entlang tigerte. So fahrig hatte sie ihren Liebsten noch nie erlebt. Plötzlich blieb er stehen.

„Ich bekomme langsam Hunger." Erwartungsvoll blickte er sie an. Mo stand auf und sah auf ihre Armbanduhr. Sie warteten bereits zweieinhalb Stunden.

„Das kann noch dauern. Schatz, ich muss nach Tyson sehen. Ich drehe eine kleine Runde und schau mal, ob ich irgendwo etwas zum Essen auftreiben kann." Sie blickte auf Finley herunter, der sie mit großen Augen flehentlich ansah. Sie nickte kurz und fügte hinzu:

„Den Jungen nehme ich am besten mit." Finley sprang sofort auf und reckte ihr auffordernd die Arme entgegen. Mo setzte ihn sich auf die Hüfte und verließ das Krankenhaus. Geoffrey lehnte sich in seinem Sessel zurück und starrte die Decke an. Nach wenigen Minuten war er eingeschlafen.

„*Entschuldiged Sie bitte, da söll*[61] …" Jemand räusperte sich verlegen. Geoff schlug überrascht die Augen auf.

„Ja, bittschee?", antwortete er und lächelte liebenswürdig. Vor ihm stand ein schlampig angezogener, schlecht rasierter Mann mit schief sitzender Hornbrille. Er sah ein wenig abgehetzt aus, als sei er eine längere Wegstrecke gerannt. Er stellte sich als Doktor Wolter, Gynäkologe, vor. Er räusperte sich erneut und fragte:

„*Da söll sich ä Hochschwangere ufhaltä, ich meinä, es hät öpert aglütet, dass ich sofort verbii chum und emal luegä*[62] …"

Geoff wies stumm auf die Türen des Kreißsaales. Der Arzt stürmte durch sie hindurch. Beim Schließen der Türen klemmte er sich einen Zipfel des rasch übergeworfenen Arztkittels ein. Der Ire sah ihm kopfschüttelnd hinterher. Als er in das Ende des langen Stationsflurs blickte, bemerkte er erleichtert, dass Monique und Finley im Anmarsch waren. Der kleine Junge hopste fröhlich im Schweinsgalopp, sich mit einer Hand an die seiner Großmutter klammernd. In der anderen Hand hielt er eine Butterbrezel, die er sich wie eine große Brille vor die Nase hielt. Mo trug eine große Bäckertüte, die sie Geoff entgegen streckte. Ihre Wangen waren von der Kälte gerötet, und ihre Augen glänzten in freudiger Erwartung.

„Und?"

Geoffrey nahm die Tüte, in der sich neben Butterbrezeln auch noch zwei Coffee to go und ein Fläschchen Limonade befanden. Er strahlte Mo dankbar an, nahm vorsichtig den Kaffee heraus und eine Brezel.

---

[61] Entschuldigen Sie bitte, hier soll …

[62] Hier soll sich eine Hochschwangere aufhalten, ich meine, ich wurde angerufen, dass ich sofort vorbei kommen und einmal schauen soll …

„Und?“, fragte Mo ungeduldig zum zweiten Mal.

„Prima!“, antwortete Geoff mit vollen Backen. Mo verdrehte entnervt die Augen.

„Ich meine Sarah! Ist das Kind schon da?“

Geoff blinzelte sie irritiert an.

„Ihr wart keine Stunde fort! So schnell geht’s nun auch nicht, das weißt du doch!“

Mo seufzte und setzte sich neben ihn. Sie nahm Finley auf den Schoß, der sich an sie drückte. Geoff reichte ihr einen Kaffee und hauchte ihr einen Kuss auf die Wange. Ein Lächeln überflog ihre Lippen, dann legte sich ihre Stirn erneut in Sorgenfalten. Geoff blickte sie an, Zuversicht ausströmend.

„Es wird alles gut, Schatz!“

Mo spürte in dieser Handvoll Worte, wie viel Bedeutung in ihnen lag. Es würde alles gut werden. Wie viel Trost schwang in diesem kurzen Satz mit! Sarah würde ein wundervolles gesundes Kind bekommen, Mos zweites Enkelkind. Es würde alles gut werden. Sie würden eine Zuflucht finden, ein neues Leben beginnen. Das Ende einer wahnwitzigen Reise quer durch Europa. Eine neue Heimat, alle zusammen. Es würde alles gut werden. Geoffrey und sie würden zusammen sein können bis ans Ende ihrer Tage.

Ohne es verhindern zu können, rann Mo eine kleine Träne über die Wange. Es würde alles gut werden. Wie sehr sie hoffte, wie sehr sie sich danach sehnte. Alles würde gut. Geoffrey sah sie an aus Augen, aus denen so viel Wohlwollen, so viel Zärtlichkeit und so viel Liebe sprachen, dass eine ganze aufgestaute Tränenflut sich ihren Weg bahnte und in Strömen über Moniques zartes Gesicht floss.

Geoffrey lächelte und fischte nach einem Taschentuch. Mit dem weißen Zipfel tupfte er die weiche Haut trocken. Mo wurde von einem solch überwältigenden Gefühl der Liebe und des Glücks übermannt, dass sie losgluckste. Gleichzeitig musste sie lachen und weinen. Finley war so irritiert vom seltsamen Gebaren seiner Großmutter, dass er ihr Gesicht mit seinen kleinen Händchen streichelte, an denen noch Brezelkrumen und Butterreste klebten. Mo nahm ihren Enkel fest in die Arme und lehnte sich seufzend gegen Geoffs breite Schulter.

Ein plötzlicher Tumult hinter den verschlossenen OP-Türen ließ sie alle miteinander hochschrecken. Die Türen flogen auf, und die Schwester schob ein Krankenbett hinaus, während sie wütend vor sich hin grummelte.

19. 3.120 g, 50 cm, genau um 3.34 Uhr!

Mo und Geoffrey waren aufgesprungen und starrten gebannt auf das Bett. Doch darin lag nicht Sarah, sondern Dr. Wolter – ohnmächtig! Die Krankenschwester sah die beiden indigniert an.

„*Eigentlich heide doch immer d'Väterä in Ohnmacht*[63]…", murmelte sie und schob das Bett den Gang hinunter.

Mo und Geoff reckten die Hälse, um durch die offene Tür nach Sarah und Eddie zu spähen. Sarah lag in leicht aufgerichteter Position auf einem Bett. Ihr Gesicht war von Schmerz und Anstrengung gerötet, die Haare dunkel vom Schweiß. Rhythmisch blies sie die Luft aus, um den Wehenschmerz zu überstehen. Eddie redete leise auf sie ein. Als er seine Schwiegermutter und seinen Freund am Eingang bemerkte, streckte er ihnen einen erhobenen Daumen entgegen, grinste und formulierte lautlos mit seinen Lippen:

„Alles Okay!"

Die Krankenschwester kam zurückgestapft, ohne Gynäkologen, und schob sich an den beiden im Eingang Stehenden vorbei. Energisch schloss sie die Türen. Monique und Geoffrey blickten sich kurz an. Sie zuckten mit den Schultern und setzten sich wieder. Mo las Finley ein Buch vor, danach spielten sie etwas mit Lego.

Es war dunkel geworden, und in den vergangenen zwei Stunden hatte sich niemand mehr aus dem Kreißsaal blicken lassen. Da Finley zunehmend unruhiger wurde, und Mo sich Sorgen um den armen, alten Tyson machte, der eingesperrt im eiskalten Auto wartete, schlug sie vor, das Krankenhaus

[63] Eigentlich fallen doch immer die Väter in Ohnmacht …

vorläufig zu verlassen. Sie mussten noch eine Unterkunft suchen und könnten etwas essen gehen.

Enttäuscht nahmen sie zur Kenntnis, dass an diesem Abend sämtliche Zimmer in Schwyz ausgebucht waren. Sie hatten vorzüglich gespeist, und Finley fielen beinahe schon die Augen zu. Sie hatten geglaubt, es dürfe überhaupt kein Problem sein, auf die Schnelle ein akzeptables Zimmer zu finden. Doch nun hatten sie bereits sämtliche Hotels und Pensionen im Ort abgeklappert, dazu einige Vermieter von Ferienwohnungen aufgesucht, doch es schien aussichtslos. Am Empfang des berühmten Rössli-Hotels war Geoff kurz davor, durchzudrehen.

„Kein einziges Zimmer frei?", brüllte er die Rezeptionistin an. „Ich komme mir vor wie Maria und Josef vorm Heiligen Abend. Sollen wir vielleicht in einen Stall ziehen?"

Die elegante Dame hinter dem Tresen ließ sich nicht aus der Ruhe bringen. Sie lächelte höflich und antwortete:

„Ich bedaure außerordentlich, mein Herr. Es ist Fasnacht. Unmöglich, jetzt noch ein Zimmer zu bekommen. Selbst private Gästebetten sind komplett belegt. Wenn Sie möchten, rufe ich für Sie bei der Zimmervermittlung an, vielleicht ist in einem der Nachbarorte noch etwas frei."

Geoffrey sah aus, als würde ihm gleich Schaum aus dem Mund laufen. Monique legte beschwichtigend ihre Hand auf seinen Arm.

„Nun beruhige dich, Schatz!", flüsterte sie, „Sarah und Eddie sind versorgt, und notfalls kann auch Finley im Krankenhaus unterkommen. Und wir zwei sind nicht Maria und Josef. Irgendwo in der Nähe wird es schon was geben."

Eine ältere Frau, die in einem kleinen Sessel in der Nähe des Empfangs gesessen und in einer Zeitschrift geblättert hatte, sah auf.

„Verzeihung", rief sie und winkte Geoff und Mo zu sich herüber. Verdutzt sahen die beiden zu ihr herüber, blieben aber an der Rezeption stehen.

„Verzeihung", rief sie nochmals, „ich habe Ihr Problem mitbekommen. Vielleicht habe ich etwas für Sie!"

Mo und Geoff eilten zu ihr.

„Sie suchen eine Unterkunft, richtig?"

Geoffrey nickte und sah sie erwartungsvoll an.

„Nun, ein entfernter Cousin von mir hat ein Ferienhaus. Eher eine Hütte. Ein wenig rustikal, möchte ich sagen, möglicherweise nicht der Standard, den Sie erwarten würden. Aber es ist sauber, und es ist frei, das weiß ich sicher."

„Und Ihr Cousin würde es an uns vermieten?"

Die ältere Frau schmunzelte und strich sich eine Strähne ihres hellgrauen, kinnlangen Bobs hinters Ohr.

„Nun, normalerweise vermietet er nicht im Winterhalbjahr. Er vermietet ohnehin nur selten. Aber die Hütte hat einen großen Ofen und einen Warmwasserboiler." Sie blickte Geoffrey über den Rand ihrer viereckigen goldenen Brille hinweg an und raunte ihm zu:

„... eventuell ist es eine Preisfrage. Aber wenn Sie möchten, nenne ich Ihnen gerne die Adresse. Der Rest ist Verhandlungssache."

Geld spielte in der Welt von Geoffrey keine große Rolle, gleichgültig, ob er welches hatte oder nicht. Er zeigte sich interessiert, und sie verriet ihm eine Anschrift in Seelisberg.

„Sagen Sie ihm einen schönen Gruß vom Vrenerli. Es ist nicht sehr weit. Sehen Sie, wenn Sie über den Urnersee schauen, können Sie Seelisberg schon sehen."

Geoffrey rätselte, wo sich der Urnersee befinden sollte. Lauerzersee, Vierwaldstättersee, Urnersee, das waren ihm entschieden zu viele Seen auf einem Fleck. Doch er fragte nicht weiter nach. Sie hatten Davids Navigationsgerät im Auto, und es hatte sich bislang tapfer geschlagen.

So gaben sie die genannte Adresse in das Navigationssystem ein und folgten den Anweisungen der Computerstimme. Interessanterweise errechnete das Navi eine Fahrtzeit von einer Stunde. Das konnte nicht stimmen – die Frau hatte doch gesagt, es sei nicht sehr weit. Vermutlich brachten die hohen Berge das GPS durcheinander.

Als Erstes fuhren sie zum Spital zurück und wurden in Kenntnis gesetzt, dass das Baby noch nicht da war, so sehr sich Sarah auch bemühte. Sie hinterließen die Nachricht, dass sie die Nacht in Seelisberg verbringen würden, was beim Pförtner Anlass zum Stirnrunzeln gab. Mo und Geoff dachten sich nichts dabei.

Die Fahrt verlief entlang des malerischen Ufers des Vierwaldstättersees, dessen östlicher Arm Urnersee genannt wurde. Die Straße schlängelte sich um die jäh ins Wasser abfallenden Gesteinsmassen herum. Die Gegend wirkte wild und geheimnisvoll. In Sisikon fragte Monique, wann denn endlich Seelisberg käme, sie seien doch schon ewig unterwegs. Geoffrey zuckte mit den Schultern. Er hatte keine Ahnung, dass die Angabe des Navigationsgeräts, nach der sie gerade einmal ein Viertel der Strecke hinter sich hatten, ganz exakt stimmte. Finley maulte von hinten. In Flüelen war er eingeschlafen, und sie hatten gute zwanzig Minuten Fahrt und ein Drittel der Strecke hinter sich. Es war bereits stockdunkel draußen. Nach weiteren zwanzig Minuten erblickten sie das Ortsschild von Seelisberg.

„Meine Güte, na, endlich!" Geoff atmete auf. Eine Dreiviertelstunde lang Serpentinen am Urnersee hatten ihn mehr Nerven gekostet als sechs

Stunden auf deutschen Autobahnen, wo bei dichtestem Verkehr ohne Rücksicht auf Verluste in Überschallgeschwindigkeit dahin gerast wurde. Sein Hemd war durchgeschwitzt. Nun galt es nur noch, diese urige Hütte zu finden, in der sie unterkommen sollten. Sie folgten der Straße, die sich in langen Kehren den Berg hinunter wieder zum See hinab arbeitete. In jeder Kehre hielten sie Ausschau nach einem Straßenschild, auf dem „Rütliweg“ stünde – vergeblich!

Kurve für Kurve gelangten sie tiefer. Der Mond war aufgegangen und beschien die schneebedeckten Bergspitzen in einem gespenstischen bläulichen Licht.

„Wo ist es denn nun?“, fragte Mo nervös.

„Weiß ich doch auch nicht“, knurrte Geoffrey. Es war nicht leicht, den irischen Hünen aus der Fassung zu bringen. Doch er hatte sich in den Kopf gesetzt, für seine Geliebte und seine Freunde eine adäquate Unterkunft zu beschaffen, in der Sarah sich nach ihrer Niederkunft in Ruhe erholen konnte. Und da sich dieser verdammte Rütliweg vermutlich in einer Berghöhle versteckt hielt und Geoff sich nicht sicher sein konnte, wirklich eine brauchbare Ferienwohnung zu bekommen, machte ihn das nervös und gereizt.

Sie hatten das, was man mit viel Wohlwollen als Ortskern von Seelisberg hätte bezeichnen können, schon lange hinter sich gelassen. Geoff verfluchte das Navigationsgerät und all seine Erfinder. Er war sich sicher, vor mindestens fünf Kilometern schon am Rütliweg vorbeigefahren zu sein, als sich plötzlich vor seinen Augen ein Hinweisschild materialisierte. Er glaubte kurz, zu halluzinieren, doch Mo schrie entzückt auf:

„Da! Der Rütliweg!“

Sie folgten der Abzweigung, und ein kleines Sträßchen führte sie durch ein dicht bewaldetes Gebiet. Wie in einem Märchen fuhren sie durch ein scheinbar menschenleeres Land. Spuren der Zivilisation waren nur in Form von Lichtpunkten auf der anderen Seeseite zu erkennen, wo sich der Ort Brunnen ans Ufer schmiegte. Geoff hätte sich nicht gewundert, wenn ihm hier plötzlich ein Bär oder ein Rudel Wölfe vors Auto gelaufen wären. Er glaubte sich so nah am Ende der Welt, dass er es für möglich hielt, im nächsten Moment auf eine jähe Abbruchkante zu stoßen, die besagtes Ende darstellte. Stattdessen aber fanden sie fast am Ende des Sträßchens eine urige Blockbohlenhütte mit weit ausladendem, tief gezogenem Dach. Geoffrey parkte davor.

„Hier muss es sein“, merkte er an und stieg aus. Er half Mo aus dem Wagen und schnallte Finley los. Dieser wurde kaum wach, reckte nur seine Arme nach Mo. Kaum hatte sie ihn auf ihre Hüfte gesetzt, fiel sein Kopf gegen ihren Hals, und er ward wieder eingeschlafen.

Eine Klingel gab es nicht. Geoff klopfte an der Tür. Einige Sekunden lang tat sich nichts. Da auch kein Licht im Gebäude zu sehen war, wandte er sich enttäuscht um.

„Und jetzt?“, fragte Mo. Sie sah müde und verzweifelt aus. Schräg gegenüber stand ein kleines graues Häuschen direkt am Waldrand, dessen Fenster hell erleuchtet waren.

„Warte kurz“, rief er und sprang über die Straße. Er klingelte, und ein älterer Mann öffnete ihm. Er hatte verstrubbelte dunkle Haare, einen dichten, ungetrimmten Schnäuzer, er trug eine Jogginghose und Hausschlappen.

„Entschuldigung, sprechen Sie Englisch?“, fragte Geoff höflich. Der Alte musterte ihn von oben bis unten und nickte mit grimmigem Ausdruck.

„Wir suchen hier eine Ferienwohnung, die frei sein soll. Hier im Rütliweg. Wir dachten, die Hütte da drüben müsse es sein, doch da ist wohl niemand. Können Sie uns möglicherweise helfen?“

Der Alte sah lange mit forschendem Blick zur Blockhütte herüber, als sähe er sie das erste Mal. Er räusperte sich, drehte sich um und lief zu einem Schlüsselbrett, von wo er ein Schlüsselbund holte. Als er zurückkam, nickte er Geoff zu. Den Ausdruck „Englisch sprechen“ legte wohl jeder anders aus. Der Mann verstand offensichtlich Englisch, sah aber keinen Anlass gegeben, es tatsächlich auch zu sprechen, dachte Geoff. Er folgte dem Alten, der schnaufend und murmelnd über die Straße zum Holzhaus lief. Mit einem großen altmodischen Buntbartschlüssel sperrte er die windschiefe Eingangstür auf.

Er schaltete das Licht ein und trat in die Stube, einen urig eingerichteten Raum mit großem Kachelofen. Während er Feuer machte, sahen sich Mo und Geoffrey neugierig um. Die Hütte war einfach, aber gemütlich ausgestattet. Sie hatte eine Küche mit Essplatz, ein kleines Duschbad und drei Schlafkammern. Es war nicht sehr warm, aber von den winterlichen Temperaturen auch nicht ausgekühlt. Der Alte heizte wohl regelmäßig ein.

Mo legte Finley schlafen, und Geoff räumte das Gepäck aus dem Auto. Der Alte hatte sich an den Stubentisch gesetzt, der am Ofen stand. Als Mo und Geoff Platz genommen hatten, schenkte er aus einer bereitstehenden Flasche eine klare Flüssigkeit in drei kleine Gläser ein. Geoffrey schnupperte an seinem Glas, das der Alte ihm hingeschoben hatte. Ein starkes Pflaumenaroma stieg aus ihm empor.

„Pflümli“, erklärte der Alte. „Hausgemacht.“

Sie stießen an und tranken den Schnaps. Kurz brannte die Spirituose im Rachen und hinterließ ein wohltuend warmes Gefühl. Der Alkohol stieg sofort in Kopf und Glieder und ließ die verkrampften Muskeln von Geoffrey und Monique entspannen.

„Tell“, knurrte der Alte und fixierte die beiden abwechselnd. „Wilhelm Tell bin ich.“

Auf der Entbindungsstation im Spital Schwyz klopfte es um 7:30 h an der Tür zum Zimmer der frisch entbundenen Sarah. Eddie schreckte hoch und warf einen Blick zur Seite. Sarah schlief noch, völlig erschöpft von der Geburt. Das kleine Mädchen schlief im Beistellbettchen an ihrer Seite. Die zarte Haut, die wie rosenfarbenes Porzellan aussah, schimmerte bläulich über den geschlossenen Augen. Die dunklen Wimpern bildeten zwei grazile Bögen, die wie gemalt aussahen. So friedlich sah das schlafende Baby aus. Es gab nichts Schöneres, als einem schlafenden Baby ins Gesicht zu schauen, dachte Eddie. Diese zarte Unschuld, dieses neue, unverbrauchte Leben, dem alles noch bevorstand, jede Entdeckung von Farben, Formen, Klängen, Düften, die Erforschung der Welt und des Lebens an sich.

Auf Zehenspitzen schlich er zur Tür. Gerade, als er die Klinke betätigen wollte, öffnete sie sich einen Spalt weit, und Karin Sprüngli, die Stationsleiterin steckte ihren Kopf hinein. Sie erblickte Eddie und hielt ihm ein Telefon entgegen.

„Für Sie!“

Eddie nahm das Handgerät an sein Ohr.

„Hallo?“

„Hey Kumpel! Wie ist die Lage?“ Es war Geoffrey. Eddie strahlte über beide Ohren.

„Es ist ein Mädchen!“, rief er. „3.120 g, 50 cm, genau um 3.34 Uhr!“

Am anderen Ende der Leitung brach Jubel aus. Mo und Geoff schienen um das Telefon zu rangeln und brüllten gleichzeitig in den Hörer.

„Exzellent!“

„Gratuliere!“

„Wie heißt sie?“

„Was macht Sarah?“

Sarah schlug die Augen auf und drehte sich zu Eddie. Sie lächelte ihn an. „Mum?“, formte sie lautlos mit den Lippen. Eddie nickte und lachte. Er widmete sich seinen aufgewühlten Gesprächspartnern und versuchte, ihren Wissensdurst zu stillen.

Am Vormittag stürmten Geoff, Mo und Finley das Privat Upgrade Einbettzimmer. Sie hatten zwei Tüten mit den notwendigsten Dingen an Babyausstattung dabei: Windeln, Windelcreme, Schnuller, ein Kuscheltier,

Bodys, Mützchen, Hosen, Leibchen, eine Jacke, Decken, ein Lammfell, einen Schneeanzug und ein Tragetuch für das Baby sowie Fencheltee, Massageöl und ein Stillkissen für Sarah. Im Auto lag noch ein geländegängiger, zusammenfaltbarer Kinderwagen, der mit wenigen Handgriffen zu einer Auto-Babyschale umgebaut werden konnte.

„Oh, ihr seid ja verrückt", rief Sarah und begutachtete die Teile. „Wie lieb von euch!"

Mo winkte ab.

„Das ist nur mein Job als Oma!" Vorsichtig nahm sie Sarah die Kleine ab. Das Mädchen war gerade gestillt worden und blinzelte nun müde ihre Großmutter an. Mo lächelte verzückt und wiegte sie sanft auf dem Arm, bis die Augenlider der Kleinen schwer wurden und sie in den Schlaf fiel.

„Habt ihr schon einen Namen?", fragte Mo. Eddie schüttelte den Kopf.

„Wir diskutieren noch. Sarah wäre für Lindsay oder Sophie, ich fände Marylin nicht schlecht …"

„Marylin?", erwiderte Mo fassungslos. „Also, Eddie, ich bitte dich …!"

„Wieso, was hast du gegen Marylin?" Eddie war sich keiner Schuld bewusst. Mo antwortete darauf nicht, sondern schüttelte verständnislos den Kopf.

Sarah zog den alkoholfreien Schaumwein hervor, der im Upgrade Privat inbegriffen war.

„Lasst uns doch anstoßen", schlug sie vor. Eddie füllte die Gläser, und bald prosteten sie sich fröhlich zu. Sie waren überglücklich, dass die Geburt so gut verlaufen war und dass Mutter und Kind wohlauf waren. Sie wussten zu schätzen, welch Wunder des Lebens die Neuankunft eines kleinen Erdenbürgers war. Für einen Moment konnten alle die äußeren Umstände vergessen. Sie dachten nicht mehr an die Flucht und an Inspektor Watts, der ihnen möglicherweise noch immer auf der Spur war.

„Habt ihr ein Hotel oder eine Pension gefunden?", fragte Eddie.

„Viel besser", antwortete Geoff. Er erzählte von der Unterkunft, die sie in Seelisberg gefunden hatten, und von dem merkwürdigen Alten, dem die Hütte gehörte. Sie hatten am Abend auf gewisse Weise Freundschaft geschlossen, nachdem sie die Flasche Pflümli geleert hatten. Geoffrey als gestandener Ire war äußerst trinkfest, was dem Schweizer gewissen Respekt abverlangte.

Im alkoholseligen Gespräch war Geoffrey dummerweise herausgerutscht, dass sie gesucht wurden. Obwohl er mehr als eine halbe Flasche Pflümli intus haben musste, bemerkte er seinen Fauxpas sofort und biss sich auf die Zunge. Tell aber hatte es offensichtlich amüsant gefunden. Er machte ein paar Scherze über die Polizei im Allgemeinen und schien sich nicht an der mutmaßlichen Kriminalität seiner Feriengäste zu stören. Er hatte für diesen Abend zu einem Gegenbesuch geladen. Mo hatte bereits mitgeteilt, dass sie leider würde verzichten müssen, da sie Finley nicht alleine lassen konnte.

„Ich werde heute Nachmittag zu Euch stoßen“, entgegnete Eddie. „Du kannst also mit Geoff mit, ich werde auf Finnimi aufpassen.“

Mo schüttelte energisch den Kopf.

„Nein, danke. Noch eine Flasche Pflümli überlebe ich nicht. Ich passe!“

„Warum kommst du nicht mit?“, wandte sich Geoff an Eddie. „Da können wir mit Willi gleich anstoßen auf … ja, wie soll sie denn nun heißen?“

„Marie-Sophie“, rief Sarah aus und sah Eddie herausfordernd an. Er straffte vor Schreck kurz den Rücken und klapperte irritiert mit den Lidern. Mit einem kurzen finsteren Blick signalisierte sie ihm, dass es diesbezüglich keinen Verhandlungsspielraum mehr gab.

„Marie-Sophie?“, meinte er schließlich. „Hm. Nun, okay, warum eigentlich nicht?“ Marie klang wie eine Ableitung von Marylin, und Sophie hatte Sarah gut gefallen, da war der Name ein guter Kompromiss, nicht wahr?

Es klopfte, und die Krankenschwester kam herein. Sie kündigte eine kurze Untersuchung der frisch entbundenen Mutter an und bat die anderen, kurz draußen zu warten. Mo legte Marie-Sophie in das kleine Beistellbett und deckte sie zu.

„Sarah, Liebes, Tyson wartet im Auto. Ich denke, Geoff und ich werden wieder fahren. Heute Nachmittag kommen wir noch mal her. Dann können wir Eddie mitnehmen, oder was meinst du, Eddie?“

„Ist doch prima! Finnimi, wie sieht’s aus, möchtest du bei Mummy und Daddy bleiben oder mit Oma mitfahren?“

„Dada! Dada bleiben!“

So war es abgemacht. Finley blieb bei Eddie und Sarah, und da sich Sarah erholen musste, durchstreifte Eddie mit Finley das Spital und erkundete die einzelnen Stationen wie auf einer Abenteuerreise.

Mo und Geoff waren längst wieder in der Hütte. Sie hatten eingekauft und nahmen nun ihr wohlverdientes Mittagsschläfchen ein, während Eddie und Finley von ihrer Entdeckungstour auf Sarahs Zimmer zurückgekehrt waren. Es gab Mittagessen: delikates Hühnerfrikassee mit Reis und Salatbeilage, danach einen typischen Schweizer „Schoggikuchen“ zum Dessert. Dem kleinen Jungen, der nun der große Bruder war, schmeckte es vorzüglich, und er luchste seinem Vater noch ein halbes Stück von dessen Kuchen ab.

Es klopfte, und ein Krankenpfleger kam herein, um das Essgeschirr abzuräumen. Er erkundigte sich nach Sarahs Befinden und ob das Essen geschmeckt habe. Sarah und Eddie lobten die Spital-Küche in höchsten Tönen, und das zu Recht, denn diese war jüngst ausgezeichnet worden im Rahmen eines Kantinentests öffentlicher Einrichtungen. Man hatte dem Schwyzer Spital die goldene kulinarische Klara verliehen, eine Ehre, die noch nie zuvor einer Einrichtung im Kanton Schwyz zuteilgeworden war.

Der Krankenpfleger war gegangen. Mit Eddies Hilfe stand Sarah aus ihrem komfortablen Bett auf und zog sich etwas über. Sie vertraten sich ein wenig die Beine auf dem breiten Krankenhausflur, der nicht im Entferntesten wie ein Krankenhausflur aussah. Auf dem Boden war ein Vinylboden im Nussbaumdielen-Design verlegt. Über edelstahlfarbenen Fußleisten erhob sich eine maigrün getünchte Wand, die nach oben hin heller wurde und in Cremeweiß überging. Ab und an waren stilisierte Waldpflanzen wie Farne und Efeu in Dunkelgrün aufgemalt.

Auf großen Pinnwänden, die von alten, geölten Holzdielen umrahmt waren, befanden sich sepiafarbene Schwarz-Weiß-Fotografien der hier zur Welt gekommenen Babys. Die Kleinen waren von professioneller Hand liebevoll in Szene gesetzt. In Anlehnung an Anne Geddes' berühmte Babybilder waren sie mit Blumen, großen Teddybärenmützen oder Elfenflügeln in eine Art Märchenwelt verfrachtet. An Stellen, wo sich der Flur zu Fensternischen ausweitete, standen in lockerer Anordnung bequeme Sitzmöbel aus dunkelbraunem Leder und luden zum Verweilen ein. Auf Glastischen lagen Zeitschriften und Bücher mit Themen über Babys, Kinder, Eltern und dergleichen, was die frischgebackenen Familien interessieren konnte.

Sie kehrten ins Zimmer zurück. Sarah setzte sich aufs Bett, denn Marie-Sophie hatte Hunger vermeldet. Eddie nahm Finley auf den Schoß, um sich mit ihm ein Bilderbuch anzusehen.

„Weißt du", meinte Sarah plötzlich, während sie sich die Bluse aufknöpfte und die Kleine anlegte, „hier ist alles so toll. Die Leute sind so vornehm und zuvorkommend. Das Zimmer ist first class, und das Essen schmeckt wie in einem Gourmetrestaurant. Wirklich … die hofieren mich hier wie eine Prinzessin!"

Eddie grinste sie an.

„Vergiss nicht: Du bist eine Prinzessin!"

Sarah schlug die Augen nieder. Die Erinnerung an Geoffreys falsche Angaben an der Schweizer Grenze traf sie wie ein Schlag. Noch immer waren sie auf der Flucht. Wie lange würden sie noch davon laufen, sich verstecken müssen?

Eddie bemerkte die Veränderung in seiner Frau. Als habe er ihre

Gedanken erraten, sprach er sanft:

„Liebling, mach dir keine Sorgen! Ich habe dir versprochen, eine Lösung für uns zu finden. Eine gute Lösung. Ich werde heute Abend mit Geoff reden. Wir können nicht mit einem kleinen Säugling quer durch Europa hetzen. Ausgeschlossen!"

Er strich dem kleinen Mädchen, das an der Brust eingeschlafen war, liebevoll über die zart gerötete Wange. Dann sah er Sarah an. Sie erwiderte seinen Blick zunächst ein wenig zweifelnd. Da war sie wieder, die Vertrauensfrage. Wie stand es um die Verlässlichkeit ihres Gatten? Hatte sie überhaupt noch eine Wahl? Sie seufzte, dann drückte sie seine Hand, die auf ihrer Schulter ruhte, und lehnte ihre Wange daran.

Marie-Sophie hatte von der Milchquelle abgelassen. Eddie nahm sie seiner Frau ab und legte sie auf seinen Unterarm, wo das kleine Mädchen friedlich weiter schlief. Finley krabbelte zu Sarah, und sie schlug das Bilderbuch auf und besah es sich mit ihm.

Es klopfte an der Tür.

„Ja, bitte?", rief Sarah, erstaunt darüber, wer klopfte und nicht sodann eintreten mochte. Eine junge Frau mit streng zurückgekämmten glatten dunklen Haaren, einer schwarzen Hornbrille auf der Nase und einer Spiegelreflexkamera um den Hals hängend trat ein. Sie lächelte selbstbewusst, zückte die Kamera und schoss, ehe ihr Einhalt geboten werden konnte, ein Bild von Eddie mit dem Säugling.

„Hallo! Ich komme von der Zeitung ‚Blick'. Herzlichen Glückwunsch zu ihrem Kind", erklärte sie forsch in etwas hölzernem Englisch und wedelte mit einer Pralinenschachtel. Sie legte sie auf dem Beistelltischchen ab. „Dürfte ich vielleicht um ein kurzes Interview bitten?"

„Was erlauben Sie sich?", zischte Eddie erbost und baute sich vor der vielleicht 1,56 m messenden Frau auf. Diese zog den Kopf ein und stammelte ein paar verlegene Worte. Eddie schob sie für seine Verhältnisse ungewohnt schroff am Ellenbogen zur Tür hinaus und schloss diese energisch hinter ihr.

„Kaum zu glauben!", murmelte er fassungslos. Er setzte sich wieder zu Sarah und wiegte das kleine Mädchen, das kurz erschrocken die Augen geöffnet hatte, in den Schlaf.

„Wann willst du hier raus?", fragte er. Sarah überlegte laut.

„Hm … Hier lässt es sich schon gut aushalten. Aber ich will nicht erst einen Krankenhauskoller bekommen. Die Hütte am Vierwaldstättersee klingt reizend, und frische Luft täte mir und den Kindern auch gut. Wie wäre es mit morgen?"

Eddie versprach, sich um alles zu kümmern.

Am frühen Nachmittag kamen Mo und Geoff wie versprochen wieder ins Spital. Sie statteten Sarah und Marie-Sophie noch mal einen kurzen Besuch ab und nahmen dann Eddie und Finley mit nach Seelisberg. Durch die aufregenden Ereignisse der letzten Tage und Stunden befand sich Eddie kaum in der Lage, die imposante Bergwelt rund um den Vierwaldstättersee und die einzigartige Lage Seelisbergs zu würdigen. Er war einfach nur froh, als sie endlich vor der Blockhütte zu stehen kamen. Er half Finley aus dem Auto und Geoffrey kümmerte sich ums Gepäck.

In der Stube empfing sie die Wärme des runtergebrannten Feuers im Kachelofen. Während Mo den Nachmittags-Tee zubereitete, packte Eddie seinen Koffer aus und legte sich ein paar Minuten zur Ruhe. Geoffrey spielte derweil mit Finley und Tyson im halb verwilderten Garten des kleinen Holzhauses. Letzte Sonnenstrahlen blitzten zwischen dicken Wolken hervor, die schwer auf den verschneiten Berggipfeln hingen.

„'Töttchen, 'Töttchen holen", rief Finley dem dicken Labrador zu und warf ungeschickt einen kleinen Zweig von sich weg. Tyson hatte noch nie besondere Freude an Stöckchen-Spielen gefunden. Hätte ihn jemand gefragt, so hätte er bevorzugt, wenn man mit gebratenen Hühnern werfen würde, denen er dann auch freudig nachgesprungen wäre. Doch leider fragte ihn nie jemand. Da er aber den kleinen rothaarigen Zwerg mit der dicken grünen Strickmütze gut leiden konnte, tat er ihm den Gefallen. Er tapste schwerfällig durch den Schnee auf den mageren Stecken zu, nahm ihn vorsichtig zwischen die Zähne und hielt ihn dem Dreikäsehoch entgegen. Finley kannte offensichtlich nur jenen Teil des Stöckchen-Spiels, bei dem es um das Wegwerfen ging. Der Part mit dem Stöckchen-Wiederbringen war ihm fremd, und so sah er Tyson nur verständnislos an.

Geoffrey hatte alle Mühe, nicht in lautes Gelächter auszubrechen, so drollig gaben sich die beiden ungleichen Freunde. Er schritt auf Finley zu und wollte ihm erklären, wie das Stöckchen-Spiel eigentlich funktionierte. Da hört er plötzlich ein seltsames Geräusch.

20. Wilhelm Tell war mein Vorfahr.

„Phhhfff-ssst!" Ein leise zischendes, anschwellendes Geräusch war zu hören, als flöge etwas schnell durch die Luft. Es endete mit einem dumpfen Schmatzen, das Geoff überhaupt nicht einordnen konnte.

„Phhhfff-ssst!"

Da war es wieder. Nach einer Weile folgte wieder ein Geräusch:

„Phhhfff-klock"

Diesmal klang es anders: Es endete mit einem hölzernen Ton. Geoff merkte auf und vergaß für einen Moment Kind und Hund. Er schlich in die Richtung, aus der er das Geräusch vermutete. Ein plötzlicher Schrei ließ ihn zusammenzucken.

„*Huerä … Schiissdräck*[64]!"

Geoffrey lief um eine ausufernde Hecke, die seit Jahren nicht mehr in Form gebracht worden war, und lugte dahinter. Eine kleine Streuobstwiese lag dort im rötlichen Dämmerlicht der untergehenden Sonne. Schnee bedeckte dünn das vergilbte, ungemähte Gras. Vor einem alten knorrigen Apfelbaum, an dessen sonst kahlen Zweigen noch einige verschrumpelte, gefrorene Äpfel hingen, stand ein großer, hoher Holzklotz, etwa einen Meter zwanzig hoch. Auf diesem befand sich ein Apfel. Am Boden drum herum lagen ebenfalls Äpfel, Genaueres konnte der große Ire jedoch nicht erkennen, deswegen stapfte er darauf zu.

„Phhhfff-ssst!"

Etwas Schnelles pfiff haarscharf an seinem rechten Ohr vorbei. Mit Schrecken sah er, dass der kleine Apfel auf dem hohen Holzklotz von einem

[64] (Schweizerdeutscher Kraftausdruck)

kurzen, dicken Pfeil in Stücke zerrissen worden war. Der Schaft steckte tief in der Rinde des alten Baumes. Mehrere kleine Pfeile hatten ihre Spitzen schon zuvor dort begraben. Nun erkannte er, dass auf den Holzklotz mit blauer Farbe eine Fratze von einem Gesicht aufgemalt worden war.

„*Du hueräverdammte Schafsäggl*[65] … „

Wilhelm Tell stand am anderen Ende der Wiese und hatte einen hochroten Kopf. In seiner rechten Hand hielt er eine Armbrust. Geoffrey starrte ihn aus großen Augen an.

„Fast hätte ich dich getroffen!“, schrie der Schweizer und funkelte den Iren wütend an. Geoff war so verdutzt, dass es ihm unmöglich war, darauf etwas zu entgegnen. Tell stapfte eilig durch den Schnee auf den Holzklotz zu. Er legte einen neuen Apfel auf, den er von einem der Zweige pflückte. Dann schritt er mit grimmiger Miene zurück.

„Zurücktreten!“, bellte er, lud die Armbrust und legte an.

Geoffrey wurde plötzlich wieder der Kinderstimme Finleys gewahr.

„Ich muss … der Junge!“, stammelte er und stolperte rückwärts auf die verwilderte Hecke zu. Es zischte wieder durch die Luft, und der kleine Apfel wurde vom bolzenförmigen Armbrustpfeil in zwei Hälften gesprengt. Geoffrey drehte sich um und eilte in den Gartenteil zurück, wo Finley sich mittlerweile langweilte. Er nahm den Jungen an die Hand, pfiff Tyson herbei und hastete mit ihnen ins Haus.

Drinnen verlor er kein Wort über die Vorkommnisse im Garten. Insgeheim fragte er sich, warum. Vielleicht wollte er einfach vermeiden, Eddie und Mo unnötig zu beunruhigen, die wiederum sich um Sarah sorgten, die es in der nächsten Zeit so angenehm und behaglich wie nur möglich haben sollte. So kurz nach der Entbindung sollte die junge Engländerin Gelegenheit haben, sich ganz in Ruhe um ihr Baby zu kümmern.

In Geoffs Augen hatte Tell ohnehin einen gewissen Schlag weg. Erst war er zugeknöpft und unzugänglich, dann trank er plötzlich Brüderschaft mit ihm. An diesem Mittag wiederum, als sie aufbrechen wollten, um Eddie vom Spital abzuholen, war er wieder so kurz angebunden gewesen, dass er es nicht einmal schaffte, seine Zähne auseinander zu bekommen. Auf ihren Zuruf, dass in dieser Nacht die kleine Prinzessin zur Welt gekommen sei, hatte er nur mit einem grimmigen Räuspern reagiert. Geoff war nach den jüngsten Erlebnissen einigermaßen verwirrt, und das hieß schon viel bei Geoffrey MacGowan, den sonst nichts so schnell aus der Ruhe brachte. Er beschloss also, sich weiterhin über die Armbrust-Exerzitien auszuschweigen.

[65] (Schweizerdeutsche Bezeichnung für einen dummen Menschen, vulgär)

Sie würden den Tell schon noch kennenlernen, schließlich sollten sie noch heute Abend bei Willi auf einen weiteren Pflümli vorbeischauen.

Mit dem Fünfuhrtee waren sie so spät dran, dass er nahtlos ins Abendessen überging. Bis sie fertig gegessen hatten, war es draußen schon lange stockdunkel, und die Uhr schlug sieben. Ein seltsamer Wind strich ums Haus. Das Feuer flackerte unruhig im Ofen. Draußen knackten die Äste und Zweige der Bäume. Durch kleine Ritzen zog es an den Fenstern. Mo schüttelte sich.

„Brr, wie ungemütlich! Und vorhin war es noch so schön! Na, Finley, was sagst du, soll Oma dich heute ins Bett bringen?"

„Desichte lesen …", entgegnete Finley und klimperte müde mit den Augenlidern.

„Natürlich liest Oma dir eine Geschichte vor. Möchtest du eine Drachengeschichte? Was mit Rittern? Oder lieber vom Astronauten, der den Weltraum erforscht?"

Mo nahm den Jungen auf ihren Arm und trug ihn in das kleine Badezimmer.

„Dann wollen wir mal zu … äh, wie hieß er noch? Willi?", begann Eddie. Geoff nickte nachdenklich.

„Alles in Ordnung, Kumpel?"

Nun sah Geoff auf und zwinkerte Eddie freundlich zu.

„Na klar! Alles bestens!"

Sie verabschiedeten sich von Mo und wünschten Finley eine gute Nacht. Anschließend warfen sie sich ihre Jacken über und verließen das Haus.

Vor der Blockhütte tobte ein Sturm, der wütend vom Berg herabheulte. Sie zogen die Köpfe ein und schlugen die Jackenkrägen hoch. Allein das winzige Sträßchen zu queren bereitete ihnen große Mühe. Schräg gegenüber tat sich ein rechteckiger Lichtausschnitt in der Dunkelheit auf: Tell stand in der geöffneten Tür seines Häuschens, winkte und brüllte gegen den Sturm an.

„Kommt! Kommt schon, schnell!"

Kaum hatten sie die Eingangstreppe erreicht, zog er sie schon an ihren Jackenärmeln ins Haus.

„Kommt herein!"

Krachend warf er die Tür hinter ihnen ins Schloss und half ihnen aus den Jacken. Anschließend führte er sie durch einen langen schmalen Flur ins Wohnzimmer, das nicht viel mehr als eine Stube mit einem Kachelofen war.

Im Haus sah es so aus, wie Geoff es sich vorgestellt hatte. Es war eng und verwinkelt, dunkel und roch ein wenig muffig. Die Einrichtung war altmodisch, und die kleinen Räume waren dermaßen vollgestellt, dass sie dem Warenlager eines Secondhand-Möbelladens glichen. Die Wände waren gepflastert mit kitschigen, teils geschmacklosen Bildern, Reproduktionen alter Gemälde, Stiche und Grafiken, die fast ausschließlich die Landschaft um den Vierwaldstättersee zeigten beziehungsweise Szenen aus der Tellsaga. Der Ferienhausvermieter Tell lud seine Gäste ein, am kleinen Tisch neben dem Ofen Platz zu nehmen. Eine Flasche Schnaps und Gläser standen schon bereit.

Der Sturm rüttelte wütend an den Fenstern, sodass die Scheiben klirrten. Eddie warf einen besorgten Blick hinaus ins Dunkle, wo man kaum etwas erkennen konnte. Tell bemerkte den Blick.

„Kommt, meine Freunde", meinte er, erhob sich und bedeutete ihnen, ihm zu folgen. Erstaunt standen sie auf und liefen ihm in den Flur hinterher, wo er sich Mantel und Schuhe anzog. Sie taten es ihm nach und wunderten sich, warum er sie bei diesem Wetter offensichtlich wieder nach draußen schicken wollte.

Dicht an den rissigen Putz der Außenwand gedrängt kämpfte Tell sich um das Haus herum, gefolgt von den zwei Iren. Der Sturm zerrte an den Kleidern und riss an ihren Haaren. Das Wasser des Urner Sees rauschte bedrohlich. Große Wellen mussten gegen das steinige Ufer schlagen, doch es war zu dunkel, um etwas zu erkennen.

Auf der Seeseite des kleinen Häuschens befand sich ein Rücksprung, in den sich Tell hineindrückte. Er zog die zwei Iren zu sich. Hier hatten sie etwas Schutz vor dem Sturm. Über ihren Köpfen kragte das Haus ein wenig aus, sodass es auch von oben her Schutz bot.

„Das ist der Südföhn!", schrie Tell, und Eddie und Geoffrey hatten alle Mühe, ihn im Gebrüll des Sturmes zu hören. Sie rückten noch dichter zusammen, und Tell wies auf den See hinaus. Zunächst war es fast unmöglich, etwas zu erkennen. Doch plötzlich rissen die Wolken auf, und der Mond trat hervor und warf sein fahles Licht auf den See. Das Wasser sah aus, als würde es kochen. Es schäumte wild und weiß. Wellen türmten sich in Bergen und Tälern auf, als versuchten sie, die Berge nachzuahmen. Der Sturm heulte wie eine wild gewordene Bestie. Äste, so groß wie junge Bäume, flogen über sie hinweg auf den See hinaus.

„Vielleicht kommt sie heute …", brüllte Tell.

„Wer?", schrie Geoff zurück, doch statt zu antworten, wies Tell nur auf den See hinaus.

Plötzlich sahen sie es: Von der Mitte des Sees her bildete sich ein Wirbel aus Gischt und Schaum. Zunächst drehte er sich um sich selbst, noch ganz zart und durchsichtig, wie ein feiner weißer Schleier. Dann plötzlich schloss sich der Wirbel wie zu einer Wasserhose. Einem monströsen Staubsaugerrohr gleich begann er, den See in sich hinein zu schlucken. Eine gigantische Fontäne stieg aus dem See auf und spie das Wasser gut und gerne dreißig, vierzig Meter hoch in den nächtlichen Himmel. So etwas hatten die Iren noch nie gesehen, obwohl sie ihr halbes Leben an der Meeresküste verbracht hatten. Entsetzt und doch fasziniert beobachteten sie die Wasserwand, die einem dämonischen Wesen glich, das einem Albtraum oder schlechten Film entstammen musste. Der Sturm zerfetzte die Krone der Fontäne und ließ das Wasser in alle Richtungen stieben, was der Wasserhose etwas bedrohlich Lebendiges verlieh. Die gespenstische Fontäne bäumte sich auf, schlug hin und her und tanzte sekundenlang in wütenden, hektischen Bewegungen auf dem Wasser wie ein in Rage geratener Derwisch.

Im nächsten Augenblick änderte der Wind seine Richtung, und die Fontäne fiel jäh in sich zusammen. An anderer Stelle bildete sich ein neuer Wirbel, der über die schwarzen Wellenberge tanzte, doch es erhob sich keine neue Fontäne. Sie harrten in ihrem Versteck noch einige Minuten im Sturm aus, bis Tell ihnen zubrüllte, ins Haus zurückzugehen.

Als sie wieder am Stubentisch saßen und Tell die Pflümlis einschenkte, räusperte sich Geoff.

„Was, um Himmels willen, war das, bitte?"

Der Schweizer sah ihn unter seinen buschigen Augenbrauen hervor grimmig an.

„Die Fontäne!" Er hob sein Glas. Als auch die Iren ihre Gläser erhoben hatten, leerte er das seine in einem Zug. Er wischte sich mit dem Handrücken über den Mund.

„Die Fontäne gibt es nur alle paar Jahre. Da muss der Föhn von zwei Seiten her kommen. Er drückt das Wasser in der Mitte des Sees zusammen, und die Fontäne wird zum Leben erweckt …"

Während Geoffrey Tell anstarrte und auf weitere Erklärungen wartete, die nicht kamen, sah sich Eddie in der Stube um. Über der Sitzbank neben dem Ofen, auf der Geoffrey saß, hing ein großer vergilbter Kunstdruck der Apfelschussszene aus der Wilhelm-Tell-Saga. Neben dem Durchgang zur Küche hingen weitere Bilder aus der Geschichte des eidgenössischen Nationalhelden. Da war der berühmte Hut auf der Stange zu sehen, darunter Wilhelm Tell und Konrad Baumgarten in einem Boot bei stürmischer See auf der Flucht vor den Söldnern. In einem kleinen Bücherregal mit geschnitzten Verzierungen standen etliche Bücher und Folianten. Soweit Eddie die Titel entziffern und deuten konnte, handelten sie sämtlich von der Tellsaga und der Geschichte der Eidgenossenschaft.

Plötzlich ging ihm auf, dass sich der Vermieter doch selbst als Wilhelm Tell vorgestellt hatte. Er selbst hatte das zunächst für einen normalen schweizerischen Namen gehalten. Die Sage um die Entstehung der Eidgenossenschaft war ihm genauso wenig präsent, wie es wohl die Entstehungsgeschichte des Königreichs Bhutan gewesen wäre. Nun aber zählte er eins und eins zusammen und fragte in aller Naivität:

„Haben Sie vielleicht etwas mit DEM Wilhelm Tell zu tun?" Dabei deutete er auf das Apfelschuss-Bild. Geoff verdrehte den Kopf, um das Gemälde über sich sehen zu können. Tell sah ihn konsterniert an. Geoff wendete sich wieder Eddie zu und schüttelte mit zusammengezogenen Augenbrauen den Kopf.

„Was …?", zischte Eddie fast lautlos zu Geoff. Tell räusperte sich.

„Wilhelm Tell", rief er aus, „war der Oberurgroßvater des Oberurgroßvaters meines Oberurgroßvaters!"

Die Iren blinzelten verwirrt und sahen ihn verständnislos an. Einen Moment lang herrschte Schweigen. Als Tell begriff, dass die Iren nichts begriffen, setzte er zu einer Erklärung an:

„Wilhelm Tell war der Urururururururururur…" Als er bemerkte, dass der Ausdruck seiner Gäste blank blieb, winkte er ab.

„Wilhelm Tell war mein Vorfahr." Er schenkte sich einen weiteren Pflümli ein und versenkte diesen in seinem Rachen. Eddie und Geoffrey starrten ihn ungläubig an.

„Sie meinen, DER Wilhelm Tell?", fragte Eddie. „Der Tell mit dem …", er ahmte eine Schießbewegung mit den Händen nach, „Apfelschuss?"

Tells Gesicht lief rot an. Seine Augen wurden finster, in ihm brodelte etwas.

„Bei Wilhelm Tell", brüllte er über den kleinen Tisch, dass ihm die Spucke wie Gischt vom Mund sprühte, „ging es doch nicht nur um einen beschissenen Apfel! Tell ist die Schweiz!"

Damit war das Thema erledigt. Er goss sich demonstrativ noch einen Schnaps ein, den er in einem Zug austrank. Dann stierte er stumm auf den Tisch. Eddie räusperte sich verlegen und murmelte eine unbeholfene Entschuldigung. Tell reagierte nicht, sondern schwieg eisern weiter. Eddie sah sich Hilfe suchend nach Geoffrey um. Dieser zuckte unbekümmert mit den Schultern, nahm sein Schnapsglas und leerte es ebenfalls. Eddie tat es ihm nach. Da rührte sich Tell wieder, nahm die Flasche und füllte die drei Gläser auf.

Eddie versuchte es im Verlauf der nächsten halben Stunde mehrmals, das Gespräch mit Tell wieder in Gang zu bringen. Er griff Angelegenheiten wie die Wasserfontäne auf dem See auf, erkundigte sich nach den Besonderheiten Seelisbergs. Verzweifelt suchte er nach einem möglichst unverfänglichen Thema, um den Schweizer wieder milde zu stimmen, denn er glaubte, diesen ungewollt verärgert zu haben.

Schließlich versuchte er es mit der Frage, welche Schokoladensorte in der Schweiz wohl besonders zu empfehlen sei, doch auch damit konnte er Tell nicht aus der Reserve locken. Der Schweizer blieb stumm am Tisch hocken und rührte sich nur, wenn er seinen Schnaps austrank und wieder nachfüllte. Geoff war keine Hilfe. Er saß auf seiner Sitzbank und pfiff fast unhörbar ein irisches Liedchen. Irgendwann schlug er die Hände zusammen und rief aus:

„Na, so spät schon! Komm, Eddie, wir sollten uns langsam zurück begeben, Mo macht sich sonst noch Sorgen!“ Bereitwillig sprang Eddie auf. Sie bedankten und verabschiedeten sich höflich von ihrem Gastgeber, der nur mit einem grimmigen Grunzen antwortete.

Zurück in ihrer Hütte berichteten sie Mo von ihrem Abend bei Tell. Sie runzelte die Stirn, als Eddie ihr erzählte, wie der Abend geendet hatte, und meinte:

„Merkwürdiger Kauz, dieser Tell!“ Die Männer hatten dem nichts hinzuzufügen.

Es hatte einiger Stunden angestrengten Gesprächs bedurft, zweier Dolmetscher, da Ersterer ein versehentlich bestellter Französisch-Dolmetscher war, mehrerer internationaler Ferngespräche, ehe Watts endlich in seinem polizeilichen Status anerkannt, im internationalen Haftbefehl bestätigt und eidgenössischer Unterstützung versichert war und weiterfahren durfte. Er hatte sich geweigert, seinen Zustand nach dem Urin-Unfall zu erklären. Die Grenzbeamten konfrontierten ihn zudem noch mit einem nicht bezahlten Strafzettel aus Deutschland, an den Watts sich beim besten Willen nicht entsinnen konnte. Wutausbrüche hatte er an diesem Tag bereits alle hinter sich. Er fühlte sich nur noch leer und unendlich müde. Die Auseinandersetzung mit den quälend langsam mahlenden schweizerischen Amtsmühlen hatte ihn mürbegemacht. Als er endlich in sein Auto steigen durfte, spürte er kein Verlangen mehr, den Flüchtigen nachzusetzen. Er empfand nur noch diese unendliche Leere in sich.

Ähnlich hatte er sich damals gefühlt, vor seiner Versetzung nach Wales. Ein aufstrebender Kriminaler war er gewesen, ehrgeizig und unerbittlich. Der Fall Jackson wurde ganz in seine Hände gelegt, ungewöhnlich für seinen damaligen Dienstgrad. Doch sein Vorgesetzter hatte ihm dies als Anerkennung zugedacht für die hervorragende unermüdliche wie erfolgreiche Spürarbeit der letzten Monate und Jahre. „Bluthund“ nannte man ihn hinter vorgehaltener Hand; Stimmen, die zwischen Furcht und Ehrfurcht schwankten.

Einem Bluthund gleich hatte er sich Jackson, dem mehrfachen Mörder,

Vergewaltiger und Drogenbaron, vor dem die Öffentlichkeit des Vereinigten Königreiches zitterte, an die Fersen geheftet. Zielsicher hatte er immer wieder die Witterung aufgenommen, hatte nicht aufgegeben, wenn Jackson mal wieder untergetaucht war. Mit kehligem Grollen hatte er seine Beute dann in die Ecke gedrängt, bereit, zuzuschnappen. Doch alles Festbeißen hatte nichts genutzt. Fates, der ihm von Scotland Yard zugeteilte Kollege, ein unsympathischer bürokratischer Besserwisser, hatte darauf bestanden, kurz vor dem entscheidenden Schlag per Funk Verstärkung anzufordern. Watts hatte selbstverständlich widersprochen – viel zu riskant, dass Jacksons Leute etwas aufschnappen würden. Doch Fates hatte im Alleingang gehandelt. Natürlich war der Funkspruch abgefangen worden. Natürlich war Jackson über alle Berge, bis sie die kleine Wohnung in Slough, in der sich Strohmänner von Jackson eingemietet hatten, erreichten.

Das Ergebnis war noch fataler als überhaupt absehbar. Jacksons Verschwinden, ermöglicht durch das dilettantische Vorgehen der Polizei, führte zu einem öffentlichen Aufschrei, einem Skandal, der in den Medien breit getreten wurde. Der Polizeipräsident sah sich gezwungen, seinen Hut zu nehmen, nicht jedoch, ohne vorher die Verantwortlichen zur Rechenschaft zu ziehen. Unglücklicherweise hatte Fates für den Funk Watts' Gerät verwendet, da sein eigenes versagte. Vor der Untersuchungskommission beharrte Fates, dieser gewissenlose verlogene Hund, darauf, dass das Absetzen des Funkrufs mit Watts abgesprochen sei. Der Inspektor widersprach dem aufs Heftigste. Zwecklos, denn es stand Aussage gegen Aussage. Zumindest theoretisch war der Grünschnabel Fates dem dienstälteren und ranghöheren Watts unterstellt, auch wenn der Klugscheißer sich in der Praxis ohne weiteres Aufheben darüber hinweg gesetzt hatte. Watts trug somit die volle Verantwortung für die gesamte Aktion. Polizeipräsident Peters rächte sich an Watts, indem er dafür sorgte, dass dieser ohne Aussicht auf Karrierechancen in die hinterste Provinz, eben Wales, versetzt wurde.

Dort befand sich Hubert Watts seit nunmehr vierzehneinhalb Jahren und dämmerte seiner Pensionierung entgegen. Angesichts der erbärmlichen Fälle hatte er sich keine Hoffnung auf Wiederherstellung seiner Polizistenehre gemacht. In der Regel galt es Nachbarschaftsstreitigkeiten zu regeln, Verkehrssünder abzumahnen und ab und an einen kleinen Einbruch aufzunehmen. Bis … ja, bis dieser Fall von Drogenumschlag in größerem Umfang und ein versuchter Mord seinen Weg kreuzten. Jackson war Vergangenheit, nun gab es MacGowan und O'Meany. Watts sah ihre Visagen schon auf der Titelseite der Sun, im grauen Sträflingskittel mit Täternummern versehen. Überschrift: Kriminalist aus Aberystwyth hebt walisischen Drogensumpf aus! Immerhin rechnete er mit dem Fund mehrerer Kilogramm Haschisch, möglicherweise sogar härterer Drogen, wenn er die Iren endlich dingfest gemacht hatte.

Er ließ den Motor an, und während er seinen Gedanken freien Lauf ließ, lichtete sich seine Stimmung zusehends. Er suchte sich ein Hotelzimmer in Basel. Nachdem er eingecheckt und ein kleines, sündhaft teures Abendbrot verzehrt hatte, nahm er sich den bereitliegenden Schreibblock und Kugelschreiber des Hotels. Er setzte sich an den kleinen Tisch im Zimmer 304 und begann ein Schema zu skizzieren, wie die nächsten Schritte der Fahndung aussehen sollten.

Er gedachte seines alten, fast vergessenen Spitznamens und beschloss, in Manier des Bluthundes vorzugehen. Was machte dieser, wenn er keine Ahnung hatte, in welcher Richtung sich die Beute befand? Er zog systematische Kreise, ausgehend von seinem augenblicklichen Standpunkt, immer mit der Nase am Boden. Je enger die Kreise, je feinmaschiger das Netz waren, desto größer war die Wahrscheinlichkeit, die Fährte zu finden.

Watts hatte sich mit Karten, GPS-Gerät und einem Schweizer Mobiltelefon, oder Natel, wie sie dort sagten, ausgestattet. Seit Wochen war er unterwegs. Er hatte bereits die komplette Westschweiz durchkämmt, wobei ihm seine Verbindungen zur französischen Polizei überraschenderweise zugutekamen. Die Erwähnung des Namens Bettencourt öffnete ihm Tür und Tor. Dass dies auf einer Verwechselung beruhte, tat der Sache keinen Abbruch, da es nie herauskam. Die Suche führte dummerweise zu keinem Ergebnis außer jenem, dass sich O'Meany und MacGowan nie in der Westschweiz aufgehalten oder sich dort erkennbar gezeigt hatten.

Er hatte gerade begonnen, den Bereich um Zürich in Angriff zu nehmen, und befand sich zu diesem Zweck in der eidgenössischen Metropole. Er war den ganzen Vormittag in der Stadt unterwegs gewesen, hatte Hotels und Krankenhäuser abgeklopft und mit Kollegen gesprochen. Schließlich gedachte er, ein kleines Päuschen einzunehmen. Er trat an einen Kiosk heran, um sich mit einem frischen Wecken und einem Kaffee zu stärken. Als er an der Kasse des kleinen Geschäftes stand, bemerkte er einen Zeitungsständer. Sein Blick fiel auf den Blick. Auf dessen Titelblatt prangte in großen Lettern: *Royals auf Geheimbesuch: Prinzessin Marie-Sophie erblickt in Schwyz das Licht der Welt.*

21. Meinst du, er hat uns erkannt?

Die Titelzeile interessierte Watts nicht, schon allein, weil er sie nicht verstand, wohl aber das großformatige Foto, welches darunter abgebildet war. Auf diesem grinste ihm ein kahlköpfiger wohlbekannter Ire entgegen. Er hielt ein weißes Bündel im Arm, in dessen Mitte das rötliche Gesichtchen eines Neugeborenen aus den Kissen lugte. Watts entfuhr beinahe ein Entsetzensschrei. Im letzten Moment schlug er sich die Hand vor den Mund. Mit vor Aufregung zitternden Fingern zerrte er das Blatt aus dem Ständer, wobei die Titelseite riss. Er warf es auf den Verkaufstresen und starrte den jungen Mann an der Kasse ungeduldig an.

„*Wänd Sie ä nöi, die isch ja kaputt*[66]...", meinte dieser lahm, während er das zerrissene Titelblatt begutachtete. Watts stammelte etwas Unverständliches auf Englisch, was der junge Mann mit einem verständnislosen Kopfschütteln quittierte. Er nannte den zu zahlenden Betrag, den Watts erst entrichtete, nachdem er diesen von der grün leuchtenden Digitalanzeige des Kassendisplays abgelesen hatte.

Draußen stellte der Inspektor seinen Kaffeebecher auf die Fensterbank eines anliegenden Hauses und las den kurzen Artikel des Blicks. Trotz des Übersetzungs-Wörterbuches im Miniformat konnte er sich aus dem Text keinen Reim machen. Nur ein Wort verstand er: Schwyz. Und Schwyz, das wusste selbst ein strafversetzter alternder Polizeibeamter aus der walisischen Provinz, war eine Stadt in der Schweiz. Kurzerhand drehte er um, ging erneut in den Kiosk und kaufte sich eine Straßenkarte der Zentralschweiz. Entschlossenen Schrittes lief er zu seinem parkenden Wagen. Der Kaffee

[66] Möchten Sie eine neue, die ist ja kaputt ...

blieb vergessen auf der Zürcher Fensterbank stehen, doch Koffein brauchte Watts nun keines mehr. Adrenalin überschwemmte seinen Körper. Der Bluthund war geweckt, die Fährte aufgenommen.

Zähneknirschend begab er sich zunächst zurück nach Basel, seinem einstweiligen Hauptquartier. Er räumte das Hotelzimmer und bezahlte, bevor er sich auf den Weg in die Urschweiz machte.

Sarah hatte ihre wenigen Sachen im Krankenhaus zusammengepackt. Marie-Sophie war gestillt und schlief in einer weich ausgepolsterten Tragetasche, bereit zum Abmarsch. Jeden Moment würde Eddie sein liebes Gesicht hereinstrecken, um die Damen zwecks Familienzusammenführung abzuholen. Es klopfte, und erwartungsgemäß betrat Eddie das Zimmer. Sie begrüßten sich freudig, und Eddie wollte gerade Sarahs Tasche nehmen, als das iPhone klingelte.

„Miss Rutherford!“, rief Eddie erstaunt Sarah zu, als er aufs Display sah. Er nahm das Gespräch an.

„Hallo?“

„*Bore da*[67], Mr. O'Meany, hier spricht Aetheldreda Rutherford“, erklang heiser die knarzende Stimme der alten Lady. Sie tauschten ein paar Höflichkeiten aus, und Miss Rutherford erkundigte sich nach Sarahs Befinden. Stolz berichtete Eddie ihr von der Geburt seines kleinen Töchterleins. Schließlich kam die alte Nachbarin zum Grund ihres Anrufes. Aetheldreda berichtete in aller Kürze und doch so ausführlich wie möglich, was es mit Barbara Petersson auf sich hatte und wie sie ihr Gedächtnis verloren hatte. Cilly und Aetheldreda hatten Barb inzwischen bei sich in Pen-Y-Garn aufgenommen. Die amnesierte Frau hatte es bei ihrem Ehemann nicht mehr ausgehalten.

Während sie erzählte, fiel ihr eine merkwürdige Szene ein, nachdem Barb bereits einige Tage bei ihnen gewohnt hatte.

Sie, Aetheldreda, kehrte von einigen Besorgungen zurück, als sie feststellte, dass sie ihren Schlüssel vergessen hatte. Glücklicherweise war Barb da, denn Cilly neigte gelegentlich zur selektiven Schwerhörigkeit, was die Türglocke anbetraf. Sie klingelte also, und nach wenigen Sekunden öffnete Barb die Tür.

„Ja, bitte?“

Aetheldreda zog überrascht die Augenbrauen hoch. Dann schmunzelte sie. Barb scherzte offenbar.

„Hallo Barb. Danke fürs Aufmachen. Dummerweise ich habe meinen

[67] Guten Morgen

Schlüssel vergessen."

„Barb? Sind Sie Barb?", fragte Barb ungerührt.

„Du bist Barb. Barbara. Ich bin Aetheldreda", entgegnete Aetheldreda ebenso trocken. Doch ihr schwante, dass Barb keine Witze machte.

„Und zu wem möchten Sie?"

„Wie …? Ich wohne hier, Barb. Ich wohne hier, du wohnst hier, und das Haus gehört meiner Cousine Cilly …"

„Cilly?"

Aetheldreda seufzte tief. Behutsam nahm sie Barb am Arm und führte sie ins Haus. Die Pfarrersfrau hatte offensichtlich wieder ihr Gedächtnis verloren. Geduldig erklärte sie ihr alles. Nachdem sie sich davon überzeugt hatte, dass Barb keine neuerlichen Kopfverletzungen hatte, nahm sie an, dass sich der wiederholte Gedächtnisverlust spontan eingestellt hatte. Sie fürchtete, dass dies wohl noch häufiger der Fall sein könnte.

Weiter berichtete sie, was die Polizei davon hielt, sprich vom vermeintlichen Überfall auf Barb. Und damit wurde Eddie klar, dass sie handeln mussten. Sie verabschiedeten sich am Telefon. Er berichtete Sarah nur Auszüge des Gesprächs. Er wollte sie nicht unnötig beunruhigen. Dann fuhren sie in ihr vorübergehendes Zuhause nach Seelisberg.

Die Kinder hatten sich an diesem Tag überraschenderweise auf ein gleichzeitiges Mittagsschläfchen geeinigt, dem sich Tyson selbstzufrieden anschloss. Das ermöglichte den Erwachsenen, ernstere Gespräche aufs Tapet zu bringen. Eddie berichtete, dass die Polizei ihnen nicht nur ihre Drogenvergehen vorhielt, sondern auch noch einen Überfall auf Barb Petersson. Das Wort Mordversuch zu nennen vermied er aus Rücksicht auf Sarahs ohnehin strapazierte Nerven. Nun mussten sie sich ernsthaft Gedanken machen, wie ihr Leben weiter gehen sollte. Eine Flucht auf Dauer war dabei keine Option.

„Ich denke, wir sollten Europa verlassen. Wir haben so viel Geld, dass wir in einem ruhigen Land, sagen wir Botswana, angenehm und sorgenfrei leben können", eröffnete Eddie die Gesprächsrunde.

„Botswana?" Sarah sah ihn empört an. „Glaubst du etwa, ich ziehe mit zwei kleinen Kindern nach Afrika? Nie im Leben!"

Eddie blickte gekränkt zurück und wollte gerade etwas erwidern. Doch Mo brachte Ruhe in die Sache.

„Reg dich nicht auf, Sarah, wir wollen erst mal nur laut überlegen. Ich bin auch nicht scharf auf Afrika. Mir würde es besser gefallen, in Europa bleiben zu können. Gegen entsprechendes Geld wäre Russland eine Möglichkeit, aber ich weiß nicht, ob ich mit der russischen Mentalität auf lange Sicht zurechtkäme."

„Die russische Mentalität ist prima!“, warf Geoff grinsend ein und setzte eine Flasche Bier an. Er erhielt einen wütenden Blick von Mo.

„Vielleicht könnten wir Asyl in Holland beantragen?“, überlegte Sarah laut. „Die sind doch so … äh … drogentolerant …“

„Nur, weil die viel vertragen, können die nicht einfach die Gesetze beugen, wie sie gerade lustig sind“, wandte Eddie ein, der nach wie vor Afrika favorisierte. Eine muntere Diskussion entsprang, bei der noch viele Ideen wie Kaiman-Inseln, China, Dubai, Argentinien und etliches andere in die Runde geworfen wurden. Doch nach anderthalb Stunden, Finley regte sich so langsam wieder, war noch immer keine Lösung greifbar. Man konnte sich auf keinen Verweilort einigen. Sarah begann allmählich, sich ernsthaft Sorgen zu machen. Da meldete sich endlich Geoffrey zu Wort. Bis auf seinen einen Kommentar zur russischen Mentalität und entgegen seiner sonstigen Gewohnheit hatte er sich bislang nicht geäußert.

„Sagt mal, wo würdet ihr am liebsten hin, wenn die Polizei dabei keine Rolle spielen würde?“

Wenn nun jemand dachte, es käme die Aussage: „Nach Hause!“, dann lag dieser jemand gründlich daneben. Alle Anwesenden hatten ihre eigentliche Heimat hinter sich gelassen – lange schon, bevor sie sich auf der Flucht befunden hatten. Eddie und Sarah hatte es nach Wales verschlagen. Ganz nett da, aber sicher nicht das, was sie als ihre Heimat bezeichnet hätten. Monique war nach ihrer Trennung von David ohnehin mehr oder weniger „vogelfrei“. Und Geoff? Geoff war nun einmal Geoff.

Sarah musste nicht lange überlegen. Mit träumerischem Blick hauchte sie:

„Südtirol!“

In Südtirol hatten sie einst als Jungverliebte einen wunderbaren Rucksackurlaub in den Bergen verbracht. In trauter Zweisamkeit hatten sie die meditative Ruhe und majestätische Ausstrahlung der Berge entdeckt. Sie liebten sich auf verlassenen Bergwiesen unter freiem Himmel und fütterten sich gegenseitig mit wilden Himbeeren und Heidelbeeren, bis ihre Münder blau und rot troffen. Nackt waren sie in eiskalte Gewässer gesprungen, nicht länger als für ein paar Sekunden, um sich anschließend unter dem weit herabgezogenen Vordach einer verlassenen Hütte erneut zu lieben. Es war der einfachste, der romantischste und verwegenste Urlaub gewesen, den sie sich je hatten vorstellen können. Südtirol war eine Region, zu der sie immer, so hatten sie sich damals geschworen, eines Tages zurückkehren wollten, und Sarah hatte nie aufgehört, daran zu denken.

Eddies Blick wurde weich und verschwamm in unsichtbarer Ferne, und wie ein sanftes, dunkles Echo wiederholte er:

„Südtirol!“

Mo sah die beiden an, sinnierte einen Moment lang und meinte schließlich:

„Na ja … warum eigentlich nicht?"

Geoff grinste in die Runde.

„Südtirol ist prima!"

Die drei anderen, aus ihren Träumereien gerissen, sahen ihn fragend an.

„Dann ist das gebongt, oder?", schloss er.

Sarah runzelte die Stirn.

„Ja, Geoffrey, das wäre zu schön, um wahr zu sein. Aber wir wollen doch realistisch bleiben, nicht wahr?"

Geoff sah sie getroffen an. Als er jedoch bemerkte, wie sich auch die Mienen der anderen verfinsterten, lehnte er sich zurück und erklärte:

„Na ja, Leute, mal ehrlich: Einfach so weiter vor der Polizei flüchten, am Ende in irgendeine Bananenrepublik, in der Hoffnung, uns erwischt da schon keiner, ist das vielleicht realistisch? Wir brauchen nur ein einziges Mal irgendwo anecken, und schon wächst die Gefahr, dass uns jemand verpfeift, nur weil er uns eins auswischen will. Und ihr wisst, dass ich ziemlich gut im Anecken bin, auch wenn ich es stets zu vermeiden versuche …"

Auf den ersten Gesichtern zeigte sich leichtes Grinsen.

„Ich will jedenfalls nicht irgendwo in einer blöden Hängematte versauern mit dem beständigen Gefühl, nur einen kleinen Fehler machen zu müssen, um geschnappt zu werden. Immer auf der Hut sein, dauernd lügen, andere austricksen … das ist wirklich nicht mein Stil."

Das Grinsen auf den Gesichtern wurde etwas breiter.

„Ist es echt nicht", verteidigte sich Geoff. „Jedenfalls bin ich der Meinung, wir sollten etwas unternehmen, um uns ein für alle Mal eine schöne und vor allem unbehelligte Zukunft zu schaffen. Am besten hier in Europa. Ja, und warum nicht Südtirol? Die Südtiroler sind ein nettes Völkchen. Sehr freiheitsliebend … ich glaube, wir passen zu denen."

„Und was können wir deiner Meinung nach unternehmen?", fragte Sarah und nahm Finley in den Arm, der vollends aufgewacht war und nun die Nähe seiner Mutter suchte. Er kletterte auf ihren Schoß, kuschelte sich ein und lutschte genüsslich an seinem Daumen.

„Ich habe einen Kumpel in Italien", setzte Geoff an, wurde jedoch durch theatralisches Stöhnen unterbrochen.

„Ich kann mir vorstellen, was das für ein Kumpel ist …" Sarah rollte mit den Augen. Eddie legte seine Hand auf ihren Arm und wisperte:

„Liebling, lass ihn doch ausreden. Wir sprechen später unter vier Augen darüber, und wenn einer von uns die Idee blöd findet, dann machen wir es nicht, in Ordnung?"

Sarah lächelte ihn an. Da war sie wieder, die ehemännliche Unterstützung, die sie seit geraumer Zeit vermisst hatte. Sie senkte den Blick und nickte. Geoff fuhr fort:

„Giovanni besitzt die beste Fälscherwerkstatt im gesamten Mittelmeerraum."

„Aber das ist doch illegal!", posaunte Mo dazwischen. Geoff schmunzelte ihr zu.

„Nun, wir sind ja derzeit auch nicht gerade auf Pilgerfahrt, nicht wahr? Ich bin einfach der Meinung, wir sollten einmal was Richtiges unternehmen, um unsere Spur endgültig zu verwischen. Und die einfachste, sicherste und beste Lösung wären neue Pässe. Neue Identität, neues Leben. Zurück auf Start, und uns steht die Welt offen."

Die anderen sannen einen Moment darüber nach.

„Was würde das kosten?", wollte Eddie wissen.

„Das weiß ich noch nicht genau. Ich schätze, da ich ein guter Kumpel von Giovanni bin, so rund zehn bis zwölf Riesen für jeden von uns. Was spielt das für eine Rolle? Hat jemand eine bessere Idee? Ihr könnt nicht ernsthaft vorhaben, weiter zu flüchten! Ich für meinen Teil habe jedenfalls keine Lust darauf. Sarah und den Kleinen kann man das auch nicht länger zumuten. Und Tysie wäre sicher auch froh, irgendwo mal wieder Anker werfen zu können."

Mo drückte Geoffrey nach seiner Rede kurz die Hand und lächelte ihn zärtlich an. Eddie hingegen hatte die Sorge, der walisische Bluthund könnte ihnen womöglich schon wieder auf der Spur sein.

„Wir sollten auf jeden Fall schnellstmöglich eine Entscheidung treffen", meinte er. „Was ist, sollen wir abstimmen?"

Die anderen nickten.

„Gut. Wer ist für Geoffreys Idee? Gefälschte Pässe, ein neues Leben in Südtirol?", fragte er und hob seine rechte Hand. Geoff sah Mo an. Sie schluckte kurz, dann hob auch sie ihre Hand. Sarah blickte zu Eddie. Diesen Mann hatte sie geheiratet. Ganz oder gar nicht, das hatte sie sich damals geschworen. Ihr war klar, dass sie von Hormonen überschwemmt war, die eine wirklich vernünftige Entscheidung nicht gerade förderten. Aber war es das, was hier gebraucht wurde – eine vernünftige Entscheidung? Sie steckten doch allesamt viel zu tief im Schlamassel. Watts, dieser Polizeidinosaurier, würde sich kaum bezirzen lassen, die fälschlichen Anklagen fallen zu lassen. Sie hielt ihre Hand hoch.

Geoff grinste zufrieden in die Runde.

„Okay, dann sind wir wohl unisono. Eddie, ich schlage vor, wir zwei setzen uns baldmöglichst ins Auto und düsen ab nach Italien. Euch Ladys lassen wir hier, und ihr solltet euch ein wenig in Charade üben. Mir wäre wohler, es würde euch niemand mehr erkennen."

Mo ging sofort auf seinen Vorschlag ein, und sie besprachen die Details ihrer Pläne. Sie beschlossen, sich als Musliminnen auszugeben. Mit gefärbten Haaren und weiten Burkas hätten sie eine einfache wie effektive Verkleidung. Eddie bestand darauf, noch ein paar Tage bei seiner Frau zu bleiben, bevor er und Geoffrey die Reise gen Süden antreten wollten.

Sarah zog sich aus der Runde zurück. Marie-Sophie war aufgewacht und hatte Hunger. Eddie diskutierte noch kurz mit, doch Finley forderte sein Recht und überredete seinen Vater, mit ihm ein Buch zu lesen.

Mo fuhr am folgenden Vormittag nach Stans, um Erledigungen zu machen. Sie besorgte Haarfärbemittel in einer Drogerie. Sie suchte mehrere Bekleidungsgeschäfte auf, doch mit Burkas konnte man ihr hier nicht dienen. In einem Stoffladen kaufte sie schließlich mehrere Meter schwere Futterseide in schwarz sowie Nadeln und passendes Nähgarn.

Zurück im Ferienhaus färbten sich die Frauen unter viel Gelächter die Haare. Mos Haare waren blondiert, aber von Natur aus deutlich dunkler als Sarahs Haare. Bei ihr sah eine richtige Schwarzfärbung noch einigermaßen realistisch aus. Sarahs helle Haare, zumal in Verbindung mit ihrem porzellanfarbenem Teint, den goldene Sommersprossen zierten, hätten schwarz nicht vertragen. Daher färbten sie diese in sattem Goldbraun.

Auch der arme Finley musste dran glauben. Sein karottenfarbener Schopf wurde ebenfalls braun gefärbt. Allerdings handelte es sich bei den Färbemitteln keineswegs um echte Farbe, sondern um sogenannte Intensivtönungen. Zumindest der Farbton „Haselnuss" hatte anscheinend gewisse Schwächen naturrotes Haar betreffend. Jedenfalls sah Finley hinterher mitnichten braunhaarig aus. Sein Haar hatte eine grauenhafte Mischfarbe angenommen. Es war fleckig, und die Farbe erinnerte an eine alt gewordene Möhre. Finley selbst störte das nicht. Er lachte fröhlich, als er sich nach dem Föhnen im Spiegel besah, und langte immer wieder fasziniert in sein fleckiges Haupthaar.

Sarah kümmerte sich um die Kinder und um das Mittagessen, während Mo begann, aus der Futterseide Umhänge zu nähen, die echten Burkas ähneln sollten. Das gelang ihr zu ihrem eigenen Erstaunen recht gut, galt sie doch nicht gerade als begnadete Handarbeiterin. Das Nähen von Hand war mühsam und langwierig, und die Stiche fielen ungleichmäßig aus. Da das schwarze Garn auf dem schwarzen Stoff jedoch so gut wie unsichtbar blieb, spielte das keine Rolle. Am Abend war die erste Burka fertig. Als Sarah sie anprobierte, bemerkte sie erstaunt, wie bequem und lässig dieses so stark diskutierte Kleidungsstück doch zu tragen war.

Inspektor Watts hatte bei seiner Hotelsuche in Schwyz mehr Glück als die von ihm Gesuchten. Als er im Rössli nachfragte, war kurz zuvor ein Gast erkrankt und musste seinen Aufenthalt abbrechen. Dummerweise handelte es sich um die teuerste Zimmerkategorie, die Watts 170 Franken pro Nacht kosten sollten. Zugegebenermaßen war das Deluxe-Zimmer seinen Preis auch in vollem Umfang wert. Doch Watts Ersparnisse schmolzen in Anbetracht des stetig wachsenden Spesenkontos nur so dahin. Der internationale Haftbefehl lag seiner Polizeibehörde noch zur Prüfung vor, somit konnte er noch keinen Ausgleich seines Spesenkontos einfordern.

Er hatte seine Planungen für die weitere Suche nach den Flüchtigen abgeschlossen und genehmigte sich nun, da es noch recht früh war, einen kleinen Morgenspaziergang zum nächsten Bäcker. Dort wollte er sich mit *Gipfeli* und *Kafi*[68] eindecken, um seinen Erfolg gebührend zu feiern. Jawohl, Erfolg, denn als solchen verbuchte er sein Verweilen in Schwyz. Das Entdecken von Eddies Konterfei auf dem Blick wertete er nicht als Zufall, schon gar nicht als Glücksfall. Es war schlicht Schicksal, eine Fügung zur Erfüllung einer Bestimmung, seiner Bestimmung.

Unbewusst pfiff er die Melodie von „*There is No Lights On The Christmas Tree Mother*", als er die gläserne Ladentür aufstieß, an der eine kleine altmodische Glocke befestigt war. Vor ihm standen zwei schwarz verhüllte Frauen, Muslimas, Araberinnen möglicherweise. Sie hatten einen Kinderwagen vor sich stehen, ein Kleinkind an der Hand, und waren ins Gespräch vertieft. Englische Wortfetzen trieben zu ihm herüber. Er korrigierte seine Annahme. Es handelte sich wohl eher um Pakistanis. Stirnrunzelnd musterte er die wallenden Burkas, deren breite Gesichtsschlitze nur die Sicht auf die Augen zuließen.

Mit einem für seine Verhältnisse ungewöhnlich höflichen „*Excuse me*[69]" versuchte er, sich seinen Weg durch die verhüllten Figuren zu bahnen. Die Damen verstummten sofort und wichen erschrocken zur Seite. Eine sog gar mit einem kleinen Schreckenslaut die Luft ein, und Watts dachte genervt, wie sehr die muslimischen Frauen doch zum Männerhass erzogen waren.

Als er die schmale Lücke zwischen den beiden passierte, blickte er grimmig zur rechten und registrierte zu seinem Erstaunen, dass sie hellblaue Augen hatte. Mit diesen starrte sie ihn ängstlich an. Er wandte den Blick ab und grübelte weiter. Als er noch einmal zurücksah, hatte sie ebenfalls ihren Kopf gedreht. Dafür bemerkte er ihren etwa dreijährigen Sprössling, der an ihrer Hand zerrte und auf überraschend akzentfreiem Englisch nörgelte, dass

[68] Hörnchen (Croissants) und Kaffee
[69] Entschuldigung!

er eine Süßigkeit haben wolle. Und: Dieser Sprössling hatte seltsam gefleckte Haare und – ganz wie seine Mutter – hellblaue Augen.

Nun, hellblaue Augen, das mochte vorkommen, dachte sich Watts. Vielleicht waren es Zuwanderer aus den ehemals sowjetrussischen Ländern nördlich von Pakistan. Die Dame hinter dem Verkaufstresen fragte nach seinem Begehr, und Watts bestellte Kaffee und zwei Croissants, die er sich einpacken ließ. Im Hinausgehen registrierte er, wie die Pakistanerinnen ihm nachstarrten. Grummelnd zog er den Kopf zwischen die Schultern und stapfte eilig zu seinem Hotel zurück.

„Meinst du, er hat uns erkannt?“, zischte Sarah hinter ihrem schwarzen Gesichtstuch.

„Unmöglich“, wisperte es unter der anderen Burka hervor. „Der hätte uns sonst sofort festgenommen!“ Mo kicherte leise. Sarah war nicht nach Lachen zumute. Ihrer Mutter hingegen bereitete das Versteckspiel Vergnügen. Sie nahm zwei Sonnenbrillen aus einem Verkaufsständer und legte sie in den Einkaufskorb.
Sie waren nach Schwyz gekommen, da Marie-Sophie eine weitere Routineuntersuchung bevorstand. Am Tresen bestellten sie noch *Gipfeli* und *Weckli*[70]. Anschließend unternahmen sie einen ausgedehnten Spaziergang, bevor sie zum vereinbarten Termin ins Krankenhaus mussten.

Watts stand am Empfang des Spitals und massierte sich mit Zeigefinger und Daumen entnervt die Nasenwurzel. Seit geschlagenen zehn Minuten befragte er den älteren Mann, der auf dem Pförtnersessel saß, und erntete nichts als vehementes Kopfschütteln. Nach vor seinem Frühstück war er in das Krankenhaus gefahren, da hier O'Meanys Frau ihr Kind entbunden haben musste.

In unerschütterlicher schweizerischer Gemütsruhe, ja, Ignoranz, lehnte der Spitalsangestellte die Beantwortung jeglicher Fragen ab. Watts spürte heiße Wut in sich aufsteigen, köchelnd auf brennender Ungeduld. Der Druck stieg an, und der Kessel explodierte: Mit einem jähen Aufschrei riss er die Dienstmarke aus der Innentasche seines Jacketts und brüllte auf Englisch:

„Ich bin Polizeiinspektor Hubert Watts, und ich führe hier wichtige Ermittlungen in einem internationalen Kriminalfall durch! Wenn Sie nicht sofort Ihr verdammtes Maul aufmachen, dann kann ich Sie gerne an Ort und Stelle verhaften lassen …“

„… wenn es Ihnen nichts ausmacht!“, setzte er hinzu, als Engländer

---

[70] Hörnchen und Brötchen

konnte er nicht anders. Der ältere Mann sah ihn einen Moment lang verständnislos an, dann stotterte er sichtlich eingeschüchtert:

„N-no english!"

Watts jaulte auf und zerrte mit den Fingern an seinem Gesicht. Und dafür hatte dieser Kerl hier ihn zehn Minuten lang zappeln lassen? Er rang kurz um seine Fassung, dann schnaufte er zweimal tief durch und holte sein Mini-Übersetzungswörterbuch heraus.

„Doll-metzger?", fragte er in einem wenig glücklichen Versuch, das schwierige deutsche Wort auszusprechen. Der Mann blickte blank. Watts seufzte und sprach betont langsam, jede einzelne Silbe betonend:

„In-ter-pre-ter?"

Glücklicherweise stammte der Mann aus dem Tessin und sprach daher fließend Italienisch. Dort hieß Dolmetscher Interprete, was dem englischen Interpreter recht nahe kam, und er verstand. Er signalisierte die Bitte um einen Moment Geduld und griff zum Telefon. Nach einem kurzen Gespräch zeigte er Watts grinsend einen erhobenen Daumen. Anschließend vertiefte er sich in einen Stapel zu bearbeitender Papiere.

Es vergingen weitere fünf Minuten, die in Watts Ermessen so zäh verliefen, dass er das Gefühl hatte, die Schweizer Uhrenbauer wären vielleicht doch nicht immer so präzise, wie ihr weltweiter Ruf verlautbarte. Die Uhr an der Wand des Empfangsraumes im Schwyzer Spital hielt sich ganz offensichtlich nicht an die gängigen Gesetze der Zeit. Stattdessen schienen ihre Zeiger auf der Stelle herumzutreten. Jedenfalls war nicht erkennbar, dass sich auch nur einer der beiden merklich bewegte. Nach diesen sich endlos dahinziehenden Minuten kam endlich jemand, der sich in von starkem Akzent durchsetztem Englisch dem Inspektor vorstellte. Es handelte sich um einen Assistenzarzt, der ein Auslandssemester in Bristol studiert hatte.

Watts erklärte sich erneut und verlangte nach Auskunft über Edward Louis Patrick O'Meany oder dessen Ehefrau Sarah. Der Assistenzarzt übersetzte nach bestem Wissen und Gewissen, doch Watts erntete vom Rezeptionisten nur neuerliches Kopfschütteln. Fassungslos starrte er den Mann einen Augenblick lang an, dann dämmerte es ihm. Er holte das reichlich zerschlissene Exemplar des Blicks heraus, auf dessen Titelblatt ihm Eddie mit Säugling im Arm entgegengrinste. Er hielt es den Anwesenden vor die Nase. Dem Assistenzarzt entfuhr ein erkennendes „Ach!". Die Miene des Rezeptionisten aber versteinerte sich. Er murmelte ein paar knappe Worte auf Schweizerdeutsch. Der junge Arzt zuckte zusammen, setzte eine schuldbewusste Miene auf und erklärte auf Englisch:

„Hierüber dürfen wir nichts sagen!"

Watts holte nun sehr tief Luft und zählte in Gedanken bis zehn. Dann holte er sein bestes Sonntagslächeln hervor. Mit zusammengebissenen Zähnen versuchte er, den Krankenhausmitarbeitern sein Anliegen deutlich zu machen.

„Mein Name ist Watts, Hubert Watts, Polizeiinspektor und Vorsteher der Dyfed Powys Police Station in Aberystwyth, Wales. Ich leite eine internationale Fahndung nach Verbrechern, auf deren Konto schwerer Drogenhandel, ein Mordanschlag und vermutlich auch Menschenhandel gehen." Er hatte ganz bewusst den Ausdruck Mordanschlag statt Mordversuch benutzt, um seinen Worten das nötige Gewicht zu verleihen. Das mit dem Menschenhandel war selbstredend ins Blaue geschossen, aber hatten die Drogenleute nicht immer auch etwas mit der Verschleppung von Menschen zu tun? Er hatte schließlich nur die Möglichkeit erwähnt, dass es so sein könnte.

„Dieser Mann hier", er tippte mit dem Finger auf Eddies Konterfei, „ist der Kopf einer schwerkriminellen Bande, und wenn Sie", diesmal zeigte er mit dem Finger auf den jungen Mann am Empfang, der in der Folge vor Schreck erblasste, „mich weiterhin in meiner Ermittlungsarbeit behindern, werde ich Sie in entsprechende Beugungshaft nehmen lassen."

Der Assistenzarzt kaute nervös auf seiner Unterlippe und blickte Watts fragend an. Fachbegriffe wie Menschenhandel oder Beugungshaft hatte er in seinem Leben noch nie gehört – jedenfalls nicht auf Englisch. Er zuckte ratlos mit den Schultern. Watts raufte sich verzweifelt die Haare. Konnte oder wollte der ihn nicht verstehen? Er starrte den Assistenzarzt wütend an. Seine dunklen Augen glühten wie zwei Kohlestücke. Dem arglosen Arzt war, als blicke er dem Höllenfürsten persönlich ins Antlitz. Eilig wisperte er dem Kollegen am Empfang zu:

„*Besser, du gischem, was är will*[71]!"

Kopfschüttelnd las Watts die falschen Angaben der britischen Patientin, die ihm der Rezeptionist anschließend vorlegte. Grußlos verließ er die Klinik.

Als Nächstes nahm er sich die Hotels und Pensionen in Schwyz vor. Es war ein äußerst mühsames Unterfangen, denn die Verschwiegenheit der Eidgenossen war nicht nur in finanztechnischer Hinsicht legendär. Nur unter viel Druck waren überhaupt Aussagen aus den zugeknöpften Schwyzer Gastwirten herauszupressen; anfangen hingegen konnte Watts mit keiner einzigen etwas. Die Bande schien wie vom Erdboden verschluckt.

Er wandte sich an die örtlichen Polizeibehörden, die sich als deutlich

[71] Besser, du gibst ihm, was er verlangt!

kooperativer erwiesen als jene Einheimischen, denen er bislang begegnet war. Es wurde eine schnelle Ringfahndung nach dem dunkelblauen Renault Scénic eingeleitet. Leider ohne Erfolg. Möglicherweise hatten sie das Fahrzeug abgestoßen. Jedenfalls war es in Schwyz entweder sehr gut versteckt oder aber gar nicht vorhanden.

Eine polizeiliche Prüfung der Gästelisten nach O'Meany, MacGowan, Jones oder Albany-Ashcombe, was er der Krankenakte entnommen hatte, ergab ebenfalls keinen Treffer. Eine Monica Jones war verzeichnet, stellte sich jedoch als reichlich indignierte US-Amerikanerin nebst reichem Gatten heraus. Sie drohte Watts mit millionenschwerer Klage, sollte er es wagen, sie weiter in ihrem wohlverdienten Jahresurlaub zu behelligen. Watts dachte nur mürrisch, dass dieser Jahresurlaub diesem so offensichtlich wohlhabenden Ehepaar vermutlich eher der planmäßigen Steuerhinterziehung diente. Er verwendete aber keine weitere Mühe darauf; es war schlicht nicht sein Fall.

So stocherte er eine Weile weiter im Dunklen herum. Er begann, seine Suche auf die Nachbarorte auszuweiten, doch auch hier ohne Erfolg. Der Zufall schließlich war es, der ihm zu Hilfe kam.

Marie-Sophie hatte, wie bei nur wenige Tage alten Säuglingen nicht selten, eine leichte Neugeborenengelbsucht bekommen. Deshalb musste Sarah erneut das Spital aufsuchen, um den Verlauf der Krankheit kontrollieren zu lassen. Watts wiederum hatte sich in seiner Verzweiflung, da sich trotz tatkräftiger Unterstützung der Schwyzer Polizeibehörden hinsichtlich der Flüchtigen nichts getan hatte, nochmals zum Spital begeben. Er hatte die vage Hoffnung, aus den Krankenakten doch noch einen Hinweis herauslesen zu können. Gerade, als er auf den Haupteingang zuschritt, sah er durchs Glas zwei verhüllte Gestalten. Es waren die merkwürdigen Frauen, denen er einige Tage zuvor in der kleinen Bäckerei begegnet war.

Plötzlich fiel der Groschen: blaue Augen – englische Konversation? Es war doch durchaus möglich, dass sich die Damen der flüchtigen Gesellschaft verkleidet hatten! Die jüngere hielt eine Babytragetasche in ihrer rechten Hand. Er wollte einen Besen fressen, wenn dies nicht Frau und Schwiegermutter von O'Meany waren, nebst jüngstem Nachwuchs! Watts schlug sich zurück hinter einen großen Strauch rechts vom Eingang, denn die Damen bewegten sich auf ihn zu. Glücklicherweise waren sie ins Gespräch vertieft und bemerkten ihn so nicht, als sie ins Freie traten. Watts lauschte aufmerksam: Sie unterhielten sich unverkennbar in akzentfreiem Englisch; Oxfordenglisch, hätte Watts behauptet.

Unauffällig folgte er den beiden. Sie liefen in die Parkgarage und stiegen dort in einen dunkelblauen Scénic. Das Lenkrad befand sich auf der rechten

Seite. Volltreffer! Watts eilte zu seinem Volvo, der in der nächsthöheren Etage stand. Das Glück blieb ihm hold: Als er durch die Schranke des Parkhauses fuhr, befand sich vor ihm nur ein schwarzer Geländewagen. Vor diesem wartete der dunkelblaue Renault Scénic auf eine Lücke im fließenden Verkehr, um links abzubiegen. Die Lücke tat sich auf und die Damen fuhren los. Der schwarze Geländewagen vor ihm verzog sich nach rechts, und in gemessenem Abstand verfolgte Watts die Frauen durch Schwyz. Als sie aus dem Flecken herausfuhren, kam Watts gefährlich nahe an sie heran. Er befürchtete schon, dass sie ihn bemerkt hatten. Aber offensichtlich hatten die Damen im Auto nur miteinander geschnattert oder sich sonst wie in frauenüblicher Manier zerstreut, dachte Watts.

Sie fuhren weiter, und Watts folgte ihnen den Urnersee entlang. Bei Flüelen glaubte er, sie verloren zu haben. Ratlos fuhr er weiter, steuerte auf die Autobahn und hielt sich rechts. Plötzlich sah er den dunkelblauen Renault wenige Hundert Meter vor sich. Sie leiteten ihn von der Autobahn herunter und führten ihn durch Seelisberg bis hinab in den Rütliweg.

Als die Frauen dort hinein gebogen waren, ließ Watts sich weiter zurückfallen. Sie waren fast außer Sicht, als er ihnen auf den lang gezogenen Serpentinen zum Rütli hinunter folgte. Zunächst war er verunsichert, da er sich hier außerhalb jeglicher Zivilisation glaubte. Doch dann tauchte das gräulich verputzte Häuschen Tells auf, und weiter hinten sah Watts rechter Hand den Scénic stehen. Rasch hielt er an und setzte zurück bis zur nächsten Waldschneise, in der er den Volvo versteckte.

Im Schutz des Waldrandes schlich er auf die Blockhütte zu. Aufkommender Föhnwind zerrte an seinen spärlichen Haaren. Er äugte misstrauisch zum verputzten Häuschen auf der linken Seite hinüber. Es schien wie ausgestorben. Die Scheiben wirkten blind, und die Gardinen waren so alt und vergilbt, dass der Inspektor glaubte, es sei verlassen.

Stetig auf seine Deckung achtend näherte er sich dem Holzhäuschen. Der Wind pfiff ihm um die Ohren. Der Scénic stand etwas nach hinten versetzt. Der Blick auf den Hauseingang war frei. Ob sie hier Unterschlupf gefunden hatten? Die Hütte selbst wirkte von außen so heruntergekommen, dass Watts meinte, auch sie sei ursprünglich verlassen gewesen und nun von den Flüchtigen okkupiert.

Plötzlich sprang die Tür auf. MacGowan und O'Meany traten heraus. Ein erregendes Gefühl der Freude kribbelte in Watts' ganzem Körper. Er hatte alle Mühe, einen kleinen Jauchzer des Triumphs zu unterdrücken. Endlich hatte er auch mal Glück!

22. Der brave Mann denkt an sich selbst zuletzt

Die Iren schienen sich von den Frauen zu verabschieden. Nun musste der Inspektor handeln, zuschnappen, bevor die Zwei sich ins Auto setzen konnten. Mit einem Aufschrei sprang er aus seiner Deckung und rannte die wenigen Meter auf den Hauseingang zu. MacGowan und O'Meany starrten ihn entgeistert an, ehe auch sie aufkreischten und losrannten.

„Hast du den Autoschlüssel?", schrie Geoffrey, während er an der Fahrertür riss. Sie war abgeschlossen.

„Nein, ich dachte den hast du!", kreischte Eddie und starrte seinen Kumpel panisch an. Geoff drehte sich um und sah den Inspektor schnaufend herankommen. Der Wind hatte sich zu einem mittleren Sturm gemausert, der kleine Zweige und Tannenzapfen auf Watts niederregnen ließ. Er würdigte die Frauen keines Blickes, als er keuchend den Hauseingang passierte. Sarah schlug erschrocken die Tür zu. Mo sah sie entsetzt an. Sie hielt ihr die rechte Hand vor die Nase.

„Der Autoschlüssel!" Dieser baumelte an ihrem Zeigefinger.

„Mist!", rief Sarah und spähte vorsichtig aus der Tür.

Die Männer waren derweil nicht mehr zu sehen. Eddie und Geoff waren blindlings losgerannt. Sie bogen hinters Haus, während der Inspektor schnaufend die Verfolgung aufnahm. Sie rannten Haken schlagend durch den verwilderten Obstgarten, während sich Watts noch an der ungeschnittenen Hecke vorbeikämpfte. Sie hasteten nach vorne zum Sträßchen, wieder auf den Hauseingang zu, wo Mo ihnen entgegenschrie und mit dem Autoschlüssel klimperte. Doch Watts hatte die Lunte gerochen und den Weg durch den Garten über einen altersschwachen Zaun abgekürzt. Im Sprung über den Zaun war er zwar an diesem hängen geblieben, doch die

Pfosten des Holzgatters waren morsch. Der Zaun krachte einfach der Länge nach um, während Watts sich freistrampelte und den Iren den Weg abschnitt.

„Stehen bleiben!", schrie er atemlos. „Polizei! Sie sind festgenommen!"

Eddie und Geoffrey dachten jedoch gar nicht daran, stehen zu bleiben. Sie warfen sich um hundertachtzig Grad herum und liefen in entgegengesetzter Richtung davon. Watts nahm die Verfolgung wieder auf. Mühsam fummelte er im Rennen in seiner Jacke. Doch seit er sich das Pistolenholster zugelegt hatte, hatte er leider auch beträchtlich an Pfunden zugelegt. Er hatte seine liebe Mühe, seine Schusswaffe daraus hervorzuholen. Die Fummelei kostete ihn Zeit, die den Iren einen kleinen Vorsprung verschaffte.

Sie bogen in den Wald ein und trampelten durchs Dickicht. Doch nach wenigen Metern steckten sie in Brombeergestrüpp fest. Also traten sie den Rückzug an. Watts wiederum hatte es endlich geschafft, seine Pistole zu befreien, und holte nun auf.

Eddie und Geoffrey kreischten simultan los, als sie erkannten, dass der Inspektor geradewegs auf sie zu gerannt kam. Sie sprangen wechselnd nach links und rechts und stießen beinahe zusammen. Spontan machten sie ein System daraus und liefen Watts entgegen. Dieser machte große Augen, doch im letzten Moment sprangen die zwei Freunde auseinander und rannten links und rechts am verdutzten Polizisten vorbei.

Verzweifelt suchten sie nach einem Ausweg. Vor Tells Haus verlief ein kleiner Trampelpfad direkt zum Seeufer hinunter. Unten schlugen schaumgekrönte Wellen gegen das felsige Ufer. Doch dort war es steinig und schwer zugänglich, als Fluchtweg denkbar ungeeignet. Bis sie einen lauten Ruf vernahmen:

„*Hoi! Chunnt gschnäll*[72]!"

Tell stand am Seeufer und winkte ihnen hektisch zu. Sein Regenmantel flatterte wild im Wind. Hinter ihm war der Bug eines kleinen Ruderbootes zu sehen, das auf den weißschaumigen Wellen tanzte. Die Iren sprangen den Trampelpfad hinunter. Tell war ins Boot gestiegen und zog sie nun beherzt zu sich. Er löste das Tau und stieß den Nachen kräftig vom Ufer ab. Watts kam hinterher gestrauchelt. Er stolperte über die Felsen und Steine bis ins Wasser hinein, wo er ohne zu zögern hinein hechtete im verzweifelten Versuch, das Heck des Bootes noch zu fassen zu bekommen.

Doch Tell war ein geübter Ruderer und gewann schnell an Fahrt. Der Nachen bockte auf dem aufgewühlten Wasser wie ein gereizter Mustang.

[72] Hey! Kommt schnell!

Eddie sah sich in die vergilbte Zeichnung von Tell und Baumgarten im Sturm auf dem See hineinversetzt. Ängstlich klammerte er sich an der Wandung des Bootes fest. Er blickte zum Seeufer zurück. Ein triefend nasser Watts stand dort und schäumte wie vor ihnen die Wogen. Ein flüchtiger Blick zu Geoffrey hinüber zeigte ihm, dass auch dem großen Iren ausnahmsweise nicht sehr wohl war. Genau genommen hatte er seinen Kumpel noch nie so blass um die Nase gesehen.

Die Überfahrt auf dem wild gewordenen See schien kein Ende zu nehmen. Tell erinnerte Eddie an ein Abbild Captain Ahabs, wie er da saß und mit seinen Rudern wütend in die brodelnden Fluten stach, das Gesicht zu einer finsteren Visage verzerrt. Meter um Meter kämpfte er sich durch den Sturm, der den See aufpeitschte, als ginge es darum, diese Nussschale von einem Boot zwischen den Wellenbergen zu zermalmen.

Wasser sprühte ihnen ins Gesicht, und ihre Haare, ihre Kleider troffen nur so. Eddie war es ein Rätsel, woher Tell wusste, wohin er rudern musste. Zwischen den schäumenden Wogen, im beständigen Nebel der Gischt half auch das blasse Licht des Mondes nicht mehr – Eddie konnte nichts erkennen. Schnell war ihm das auch egal, denn das heftige Schaukeln des Bootes verursachte eine starke Übelkeit. Verzweifelt presste er die Zähne aufeinander, mühsam den Brechreiz unterdrückend, und krallte sich so sehr an der Bordwand fest, dass seine Fingerknöchel weiß hervortraten.

Auch Geoffrey rührte sich nicht mehr. Zusammengekauert saß er neben Eddie, die Knie an den Leib gezogen. Krampfhaft hielt er sich am Sitzbrett fest, den Kopf tief zwischen die Schultern vergraben. Eddie hätte schwören können, dass der Oberkörper seines Kumpels monoton vor und zurück schwang, wie dies bei Menschen passieren kann, die durch Reizüberlastung erschöpft sind. Möglicherweise glich er damit aber auch nur das Schaukeln des Bootes aus.

Tell hingegen stellte sich dem Sturm entgegen wie ein Fels in der Brandung. Gleichwohl ihm das Wasser ins Gesicht sprühte und der Wind an Haaren und Kleidern zerrte – er legte sich in die Riemen. Er zog die Ruder rhythmisch wie ein Schweizer Uhrwerk durchs sprudelnde Wasser und beachtete weder Wind noch Wetter.

Die zwei seekranken Iren merkten gar nicht, wie sie das rettende Ufer erreichten. Wie erstarrt saßen sie im Boot, welches von Tell vertäut wurde. Der Sturm blies ihnen noch immer ins Gesicht, die fast meterhohen Wellen klatschten hart gegen das steinige Ufer. Erst als Tell Eddie kraftvoll unter der Achsel packte und zu sich zog, kam dieser zu sich. Er griff nach der helfenden Hand des Schweizers und stieg mit wackeligen Schritten aus dem Boot. Geoffrey folgte kreidebleich.

Tell führte sie vom Ufer weg. Es stieg steil an und war dicht bewachsen. Im Schutz der Bäume und Sträucher kletterten sie – tropfnass, obwohl kein Tröpfchen Regen vom Himmel gefallen war – den Hang empor. Sie überquerten Bahngleise, erklommen eine weitere Böschung und gelangten schließlich an eine große Straße. Einige Autos rasten an ihnen vorüber, so schnell, dass die gleißenden Scheinwerfer nicht die drei durchnässten Gestalten ins Visier nehmen konnten. Sie überquerten die Straße und folgten ihr ein Stück.

Nach etwa hundert Metern öffnete sich zwischen den Bäumen eine schmale, unbefestigte Waldstraße. Am Rand des Weges stand eine kleine Hütte, die sich als baufällige Garage erwies. Darin befand sich ein alter, weißer Fiat Panda. Der Wagen gehörte Tell, genauso wie das kleine Stück des Waldes hier, den er bewirtschaftete. Davon erwähnte er aber nichts.

Der Schweizer blieb stehen und kramte in seiner Mantelinnentasche. Er fischte einen Autoschlüssel heraus, schloss den Wagen auf, öffnete die Fahrertür und hielt den Schlüssel den zwei Iren vor die Nase.

„Gute Fahrt!“, brummte er. Eddie und Geoffrey sahen sich verwundert an.

„Gute Fahrt?“, stotterte Eddie.

„Warum haben Sie uns geholfen?“, fragte Geoffrey skeptisch. Tell seufzte.

„ ‚Der brave Mann denkt an sich selbst zuletzt/ Vertrau auf Gott und rette den Bedrängten.‘[73]“ Er nahm Eddies Hand und legte den Autoschlüssel hinein. Dann wandte er sich um zum Gehen.

„Und was ist mit Ihnen?“, rief Eddie hinterher. Tell blickte über seine Schulter zurück.

„Ich gehe, wie ich gekommen bin.“

„Sind Sie wahnsinnig? Sie wollen noch mal über den See fahren?“

„ ‚Ich will's mit meiner schwachen Kraft versuchen.‘[74]“

Er entfernte sich von den zwei Freunden.

„Das ist Selbstmord!“, schrie Eddie ihm nach. Doch Tell würdigte ihn keines Blickes mehr.

Watts hatte sich aus dem eiskalten Wasser herausgekämpft und war das felsige Ufer wieder hochgekrabbelt. Er war zum Haus gelaufen und hatte versucht, die Frauen einzuschüchtern. Er stellte er sie unter Generalverdacht und bombardierte sie mit wüsten Bedrohungen, um sich Zugang in die Blockhütte zu verschaffen. Irgendwann würden die Ganoven zu ihren Weibern zurückkehren, dann säßen sie in der Falle.

[73] aus: Friedrich Schiller: Wilhelm Tell, 1. Aufzug, 1. Szene

[74] ebenda

Doch Mo hatte sich ihm tapfer entgegengestellt und verwehrte ihm vehement den Zutritt. Als sie ihm androhte, die Polizei zu verständigen, gab er auf. Er empfand es als tiefste Schmach, klein beigeben zu müssen, weil er sich der Unterstützung der örtlichen Behörden keineswegs sicher sein konnte. Internationaler Haftbefehl hin oder her – letztlich galt dieser nur für die Männer. Was er hier gerade versuchte, war streng genommen Hausfriedensbruch.

Vor Kälte schlotternd lief er zurück zu seinem Wagen. Er setzte sich hinein und brütete über seinen jüngsten Misserfolg. So haarscharf waren sie noch nie entkommen. Irgendwann musste die Nadel doch auf seine Seite hin ausschlagen. Er fror erbärmlich.

Einige Minuten später schreckte er hoch, als es leise an seine Scheibe klopfte. Draußen stand Mo, in der Hand eine Wolldecke und ein Becher heißer Kaffee. Watts kurbelte das Fenster hinunter, vermied es jedoch, sie anzusehen. Behutsam legte sie die gefaltete Decke auf seinen Schoss und drückte ihm den Kaffeebecher in die Hand. Beschämt nahm er die Gaben entgegen, stierte stur geradeaus. Mo entfernte sich wieder, und Watts kurbelte das Fenster hoch.

Der heiße Kaffee rann wohltuend seine Kehle hinunter, und er wickelte sich so gut es ging in die Decke ein. Bald war ihm wohlig warm. Seine Augenlider wurden schwer, und er nickte ein.

Er hatte eine gute Stunde geschlafen und wachte mit steifem Nacken wieder auf. Am grau verputzten Häuschen schräg gegenüber ging plötzlich ein Licht an. Also war der Alte wieder da! Watts schlug die Decke zurück, fuhr sich mit der Hand durch seine kümmerlichen Haare, dann stieg er aus. Er lief zum Haus hinüber und klopfte energisch an die Tür. Tell öffnete unvermittelt.

„Polizeiinspektor Watts“, stellte er sich vor. „Sir, ich habe einige Fragen an Sie. Sprechen Sie Englisch, oder muss ich einen Übersetzer kommen lassen?“

Tell blickte ihm ausdruckslos in die Augen. Nach einem endlos zähen Moment ging er einen Schritt zurück, was Watts als Einladung interpretierte, einzutreten. Er wurde in die Stube geführt. Tell platzierte ihn am Ofen, was Watts äußerst willkommen war, denn noch immer waren seine Kleider ziemlich feucht. Der Schweizer ging an den Wandschrank und holte die Flasche Pflümli und Gläser heraus. Er stellte sie auf den Tisch, schenkte voll und schob ein Glas Watts zu.

Der Inspektor rang kurz mit sich. Alkohol im Dienst war eigentlich ein absolutes Tabu. Auf der anderen Seite war dies mehr als eine Dienstreise. Es war ein selbst erwählter Auftrag. Eine Berufung. Seine Aufgabe. Und momentan: sein Leben. Mit einem verächtlichen Schnauben blies er alle Bedenken beiseite, griff nach dem Glas und leerte es in einem Zug. Tell tat es ihm nach.

„Wo haben Sie diese Männer hingebracht?"

„Nun … hingebracht … wissen Sie, Inspektor, die Kerle haben mich gezwungen. Seit Tagen haben sie mich bedroht, ich habe furchtbare Angst vor ihnen. Als ich mein Boot vor dem Sturm sichern wollte, sah ich, wie Sie den Kerlen hinterher liefen, und ich ahnte gleich, dass Sie mir behilflich sein könnten. Deshalb rief ich Ihnen zu, doch die Kerle waren einfach schneller. Sie zwangen mich, sofort loszurudern. Können Sie sich meine Angst vorstellen – bei diesem Wetter auf dem wütenden See? Das ist lebensgefährlich da draußen!"

Watts hörte dem Schweizer, der überraschend gut Englisch sprach, aufmerksam zu. Er nickte verständnisvoll, was Tell veranlasste, weiter zu sprechen.

„Ich musste sie bis Morschach rudern, wo sie wussten, dass dort mein Auto steht. Verdammt noch mal! Dass sie mir das noch geklaut haben …"

„Wissen Sie, wo die Männer hin wollten?"

„Oh, ja! Zwar versuchten sie, mich mit Stichworten wie Spanien, Monaco und Nizza in die Irre zu führen. Doch der dumme Schwarzhaarige hat sich einmal verplappert. Es fiel das Wort Kloten."

„Kloten?"

„Der internationale Flughafen in Zürich. Diese Schweine … machen sich auf und davon und lassen hier zwei Frauen und zwei kleine Kinder zurück! Pfui!"

Nicht, wenn ich es verhindern kann, dachte Watts listig und überlegte, wie er am schnellsten zwei Iren auf dem Weg nach Zürich dingfest machen konnte. Tell schenkte einen Pflümli nach. Watts ließ sich nicht lange bitten und stieß mit an.

Geoffrey und Eddie waren derweil ohne zu zögern Richtung Italien aufgebrochen. Abgesehen von der unliebsamen Unterbrechung durch den Polizeiinspektor war dies ohnehin ihr Plan gewesen. Sie hatten reichlich Geld in der Tasche sowie alle Pässe und Ausweise von sich und ihren Frauen. Männer wie Papiere begannen alle unter Einwirkung der Heizlüftung im röhrenden Panda peu à peu wieder zu trocknen.

Sie tankten bei Altdorf den Wagen voll und folgten der Autobahn 2 in Richtung Süden. Bei Göschenen unterquerten sie das Gotthardmassiv durch den berühmten Straßentunnel, um über Airolo ins Tessin zu gelangen. Sie fuhren die halbe Nacht durch bis zum südlichsten Zipfel der Schweiz und darüber hinaus. Schließlich suchten sie sich in Mailand ein Nachtquartier.

Am nächsten Morgen verwarfen sie den Plan, den Mailänder Dom zu besichtigen. Stattdessen wollten sie möglichst schnell nach Neapel, die gefälschten Papiere besorgen und wieder zu ihren Frauen zurückkehren. Wer wusste, wie Watts diesen bereits zusetzte? Eddie und Geoff machten sich große Sorgen.

Glücklicherweise mussten sie ihre Befürchtungen nicht bis nach Süditalien mitnehmen. Mo meldete sich von Tells Apparat aus auf Eddies iPhone. Sie berichtete von den weiteren Ereignissen der vergangenen Nacht in Seelisberg. Erleichtert nahmen die Freunde zur Kenntnis, dass Tell den Inspektor erfolgreich auf eine falsche Fährte gelockt hatte. Noch in der Nacht war Watts in seinem Volvo auf und davon gefahren, aller Wahrscheinlichkeit nach in Richtung Zürich.

Zahlreiche Baustellen, aktive und stillgelegte, ließen ihre Fahrt nach Süden zu einer kleinen Odyssee werden. Umleitungen waren angezeigt, deren Beschilderung nach einigen Kilometern ins Nichts führte. Straßensperrungen und neu geordnete Verkehrsführungen leiteten das sonst so zuverlässig arbeitende Navigationssystem in die Irre. Doch trotz zahlreicher Irr- und Umwege landeten die zwei Freunde schließlich in Neapel. Geoff kannte nicht die exakte Adresse seines Freundes Giovanni Ioverno, wusste aber immerhin, dass dessen Bruder eine kleine Pizzeria am Rande des Centro storico, der Altstadt Neapels, besaß.

Sie ließen sich von einem der zahlreichen selbst ernannten Parkplatzeinweiser eine entsprechende Parkierfläche zuweisen, die allerdings keineswegs für öffentliches Auto-Abstellen gedacht war. Gegen Bezahlung einer entsprechenden Summe hingegen erklärte sich der Parkplatzwächter bereit, den Fiat gegen Diebstahl, Vandalismus und Bußgeldbescheide zu verteidigen.

Achselzuckend überließen die beiden Iren den Wagen seinem Schicksal. Sollte er nicht mehr verfügbar sein, sobald sie ihre Geschäfte abgewickelt hätten, kämen sie ohne Probleme auch mit dem Zug zurück in die Schweiz. Der Fiat war alt – die Kosten könnten sie Tell notfalls ersetzen.

Mit ihren Rucksäcken und einem Stadtplan bewaffnet begaben sie sich in das Gassengewirr der schönen historischen Altstadt zwischen Corso Umberto I, Via Nuova Marina und Corso Giuseppe Garibaldi. War es Zufall oder das bekannte Glück, das Geoff dauerhaft zu begleiten schien, jedenfalls fanden sie die Pizzeria nach kaum einer halben Stunde des Suchens und sich Durchfragens. Sie stand in unmittelbarer Nähe zur Università degli Studi di Napoli Federico II, dieser berühmten Universität, der ersten öffentlichen überhaupt, die im Jahre 1224 vom Hohenstaufer Friedrich II., König von

Sizilien und Kaiser des römisch-deutschen Reiches, gegründet worden war. Vornehmlich war ihm bei der Gründung damals, vor fast 800 Jahren, wohl an der Stärkung der königlichen Zentralgewalt in seinem Südreich gelegen. Salopp gesagt wollte er damit möglicherweise auch dem Papst eins auswischen. Wie auch immer, die Universität war ein voller Erfolg, und dasselbe konnte Bruno Ioverno von seiner kleinen Pizzabäckerei behaupten, die häufig und gerne von den zahlreichen Studenten des Campus aufgesucht wurde.

Die Iren warteten den Andrang ab, der sich durch die Vorlesungspause zur Mittagszeit ergeben hatte. Hernach bestellten sie sich ein Stück Pizza Margherita, dieser so einfach erscheinenden, aber dennoch köstlichen wie königlichen Pizzasorte, benannt nach Königin Margherita Maria Teresa Giovanna di Savoia, die fast sieben Jahrhunderte später als Federico II an der Seite ihres Mannes und Regenten Umberto I den Thron bestieg.

Geoff kam mit dem sympathischen Bruno schnell ins Gespräch. Da er kein Italienisch verstand, betrachtete Eddie derweil amüsiert das seltsame Paar. In Haarfarbe, Bartwuchs und Menge der Körperbehaarung glichen sie sich wie eineiige Zwillinge. Der hünenhafte Ire aber wirkte neben dem kleinen Süditaliener wie ein leibhafter Riese, geradezu unwirklich, als sei er einer der vielen irischen Sagen entstiegen. Sein ruhiges Gemüt und die dazugehörigen bedächtigen Bewegungen wirkten wie ein Kontrapunkt zur endlos eifrigen Gestikulation des Neapolitaners, dessen rastlose Hände in schwirrenden Regungen jede Silbe seines sich überschlagenden Redeschwalls unterstrichen. Sie gerieten in eine wohlwollende lebhafte Diskussion, während derer Bruno Geoffrey mehrmals freundschaftlich auf die Schulter klopfen wollte. In Ermangelung einer ausreichend hohen Statur traf er jedoch nur den Rücken etwas oberhalb des Lendenbereichs. Das tat der guten Stimmung und der sich just entwickelnden Freundschaft aber keinen Abbruch.

Nach einer Weile, die Pizza war längst serviert und schon wieder aufgegessen, grinste Geoff seinen Kumpel zufrieden an, was Eddie zur Frage veranlasste:

„Und? Wohin müssen wir jetzt? Wo wohnt dieser Giovanni?"

Geoff sah ihn kurz entgeistert an. Er schlug sich mit der flachen Hand an die Stirn und rief aus:

„Ach, siehst du, das habe ich ihn ja noch gar nicht gefragt!"

Eddie stutzte und wollte wissen, worüber sie denn dann die ganze Zeit gesprochen hätten. Geoff grinste in seiner nur ihm eigenen Art und meinte achselzuckend:

„Keine Ahnung. So gut ist mein Italienisch nun auch wieder nicht."

Eddie schüttelte fassungslos den Kopf. Geoff hatte sich wieder an den Italiener gewandt und fragte ihn etwas. Bruno Ioverno lächelte wissend und hielt seinen Zeigefinger in die Höhe.

„*Un momento, per favore*[75] …“, sprach's und verschwand hinter einer Tür. Eddie blickte Geoff fragend an. Der ließ ein paar Mal seine schwarzen buschigen Augenbrauen hochschnellen und grinste breit.

Bruno kehrte zurück, verschmitzt lächelnd, eine Kolbenflasche mit langem Hals, gefüllt mit einer glasklaren Flüssigkeit, die an den Flaschenwänden zarte Schlieren zog, in der Hand schwenkend.

„*Eccola! La Grappa*[76]!“

Freudestrahlend löste er den Korkverschluss und schenkte in langstielige kleine bauchige Gläser ein.

„*Alla salute*[77]!“, rief der Italiener und hielt den zwei Iren die Gläser entgegen. Eddie nahm seines und schnupperte vorsichtig am Rand. Ein feiner, ätherischer Duft stieg daraus empor, an italienische Kräuter erinnernd. Ein wenig Salbei. Eine frische Note dazu, spritzig, zitronig. Ein warmer Hauch umfasste das Bouquet, hüllte es weich ein, leicht süß, vanillig.

Sie prosteten sich zu, dann hob Eddie sein Glas an den Mund. Ein kurzer brennender Geschmack begrüßte seine Lippen. Dann floss der Grappa wie flüssiger Samt über seine Zunge. Die Wärme seines Gaumens entlockte dem Destillat eine unbeschreibliche Fülle an Aromen: erdige Holz- und Kräuternuancen, blumige Fruchtdüfte, garniert mit exotisch-süßlichen Gewürznoten. Wie ein wohltuendes, wärmendes Feuerchen rann der Grappa seine Kehle hinab. Der flüchtige Dunst umgarnte alle körperlichen Wächter und Schranken, suchte sich seinen Weg nach oben, um Leichtigkeit auszulösen. Eddie nahm einen weiteren Schluck und kicherte nervös.

Bruno warf ihm einen tiefgründigen Blick zu. Die schwarzen Augen des Neapolitaners blickten dabei so samtig, wie sein Grappa schmeckte. Dann breitete sich von ganz unten, aus der Gegend des ballonartig verbreiterten Bauches des Italieners (dem Grappaglas so ähnlich), ein dunkles Lachen aus, das emporstieg und über Brustraum, Kehle, Rachen, Mund, Nase, Augen bis hin zu den Ohren alles mitnahm, was grinsen konnte. Bruno lachte so herzerfrischend, dass die Iren sich nicht lange bitten ließen und schallend mitlachten.

Nach dem Grappa servierte der Pizzabäcker noch Caffè. Geoff nutzte die Gelegenheit, um den Gesprächsfaden wieder aufzunehmen. So plauderten sie lebhaft auf Italienisch unter Zuhilfenahme ausladender Hand- und

[75] Einen Moment, bitte …

[76] Da ist er! Der Grappa!

[77] Zum Wohlsein!

Armgesten, ach was, unter vollem Körpereinsatz.

Nach einer kurzen Weile umarmten sich die zwei ungleichen Zwillinge, klopften sich gegenseitig den Rücken und verabschiedeten sich wortreich.

„Komm!“, meinte der schwarzhaarige Hüne und fasste seinen Freund Eddie bei der Schulter. „Es ist ganz in der Nähe.“

Eddie winkte Bruno zum Abschied, der einige italienische Brocken hinterher warf, die allein schon vom Klang her freundliche Herzlichkeiten enthalten mussten. Geoff führte Eddie in Richtung Toledo, wo sie nach einigen Minuten ankamen. Von dort aus tauchten sie in das dichteste Gassengewirr der Neapolitaner Altstadt ein. Die Nachmittagssonne hatte die Luft angenehm erwärmt. Die Temperaturen lagen bei frühlingshaften 18 °C im Schatten, eine wahre Wohltat nach der eisigen Kälte in Seelisberg. Nach wenigen Minuten blieb Geoff abrupt stehen und sah sich Hilfe suchend um.

„Haben wir uns verlaufen?“, wollte Eddie gerade fragen, als Geoff plötzlich seinen Blick auf ein verrammeltes Tor, mit Graffitis beschmiert, fixierte.

„Das müsste es sein! Komm!“

Zielstrebig lief er auf das Tor zu. Er sah sich kurz um, ob jemand sie beobachtete, doch die wenigen Passanten, die zu sehen waren, liefen desinteressiert an ihnen vorbei. Geoff klopfte mit seinen Fingerknöcheln dreimal kurz, einmal lang und zweimal kurz gegen das hölzerne Tor.

„*Parole*?“, ertönte plötzlich eine heisere Stimme dahinter.

„*Il treno si ferma* …“, zischte Geoff zurück. Ein winziger Moment Stille herrschte, dann brach plötzlich dumpfes Gelächter aus, das eher an Tysons heiseres Bellen erinnerte, wenn dieser aus dem Schlaf geschreckt wurde.

„Goffredo?“, rief die Stimme fröhlich. Die Torbeschläge begannen zu knacken und zu jaulen, als sie von innen gelöst wurden und man das Tor aufstieß. Ein Mann stand in der Öffnung, der Brunos Zwilling hätte sein können mit dem einen Unterschied, dass Bruno schwarze Wolle, ganz ähnlich der Matte von Geoffrey, als Haupthaar trug, während dieser Herr hier kahl war wie ein poliertes Ei.

„Goffredo!“, rief er und breitete theatralisch die Arme aus, sein Gesicht zu einem Lächeln geweitet, das an Umfang noch seine geöffneten Arme zu übertrumpfen versuchte.

„Giovanni!“, antwortete Geoffrey mit einem Strahlen, das die Polkappen zum Schmelzen gebracht hätte. Er warf seine meterlangen Arme um den kleinen übergewichtigen Italiener und drückte ihn – da er nicht bis zur Brust reichte – an seinen Bauch. Anschließend begrüßte Giovanni Ioverno auch Eddie mit einem freundlichen Handschlag. Dann bat er die beiden hinein.

Sie betraten einen kleinen, überraschend hübsch hergerichteten, schattigen Innenhof. Ein paar Kübelpflanzen waren liebevoll arrangiert. In der Mitte des Hofes plätscherte neben einem jungen Olivenbaum ein kleiner Springbrunnen, der so abartig kitschig war, dass er schon wieder schön aussah. Zwei verzierte Gartenbänkchen standen am Rande unter schmalen Balkonen neben einem zierlichen runden Bistrotischchen. Giovanni bat sie sich hinzusetzen, während er eilends Caffè bereitete und Wasser, Wein und etwas Weißbrot holte.

Durch den längeren Spaziergang und die süditalienische Vorfrühlings-Sonne ordentlich erwärmt, öffneten Geoff und Eddie ihre Jacken. Zufrieden seufzend ließen sie sich auf die gemütlich aussehenden Bänkchen nieder und betrachteten das mediterrane Ambiente des Innenhofs.

Zu vier Seiten war er umringt von vierstöckigen klassizistisch anmutenden Gebäuden, deren Hofseiten allerdings deutlich schlichter ausfielen als die Prunkfassaden zur Straße – gleichwohl Letztere über die Jahre ein wenig heruntergekommen waren. Die hohen schmalen Fenster hatten grüne Lamellen-Läden. An einer Gebäudeseite befand sich vor jedem der mit mathematischer Genauigkeit platzierten Fenster ein kleiner rechteckiger Austritt mit filigranem Eisengeländer. An der benachbarten Gebäudeseite waren die Fenster wie Zwillinge einander zugeordnet, und je ein schmaler Balkon fasste die Fenster zusammen. Unter einem dieser Balkone saßen die Freunde.

Ein vorwitziger Spatz kam herbei geflogen, nachdem auch Giovanni Platz genommen hatte, und wartete darauf, dass die Herrschaften ihm Brotkrumen zukommen ließen. Anscheinend kannte er die Gastfreundschaft dieses Neapolitaners bereits sehr gut. Giovanni ließ sich auch nicht lange bitten. Während er in gebrochenem Englisch das Gespräch aufnahm, zerkrümelte er eine Scheibe Ciabatta und warf die Streusel dem kecken Vogel entgegen. Zögerlich gesellten sich erst ein, dann zwei weitere Vögel hinzu, und unter den Spatzen brach unter lautem Getschilpe ein Streit um die besten Krumen aus.

„Wie gehtse meine beste Freund irlandese?“, fragte Giovanni und grinste Geoffrey breit an.

„Bestens, bestens, danke der Nachfrage. Wie geht es dir, lieber Giovanni?“

„Isse alles normale, eh? Gut isse, immer gut! Was machte meine beste Freund irlandese in Napoli? Besuche alte Freund Giovanni, eh?“

Geoffrey lächelte verschmitzt.

„Aber sicher, Giovanni. Als mein ältester und teuerster italienischer Freund …“ Er hielt kurz inne, bevor er die Katze aus dem Sack ließ. „Wir könnten deine Hilfe gebrauchen, mein Freund. Deine Hilfe und deine … Kunstfertigkeit. *Artificio, sì?*"

Giovanni brach in schallendes Gelächter aus.

„*Artificio? Ma sì! Con piacere*[78]!"

[78] Kunstfertigkeit? Aber ja! Mit Vergnügen …

23. Glaubst du, wir sehen die jemals wieder?

Giovanni machte Eddie und Geoff zunächst mit seiner wunderbaren Frau Marina bekannt. Sie besichtigten das Gebäudeinnere. Das von außen ein wenig in die Jahre gekommene Haus war innen aufs Vorzüglichste hergerichtet. Die alten Holzböden waren abgezogen und frisch poliert, die Wände weiß getüncht. In den hohen Räumen der ersten Etage waren die Decken aufwendig mit Stuck verziert. Eine sorgfältig ausgewählte Zusammenstellung von antiken oder wenigsten antiquarischen Möbeln und modernen Designerstücken, gekonnt platziert und arrangiert, zeugte vom guten Geschmack der Bewohner. Die Räume waren sparsam dekoriert mit feinen Druckgrafiken an den Wänden, einigen kleinen Designerobjekten wie einer Replik der berühmten Alvar-Aalto-Vase und an der einen oder anderen Stelle mit sehr wertvoll aussehenden orientalischen Teppichen. Marina begrüßte sie in der modern ausgestatteten Küche und führte sie zu einem der schön hergerichteten Gästezimmer, in dem die beiden Iren die kommenden Nächte verbringen durften; anscheinend gehörte das zum Service.

Marina war eine Seele von Frau. Sie war knapp über Mitte fünfzig, ihr leicht gewelltes schulterlanges Haar war locker hochgesteckt, und sie hatte kugelrunde dunkle Augen wie zwei schwarze Knöpfe. Mit ihren angemessenen weiblichen Rundungen, die ihr nicht nur Breite, sondern auch Tiefe verliehen, die Blusenärmel über die Ellenbogen hochgeschoben, sah sie in Eddies Augen aus wie der Inbegriff der italienischen „Mamma“. Selbstverständlich war Marina auch „La Mamma“. Allerdings waren die Kinder größtenteils bereits außer Haus. Nur Luigi, der Nachzügler, lebte noch bei seinen Eltern, war aber ebenfalls schon erwachsen. Luigi absolvierte eine Lehre in Giovannis Werkstatt, der offiziell von Beruf

Kunstrestaurator war, spezialisiert auf alte Gemälde.

Diese Kunstfertigkeit kam ihm auch für sein zweites Metier zugute, und dieses Metier sorgte für den recht annehmbaren Lebensstandard. Giovanni seinerseits hatte zu diesem Zweck Eddie und Geoffrey bereits sämtliche Ausweise und Reisepässe abgenommen und übergab sie seinem Sohn in der Werkstatt, die in einer Art Garage im Hinterhof untergebracht war.

Marina servierte ein wunderbares Abendessen mit Antipasti wie gefüllten Oliven, feinstem Carpaccio und etwas Caprese, natürlich aus den köstlichen Marzano-Tomaten und einem fast noch flüssigen Büffelmilch-Mozzarella, dem Provola, bereitet. Fehlen durften weder Bruschette noch Frutti di Mare. Es folgten hausgemachte Spaghetti, natürlich mit Pummarola, der berühmten Soße alla napoletana, und als Hauptgang Cozze, in Weißwein gegarte Miesmuscheln. Vor der obligatorischen Käseplatte gab es die Dolci, und zwar Sfogliatelle, die berühmten zarten Blätterteigtäschchen mit einer Füllung aus mit Orangenblüten aromatisiertem Ricotta.

Nach ihrem Aufenthalt in Caen bei Mme. Martin hatte Eddie nicht geglaubt, in seinem Leben je wieder etwas kulinarisch so Leckeres zu bekommen. Doch wenn man in Frankreich essen konnte wie Gott, so konnte man hier, in Italien, schlemmen wie zehn Kaiser. So einfach die Gerichte erschienen, so führte doch jedes zu einer wahren Ekstase der Geschmacksknospen. Die dazu gereichten Weine – einfache, italienische Landweine, der Grappa (natürlich von Bruno geliefert) und der Caffè rundeten mit ihren ausgewogenen Aromen jeden Menügang perfekt ab.

War es die italienische Sonne, die von Leben pulsierende Stadt, war es das sonnige Gemüt von Marina und Giovanni, die lustige, gelöste Atmosphäre im Hause Ioverno – Eddie hätte es nicht sagen können. Das Einzige, dessen er sich hier sicher sein konnte, war: Das war mit Abstand das Beste, was er jemals gegessen hatte.

Sein Hosenbund spannte bedenklich, und er musste seinen Gürtel etwas lösen, da servierte Marina allen Ernstes noch eine kleine Pizza, ganz schlicht, ohne weiteren Belag, nur mit etwas Sugo und Kräutern. Die Stücke wurden auf einer großen runden Platte in die Mitte des Tisches gestellt. Obwohl alle bis zum Platzen satt waren, verschwanden mit dem restlichen Inhalt der Weinflasche so eines nach dem anderen auch die Pizzastücke.

Der Abend wurde lang und lustig. Luigi spielte zur Unterhaltung etwas Gitarre. Er brachte ein Best-of von Adriano Celentanos Gassenhauern dar, dessen markante Stimme er täuschend echt imitieren konnte. Weit nach zwei Uhr stiegen die Iren weinschwer die gebohnerten Stiegen hinauf. Sie teilten sich ein Zimmer, doch das war kein Problem. Sie hatten in ihren Studien- und Junggesellenzeiten jahrelang Zimmer gemeinsam genutzt. Sie wussten, dass Eddie tunlichst zehn Minuten vor Geoff ins Bett gehen sollte. So würden beide zeitgleich mit dem Schnarchen beginnen, und niemand hätte das Problem, vom Anderen ungewollt wach gehalten zu werden.

Die zwei Freunde verbrachten drei wunderschöne Tage in einem sonnigen, vorfrühlingshaften Neapel. Sie verbummelten die Zeit in Straßencafés, besichtigten Sehenswürdigkeiten, vertelefonierten vermutlich Hunderte von Euros mit ihren Angebeteten in Seelisberg und genossen schlichtweg la Dolce Vita.

Gegen die unbescheidene Summe von 55.000 Euro erhielten Eddie und Geoffrey am Abend des dritten Tages aus den Händen ihres strahlenden Gastgebers ihre neuen Ausweise. Eddie trug vier Identitäten in seiner Hand: die des Edward Louis Patrick O'Meany, die der Sarah O'Meany, geborene Jones, eine neue namens Edoardo Manner und die seiner Ehefrau Sara Manner, geborene Ferraio. Die neuen Ausweise, Reisepässe und Führerscheine wiesen Edoardo und Sara als italienische Staatsbürger aus, geboren in Trient beziehungsweise Bozen. Wohnsitz war eine Briefkastenadresse in Meran. Aus Geoffrey Thomas MacGowan war Goffredo diGova geworden, gebürtig aus Turin, und Monique Jessica Jones, geborene Smith, würde von nun an als Monica Ferraio, unverheiratet, bekannt. Geoff hatte darauf bestanden, dass Mo in ihren neuen Ausweispapieren als ledig statuiert würde; so konnten sie sich die lästige Scheidung und damit einen Haufen Mühe, Geld und möglicherweise Ärger mit David ersparen. Mo würde gleich zu Beginn ihres „neuen" Lebens Signore diGova heiraten können, als guten Start, gewissermaßen.

Zum Beweis der Authentizität der neuen Papiere legte Giovanni als Vergleich seinen Pass und den von Marina daneben. Eddie und Geoff verglichen minutenlang. Alles sah absolut echt und glaubwürdig aus. Eddie ging durch den Kopf, dass der Beweis nicht wirklich taugte. Wer sagte ihm, dass Giovanni seinerseits nicht auch gefälschte Papiere besaß? Geoff dagegen sah zufrieden aus. Er schüttelte Giovanni zum Dank die Hand und reichte ihm das Geld, ein dickes Bündel aus Zweihunderteuronoten.

An das Geld zu kommen war nicht leicht gewesen. Als gewiefter Banker und ehemaliger Anlageberater vermögender Briten hatte Eddie natürlich vorgesorgt und das Geld auf verschiedene anonyme Konten in der Schweiz, Liechtenstein und in Übersee verteilt. Einen Großteil des nun benötigten Geldes, nämlich fünfzigtausend, hatten sie aus der Schweiz mitgebracht, wo es kein Problem gewesen war, ohne weitere Fragen an solche Summen zu gelangen. Dort war man an Geld gewöhnt. An sehr viel Geld sogar.

In Italien, vornehmlich in Süditalien, und dort ganz speziell in Neapel sah die Sache schon anders aus. Geld kannten hier viele nur vom Hörensagen, und prompt ausgezahlt wurde schon mal gar nicht. Überhaupt eine Bank in Neapel zu betreten ließ sich als ein wahres Abenteuer an: Die Geldinstitute waren bewacht wie Hochsicherheitsgefängnisse. Zugang erhielt man nur durch eine spezielle Schleuse. Im Bankeninneren untersuchte ein Sicherheitsmitarbeiter zunächst auf Waffen oder was auch immer. Eddie war darüber recht irritiert. Geoff blieb gelassen. Zum einen kannte er – als Vielgereister – dieses Prozedere längst, zum anderen brachte ihn bekanntlich so schnell nichts aus der Ruhe.

Als sie endlich am Schalter standen und um die nahezu lächerlichen fünftausend Euro baten, sah man sie an, als hätten sie mit gezückten Maschinenpistolen die Herausgabe des Zahlencodes für den Tresorraum und noch dazu die ausnehmend hübsche Bankmitarbeiterin am Nachbarschalter gefordert. Es gab einiges aufgeregtes Diskutieren, zumal sich weder Geoffrey noch Eddie ausweisen konnten; ihre Papiere lagen in Giovanni Iovernos Fälscherwerkstatt. Die Freunde versuchten den italienischen Bankern zu erklären, dass ein anonymes Konto nicht automatisch eine Ausweispflicht mit sich brachte – vergebens.

Nach zahlreichen Telefonaten der Bank mit Kollegen in der Schweiz, durch die unerschütterliche Ruhe des großen Iren und unter Zuhilfenahme eines aus Norditalien stammenden Geschäftsstellenleiters konnte die Diskussion schließlich beendet werden. Es wurde vereinbart, dass die zwei Iren ausnahmsweise zweieinhalbtausend Euro an diesem Tag und weitere zweieinhalbtausend am nächsten Tag würden mitnehmen dürfen. Gesagt, getan, und so war endlich das Geld parat, um die kunstvoll gefälschten Dokumente bei Giovanni auslösen zu können.

Giovanni empfahl, die Dokumente in den nächsten Tagen ein wenig nachlässig zu behandeln, damit sie gebraucht aussähen. Eddie und Geoff verbrachten einen letzten Abend und eine letzte Nacht im gastfreundlichen Hause Ioverno. Am nächsten Morgen verabschiedeten sie sich ausgiebig unter viel Schulterklopfen, Wangenküsschen und Tränen, ehe sie wieder ihre Reise gen Norden antreten wollten.

Sie irrten durch die Altstadt, auf der Suche nach einem Merkmal, das sie erkennen lassen würde, dort schon einmal vorbeigekommen zu sein. Unglücklicherweise hatten sie sich nicht den Namen des improvisierten Parkplatzes gemerkt, auf dem sich ihr Auto seit nunmehr vier Tagen befinden sollte. Eddie fühlte sich zunehmend blockiert. Jede Gasse, jeder Straßenzug, jede Häuserzeile, alles kam ihm gleich und wie tausend Mal gesehen vor und doch komplett unbekannt. Zudem erschien es ihm aussichtslos, ausgerechnet in Italien eine Großstadt nach einem weißen Fiat Panda zu durchsuchen. Weiße Fiat Pandas schienen allein für Neapel gebaut worden zu sein – zumindest waren heute wenigstens eine Million solcher Kleinwagen an ihnen vorbeigefahren. Daher war er erleichtert, als Geoff nach einer Weile meinte:

„Ach, weißt du was? Ich weiß gerade gar nicht mehr, wo wir sind. Scheiß drauf. Schau, da vorne geht's zum Hafen. Lass uns da hingehen, und wir suchen uns ein nettes Café, einverstanden? Wir können unmöglich eine halbe Woche in Neapel verbringen und nicht einmal das Wasser gesehen haben, nicht wahr?"

Eddie stimmte zu. So liefen sie zum Hafen, bestaunten die weißen tutenden Fähren mit ihren fröhlich winkenden Passagieren, die so sehr nach Ferienvergnügen aussahen. Sie suchten sich ein Café, bestellten Cappuccino und Babà, den typisch neapolitanischen kleinen runden Kuchen, der mit Rum übergossen wird. Sollten sie das Auto je wiederfinden, erklärte sich Eddie einverstanden, die erste Strecke zu fahren. Daher genehmigte sich Geoff noch einen kleinen Grappa und kaufte für die zurückgelassenen Damen noch ein Fläschchen Limoncello, diesen berühmten Zitronenlikör.

Nach dem Caffè schlenderten sie durchs Hafenviertel. Sie hatten keine Idee, wo sie als Nächstes hätten suchen können. Irgendwann ließ sich Eddie auf eine Bank fallen, entnervt vom Herumirren, und starrte auf die Pier und die See. Sie waren am Rande des Hafengeländes angelangt, fernab von den luxuriösen Hochglanz-Designer-Outlets, die sich in den Disneyworld ähnlichen Gebäuden an den Anlegestellen der Fähren befanden.

Hier gab es nur ein paar heruntergekommene Fischerboote. Die Fischer waren gerade auf See oder hatten Mittagspause, jedenfalls war der Bereich fast menschenleer. Zwei Bänke weiter saßen vier etwas zerlumpt aussehende Gestalten. Die zwei Männer und zwei Frauen schienen entweder aus einem sehr südlichen Teil Italiens zu kommen oder gar nicht von hier, denn ihr Teint war sehr dunkel, und die Haare waren beinahe so dunkelschwarz wie die von Geoffrey. Alles in allem wirkten sie sehr orientalisch.

Sie stritten leise. Der Seewind trug Gesprächsfetzen zu den beiden Iren herüber. Die Worte hörten sich absolut nicht italienisch an, eher arabisch. Eine der Frauen saß auf der Bank und schluchzte herzergreifend, während ein Mann sie zu beschimpfen schien. Die andere Frau saß neben ihr, hielt sie im Arm und blaffte den Mann an. Der zweite Mann stand ein kleines Stück abseits und blickte extrem unglücklich.

Eddie und Geoff hatten längst aufgehört, sich miteinander zu unterhalten und starrten stattdessen interessiert zu den Orientalen herüber, die sich inzwischen recht lebhaft stritten. Plötzlich schlug die Stimmung um. Der

Mann, der eben noch die Frauen beschimpft hatte, heulte auf, streckte wütend eine zitternde Faust in den Himmel und lamentierte über weiß Gott was. Die zwei Frauen weinten jämmerlich. Geoff hatte bekanntermaßen ein gutes Herz. Er befand, dass in diesem Falle nicht nur Gott wissen sollte, was der Grund des Lamentos war, sondern auch er selbst. Er stand auf, näherte sich vorsichtig der Vierergruppe und begrüßte sie höflich mit *Salem Aleikum*[79], in der Annahme, dies sei Arabisch. Ganz falsch war es offenbar nicht, denn die vier Orientalen hielten inne und blickten überrascht auf.

Einer der Männer erhob sich, trat Geoffrey entgegen, verneigte sich kurz vor ihm und sprach ihn an in der irrigen Annahme, einen Landsmann getroffen zu haben. Er erklärte etwas mit zahlreichen Gesten, die Geoffrey zutiefst berührten. Obwohl er kein Wort verstand, war für ihn ersichtlich, dass er hier auf vier schwere Schicksale gestoßen war. Nachdem der Mann innegehalten hatte und einen traurigen Seufzer ausstieß, standen dem Iren die Tränen in den Augen.

„Es tut mir so leid", schluchzte er auf Englisch und legte in einer freundschaftlichen Geste seine kräftige Pranke auf die erschreckend magere Schulter des Mannes. „Aber ich kann leider kein Arabisch … Sprechen Sie Englisch?"

Der Mann hob den Kopf, den er zuvor hatte hängen lassen, und sah Geoff aus trüben Augen ins Gesicht.

„Englisch?", fragte er auf Englisch. Geoff nickte ihm aufmunternd zu.

„Ein bisschen. Nur kleine bisschen …", antwortete der Mann.

Eddie trat hinzu und schlug schüchtern vor, dass sie sich doch alle setzen sollten. Der Vorschlag wurde gern angenommen. Wie die Hühner auf der Stange quetschten sie sich zu sechst auf die Sitzbank. Ganz rechts saß Ahmedin, der Mann von Zahira, die neben ihrem Gatten saß. Neben Zahira saß ihre jüngere Schwester Farida, links davon saß Hatem, der älteste Bruder von Zahira und Farida. Geoffrey und Eddie hatten sich ganz nach links gesetzt. Hatem sprach, wenn auch gebrochen, aber dennoch gut verständlich Englisch. Zunächst scheuchte er seine Schwestern von der Sitzbank. Sie setzten sich auf die benachbarte Bank. Eddie und Geoffrey tauschten entsetzte Blicke aus. Da die Damen aber nicht weiter protestierten, und es ohnehin ziemlich eng auf der Sitzbank gewesen war, unternahmen sie nichts weiter.

Hatem berichtete, einige Zeit in verschiedenen Wüstenstaaten gearbeitet zu haben, unter anderem in Dubai, wo Englisch längst den Rang einer inoffiziellen zweiten Amtssprache eingenommen hatte. Daher sprach er

---

[79] Friede sei mit Euch!

etwas Englisch. Hatem, seine Schwestern und sein Schwager kamen aus Syrien. Sie waren harmlose Bürger, die, wie so viele andere mit ihnen, zwischen die Fronten des Bürgerkriegs geraten waren.

Tragischerweise war Farida mit einem Mann verheiratet, der sich der dschihadistisch-salafistischen Splittergruppe Islamistischer Sonnenstaat, ISS genannt, angeschlossen hatte. Abdallah, so hieß er, galt schon lange als gewalttätig, zumindest im Kreise seiner Familie, wovon Farida ausführlich zu berichten wisse, erklärte Hatem. Nachdem sie auch im dritten Jahr der Ehe noch immer keinem Kind das Leben geschenkt hatte, war sie von Abdallah brutal geschlagen worden. Prügel und Misshandlung gehörten für sie zum Ehealltag.

Ihr Mann, in der hetzerischen Propaganda des ISS voll und ganz aufgegangen, drohte zudem damit, ihren Bruder, nämlich ihn selbst, Hamet, umzubringen, weil dieser Zweifel an den hehren Motiven des ISS geäußert hatte. Hamet war wie seine Schwestern modern aufgewachsen und erzogen worden und befürwortete eine dem Vorbild des arabischen Frühlings folgende Demokratisierung des Landes. Ihm leuchtete der Sinn einer gewissen Gleichberechtigung aller Menschen, gleichgültig welch ethnischen Ursprungs oder welchen Geschlechts, ein. Der respektvolle und liebende Umgang seines tiefgläubigen Vaters mit seiner Familie war ihm stets ein Vorbild gewesen.

Leider waren die Eltern allzu früh verstorben. Es war nicht ausgeschlossen, dass ein paar Mudschahedin nachgeholfen hatten; jedenfalls fand man das ältere Paar eines Tages von Kugeln durchsiebt auf ihrem Sofa. Der Fernseher lief noch.

Vor wenigen Wochen dann hatten sich die Ereignisse überstürzt. Nach einer neuerlichen Prügelattacke, in der Farida krankenhausreif geschlagen worden war, schaffte sie es nur mit äußerster Not, sich ins nahegelegene Haus ihrer Schwester Zahira zu schleppen. Ahmedin, ein guter, gerechter Mann, war vom Anblick der schwer verletzten Farida dermaßen erschüttert, dass er wutentbrannt ins Haus des Schwippschwagers lief und Abdallah mit Klage drohte. Eine unschuldige Frau ohne jeglichen Grund so sehr zu attackieren, dass sie dem Tode näher war als dem Leben, war selbst im bürgerkriegsgebeutelten Syrien nicht rechtens.

Abdallah aber ließ das nicht auf sich sitzen und denunzierte Ahmedin als Regierungsfreund, woraufhin auch dieser in die Schusslinie des Islamistischen Sonnenstaats geriet. Farida wurde von einem befreundeten Arzt notdürftig versorgt. Nachdem sie sich einige Tage erholt hatte, setzten sich Ahmedin und sein Schwager Hatem zusammen und berieten ihre schlimme Lage.

Da der unverheiratete Hatem durch seine vielen Auslandsaufenthalte ein klein wenig Geld hatte zusammensparen können, beschlossen sie, außer Landes zu fliehen. Sie packten ihre wichtigsten Habseligkeiten zusammen, verkauften den Rest, und Hatem erwarb vier Tickets für eine Überfahrt nach Italien. Mit unfassbarem Glück schafften sie es tatsächlich dorthin, obwohl die Schlepperbande das Schiff hoffnungslos überladen hatte. Es gab keinerlei brauchbare Vorräte für die vielen Menschen an Bord, und das Schiff war zudem alles andere als wirklich seetüchtig.

Über Zypern gelangten sie nach Kreta und von dort aus weiter der griechischen Küste entlang bis nach Kalabrien. Dort aufgegriffen hatten die Vier sofort Asyl beantragt. Daraufhin waren sie in Wartestellung in einem Auffanglager für Flüchtlinge bei Neapel untergebracht worden.

Sie waren zu einer Zeit nach Neapel gekommen, als die Stadtregierung kurzen Prozess mit den Asylbewerbern machte. Es gab derer einfach zu viele, und die Solidarität der europäischen Unionsländer ließ zum Teil zu wünschen übrig. Die Schnüffelhunde der Presse hatten bereits erste Anzeichen menschenunwürdiger Unterbringung der Asylbewerber entdeckt und angeprangert. Die Politik war schlicht überfordert. So kamen sie nach nur vier Wochen zu ihrem Asylbescheid: abgelehnt. Und zwar für alle vier.

In einem europäischen Land, als Europäerin, hätte Farida nach den Prügelattacken wohl einen Behindertenausweis und eine staatliche Rente beantragen können. Doch nun war sie ein abgelehnter Flüchtling, dem Abschiebung zurück nach Syrien drohte. Für sie alle vier bedeutete das nichts anderes als ein sicheres Todesurteil, davon waren sie überzeugt. Farida machte sich schwerste Vorwürfe, da sie der Meinung war, ihre ganze Familie in diesen Schlamassel hineingezogen zu haben. Sie wünschte sich, sie wäre einfach bei ihrem Mann geblieben. Sie wäre still und stumm an ihren schweren Verletzungen gestorben, und niemand anderes wäre behelligt worden, so ihre Ansicht. Nun aber drohte auch ihren Verwandten der Tod, und die ganze Situation war aussichtslos.

Die irischen Freunde waren erschüttert. Geoff beugte sich zu Eddie herüber und wisperte:

„Ich habe da vielleicht eine Idee …“

Eddie sah ihn mit großen Augen an.

„Ja?“

„Nun … wir brauchen doch unsere alten Ausweise nicht mehr, oder?“

Eddie war skeptisch. Würden die neuen Ausweise auch sicher funktionieren? Was wollte Geoff um Himmels willen mit den alten Papieren machen? Doch nicht etwa …

„Wir sollten sie ihnen geben. Schau, so hätten sie eine Chance, nicht?

Und wir müssen die Papiere eh loswerden. Sieh mal, wenn sie einer bei uns findet, dann sind wir geliefert. Für die Vier …", er nickte in Richtung der Syrer, „bestünde keine Gefahr. Die erkennt doch keiner, nicht wahr? Zumindest wäre es einen Versuch wert, nicht? Schau, die arme Farida … so hübsch … wär doch schade drum, oder?"

Eddie beugte sich vor und betrachtete die junge Syrerin. Farida saß ganz ruhig neben ihrer Schwester, lächelte sogar ein wenig. Bildhübsch war sie. Von ihren Verletzungen war nichts zu sehen. Aber das hatte wohl nichts zu heißen. Er seufzte kurz.

„Also, meinetwegen. Ich bin einverstanden … Hoffentlich sind unsere Frauen es auch …"

In einer einigermaßen theatralischen Geste erhob sich Geoff und baute sich vor den Syrern auf. Eddie sprang schnell hinzu, beide grinsten breit.

„Vielleicht haben wir da etwas für euch …", erklärte Geoff und griff langsam in die Innentasche seiner Jacke. Die Syrer blickten nervös drein. Schlagartig wurde Geoff klar, dass sie seine Handbewegung vollkommen falsch interpretierten.

„Oh, nein!" Sofort hob er beide Hände in die Luft. „Mein Gott, nein, nein, es ist ganz harmlos!" Die Nervosität in den Gesichtern wich der Verwirrung. „Alles gut", beschwor er die Flüchtlinge. „Alles gut!"

Eine gewisse Skepsis blieb, doch nun holte Geoff die alten Ausweise aus seiner Jacke heraus. Auch Eddie kramte die alten Papiere hervor. Er besah sie sich mit einem letzten wehmütigen Blick, dann hielt er sie wie Geoff den Syrern entgegen. Stirnrunzelnd nahm Hatem die Papiere an. Er betrachtete sie kurz, bis er erkannte, was er da vor sich hielt. Mit fragendem Blick wandte er sich an Geoff. Dieser nickte aufmunternd.

„Für euch! Viel Glück!"

Hatem schaute einen Moment lang nachdenklich, ja, fassungslos vor sich ins Leere. Dann breitete sich ein Lächeln auf seinem Gesicht aus. Eine freudige Erregtheit überkam ihn. Er sprang auf und wedelte mit den Ausweisen vor den Nasen seiner Verwandten herum. Arabische Erläuterungen sprudelten aus ihm hervor. Schnell schwappte die Begeisterung auf seine Mitflüchtlinge über, und die Frauen brachen in ein typisch arabisches ululierendes Freudengeheul aus, während die Männer Geoffrey und Eddie in die Arme fielen. Es war ein wahrer Freudentaumel, und die zwei Iren strahlten sich an. Was gab es Schöneres, als jemand anderen glücklich zu machen?

Geoff schlug vor, die neu geschaffenen britischen Staatsbürger mit einem Gläschen Limoncello zu feiern. Als streng gläubige Muslime lehnten die ehemaligen Syrer höflich dankend ab. Eddie war darüber recht erleichtert, denn der Limoncello war – abgesehen von den neuen Identitäten – das einzige Mitbringsel, was sie ihren Liebsten in Seelisberg von einer fast einwöchigen Reise nach Italien zu bieten hatten.

So verabschiedete man sich voneinander mit herzlichen Wangenküssen und Umarmungen, zumindest, was die Männer anbetraf. Geoff und Eddie freuten sich mit ihren neu gewonnenen Freunden, und so beschlossen sie spontan, dass den vier Ex-Syrern mit ein wenig Startkapital noch mehr geholfen wäre. Rasch kramten sie die letzten Euros aus ihren Brieftaschen hervor; Geld, das eigentlich für die Rückreise geplant war. So drückten sie Hatem rund vierhundert Euro in die Hand. Nach erneuten Dankesbekundungen wünschten sie allen nochmals viel Glück, bevor sie sich endgültig voneinander trennten.

„Glaubst du, wir sehen die jemals wieder?“, fragte Eddie noch ganz aufgekratzt, während sie vom Hafen in Richtung Stadt schlenderten. Geoff lachte laut auf.

„Nie im Leben. Aber weißt du was? Das war eine richtig gute Tat, Kumpel!“

„Ich schätze auch, dass wir die nie wieder zu Gesicht bekommen“, meinte Eddie. Plötzlich hielt er inne und blieb stehen, den Mund weit aufgesperrt, die Augen aufgerissen, mit dem Zeigefinger nach vorne deutend.

„Aber … w-weißt du, was wir dafür wieder sehen werden?“

Geoff war gerade durch den Anblick einer schönen Neapolitanerin abgelenkt und zuckte deshalb ratlos mit den Schultern.

„Hm?“

„Unser Auto!“, rief Eddie heiser. Geoff verstand nicht.

„Ja, ich weiß, unser Auto müssen wir jetzt suchen. Schöne Schei…“

„Nein, Geoff, sieh doch mal da! Unser Auto!“

Geoff starrte in die Richtung, in die Eddie hektisch deutete. Tatsächlich, dort stand einsam und allein ein weißer Fiat Panda und wartete ergeben auf seine Fahrer. Eilig stürmten sie auf ihr Fahrzeug zu. Alles war in Ordnung. Eddie drückte auf die Fernbedienung, und die Türen entriegelten prompt. Sie warfen ihre Rucksäcke auf die Rückbank und wollten gerade einsteigen, als plötzlich der selbst ernannte Parkplatzeinweiser vor ihnen stand.

24. You are schwarzfoahrn …

„*Ho pensato la machina sarebbe qui solo per un o due giorni*[80]", murmelte er heiser. Er sah erschöpft aus. Er war unrasiert, wohl auch ungewaschen.

„Er dachte, das Auto würde maximal ein oder zwei Tage hier sein", wisperte Geoff seinem Freund hinter vorgehaltener Hand zu. Die Zwei musterten den italienischen Autobewacher. Er sah wirklich mitgenommen aus.

„Da!", zischte Eddie Geoff zu und deutete auf den Boden vor der Kühlerhaube. Ungläubig bestaunten sie dort eine Isomatte und einen Schlafsack sowie eine Thermoskanne.

„Der hat hier allen Ernstes bei unserem Auto übernachtet!" Geoff war fassungslos. Eddie begann in seinen Taschen zu wühlen. Er fand einzelne Münzen. Geoff tat es ihm nach und fand in seiner Brieftasche noch zwei Zehneuroscheine. Zusammengelegt ergaben sich immerhin 24,80 Euro. Ein schmaler Verdienst für vier Tage Parkplatz-Dauerwache. Der arbeitslose Neapolitaner freute sich nichtsdestotrotz, vielleicht auch nur deshalb, weil er so froh war, diesen undankbaren Job endlich los zu sein.

Er verabschiedete sich knapp, und die Iren stiegen in ihr Auto.

„Der Tank ist noch knapp halb voll. Damit schaffen wir es höchstens bis Rom …", bemerkte Eddie, der die Zündung betätigt hatte. Geoff brummelte etwas, das sich sehr nach einem Fäkalwort anhörte. Sie sahen sich kurz an.

„Zur Bank?", fragte Eddie.

„Zur Bank!", schnaufte Geoffrey.

Im Schweinsgalopp rannten sie zurück durch die Altstadt zu genau der

[80] Ich habe gedacht, das Auto wäre nur für ein oder zwei Tage hier

Bankfiliale, bei der sie aufgrund ihres ungewöhnlichen Wunsches, fünftausend Euro von einem anonymen Konto abzuheben, für Furore gesorgt hatten. Nun aber waren sie bereits alte Bekannte, und sie bekamen ohne Probleme fünfhundert Euro. Das sollte für Benzin und eine weitere Übernachtung ausreichen.

Derweil standen die vier Ex-Syrer am Napoli Centrale, dem viertgrößten Personenbahnhof der Welt nach Grand Central Terminal in New York, München Hauptbahnhof und Paris Gare du Nord. Auf den großen elektronischen Tafeln besahen sie sich die Abfahrtszeiten. Alle paar Minuten wechselte die Anzeige, und die angekündigten Züge schoben sich Stück um Stück nach oben. Ein unglaublicher, nicht enden wollender Strom an Reisenden, ankommenden und abfahrenden Passagieren durchwogte die Hallen. Es grenzte an ein Wunder, wie in diesem Chaos ein Fluss möglich war, wie die dahineilenden Menschen aneinander vorbeiglitten, ohne sich anzurempeln und umzustoßen. Wie ein aus den Fugen geratener Fischschwarm wirbelten sie durch die hochglänzenden Hallen der Stazione, scheinbar sinn- und ziellos, und doch strebte ein jeder seiner Destination entgegen.

Aus Lautsprechern plärrten verzerrte Stimmen, die sich im Widerhall der großen Räume bis zur Unkenntlichkeit verloren. Aufgeregtes Geschnatter der Reisenden war zu hören, Kindergeschrei, Babygebrüll, der eine oder andere kläffende Hund. Schrille Pfiffe der Zugbegleiter tönten durch die Hallen, klackernde Absätze und stampfende Schuhe, die zu den Bahnsteigen eilten, ratternde Kofferrollen, die monoton und rhythmisch über die schmalen Fugen des hochglanzpolierten Plattenbodens holperten.

In den Glasfassaden der kleinen Shops in den Ladenzeilen links und rechts spiegelten sich die Lichter der futuristisch anmutenden Decke. Die Reflexionen auf dem blanken Fußboden wurden durch Abertausende Schritte der Reisenden gebrochen zu einem stroboskopartigen Blitzen zwischen den vielen bunten Jacken und dunklen Mänteln, rollenden Koffern und zerrenden Kindern.

Unzählige Gerüche durchzogen die Hallen. Hier fuhr ein Zug ein, die Bremsen quietschten, und es roch leicht nach verbranntem Gummi und heiß gelaufenem Stahl. Dort stand ein kleiner Imbiss mit Pizza in Touristenformat, es duftete nach gebackenem Teig und geröstetem Käse. Feucht gewordene Hemden und Jacken vorbei hetzender Passagiere zogen schweißigen Dunst hinter sich her. Ein Hund markierte an einem Müllbehälter, gegenüber öffnete sich die Ladentür einer Parfümerie und gab eine Duftwolke blumiger und holziger Aromen frei. Es pulsierte wie in einem riesigen Maschinenraum, in dem eine kleine eigene Welt entstanden war.

„Karim", wandte sich Hatem an seinen Schwager Ahmedin auf Arabisch. „Sieh mal, dort ist der Zug nach Bologna!" Er wies auf die große Anzeigetafel. In den Händen hielt er Fahrkarten, die sie zuvor am Serviceschalter gekauft hatten. Viermal einfache Fahrt ins Land, wo bekanntermaßen Milch und Honig flossen.

Am liebsten wären er und sein Bruder Karim mit ihren Frauen in das Land gereist, in dem Schokolade und Käse flossen, doch eine Aufenthaltserlaubnis für die Schweiz zu bekommen erachtete Hatem/ Omar als aussichtslos. Mit ihren neuen Pässen würden sie hingegen kein Problem haben, sich in jedem EU-Land ihrer Wahl aufzuhalten. Was lag da näher, als ins reichste, wirtschaftsstärkste Land zu gehen, in dem man an jeder beliebigen Tür klopfen konnte, und es würden einem Arbeit und Lohn oder andere Möglichkeiten geboten?

Um die Ausweise überhaupt nutzen zu können, hatten sie sich zuvor in einem Fotoautomaten ablichten lassen. Mit Hilfe von Schere und transparenter Klebefolie, die sie in einem Schreibwarenladen geklaut hatten, hatten sie die Bilder auf ihre neuen Pässe transferiert.

„Von dort aus kommen wir direkt nach München", erklärte er weiter und sah sich um. „Ghada, komm her", rief er zu Farida herüber, die sich mit Zahira unterhielt.

Farida/ Ghada folgte, einen schweren Koffer hinter sich her zerrend, den ihr Mann Omar in einem unbeobachteten Moment von einem Gepäckwagen gestohlen hatte. Der raffinierte Syrer hatte zuvor bemerkt, wie besagter Koffer von einem jungen Mann am Gepäckwagen abgegeben worden war, der in etwa die gleiche Statur hatte wie Omar und sein Bruder Karim. Ghada rief nach Zahira, nannte sie allerdings Tahire, und diese entgegnete etwas und stahl eine Zeitschrift, die eine in die Anzeigen der elektronischen Tafel vertiefte Frau lose in eine große Handtasche gestopft hatte. An der Zeitschrift klebte wie durch Glück eine prall gefüllte Geldbörse, und die vier Syrer machten sich auf den Weg zum Bahnsteig, um nicht doch noch aufzufallen.

Ahmedin, Zahira, Farida und Hatem waren also nicht die, als die sie sich ausgegeben hatten, und abgesehen von der Sache mit dem überfüllten Flüchtlingsboot und den abgelehnten Asylanträgen stimmte so rein gar nichts an der Geschichte, die sie Geoffrey und Eddie aufgetischt hatten. Aber ob sie nun Hatem oder Omar hießen, Zahire oder Tahire, was spielte es für eine Rolle? Ab nun hießen sie Edward Louis Patrick O'Meany, Sarah O'Meany geb. Jones, Geoffrey Thomas MacGowan und Monique Jessica

Jones geb. Smith. Als diese reisten sie nunmehr nach München, eine gut ausgestattete Geldbörse im Gepäck, in der sich unter anderem zwei goldene Kreditkarten und rund dreihundertachtzig Euro befanden.

Die Zugfahrt verlief angenehm. Sie genehmigten sich im Bordrestaurant ein anständiges Essen. Die Umsteigezeit in Bologna nutzten sie für einen kurzen Einkauf in einer kleinen Damenboutique. Bedauerlicherweise wurde ihr Zug angekündigt, just nachdem Tahire und Ghada die neuen Hosen und Blusen anprobiert hatten. Es blieb schlicht keine Zeit mehr für den lästigen Bezahlvorgang, aber immerhin besaßen so nun auch die Frauen eine Wechselgarderobe.

Am Abend, es war bereits dunkel, trafen sie ohne große Verspätung in München ein. Karim hatte beim Filzen der Geldbörse eine mehrstellige Zahl auf einem kleinen Waschzettel notiert gefunden, die er sogleich an einem Geldautomaten ausprobierte. Bei der zweiten Kreditkarte hatte er Glück, und der Automat spuckte fünfhundert Euro aus. Er teilte sich das Geld mit Omar. Einschließlich des Restgeldes von Geoffreys und Eddies großzügiger Spende besaß ein jeder nun rund vierhundertfünfzig Euro. Die Geldbörse warfen sie in den nächsten Recycling-Container.

Um ihre finanziellen Mittel nicht unnötig zu verschleudern, verzichteten sie darauf, Fahrkarten für die Münchner U-Bahn zu kaufen. Im U-Bahnhof wurde gebaut, von daher war die Schleuse für die Bahnfahrenden sehr unübersichtlich. Somit fiel es überhaupt nicht auf, als sich die vier Syrer hindurch mogelten.

Allerdings war es weder Omar noch Karim klar, dass die Münchner U-Bahnen besonders in der Zeit nach 18 Uhr in zunehmender Häufigkeit von Sicherheitspersonal begleitet wurden, welches auch Fahrkartenkontrollen durchführte. Kaum saßen sie auf den muffigen Sitzen eines älteren U-Bahn-Abteils, da betrat an der nächsten Station ein dunkel uniformierter Schrank ihren Waggon. Der Riese äußerte den unmissverständlichen Wunsch, die Fahrkarten der Reisenden zu sehen. Zunächst machten sich die Syrer noch lustig über den bulligen Sicherheitsmann; sie glaubten, ihm in der nächsten Station einfach entwischen zu können. Der Mann aber fackelte nicht lange, sondern sprach ein paar knappe Anweisungen in sein Funksprechgerät, und so erwarteten die vier Schwarzfahrer in der Station Untersbergstraße zwei uniformierte Polizisten, die sie ohne viel Aufhebens zur Polizeiinspektion 23 Giesing geleiteten.

Dem diensthabenden Polizeivorsteher Eberl kamen die vier Syrer sogleich spanisch vor. Dass die Damen und Herren britische Staatsbürger sein sollten, hätte er ihnen vielleicht noch abgekauft, wären ihm die äußerst irisch oder gälisch klingenden Namen nicht verdächtig vorgekommen. Sein

Instinkt riet ihm, die Namen kontrollieren zu lassen. Er vermutete hinter den vier dunklen Gestalten möglicherweise Zugehörige einer islamistischen Terrororganisation, nachdem vom Bundessicherheitsdienst in letzter Zeit wieder Warnungen allgemeiner Art ausgegeben worden waren. Die Pässe waren höchstwahrscheinlich gestohlen gemeldet; das würde er am nächsten Tag herausfinden. Einstweilen wurden die zwei Damen und die zwei Herren trotz ihres lautstarken Protestes in den Zellen der Polizeistation untergebracht.

Unglücklicherweise hatte der findige Polizeikommissar an diesem Abend Dienstschluss, und durch einen Einsatz in der Stadelheimer Straße kam es auf dem Revier zu etwas Unruhe beim Wachwechsel, sodass keine detaillierte Übergabe mit seinem Kollegen stattfinden konnte. Sein Mitarbeiter registrierte erst gegen später, dass er vier Insassen in den Revierzellen hatte. Diese bemerkten den neuen Diensthabenden und drückten noch einmal ihren Protest aus. Polizeihauptmeister Gärtner war ein ausgeglichener Typ, der leider nur sehr wenig Englisch sprach. Er spürte den Unmut, signalisierte die Bitte um einen Moment Geduld und lief zum Schreibtisch, um etwas zum Vorgang zu finden. Er sah die vier britischen und irischen Pässe und eine Anzeige wegen Schwarzfahrens. Er erschrak hierüber sehr. Warum in aller Welt hatte man die vier EU-Bürger gleich eingebuchtet?

Er lief zurück zum kleinen Zellentrakt und wandte sich an einen der Männer.

„Öhm … pay you the … Strafgöid?“, stotterte er. „Ah, Money! Money!“, fiel ihm im letzten Moment ein.

Omar sah ihn arglistig an.

„Money? No problem!“, antwortete er und lächelte ihn leutselig an.

„Why … there?“, fragte Gärtner, auf die Zelle deutend. Omar schaute betrübt und zuckte arglos mit den Schultern.

„Don’t know! Police officer very busy … big problems here!”, erklärte er scheinheilig. Durch die zunehmende Anglifizierung der deutschen Sprache war Gärtner das Wort ‚busy‘ durchaus bekannt. Ja, er wusste um die Hektik, die in seinem Revier mitunter aufkommen konnte. Und ihm dämmerte, dass es sich bei der Inhaftierung der vier EU-Bürger möglicherweise um ein schreckliches Versehen handelte. Er betrieb die wortkarge Unterhaltung noch ein wenig weiter, bis er davon überzeugt war, dass die vier Orientalen zu Unrecht festgenommen worden waren.

Er schloss die zwei Zellen auf und entschuldigte sich umständlich bei den Syrern, die ihrerseits Großmut und Verständnis signalisierten. Sie schüttelten sich die Hände, und Omar holte einen Hunderteuroschein heraus. Gärtner schüttelte den Kopf, hielt zwei Finger in die Luft und erklärte:

„You are schwarzfoahrn ... zwohundert-forty Euro!“

Omar und Karim sahen sich fragend an. Omar zuckte mit den Schultern und reichte dem Polizisten zweihundertfünfzig Euro. Gärtner nahm das Geld dankend an und ging an seinen Schreibtisch. Aus dem Augenwinkel heraus bemerkte er, wie die vier Syrer sich auf den Ausgang zu bewegten.

„Moment amal!“, rief er ihnen zu. „You get noch Money back!“ und winkte mit einem Zehner. Omar blickte rätselnd seinen Bruder an, dann prustete er los und lief auf Gärtner zu. Der gab ihm das Geld und verabschiedete sich.

„Servus mitanand. Und entschuldigens nochamal, göi? Äh, i moan: Sorry, göi? Nix für unguat!“

Als die vier Syrer wieder auf der Straße standen, brachen sie in lautes Gelächter aus. Im selben Moment aber rollte ein roter Golf heran, der vor dem Eingang der Polizeiinspektion zum Stehen kam. Im Wagen war ein nicht unbekanntes Gesicht zu sehen: Eberl. Mit Entsetzen musste er feststellen, dass die vier Verdächtigen freigelassen worden waren.

Erst zwanzig Minuten zuvor hatte er noch gemütlich auf seinem Sofa gesessen, der Fernseher lief, als der Anruf seines Freundes Stahlmann vom Polizeipräsidium auf seiner Privatnummer einging. Dieser hatte die Namen geprüft, die Eberl ihm zuvor durchgefaxt hatte, und sie waren auf einer Liste international gesuchter Verbrecher zu finden. Eberl schwante Übles – er kannte seinen gutmütigen und manchmal etwas einfältigen Kollegen Gärtner nur zu gut. So hatte er sich sofort den Mantel übergeworfen – dass er noch Jogginganzug und Hausschlappen trug, war ihm gelinde gesagt wurscht, hatte sich ins Auto gesetzt und war mit Tempo 80 her gerast.

Er fackelte nicht lange, sondern riss seine Dienstwaffe aus dem Schulterholster und sprang aus dem Wagen. Die vier Syrer ihrerseits hatten aber auch nicht gerade das, was man eine lange Leitung nannte. Während Eberl sich aus seinem Anschnallgurt herauskämpfte, der im betagten Golf schon länger klemmte, hatten sie ihre Beine in die Hand genommen und waren ums nächste Häusereck geflüchtet.

Fluchend fummelte Eberl nach seinem Funkgerät, um Verstärkung zu ordern, und setzte ihnen nach. Für seine zweiundfünfzig Jahre war er in verdammt guter Form, schließlich lief er in seiner Freizeit Halbmarathon, und das mit beachtlichem Erfolg. Aber Hausschlappen waren keine Joggingschuhe, und so verlor er rasch den Sichtkontakt. Endlich meldete sich jemand an seinem Handgerät, und Eberl informierte knapp über die Flüchtigen.

Omar, Karim, Tahire und Ghada waren flugs zur nächsten U-Bahn-Station gerannt und dort in den wartenden Zug gesprungen. Diesmal waren sie auf der Hut, was uniformierte Zugbegleiter anging. Sie wechselten in jeder Station das Abteil, bis sie wieder im Hauptbahnhof angelangt waren. Dort hetzten sie in den nächsten Fernzug, der abfahrbereit im Gleis stand. Es war ein Zug nach Salzburg. Kaum standen sie im Gang des Wagens, klappten die Türen zu, und der Zug fuhr ab. Sie ließen sich in ein Abteil des fast leeren Wagens nieder und hielten abwechselnd Wache auf dem Gang, um eventuell auftauchendem Zugpersonal aus dem Wege gehen zu können. Vor dem Schaffner versteckten sie sich später auf den Toiletten.

Todmüde kamen sie mitten in der Nacht in Salzburg an, wo sie geschlagene zwei Stunden auf den Nachtzug nach Budapest warten mussten. Der Vorteil, erst um zwanzig vor vier in einen Nachtzug zu steigen, war in diesem Falle, dass keine Reisenden mehr auf Fahrkarten hin kontrolliert wurden. So besetzten sie ein leeres Schlafabteil, zogen die Vorhänge an den Betten zu und schliefen, bis der Zug um kurz nach neun des nächsten Morgens in Ungarns Hauptstadt eintraf.

Sie fanden einen Zug, der nach Nyíregyháza im Nordosten Ungarns fuhr. Dort angekommen hatten sie Zeit für ein ausgiebiges Mittagessen, nachdem das Frühstück nur aus einem Kaffee von McDonald's bestanden hatte. Anschließend stiegen sie in einen Zug nach Záhony direkt an der ukrainischen Grenze, um von dort aus weiter über Chop, Transkarpatien in der Ukraine bis schließlich nach Lvov oder auch Lwiw zu gelangen, ehemals Lemberg, bis 1914 zu Österreich-Ungarn gehörend.

Sie verbrachten die Nacht in einer schäbigen kleinen Pension, ehe sie am nächsten Morgen per Anhalter und gegen eine kleine Gebühr bis auf die Krimhalbinsel gebracht wurden, von wo aus sie hofften, auf irgendwelchen Wegen in die Türkei zu gelangen. Sie waren der Meinung, dass sie sich in den beliebten Touristenhochburgen der türkischen Riviera hervorragend als Taschendiebe würden durchschlagen können, um sich so mit der Zeit ein eigenes kleines Hotel zusammensparen zu können. Von den politischen Auseinandersetzungen auf der Krimhalbinsel hingegen hatten sie keine Ahnung.

So gerieten sie unverhofft in die Hände pro-russischer Rebellen, die in den vermeintlichen Briten lukrative Geiseln zu erkennen meinten. Ziemlich zeitgleich traf ein sogenannter Hilfsgüterkonvoi der russischen Armee ein, der ja nie nur sogenannt war, immerhin ging es wirklich ausschließlich um Hilfsgüter. Nachdem die Lebensmittel, Decken und sonstigen Krisen-Hilfsgegenstände abgeladen waren, bat der ranghöchste der anwesenden Rebellen, Oleksander Sorokin, den russischen Major Komarow zu einem Gespräch unter vier Augen.

Das Gespräch fand unter sechs Augen statt, da Major Komarow immer Hauptmann Worobjew als seinen Privatsekretär mit sich führte. In einem

Nebenraum des provisorischen Dienstgebäudes IV berichtete Sorokin von den potenziellen Geiseln. Zwar war Komarow müde von einem langen Arbeitstag. Doch Krieg war Krieg, also wünschte er diese Subjekte umgehend zu begutachten.

Die mittlerweile recht kleinlauten Syrer wurden in einen winzigen Raum gebracht, in dem hinter einem Schreibtisch zwei russische Offiziere saßen. Sorokin, der Rebellenführer, stieß sie unsanft in das Zimmerchen hinein. So unheimlich es den Vieren auch vorkam, immerhin herrschten hier durch einen kleinen Heizlüfter annehmbare Temperaturen, was man von ihrer lausigen Unterkunft (lausig im wahrsten Sinne des Wortes) nicht behaupten konnte. Sie waren im Abstellraum eines Lagerhauses eingesperrt, der komplett unbeheizt war. Draußen stiegen die Temperaturen auch tagsüber derzeit kaum über zwei, drei Grad plus. Sie waren darauf angewiesen, sich aneinander und mithilfe der Decken, derer es immerhin reichlich gab, so gut wie möglich zu wärmen. Ihre Pässe und das restliche Geld waren ihnen selbstredend längst abgenommen worden.

Es folgte ein wenig verständliches Verhör, zumeist auf Russisch. Weder Komarow noch Worobjew sprachen auch nur ein Wort Englisch, was allerdings nicht das entscheidende Problem war, da die vier Syrer, abgesehen von Omar, ja auch kein Englisch beherrschten. Sorokin sprach einige Brocken Englisch, denn er hatte eine höhere Schulbildung genossen, und radebrechte so mit Omar. Das führte zu keinen brauchbaren Erkenntnissen. Außer einigen wenigen Sätzen wie „*What is your name*[81]?“ (die Antwort hätte er in den beschlagnahmten Pässen nachsehen können) oder „*How are you?*“ – „*not good*[82]“ (diese Antwort hätte er sich denken können) konnte sich Sorokin an nicht wirklich viel aus der Schulzeit entsinnen.

Doch immerhin kam zutage, dass die Vier fließend Arabisch sprachen, was Worobjew sogleich aufgefallen war. Sein muslimischer Großvater mütterlicherseits stammte aus Usbekistan und hatte daher zu Hause häufig den Koran auf Arabisch zitiert, weshalb er selbst ganz rudimentäre Arabisch-Kenntnisse besaß.

„Major, ich hege starke Zweifel, ob die Vier da wirklich Briten sind. Die schauen überhaupt nicht britisch aus, und sie sprechen meines Erachtens nach nicht besonders gut Englisch. Dafür sprechen sie aber fließend Arabisch.“

Komarows Augenbrauen schnellten nach oben.

„Arabisch?“

Worobjew nickte. Komarow musterte die vier Flüchtlinge nachdenklich.

---

[81] Wie ist Ihr Name?

[82] Wie geht es Ihnen? – Nicht gut

Möglicherweise änderte das die ganze Situation.

„Fragen Sie die Vier, woher sie stammen!"

Worobjew zögerte. Sein Großvater war seit Jahrzehnten tot und begraben. Seit mindestens fünfundzwanzig Jahren hatte er selbst kein Arabisch mehr gesprochen. Er wühlte in seinem Gedächtnis und fand schließlich ein einzelnes Wort. Er befand, dass es egal war, was dieses Wort bedeutete, denn sein Vorgesetzter verstand ohnehin nicht, was er sagte, aber vielleicht kam so eine Unterhaltung in Gang:

„*Šukran*[83]!"

Die vier Syrer sahen ihn merkwürdig an. Wofür bedankte sich der Soldat? Zögerlich, sehr behutsam, langsam und deutlich begann Omar Worobjew auf Hocharabisch zu erklären, dass es sich bei ihnen um vier harmlose englische Touristen syrischer Abstammung handele, und dass sie aufgrund einiger schwierig zu erklärender Verwicklungen in der „Heimat" doch gerne in die Türkei weiter reisen würden, falls das möglich sei, oder andernfalls in Russland Asyl beantragen möchten.

Worobjew ließ sich mit keiner Miene anmerken, dass er nicht ein einziges Wort verstanden hatte. Er glaubte, einmal die Erwähnung Syriens gehört zu haben, also erklärte er dem Major:

„Sie kommen aus Syrien. Sind illegale Flüchtlinge, die die Pässe geklaut haben."

Dass er damit näher an der Wahrheit lag, als jeder arabische Dolmetscher ihm hätte erklären können, ahnte Worobjew nicht. Um aber nicht noch mehr einen ungerechtfertigten Ruf als Arabisch-Experte zu erwerben, schob er schnell hinzu:

„Leider ist mein Arabisch absolut nicht ausreichend für genauere Erläuterungen. Ich verstehe das Gesprochene nur grob vom Sinn her. Verzeihung vielmals, Herr Major, aber wenn Sie mehr herausfinden wollen, sollten Sie einen Übersetzer bestellen."

„Verstehe ...", murmelte Komarow und rieb sich nachdenklich das Kinn. Er gab Anweisung, die vier Gefangenen in ihr Quartier zu bringen und sie mit heißen Getränken und einer Mahlzeit zu versorgen. Dann verließ er den Raum und stiefelte auf die andere Lagerseite zu seinem Quartier. Er betrat sein kleines Büro, dicht gefolgt von Worobjew.

Komarow ließ sich in seinen Bürosessel fallen, nahm den Telefonhörer zur Hand und winkte Worobjew fort. Dieser hatte den Raum verlassen, als Komarow nach dem Wählvorgang ein Freizeichen hörte.

„Generalmajor Petuchow?", fragte er, als ein leises Geräusch ihm verriet,

---

[83] Danke!

dass die Gegenseite das Gespräch angenommen hatte. Eine tiefe, harsche Stimme bestätigte, und Komarow zischte ins Telefon:

„Generalmajor Petuchow, Komarow hier. Ich bin in Lager IV in meinem Quartier, und Sie glauben nicht, was ich hier vorgefunden habe …“

Der Generalmajor unterbrach ihn mit einem ungeduldigen Grunzen.

„Geduld, Generalmajor, Geduld bitte. Sie erinnern sich an unser vertrauliches Gespräch vorgestern in Krasnodar?“

Petuchow bejahte.

„Nun, wie es der Zufall will, sitzen hier im Abstellraum von Halle 14 vier syrische Flüchtlinge.“

„Was wollen Sie damit andeuten?“, knurrte Petuchow wenig beherrscht. Seine Zeit war zu kostbar für irgendwelche Telefonspielchen, und Komarows Drängen nach oben war ihm längere Zeit schon ein Dorn im Auge. Natürlich war der Major clever, ein Mann, wie ihn das Militär brauchen konnte. Ein intelligenter Stratege, von dem er, Petuchow, auf seine alten Tage hin, so musste er ehrlich zugeben, sich noch eine Scheibe hätte abschneiden können. Wenn nur, ja, wenn Komarow nur nicht so ein Arschkriecher gewesen wäre.

In der Tat war Komarow das eigentlich nicht. Im Gegenteil, er war jemand, der die Konfrontation mit der Obrigkeit bis zu einem gewissen Maße (welches der Anstand gebot) nicht scheute. Komarow trug seinen Namen zu Recht – Stechmücke. Lästig wie ein Moskito setzte er da an, wo es wehtat, und stach unablässig zu.

Nein, die Attribute des Stiefelleckers standen mehr seinem Schatten Worobjew zu. Das wusste auch der General. Doch Petuchow mochte Komarow schlichtweg nicht. Komarows scharfe Intelligenz gepaart mit ungebremstem Ehrgeiz machten Petuchow Angst. Das aber hätte er sich nie eingestanden.

„Geben Sie mir eine Minute Zeit, Generalmajor, und Sie werden verstehen …“

Man erschien bewaffnet im improvisierten Gefängnis des Lagerhauses 14. Ghada und Tahire duckten sich vor Angst hinter ihren Männern. Omar und Karim sahen erschrocken die russischen Soldaten an. Umso überraschter waren sie, als einer der Soldaten seine Waffe sinken ließ, auf Omar zutrat und ihm die Hand entgegenstreckte. Omar zuckte ängstlich zurück, hielt besorgt die Hände nach hinten, um Ghada bessere Deckung zu geben. Der Soldat schüttelte lächelnd den Kopf, sprach kurz etwas und machte dazu eine auffordernde Bewegung mit der Hand. Hätte Omar es nicht besser gewusst, so hätte er die Bewegung als einladende Geste interpretiert.

Die Soldaten sahen sich ratlos an. Der zweite Soldat, ein wahrer Hüne von fast zwei Metern Größe, zuckte achtlos mit den Schultern. Beherzt schritt er auf Karim zu, packte ihn mit seinen tellergroßen Pranken ums Handgelenk und zog ihn sanft, aber bestimmt nach oben. Karim sah die Aussichtslosigkeit seiner Lage ein und folgte ohne größeren Widerstand. Tahire war mit ihm aufgesprungen und duckte sich hinter ihrem etwa 1,75 m großen Mann, der mit seiner schlanken Statur und seiner lederfarbenen Haut neben dem käsigen Riesen aussah wie ein verirrter Elf aus einem Märchenbuch. Der Soldat zog Karim mit sich, der ängstlich hinter ihm herstolperte. Da niemand sie aufhielt, eilte auch Tahire den beiden hinter her. Der erste Soldat, in Statur und Körpergröße Omar ebenbürtig, winkte nochmals auffordernd mit der Hand, und der Syrer erhob sich seufzend und folgte ihm, Ghada mit sich ziehend.

Sie wurden wieder in das Dienstgebäude gebracht, allerdings in den zweiten Stock, wo sich die Unterkünfte der Offiziere befanden. Eine Wohnung wurde aufgeschlossen, die zwar möbliert, aber dennoch unbewohnt aussah. Verwirrt bemerkten die Syrer, dass jemand ihre wenigen Habseligkeiten in den Flur des Appartements gestellt hatte. Der Hüne baute sich im Eingang auf, nachdem die Syrer dem ersten Soldaten in die Wohnung gefolgt waren.

Verwundert fanden sie sich in einer Wohnungsbesichtigung wieder, jedenfalls führte der Soldat sie durch alle Räumlichkeiten. Sie gingen durch einen Wohnraum mit Kochzeile, sahen ein kleines Bad mit WC und zwei Schlafräume mit jeweils einem Doppelbett. Der Soldat lieferte kurze Erklärungen auf Russisch ab, deutete auf die Kücheneinrichtung, öffnete Geschirrschrank und Mülleimer, erläuterte etwas im Bad und betätigte zur Demonstration die Toilettenspülung. In den Schlafzimmerschränken zeigte er ihnen bereitliegende Handtücher und Bettwäsche.

Er verabschiedete sich und verließ mit seinem riesenhaften Kameraden das Appartement. Die vier Syrer sahen sich entgeistert an.

„Was soll das bedeuten?“, fragte Karim. Omar schüttelte den Kopf.

„Ich weiß es nicht. Ich habe keine Antwort darauf.“

„Mir kommt das alles verdächtig vor“, warf Ghada ein.

„Sei still“, gebot Omar mit einem Stirnrunzeln seiner Frau. Wenn sie dauernd quatschte, konnte er nicht nachdenken.

Sie tappten ein wenig unbehaglich im Flur umher. Bevor jedoch irgendjemand einen Vorschlag machen oder überhaupt nur irgendetwas äußern konnte, klopfte es an der Tür.

„Meine Herren?“, hörten sie von draußen eine Stimme auf Hocharabisch fragen. Die syrischen Brüder sahen sich verwundert an. Die Tür wurde vorsichtig geöffnet, und ein weißhaariger Mann mit runder Nickelbrille und dicht gewelltem Vollbart steckte seinen Kopf herein. Er entschuldigte sich lächelnd für die Störung und fragte, ob er kurz hereinkommen dürfe. Karim und Omar warfen sich ratlose Blicke zu. Achselzuckend nickte der ältere Bruder und winkte den Fremden herein.

„Nikolai Abdullajev. Guten Tag die Herren. Die Damen." Der ältere Mann verneigte sich ein wenig. „Generalmajor Petuchow hat mich herbestellt, um Ihnen als Dolmetscher dienen zu können. Der Generalmajor würde sich gerne ein wenig mit Ihnen unterhalten. Wenn Sie so freundlich wären und mir folgen …" Er wandte sich zur Ausgangstür.

„Moment mal", rief Omar, der ungerührt stehen blieb. „Was will denn dieser Generalmajor von uns?"

Abdullajev legte ein Lächeln auf, das fröhliche Runzeln um seine dunklen Augen entstehen ließ. Ein Russe hätte wohl gefunden, dass Abdullajev aussah wie Väterchen Frost.

„Das weiß ich leider auch nicht", antwortete er. „Ich weiß aber, dass Tee und Kuchen für Sie bereitstehen. Kommen Sie!"

Ghadas und Tahires Augen leuchteten auf beim Gedanken an heißen Tee und herrlich duftenden, süßen Kuchen. Tahire trat von hinten an ihren Mann hin und schob ihn sanft am Ellenbogen, um ihn Abdullajev hinterher zu senden. Karim blickte sie grimmig an. Ihn nervte das dominante Getue seiner Frau, vor allem, wenn sein Bruder anwesend war. Omar dachte womöglich noch, dass er unter dem Pantoffel stand. Dieser aber fasste ihn beinahe gleichzeitig am anderen Ellenbogen und zog ihn mit sich.

„Komm!"

Abdullajev wartete lächelnd draußen auf dem Gang. Als er bemerkte, dass die Frauen zögerten, nickte er ihnen freundlich zu und rief:

„Kommen Sie, meine Damen. Auch für Sie steht Tee bereit!"

Kurz darauf befanden sie sich allesamt in Komarows Büro. Ein kleines Tischchen mit zwei Lehnstühlen war hereingetragen worden, an dem Ghada und Tahire Platz nehmen durften. Beglückt nahmen sie ihren Tee und einige Stücke Preiselbeerkuchen entgegen.

Die Männer setzten sich rings um Komarows Schreibtisch, der zu diesem Zweck leer geräumt und mit Teegeschirr eingedeckt worden war. Ein Samowar brodelte und dampfte bereits, und Major Komarow übernahm die Bedienung des Tisches. Generalmajor Petuchow saß den syrischen Brüdern gegenüber. Er sah genauso aus, wie Karim und Omar sich einen russischen General vorgestellt hatten. Seine Uniform war tadellos. Am Revers hingen etliche Auszeichnungen. Petuchow war ein großer, beleibter Mensch Ende fünfzig. Sein ohnehin nur spärliches blondes Haar war einer Glatze gewichen, die speckig über seinem fleischigen Gesicht glänzte. Das Übergewicht hatte ihm Hängebacken vermacht, die ihm in Kombination mit seinen tief liegenden rot umränderten Schweinsäuglein das Aussehen einer Englischen Bulldogge verliehen. Seine Zähne, groß wie Schaufeln, leuchteten gelblich, als er seinen breiten lippenlosen Mund zu einem Lächeln verzog.

„Freunde", sprach er, und Abdullajev übersetzte simultan. „Bitte entschuldigt die etwas … unangemessene Begrüßung … die aufgrund der … Sprachbarriere entstanden ist." Während er nach Worten suchte, verdrehte Petuchow die Augen nach oben und leckte mit der Zungenspitze an seinem rissigen Mundwinkel. Omar und Karim sahen ihn abwartend an und tranken einen Schluck köstlichen Schwarztee.

„Freunde", fuhr der General fort, und Komarow ließ sich neben ihm nieder, nachdem er das Gebäck verteilt hatte. „Ihr habt wunderbar gefälschte Ausweise." Er brach in ein lautes, misstönendes Gelächter aus. „Die Fotos …" Er lachte wieder und wischte sich eine Träne mit dem Handrücken weg. Er wedelte mit seiner Hand in Richtung Komarow, und der schaltete sofort. Er erhob sich etwas, um aus der Innentasche seines Jacketts die Pässe der Syrer holen zu können. Petuchow riss ihm die Ausweise aus der Hand und warf sie vor Karim und Omar auf den Tisch. Jemand hatte die sorgfältig aufgeklebten Fotos abgelöst. Spuren des Klebefilms waren noch zu sehen, darunter die Bilder der ehemaligen Passinhaber.

Die syrischen Brüder rutschten unbehaglich auf ihren Stühlen hin und her. Waren sie wegen der gefälschten britischen Ausweise verhaftet worden? Sie hätten geglaubt, das sei den Russen sicher egal. Petuchow schenkte sich Tee ein und stürzte ihn in einem Zug die Kehle hinunter.

„Ihr seid aus Syrien, meine Brüder?" Die Frage klang wenig nach einer Frage, und Petuchow hatte sie so achtlos auf den Tisch geworfen wie die Ausweise zuvor. Abdullajev blieb in seiner Übersetzung bei einem freundlich-neutralen Ton. Stets trug er das gleiche liebenswürdige Lächeln im Gesicht. Karim schluckte und sah Omar an. Dieser blickte stur geradeaus, direkt in Petuchows wässrige Augen. Ein knappes Nicken war seine einzige Antwort.

Petuchow lehnte sich zurück und faltete die Hände über seinem massigen Bauch.

„Nun, dann komme ich gleich zum Punkt. Ihr vier bekommt von uns erstklassige Pässe. Original. Neue Identität, neues Leben. Alle Altlasten gelöscht. Vier Wochen Spezialtraining in Krasnodar. Und danach – zurück in die Heimat."

„Heimat?", fragte Omar mit heiserer Stimme, nachdem Abdullajev fertig übersetzt hatte. Major Komarow schaltete sich ein und beugte sich ein wenig vor.

„Syrien!"

Omar und Karim schluckten und sahen wieder Petuchow an.

„Jawohl, Syrien", wiederholte der General. „Bitte versteht, liebe Freunde, dass Russland entschiedene Interessen an Syrien hat. Das hat nichts mit Waffenlieferungen oder sonstigem Blödsinn zu tun. Auch Amerika und die Interessen der sonstigen westlichen Staaten sind uns vollkommen egal. Es geht einzig und allein um Russlands Sicherheit und Stabilität." Er lachte ein wenig höhnisch. „Ich will eure kleinen Geister nicht überanstrengen mit den innenpolitischen Strategien der russischen Führung …" Abdullajev drückte es deutlich höflicher aus. „… doch es hat etwas mit dem Domino-Spiel zu tun. Fällt ein Stein, so werden alle fallen." Er machte eine Pause, um ein weiteres Glas Tee zu trinken.

„Und was wäre unsere Aufgabe?", fragte Omar, der sich darüber im Klaren war, dass Petuchow noch nicht am Ende seiner Ausführungen war. Der General lächelte ihm zu.

„Wäre?", wiederholte er. „Nur damit wir uns nicht missverstehen, liebe Freunde: In dieser Sachlage gibt es keinen Konjunktiv. Ihr habt keine Wahl." Sein Grinsen nahm diabolische Züge an.

„Aber ich bin mir sicher, dass euch mehr als entgegenkommen wird, was wir mit euch vorhaben. Denn ihr werdet ausgesorgt haben. Ein Leben in Diplomatenkreisen. Autos. Geld. Geld! Sehr viel Geld. Eine schöne Wohnung oder ein schönes Haus. Alles auf russische Staatskosten. Was haltet ihr davon?"

Die Augen der Frauen, die große Ohren bekommen hatten, begannen, beim Gedanken an große Autos, viel Geld und eine Luxuswohnung zu leuchten. Doch die Blicke der Männer am großen Tisch blieben konzentriert.

„Das …", Omar zögerte ein wenig, als suche er nach Worten, „klingt recht … vielversprechend. Aber was wäre die Gegenleistung?"

25. Er wird nur an Einheimische verkauft!

Generalmajor Petuchow brach in schallendes Gelächter aus. Er langte quer über den Tisch und schlug Omar von der rechten Seite her mit einer Wucht an die Schulter, dass dieser kurzzeitig gegen seinen Bruder kippte.

„Ihr habt das System verstanden!“, jubelte der General. Dann wurde er schlagartig leise und knurrte:

„Spionage!“

Einen Moment lang hätte man im Dienstzimmer des Majors Komarow eine Stecknadel fallen hören können.

„Spionage?“, krächzte Omar heiser. Unwillkürlich fasste er sich am Kragen und weitete sein Hemd ein wenig.

Petuchow sah auf seine Armbanduhr. Er klopfte sich mit den flachen Händen auf die Oberschenkel und erhob sich schwerfällig aus dem Bürosessel.

„Ich habe Termine. Major Komarow wird euch alles erklären. Lebt wohl, meine Freunde!“ Mit schweren Schritten trat er aus dem Raum, ohne sich noch einmal umzusehen.

Komarow räusperte sich und begann lang und breit zu erklären, was sich der russische Geheimdienst in dieser Angelegenheit so gedacht hatte.

„Oh, Eddie, das ist so wunderbar!“ Sara stand auf einer blühenden Almwiese. Es war Mitte April. Der Schnee hatte sich früh zurückgezogen in diesem Jahr. Vor ihr lag ein älterer, verlassener Gasthof, der zwar ein wenig in die Jahre gekommen war, aber noch immer in annehmbarem Zustand. Der Giebel bestand aus kunstvollem typisch Südtiroler Fachwerk, das sich wie das Teiggitter einer Linzer Torte über die Holzfassade legte. Es hatte von der Witterung eine graubraune Farbe angenommen, doch die Patina stand ihm gut. Die Fenster würden erneuert werden müssen. Doch Sara konnte sich lebhaft vorstellen, wie wunderbar alles aussehen würde, wenn erst mal blühende Geranienkästen unter den neuen Fenstern hingen.

Das Bergpanorama hinter dem alten Gasthof wirkte wie von einer Ansichtskarte ausgeschnitten. Unter einem strahlend blauen Himmel, in dem eine Feldlerche einen Marathon tirilierte, türmten sich die weiß glänzenden Gipfel der Alpen auf. Hinter dem Gasthof standen einige weit ausladende Fichten. Alles wirkte wie gemalt.

Monica und Goffredo kamen mit Finny und Marie-Sophie im Kinderwagen den Wanderweg herunter, der direkt am Gasthof entlang führte. Tyson trabte ihnen hinterher, schnupperte noch an einem Strauch, wo sich nachts die Füchse versteckten, markierte und trottete weiter.

„Der Skilift ist keine hundert Meter entfernt, würde ich sagen", rief Goffredo seinen Freunden zu. Edoardo und Sara strahlten sich an. Das würde ihnen auch im Winter gute Übernachtungszahlen bringen, dessen waren sie sich sicher.

Lange hatten sie nach einem Anwesen wie diesem nicht suchen müssen. Goffredos Glück war wieder einmal sprichwörtlich gewesen.

In Seelisberg zurück hatten sie schnell entschlossen Frauen und Kinder in den Renault geladen und sich nach Südtirol aufgemacht. Goffredo war mit Tyson per Bahn nachgereist. Rund um Bozen begannen sie sich umzusehen. Nach drei Tagen hatten sie den wunderbaren Hof entdeckt und das „zu verkaufen"-Schild gesehen. Sehr klein und unauffällig war es an einem Zaunpfahl angebracht. Sofort hatten sie bei der angegebenen Nummer angerufen und eine Besichtigung vereinbart. Goffredo hatte das Verkaufsschild aus der Erde gezogen und ins hohe Gras geworfen. Nur der Vorsicht halber – wie er betonte.

Sara konnte kaum fassen, wie es möglich war, dass dieser wunderschöne Hof käuflich sein sollte. Gingen solche Schmuckstücke für gewöhnlich nicht nur unter der Hand weg?

„Er wird nur an Einheimische verkauft!", erklärte der Makler den ausdrücklichen Wunsch der Gemeindeverwaltung. Der Steilser Hof, wie das Anwesen hieß, war nach Erbstreitigkeiten an die Gemeinde Bozen gefallen. „Und Sie, Frau Manner, sind ja gebürtige Bozenerin, nicht wahr?"

Sara lachte verlegen.

„Ähm, nun, ja", das ungewohnte Lügen ließ ihr sich fast die Zunge verknoten, „das ist richtig. Aber wissen Sie, ich kann mich an gar nichts erinnern, meine Eltern sind doch damals sofort nach England …"

„Richtig, das erwähnten Sie. Ja, man hört es ja an Ihrem Akzent. Sehr charmant, übrigens, Frau Manner, wenn ich das so sagen darf", flirtete der Makler unverblümt.

Goffredo hatte darauf bestanden, dass sie alle vier einen Crashkurs in Deutsch ablegten. Er konnte unmöglich sein weiteres Leben lang den drei anderen als Dolmetscher dienen. Er hatte eine private, auffallend hübsche Lehrerin organisiert, die mit ihnen in ihrer Ferienwohnung in Bozen sechs Wochen lang täglich außer samstags und sonntags Deutsch gepaukt hatte, bis sich alle vier einigermaßen fließend in dieser Sprache unterhalten konnten. Genau genommen war es eigentlich Österreichisch, was sie lernten, mit einem kräftigen Südtiroler Akzent, denn Signora Farfalla stammte aus Meran. Ja, so hieß sie tatsächlich, Frau Schmetterling. Vermutlich war Goffredo ihres Namens wegen auf sie gestoßen, denn hinter einem Schmetterling konnte doch nichts anderes stecken als eine außergewöhnlich hübsche Frau.

Tatsächlich war Signora Farfalla nicht nur außerordentlich schön, sondern auch ausgenommen streng, wenn dabei doch recht herzlich. Dennoch: Sie betonte ihr Ziel, innerhalb dieser sechs Wochen jedem der Vier so gut Österreichisch beibringen zu wollen, dass sie zum einen jedes gängige Bozener Amtsformular würden ausfüllen können, und zum anderen, dass sie von jedem für authentische Südtiroler gehalten würden, wohlbemerkt solche Südtiroler, die ihre Jugendzeit im englischsprachigen Raum verbracht haben mussten.

Nachdem sie dem Makler zugesagt und die wichtigsten Formalitäten in Angriff genommen hatten, meldete sich Edoardo endlich – nach so langer Zeit – wieder bei Aetheldreda. Zunächst wählte er die Nummer von Cecilia, doch diese informierte ihn, dass ihre Cousine nach Aberystwyth zurückgekehrt sei. Edoardo wählte die Nummer in der Maes Maelor, und ein Freizeichen erklang.

„*Helo*?", erklang die etwas heisere, schnarrende Stimme der alten Freundin.

„Miss Rutherford? Hier ist …"

„Mr. O'Meany!", rief Aetheldreda Rutherford entzückt. "Wie ich mich freue!"

„Oh, Miss Rutherford, ähm, bitte … ich heiße jetzt Edoardo Manner, wenn es genehm ist. Muss mich noch ein bisschen dran gewöhnen. Vielleicht sollten wir …"

„Ah, kein Problem, Mr. Manner. Wie geht es Ihnen? Wo stecken Sie?"

„Äh, wird Ihr Telefon nicht mehr … ich meine, kann ich frei sprechen …?"

Aetheldreda überlegte einen Moment.

„Wissen Sie, ich denke schon, dass es sicher ist. Ich habe kürzlich Mrs. Holmers getroffen. Watts ist wieder hier. Hat wohl aufgegeben. Sie glaubt nicht, dass in Ihrem Fall noch etwas unternommen wird. Zudem bin ich erst gestern hierher zurückgekehrt. Wer sollte darauf kommen, dass ich zu Hause bin, und dass wir beide jetzt telefonieren?"

Edoardo räusperte sich ein wenig.

„Nun gut. Miss Rutherford, erinnern Sie sich, dass Sie angeboten hatten, sich um unser Haus zu kümmern?"

„Selbstverständlich, Mr. O'Mea… Manner. Ich habe Ihr Haus gut gepflegt. Ach je, das habe ich vergessen, Ihnen zu sagen …" Die alte Dame brach gedankenverloren ab.

„Was haben Sie vergessen?"

„Na, das mit den Blumen, Mr. O'…Manner. Ich habe Ihre Zimmerpflanzen alle mit zu Cilly genommen, da ich sie doch nicht in Ihrem Haus vertrocknen lassen konnte. Da einige Pflänzchen durch den Transport etwas gelitten haben, waren Cilly und ich uns einig, die Blumen so lange bei ihr zu lassen, bis Sie zurück sind …"

„Miss Rutherford …?"

„Ja, Mr. … Manner?"

„Ähm … deswegen rufe ich an …"

„Du liebe Güte! Wegen der Blumen?"

„Nein, keine Sorge. Vergessen Sie die Blumen! Miss Rutherford … ähm … wir werden nicht zurückkehren."

Einen Moment lang herrschte eine solche Stille am anderen Ende der Leitung, dass Edoardo befürchtete, das Gespräch sei unterbrochen worden.

„Miss Rutherford?"

„Verzeihung, Mr. Manner. Ich war einen Augenblick lang etwas perplex. Aber, um ehrlich zu sein, hätte ich es mir denken müssen. Natürlich werden Sie nicht zurückkehren. Ich hatte immer gehofft, dass die ganze Sache irgendwann … nun, eben, dass Gras … huch? Habe ich ernsthaft Gras gesagt?" Sie kicherte über die Doppeldeutigkeit. „Na, egal. Ich dachte, wenn erst mal Gras über alles gewachsen ist, würden Sie heimkehren. Aber …"

„Das war anfangs durchaus unser Plan. Aber wissen Sie, jetzt, mit Marie-Sophie, unserer kleinen Tochter …"

„Ein Mädchen? Oh, Mr. Manner, wie wunderbar, gratuliere!"

„Äh, vielen Dank auch. Also, mit dem Baby und Finny und überhaupt … wir haben einen wunderschönen Hof ganz nahe bei Bozen gefunden. Steilser Hof heißt er. Etwas nördlich, auf einer idyllischen Alm gelegen, direkt im schönsten Ski- und Wandergebiet. Wir dachten an ein kleines Hotel …"

„Oh, das stelle ich mir herrlich vor! Ich beglückwünsche Sie dazu! Ach, wenn ich nicht so verdammt alt wäre – ich würde sofort bei Ihnen Urlaub machen. Na, mal sehen …"

„Miss Rutherford … jedenfalls, was unser Haus angeht …"

„Ja?"

„Könnten Sie sich vorstellen, es für uns zu verkaufen?"

„Aber sicher, Mr. Manner, gar kein Problem. Sie werden denken, ich bin verrückt, aber ich hätte sogar schon potenzielle Käufer …"

„Tatsächlich?"

„Ja, stellen Sie sich vor. Mein Neffe Harry hat endlich seine langjährige Freundin Bella geheiratet und sucht nun ein schönes Familienhaus. Er hat vor einiger Zeit einen gut dotierten Posten bei der NatWest … ach, Moment – waren Sie nicht auch damals bei der NatWest? … Na, egal, jedenfalls besteht der kleine Erbschleicher durchaus darauf, in meine Nähe zu ziehen. Und da ich den Bengel von Herzen gern habe, käme doch Ihr Haus infrage. Welchen Betrag stellen Sie sich denn vor?"

Edoardo nannte ihr eine Summe, die er für angemessen hielt. Sie besprachen weitere Details, vor allem, wie der Verkauf abzuwickeln sei (Miss Rutherford würde als Strohfrau agieren) und auf welches Konto das Geld gehen solle.

Der Kauf des Steilser Hofes verlief für italienische Verhältnisse absolut reibungslos, was damit zu tun haben mochte, dass Südtirol eben doch nicht Italien war. Zur Kaufsumme, die für den realen Wert des Hofes ein wenig überhöht war, aber angesichts des überwältigenden Panoramas wiederum nicht der Rede wert, kamen noch geschätzte 200.000 Euro an Renovierungskosten hinzu, dazu noch mal die gleiche Summe für die Inneneinrichtung.

Vor seinen zahlreichen, schwer nachvollziehbaren Studien hatte Goffredo eine Schreinerlehre absolviert und konnte daher recht gut beurteilen, was am Gebäude unbedingt instand zu setzen war. Auch hatte er eine klare Vorstellung, wie Saras und Monicas Ideen für die Innenausstattung umgesetzt werden könnten. Mithilfe zweier freundlicher Handwerker vor Ort, einem Sanitär-Installateur und einem Zimmermann, hatte er das Objekt begangen und eine To-do-Liste erarbeitet.

Nun standen die Handwerker parat. Die Verträge waren unterschrieben, und der Zimmermann würde nächste Woche beginnen, das Dach neu einzudecken. Danach würden die Fenster ausgetauscht. Die Süd- und die Ostseite des Hauses würde bodentiefe Fenster bekommen, und davor würde eine neue Balkonkonstruktion errichtet.

Das nötige Geld auf der Bank zu bekommen, war kein Problem. Wenn jemand daher kam und Zweidrittel der Projektsumme auf den Tisch legen konnte, der wurde wohl von keiner Bank der Welt abgelehnt.

Die Renovierung zog sich trotz allen Goodwills der beteiligten Handwerker beträchtlich dahin, doch damit hatte man gerechnet. Als Erstes versetzten sie zwei Ferienwohnungen in bewohnbaren Zustand, sodass Goffredo und Monica in die eine und Edoardo und Sara mit den Kindern in die andere ziehen konnten. Goffredo arbeitete jeden Tag voll auf der Baustelle mit, während Edoardo und Monica annehmbare Jobs in einem größeren Hotel in Bozen gefunden hatten. Monica arbeitete als Zimmermädchen, während Edoardo an der Rezeption saß. Der große Vorteil – neben einem Einkommen, von dem die zwei Familien einstweilen leben konnten – war, dass Monica und Edoardo sich so einen guten Teil an praktischer Erfahrung im Gastgewerbe aneignen konnten. Das würde dem eigenen Betrieb zugutekommen.

Monica und Goffredo heirateten kurz darauf. Auf eine größere Feier wurde verzichtet, da hierfür weder Zeit noch Geld zur Verfügung standen. Sie beschlossen, die Feier in Form eines großen Einweihungsfestes nachzuholen.

Wenige Wochen später vermeldete Aetheldreda Rutherford den Verkauf der Doppelhaushälfte in der Maes Maelor. Die Summe, die kurz darauf auf einem Konto in Liechtenstein bereitstand, diente zur Tilgung nahezu der gesamten Restschuld inklusive der Kosten, die in doch deutlichem Maße über die vorsichtige Schätzung von Goffredo hinausgingen.

Es klingelte um kurz vor vier an der hellblauen verzierten Haustür in der Maes Maelor. Aetheldreda Rutherford schreckte von ihrem Nachmittagsschläfchen hoch und wunderte sich, wer das sein konnte. Sie scheuchte Gaston von ihrem Schoß und lief vor zur Diele.

„Barb …?“, rief sie erstaunt, nachdem sie die Tür geöffnet hatte. „Komm doch herein!“

Barbara Petersson sah furchtbar aus. Obwohl ihre Frisur tadellos saß und ihre Kleider makellos waren, sah man ihr an, dass es ihr schlecht ging. Sie wirkte fahrig und zerstreut. Unter ihren Augen machten sich tiefe Ringe bemerkbar. Ihre fahle Haut schien noch grauer zu sein als sonst, und die Fältchen rund um Augen und Mund waren heute wahre Furchen.

„Du liebe Güte, Barb!“, entfuhr es Miss Rutherford. „Du schaust gar nicht gut aus! Nun komm schon …“ Sanft zog sie die Pfarrersfrau am Jackenärmel herein.

Drinnen drückte sie die Freundin in einen Sessel und eilte in die Küche, um einen Tee zu machen. Tee, so fand sie, hatte durchaus Wert als Notfallmedizin. Im Falle eines Schocks sollte man immer eine Tasse frisch gebrühten Tee zur Hand haben!

Barb nahm dankbar das heiße Getränk entgegen und trank einen großen Schluck davon. Nachdem Miss Rutherford sich gesetzt hatte und sie rätselnd ansah, begann sie wie von alleine zu sprechen:

„Ich bin fertig. Kaputt. Ich weiß, ich bin Pfarrersfrau. Doch das Blöde ist, dass ich mich an nichts mehr erinnern kann. Der Typ macht mich alle. Entschuldige, Aethel, wenn ich das so sage, aber er macht mich echt alle! Dieser Mensch ist so steif, als habe er eine ganze Palette Spazierstöcke gefressen. Ein Dienstmädchen bin ich für den, mehr nicht!"

Zeitgleich mit Aetheldreda war sie von Cillys Haus nach Aberystwyth zurückgekehrt, zurück in ihr altes unbekanntes Leben. Aetheldreda hatte sie darauf vorbereitet, was sie zu Hause erwartete. Sie war sehr ehrlich mit allem gewesen. Doch Barb hatte es nicht in den Sinn gehen wollen, dass ein Ehemann ein dermaßen gleichgültiger Chauvinist sein konnte. Sie war schlichtweg schockiert von dem, was sie vorfand. Es war weit über ihre Vorstellungskraft hinausgegangen. Sie fühlte sich in ihrem zugewiesenen Leben wie ein harmloses Schaf in einem stinkenden Wolfspelz – völlig deplatziert. Sie nahm einen weiteren Schluck Tee. Sie warf einen unsicheren Blick auf Miss Rutherford, die ihr aufmunternd zunickte.

„Das Essen hat um zwölf auf dem Tisch zu stehen", äffte sie eine männliche Stimme nach. „Leg nicht so viel Schmuck an, das ziemt sich nicht für eine Pfarrersfrau. Warum liegt da ein Fussel auf dem Fußboden? Wo sind meine Hausschuhe? Wann kapierst du endlich, dass ich zum Zeitunglesen meine Ruhe haben will? … Aethel – ich kann einfach nicht mehr. Ich habe keine Ahnung, warum ich diesen Mann mal geheiratet haben soll! Der ist so sexy wie ein toter Fisch!" Als Aetheldreda Rutherford überrascht aufsah, blickte Barb sie umso entschlossener an.

„Ist doch wahr!", rief sie. „Der rührt mich nie an. Nicht nur nicht im Bett – Gott bewahre, den will ich ja auch gar nicht … aber: Wenn das mein Mann sein soll, dann muss doch, na ja, du weißt schon. Da muss doch irgendwas zwischen uns sein. Ein freundliches Streicheln? Fehlanzeige! Ein schelmischer Klaps auf den Po? Pustekuchen! Ein neckischer Kniff in den Arm? Vergiss es! Der schaut mich nicht mal an. Wofür lebe ich mit einem Mann zusammen, der mir weniger Aufmerksamkeit schenkt als mein Garderobenschrank? Außer, dass ich ihm seine vollgefurzten Unterhosen waschen, ihm seine Hausschlappen hinterhertragen und ihm pünktlich das Essen vor die Nase stellen darf, hat der Mensch doch keine Verwendung für mich!" Mit einem Stoßseufzer blickte sie flehentlich zum Himmel. Dann winkte sie resigniert ab.

Aetheldreda Rutherford beobachtete sie einen Moment lang schweigend. Gaston war wieder auf ihren Schoß gesprungen und bettelte schnurrend um Streicheleinheiten. Sanft schob sie ihn beiseite und beugte sich nach vorne.

„Barb, weißt du, was ich glaube?"

Barb sah sie mit großen Augen an.

„Nein?"

„Barb, ich glaube, du brauchst mal Urlaub!"

„Urlaub?", piepste Barb Petersson unsicher.

„Natürlich!" Miss Rutherford nickte entschieden. „Urlaub! Sieh mal, in einem Urlaub, sagen wir, mindestens drei, vier Wochen irgendwo im Ausland, da könntest du einfach mal deine Sorgen vergessen. Wieder zu dir kommen. Dich erholen. Du selbst sein. Und dann …"

„Und dann?"

„Und dann … kannst du dir immer noch überlegen, was du als Nächstes tust!" Miss Rutherford lächelte verschwörerisch.

Barb blickte ein wenig zweifelnd.

„Wie wäre es mit Italien? Ich kenne da ein sehr schönes Hotel in Südtirol, nahe Bozen", schlug Miss Rutherford vor.

„Italien? Südtirol?" Barbs Stimme klang schon weniger zweifelnd. Sie seufzte leise. „Ach, Italien …", schwärmte sie gedankenverloren. Plötzlich richtete sie sich auf.

„Aethel, es tut mir leid, aber das sind doch nur Hirngespinste. Sieh mal, ich habe gar kein eigenes Geld. Ich bekomme jede Woche einhundert Pfund Haushaltsgeld, und für jeden Penny muss ich einen Nachweis vorlegen." Sie sank wieder in sich zusammen, machte ein betrübtes Gesicht. „Ach, Südtirol. Ja, das wäre schön gewesen …"

Aetheldreda Rutherford schluckte. Jahrzehntelang hatte sie ihre Freundin für eine Ausgeburt an Geiz gehalten. Ach, wie unrecht war das gewesen! Sie schämte sich beinahe, doch da kam ihr eine gute Idee. Sie legte Barb eine Hand auf den Arm und drückte sie sanft zurück in den Sessel.

„Das mit dem Geld ist kein Problem, Barb. Sieh mal, ich leihe dir das Geld …" Die Pfarrersfrau wollte gerade Einspruch erheben, doch Miss Rutherford wehrte diesen mit einer entschiedenen Handgeste ab. „Nein, Barb, bitte hör mir erst zu. Ich leihe dir das Geld. Und da ich weiß, dass du selbst es mir nicht zurückzahlen kannst, werde ich es in wöchentlichen Raten von meinem Beitrag zur Kollekte abziehen und so abstottern."

Barb war sich nicht sicher, ob Aetheldreda Rutherford darüber Bescheid wusste, dass ihr Mann sich regelmäßig an den sonntäglichen Geldspenden ein klein wenig bediente. Doch dass die alte Dame einen äußerst wachen

Geist hatte, dessen war sich Barb bewusst. Wer sagte denn, dass es nicht genau Aetheldredas Anteil an der Kollekte war, an dem sich Pfarrer Petersson so häufig vergriff? So wäre es nur rechtens … schließlich sollte Aetheldreda noch immer selbst bestimmen können, was mit ihrem Geld geschah, nicht wahr?

Sie strahlte die alte Dame aus vollem Herzen an.

„Einverstanden! Ich nehme dein Angebot an."

Miss Rutherford klatschte vor Freude in die Hände.

„Prima! Wunderbar! Ach, Barb, du wirst sehen, das wird dir so gut tun!"

Sie stand auf und lief zum Sideboard, auf dem ihre Handtasche lag. Aus ihrer Geldbörse zog sie ein paar Scheine heraus.

„Sieh her, Barb, hier sind 250 Pfund. Damit gehst du zu Kathleen Parsons und kaufst dir etwas Schönes zum Anziehen – für die Reise! … Keine Widerrede!", rief sie, als Barb gerade Luft holte, um etwas zu entgegnen. „Du gehst jetzt einkaufen, und ich rufe inzwischen meine Freunde in Südtirol an. Der Gasthof ist noch nicht ganz fertig renoviert, aber wir wollen doch mal sehen, ob die dich nicht trotzdem unterbringen können …"

Als Barb nach zwei Stunden mit einem frühlingshaft frisch aussehenden zartrosa Strickpulli, einer flotten Jeans und schicken, leichten Sneakers wieder vor Aetheldreda Rutherfords Tür stand, staunte diese nicht schlecht.

„Barb, du bist kaum wieder zu erkennen!"

Nur vom altmodischen Kamelhaarmantel hatte Barb sich nicht trennen können. Zwar war er hässlich, und die Farbe stand ihr nicht besonders, doch ansonsten war er noch tadellos. Sie brachte es nicht übers Herz, das Stück einfach fortzuwerfen, denn es war sicher mal sehr teuer gewesen. Dass es sich um ein Hochzeitsgeschenk ihres Mannes gehandelt hatte vor einunddreißig Jahren, das wusste sie natürlich nicht mehr.

Jedenfalls hatte Miss Rutherford in Südtirol alles arrangiert, und am nächsten Morgen konnte Barbara Petersson sich in den Zug setzen und zunächst nach London fahren. Mittags würde ihr Flieger nach München gehen. Von München aus musste sie den Zug nach Salzburg nehmen, um über Innsbruck nach Bozen zu gelangen.

Nach einem kleinen Abendessen und etwas Tee verabschiedeten sie sich herzlich voneinander. Barb lief heim, um Koffer zu packen. Ihr Mann war nicht zu Hause. Als er später zurückkehrte, legte sie sich ins Bett und stellte sich schlafend. Den Koffer hatte sie wohlweislich im Wäscheraum versteckt – dorthin hatte sich der Pfarrer noch nie verirrt.

Die Reise verlief für Barb gut, wenn auch anstrengend. Sie war mit dem Nachtzug unterwegs gewesen, und die zwei Umstiege hatten sie jedes Mal aus dem Schlaf gerissen. Doch nun stand ihr Urlaub bevor, da würde sie zur Genüge ausruhen können.

Am Morgen kam sie in Bozen an. Es war Hauptverkehrszeit, eifriges Geschwätz auf Italienisch und Deutsch mischte sich mit den üblichen Bahnhofsgeräuschen. Barb fühlte sich etwas orientierungslos. Sie traf einen netten Taxifahrer an, der auch noch recht passabel Englisch sprach. Diesen kleinen Glücksfall wertete sie als gutes Zeichen für den Beginn ihres Urlaubs. So ließ sie sich zum Steilser Gasthof bringen.

Auf der weitläufigen Alm war man bester Stimmung. Mit Barb wurde der erste richtige Gast erwartet. Um sie anständig zu begrüßen, wurde der schwere, massive Holztisch vor dem Haus mit einem deftigen Tiroler Frühstück gedeckt. Goffredo lief zum Auto, das seitlich neben dem Gasthof geparkt war, um Einkäufe herauszuholen. Der Stecken mit dem „zu verkaufen"-Schild lag noch im Gras, und da zwei große Schraubenspitzen weit herauskragten, hob er es auf. Es war ziemlich schwer. Das eigentliche Schild bestand aus dickem Stahlblech. Der Stecken selbst war aus massivem Eichenholz. Geoff befand, dass sich niemand daran verletzen sollte. Er lehnte das Schild gegen den Zaun und würde es später im Schuppen verstauen.

Es war ein außergewöhnlich schöner und milder Frühlingstag, fast sommerlich warm für Anfang Mai. Die Vögel sangen aus vollster Kehle, einige dicke Hummeln schwirrten durch die Luft auf der Suche nach ersten Frühjahrsblühern hier in der Höhe. Die Berge glänzten weiß vom Schnee, auf den die Sonne schien.

Monica war mit Tisch-Decken beschäftigt, und Finny half ihr dabei. Beflissentlich rannte er auf seinen kurzen Beinen hin und her, trug ihr Geschirr und Besteck aus dem großen Weidenkorb zu, ließ das Brot fallen („Ist nicht so schlimm, Finny! Musst nicht weinen, heb es einfach wieder auf!") und verschüttete einen Gutteil Apfelsaft aus der geöffneten Flasche. Er hatte unbedingt beweisen wollen, dass er Flaschenverschlüsse schon alleine aufdrehen konnte.

Goffredo hatte heimlich eine Thermoskanne voll heißer Mandelmilch gebracht, und bei seinem zweiten Gang zum Auto holte er ein kleines braunes Päckchen mit Maarten de Brouwers Speciaal-Chocoladedrank. Zur Feier des Tages sollte es für die erfolgreichen Neu-Südtiroler eine Tasse Spezial-Kakao geben.

Sie sammelten sich um den gedeckten Frühstückstisch. Goffredo rührte gerade die Chocolate-Schokolade in die heiße Milch, als sie Autoreifen auf dem Kies der kleinen Zufahrt knirschen hören konnten. Verdutzt drehten sie sich um und dachten, möglicherweise sei dies schon Barb, deren Zug vielleicht verfrüht angekommen wäre.

Stattdessen erblickten sie einen alten, straßenmüden weinroten Volvo mit walisischem Nummernschild, der nun quer in die Einfahrt gestellt wurde. Sie brauchten nicht erst ins Wageninnere zu sehen, um zu wissen, dass sie nun ein ernstes Problem hatten.

26. Das war's, Leute.

„So …", knurrte Inspektor Hubert Watts zufrieden, nachdem er in aller Ruhe aus seinem Wagen gestiegen war. „Hier wären wir endlich."

Er baute sich vor den Flüchtigen auf, die vor Schreck ganz starr waren. Finny und Tyson bemerkten die Sorge der Erwachsenen und versteckten sich vorsichtshalber hinter Monica und lugten zwischen ihren Beinen durch.

„So …", knurrte Watts erneut und musterte genüsslich seine Beute. Endlich hatte er sie. Fast sechseinhalb Monate hatte die Suche gedauert. Ein paar Mal war er so dicht dran gewesen. Hatte sich dem Spott der französischen Kollegen ausgesetzt, hatte sich von den Schweizer Grenzbeamten durchleuchten lassen müssen. Ausgelacht, gedemütigt hatte man ihn, ihm Steine in den Weg gelegt.

Wochenlang war er wie ein Irrer durch die Schweiz gefahren, immer auf der Suche nach einer Fährte wie ein blutdürstiger Jagdhund. Dann: Seelisberg. Buchstäblich vor seiner Nase waren sie ihm entwischt, hatten diesen armen alten Kauz Tell zu einer mörderischen Fahrt über den Vierwaldstättersee gezwungen. Dann: der Tipp mit Zürich. In gefühlter Überschallgeschwindigkeit war er nach Kloten gefahren, hatte alle Fluggastlisten gefilzt. Nichts! O'Meany und Kollegen – wie vom Erdboden verschluckt. Dann: ein Anruf aus München – ausgerechnet von den Deutschen! In Köln noch sturer und unkooperativer als zu Kaisers Zeiten, und nun … Er war in die bayerische Hauptstadt gerast. Ergebnis: Fehlanzeige. Wieder über alle Berge.

Es war zum Mäusemelken. Seine letzten Strohhalme schienen sich in Luft aufzulösen. Sein letzter großer Fall – wieder ein Fiasko? Das konnte, das durfte nicht sein!

Jeden Tag hatte Watts in der Dyfed Powys angerufen, jedes Mal die gleiche Antwort: nichts! Holmers hatte beständig die Telefonleitung von Miss Rutherford abgehört, doch auch die alte Dame schien wie vom Erdboden verschluckt.

Geschlagen war Watts schließlich nach Aberystwyth zurückgekehrt. Er hatte auf seinem alten Bürostuhl Platz genommen und sich von Holmers über die aktuellen Vorgänge unterrichten lassen. Einige Verkehrsdelikte, ein Ladendiebstahl bei Parsons und ein versuchter Kreditkartenbetrug. Allmählich hatte sich der alte Bluthund an die Tatsache gewöhnt, dass sein letzter Fall ein Reinfall gewesen war. Ein Schelmenstück des Schicksals, einem saftigen Speckstreifen gleich, der ihm durch den Mund gezogen wurde, nur um ihm hernach verwehrt zu bleiben.

Eines Tages fand er einen kleinen hellgrauen Karton. Er hatte das dritte oder vierte Mal seinen Büroschrank neu organisiert, eine Taktik, die er sich zum Zeittotschlagen bis zur Rente erdacht hatte. Da er keine Idee hatte, was das für ein Karton sein sollte, öffnete er diesen und fand darin zu seiner Verwunderung jede Menge kleiner Tonbänder, wie sie für Aufzeichnungen aus der Telefonüberwachung verwendet wurden.

„Holmers!", rief er nach nebenan. „Kommen Sie mal her!"

Holmers kam und Watts zeigte ihm den Karton.

„Was sind das für Bänder? Irgendwelche Aufnahmen?"

Der Assistent räusperte sich.

„Das sind Aufnahmen aus der Überwachung von Miss Rutherfords Leitung. Ist nichts drauf. Das Telefon hat bestimmt hundert Mal geklingelt, aber die Alte ist nicht dran gegangen. Ist untergetaucht, wenn Sie mich fragen. Auf den Bändern hören Sie nichts, nur das kurze Tuten, wenn der Anrufer wieder aufgelegt hat."

„Und Sie haben jedes Band abgehört?", fragte Watts und musterte seinen Kollegen. Holmers rollte mit den Augen.

„Selbstverständlich!"

Nachdem Watts' Misstrauen bis zum Abend nicht verflogen war, und er sich auf sein Bauchgefühl in all den Jahren noch immer hatte verlassen können, nahm er die Bänder kurz entschlossen mit nach Hause. Er steckte sie nacheinander in sein Kassettengerät, bereitete sich ein paar Sandwiches, machte es sich auf dem alten Sofa gemütlich und hörte die Aufnahmen an. Stundenlang vernahm er nichts. Nur leises Rauschen war aufgezeichnet, unterbrochen von den Signalen, wenn der Anrufer aufgelegt hatte.

Mittlerweile war es stockduster draußen. Das Abendbrot war längst verzehrt, und eine bleierne Müdigkeit hatte sich eingestellt. Watts überlegte, wie lange er sich das noch antun wollte, doch es war nur noch ein letztes Band. So nahm er sich zusammen und legte es in das Kassettengerät ein. Eine weitere, sich endlos dahin schleppende Viertelstunde lang ertönte das monotone leise Rauschen, getaktet von wenigen Signaltönen. Seine Augenlider begannen schwer zu werden. Plötzlich riss ihn eine Stimme aus seiner Müdigkeit. Eine ältere weibliche Person war auf dem Band zu hören, die klar und deutlich sprach: „*Helo*?“

Schlagartig war der Inspektor hellwach. Hoch konzentriert lauschte er dem Telefongespräch, das sich zwischen Miss Rutherford und O'Meany entspann. Und mit jedem Satz, den er hörte, verbreiterte sich ein selbstgefälliges Grinsen in seinem schlecht rasierten Gesicht.

So waren sie, die Verbrecher. Selbst die Gewieftesten unter ihnen – eines Tages wurden sie leichtsinnig, dachte Watts zufrieden. Glaubten sich in Sicherheit und begingen den entscheidenden Fehler. Zum Glück hatte Holmers nicht einen Tag aufgehört, das Telefon dieser verrückten alten Lady zu überwachen. Und dieser Vollidiot O'Meany hatte auch noch eine ganz genaue Lagebeschreibung mitgeliefert.

Vor Aufregung konnte Watts kaum schlafen. Früh um sechs Uhr klingelte sein Wecker. Er sprang aus dem Bett, duschte und rasierte sich, zog sich ordentliche Kleider an, spülte eine Tasse Kaffee herunter und fuhr in die Wache. Dort hatte es ihn genau einen Anruf bei der Bozener Polizei gekostet sowie eine halbe Stunde Vorbereitung, dann hatte er, was er brauchte: ein vollgetanktes Auto und die Adresse des Steilser Hofs.

Nach siebzehnstündiger Fahrt, einigen kleineren Pausen und einer fünfeinhalbstündigen Übernachtung in Reims, sprich genau fünfundzwanzig Stunden später war er dort angekommen.

„So“, sagte er zum dritten Mal und lächelte boshaft in die Runde. „Das war's, Leute.“

Er holte seine Dienstwaffe und zwei Paar Handschellen unter seiner Jacke hervor. Mit gezücktem Revolver, den er entsichert hatte, und spielerisch pendelnden Handschellen schritt er langsam auf die Flüchtigen zu. Er wagte nicht zu blinzeln, konzentrierte sich ganz auf die Situation, auf den Augenblick, auf den Moment seines großen Triumphes. Direkt vor Sara und Edoardo blieb er stehen und starrte in die Augen des Iren. Sara riss sich aus ihrer Starre, sah verängstigt auf die erhobene Schusswaffe und kreischte entsetzt:

„Sie richten allen Ernstes eine Pistole auf uns? Wollen Sie etwa auf uns schießen? Sehen Sie nicht, dass hier kleine, verängstigte Kinder anwesend sind, Mann?“

Finley lugte neugierig zwischen Monicas Beinen durch. Noch nie im Leben hatte er seine Mutter so laut brüllen hören, und nun schrie sie ausgerechnet einen richtigen Polizisten an. Cool!, dachte er. Watts hingegen sah sie reichlich konsterniert an.

„Ich verstehe Ihre Sorge durchaus, Ma'am“, erwiderte er grimmig, „doch“, und nun wurde er mit jedem Wort lauter, „immerhin handelt es sich hier um zwei international gesuchte Schwerverbrecher, die auch vor Mord nicht zurückschrecken!“

Unbemerkt von Watts und den anderen war ein weiterer Wagen vorgefahren: das Taxi, mit dem Barb Petersson bei ihrem Feriendomizil angekommen war. Als sie aus dem Fahrzeug stieg, glaubte sie, ihr Herz müsse stehen bleiben: Am anderen Ende der Kiesauffahrt stand ein düsterer Zeitgenosse und bedrohte ganz offensichtlich eine komplette Familie mit einer Schusswaffe. Entsetzt bemerkte sie, dass die freundlich aussehende Frau einen Säugling im Arm hielt. Ein Dreikäsehoch versteckte sich hinter der anderen Frau. Dieser Wahnsinnige war bereit, ein Baby und ein Kind abzuknallen!

Sie sah sich um, doch der Taxifahrer hatte ihren Koffer hinter sie gestellt und war im Begriff, den Wagen zu wenden. Der weinrote Volvo stand im Weg, sodass er mit Rangieren beschäftigt war. Offenbar bekam er von der Szene nichts mit.

Barb trat einen vorsichtigen Schritt auf die Menschen zu. Niemand schien sie zu bemerken. Sie überlegte, welche Möglichkeiten sich ihr boten. Sie könnte um Hilfe rufen. Ein Telefon aber hatte sie nicht mitgenommen. Es hätte ohnehin wenig Sinn gehabt, vermutlich hätte man sie doch nicht verstanden, und die Notrufnummer der Südtiroler Polizei kannte sie auch nicht. Nachbarn gab es hier weit und breit keine.

Sie entdeckte das schwere Schild, das gegen den Zaun lehnte. Zaghaft schlich sie sich heran, den grimmigen Mann im Auge behaltend, der seine Pistole weiter auf die Familie gerichtet hielt. Vorsichtig legte sie ihre Hände um den kräftigen Holzstecken und hob ihn probehalber an. Das Schild war schwer, doch sie konnte es gut tragen. Sie umfasste den Stecken etwas höher, sodass sich das Gewicht besser verteilte, dann schritt sie auf den Unhold zu.

Ihr Herz klopfte laut vor Aufregung, so laut, dass sie befürchtete, der Verbrecher könne sie hören. Im gleichen Moment aber begann die junge Frau zu schreien. Beherzt und ohne weiter nachzudenken lief Barb los. Sie holte weit aus und … ließ das Schild wieder sinken. Nein, das konnte sie nicht. So sehr sie auch um das Leben der armen Leute fürchtete, sie brachte es nicht fertig, einen Menschen niederzustrecken. Selbst dann nicht, wenn dieser Mensch ein Verbrecher war. Ungewollt entfuhr ihr ein Geräusch der Enttäuschung. Oh Schreck, der Verbrecher hatte sie wohl gehört! Er drehte sich zu ihr um und …

„Inspektor Watts!", schrie Barb entsetzt auf. „Was um Himmels willen …? Was machen Sie da?"

„Mrs. Petersson?" Watts traute seinen Augen kaum. Doch er durfte sich nun nicht ablenken lassen. O'Meany und MacGowan waren mit allen Wassern gewaschen, die würden jede Lücke nutzen. Er wandte sich wieder seiner Beute zu und rief:

„Vorsicht, ich bin im Einsatz, Mrs. Petersson! Bitte treten Sie zurück und stören Sie mich nicht!"

Sara fand in sich den Mut einer Verzweifelten und kam einen kleinen Schritt nach vorne.

„Mr. Watts, können Sie mir bitte erklären, was genau Sie meinem Mann anlasten?" Mit vorgeschobenem Kinn starrte sie ihn an.

„Mrs. O'Meany, bitte gehen Sie wieder nach hinten! Ich möchte, dass Sie und Ihre Mutter mit den Kindern jetzt zurücktreten, damit ich …"

„Was erlauben Sie sich, Mr. Watts? Sie kommen unangemeldet her, bedrohen uns mit einer Schusswaffe und faseln etwas von Schwerverbrechern, da habe ich jedes Recht zu erfahren, was Sie meinem Mann eigentlich vorwerfen! Mein Mann ist ein unbescholtener Mensch und hat noch niemals jemandem Schaden zugefügt!"

„Ich muss doch sehr bitten, Mrs. O'Meany, stellen Sie sich doch nicht dümmer, als Sie sind! Ihr Mann – ein unbescholtener Mensch? Hat er Ihnen wirklich nichts gesagt?" Saras sturer Ausdruck ließ ihn zweifeln, ob sie am Ende tatsächlich nichts wusste. Arme Frau! Nun lag es also an ihm, ihr zu offenbaren, mit wem sie da verheiratet war. Dieser Teil gehörte sicher zu den unangenehmeren Aufgaben eines Polizeiinspektors.

„Ma'am, warum, glauben Sie, hetzt Ihr Mann mit Ihnen quer durch Europa? Seit Monaten ist er auf der Flucht vor der Polizei!"

„Auf der Flucht? Was reden Sie da? Diese Reise haben wir seit über einem Jahr geplant! Es war immer unser Traum, einmal eine Tour durch Europa zu …"

„Wem wollen Sie eigentlich dieses Ammenmärchen verkaufen? Eine Traumreise, auf der Sie Ihr Kind zur Welt bringen? Lächerlich!"

„Die Tour haben wir geplant, das Kind … nun, nicht zu diesem Zeitpunkt. Deshalb wollten wir doch nicht die Reise gleich absagen … Sie haben mir aber noch immer nicht gesagt, was Sie meinem Mann nun zur Last legen!"

„Ihr Mann, Ma'am, ist tief in einen Drogensumpf verwickelt. Er hat in großem Stil mit Drogen gehandelt, und zu allem Überfluss hat er auch noch einen Mordanschlag verübt!"

„Einen Mordanschlag?" Saras Stimme wurde schrill. „Wie kommen Sie denn darauf?"

„Jawohl, einen Mordanschlag. Und zwar auf die arme Mrs. Petersson, die von Glück reden kann, dass sie heute so lebendig vor uns steht ..."

Es war nicht nachzuvollziehen, warum sich bei Barb innerlich plötzlich etwas rührte, als sie das Wort „lebendig" vernahm. Und doch geschah es – und mit einem Male sah sie sich selbst im Hausgang der O'Meanys stehen. Oje, und wie sehr schämte sie sich nachträglich dafür, diesen netten Leuten hinterher geschnüffelt zu haben! Sie räusperte sich.

„Entschuldigung, Inspektor! Von welchem Mordanschlag sprechen Sie?"

„Aber Mrs. Petersson, Sie Ärmste, natürlich, Sie haben ja keine Ahnung. Sie haben doch Ihr Gedächtnis verloren!"

„Mitnichten, werter Inspektor. Ich erinnere mich ganz genau, dass Miss Rutherford mir erzählte, dass die O'Meanys abgereist seien. Ich aber wollte Mr. O'Meany sprechen. Da die Hintertür offen war, gelangte ich durch sie ins Haus und wollte nachsehen, ob die O'Meanys vielleicht doch noch nicht abgefahren waren. Als ich mich kurz am Treppenregal festhielt, stürzte eine große Glasvase herunter und fiel direkt auf meinen Kopf. Ich wurde ohnmächtig und wachte später in einer Lache aus Blut und unzähligen Scherben wieder auf. Ein Unfall, Inspektor, ein ganz dummer Unfall."

Watts sah sie bleich an.

„Ein Unfall?", stammelte er. Barb nickte entschieden. Der Inspektor schüttelte seine Irritation ab.

„Nun, es bleibt aber noch die Verstrickung in ein Drogenkartell. Drogenhandel im großen Stil, darauf stehen einige Jahre ..."

„Drogenhandel?", unterbrach ihn Barb verwundert. „Wovon sprechen Sie, bitte?"

Watts sah sie konsterniert an.

„Drogenhandel, Mrs. Petersson. Sie selbst waren bei mir auf der Polizeiwache, erinnern Sie sich? Sie haben mir doch von diesen Drogenpartys berichtet ..."

„Drogenpartys? Inspektor Watts, ich muss doch bitten! Mr. O'Meany hat Teepartys veranstaltet, aber keine Drogenpartys ..."

„Aber, Mrs. Petersson, Sie selbst sprachen doch von Chocolate und ..."

„Chocolate? Selbstverständlich! Es gab Tee und Trinkschokolade. Grässliches, süßes Zeug, wenn Sie mich fragen."

„Trinkschokolade? Nein! Sie sagten damals aus, es handele sich um

Chocolate. Also, Haschisch, nicht?"

Barb lachte schrill auf.

„Haschisch? Also, wirklich, Inspektor! Was denken Sie nur? Meinen Sie, ich gehe auf irgendwelche Partys, auf denen mit Drogen gehandelt wird? Haschisch bei Miss Rutherford? Ts, ts …"

„Aber Sie sagten Chocolate", beharrte Watts. Er fühlte sich schwach in den Knien.

„Ich darf doch sehr bitten! Die Rede war von Trinkschokolade, mehr nicht!"

Watts klemmte sich die Nasenwurzel zwischen Zeigefinger und Daumen ein. Fieberhaft überlegte er, was genau Mrs. Petersson damals gesagt hatte.

„Sie sprachen von Chocolate, von einer Verrohung der Sitten, vom Abfall der Moral, von Zuständen auf den Partys …"

„Und erwähnte ich je das Wort Drogen?" Herausfordernd sah sie ihn an. Watts grübelte, doch er war sich keineswegs sicher.

„Inspektor, möglicherweise kam ich damals zu ihnen, weil ich mich über die Art der Partys aufgeregt habe. Sie waren laut, und manche der Damen benahmen sich überaus ausfallend." Beschämt blickte sie zu Boden. „Nun, ich muss zugeben – aus heutiger Sicht ist das alles keinen Gang zur Polizei wert. Aber damals … Wissen Sie, ich habe mich in den letzten Monaten sehr geändert. Sehe die Dinge nicht mehr so verbissen, wie es mal war. Ja, damals war ich sehr kleinkariert … Aber Drogen? Nein, Gott bewahre, Mr. O'Meany hat in seinem Leben doch noch nichts mit Drogen zu tun gehabt, da bin ich mir sicher."

Das Verblüffende war, dass Barb tatsächlich alles genauso glaubte, wie sie es von sich gab. Eddie dachte, sie würde ihm zuliebe ein wenig schwindeln, weil sie Mitleid empfand oder weil Miss Rutherford sie entsprechend geimpft hatte. Doch Barb tat nichts anderes, als alles genau auf die Weise wiederzugeben, in der es in ihre Erinnerung zurückgekehrt war. Sie berichtete dem Inspektor frank und frei, wie sie davon überzeugt war, dass es so stattgefunden hatte. Wahrscheinlich wirkte deshalb auch alles so glaubwürdig.

Watts jedenfalls stand mit hängenden Schultern da. Er fühlte sich alt und sehr, sehr müde. Mit seiner Rechten steckte er die Pistole zurück ins Holster. Dann fischte er aus der Jackeninnentasche den Haftbefehl heraus. Langsam faltete er das Papier auseinander und überflog noch einmal die Anklagepunkte. Der Mordversuch hatte von Anfang an auf sehr wackeligen Füßen gestanden. Die Indizien sprachen dagegen, und nun nannte das potenzielle Mordopfer selbst das Ganze „einen dummen Unfall".

Und was die Drogendelikte anging, erklärte ihm seine einzige Zeugin soeben, dass er nur etwas missverstanden hatte. Nie hatten sie auch nur eine

Spur von Drogen finden können, obwohl sie das Haus auf den Kopf gestellt hatten. Dass aus der verschrobenen alten Miss Rutherford nichts rauszubekommen war, nun, damit hatte man fast rechnen müssen. Aber dass seine einzige brauchbare Zeugin jetzt behauptete, es habe nie Drogen gegeben …

Das Blut rauschte in Watts' Ohren. Es war ein merkwürdig knirschendes Geräusch, als flösse da kein Blut durch seinen Körper, sondern Sand. Und wie Sand rieselte ihm gerade sein letzter großer Fall durch die Finger. Wie ein Stück erkaltete Asche, das man berührt, zerfielen seine Anklagepunkte vor seinen Augen zu Staub, zu einem grauen, trostlosen, kalten Nichts. Ihm fröstelte. Er sehnte sich danach, sich einfach fallen zu lassen, weinen zu können, den ganzen Frust einfach heraus zu heulen. Er stand vor dem Aus. Ein halbes Jahr harte Arbeit, fieberhafte Suche, voller Entbehrungen, voller Hoffnungen und voller Rückschläge – für Nichts und wieder Nichts!

Stoßartig blies er die Luft aus der Nase. Reglos blickte er vor sich ins Leere. In die große, gähnende Leere, die er innerlich empfand. Sara, Barb und die anderen starrten den Inspektor an. Still stand er da, in sich versunken.

Wieder blies er stoßartig die Luft durch die Nase, als würde er jeden Moment in Schluchzer ausbrechen. Doch das tat er nicht. Stattdessen faltete er den Haftbefehl zusammen und riss ihn in der Mitte durch. Er legte die zwei Hälften übereinander und riss sie erneut durch. Das wiederholte er mehrmals, bis seine Finger es nicht mehr schafften, die Papierlagen zu durchreißen. Er ließ die Schnipsel auf den Boden gleiten, dann drehte er sich wortlos um. Er lief zu seinem alten Volvo, setzte sich hinters Steuer und betätigte den Anlasser. Dieser jammerte laut, doch der Motor sprang nicht an.

„Das darf nicht wahr sein! Das darf einfach nicht wahr sein!“, brüllte Watts all seinen Schmerz hinaus und schlug mit den Händen auf das Lenkrad ein. Tief atmete er durch, sammelte sich und betätigte nochmals den Anlasser. Mit dem vollen, typischen Volvo-Sound sprang der Motor an, und Watts legte den Rückwärtsgang ein. Er setzte ein kurzes Stück zurück, dann manövrierte er sich aus der Kieseinfahrt heraus und brauste davon.

„Ich habe Hunger“, meinte Goffredo plötzlich, nachdem sie eine Weile lang wortlos dem davonfahrenden Inspektor hinterhergestarrt hatten.

„Ich auch“, maulte Finley.

„Ich kümmere mich um das Essen“, meinte Monica.

„Und wir kümmern uns um unseren ersten Gast, nicht wahr, Schatz?", sagte Edoardo an Sara gewandt.

„Hier ist Ihr Zimmer, Mrs. Petersson", erklärte Sara an der geöffneten Tür zu Finleys einstweiligem Kinderzimmer. „Das Kinderbett stellen wir noch raus, mein Mann holt gerade eine Gästeliege herauf. Morgen bauen wir dann ein richtiges Bett auf …"

„Petersson?", sprach Barb dazwischen. „Wer ist Mrs. Petersson? Sie? Sind Sie das?"

Sara blickte sie ratlos an.

„Wie?"

Barb sah sich hilflos um.

„Wo bin ich hier?"

„Eddie?", rief Sara nervös in den Flur hinaus. Ihr Mann stand bereits zur Stelle, in der linken Hand ein zusammengefaltetes Klappbett.

„Möglicherweise hat sie wieder ihr Gedächtnis verloren", raunte er Sara zu. „Kommen Sie, meine Liebe", wandte er sich an Barb und zog sie sanft am Ellenbogen mit sich. „Ich erkläre Ihnen alles, während meine Frau das Zimmer herrichtet."

Barb Petersson hatte sich in den Wochen außerordentlich gut mit den sympathischen Wirtsleuten angefreundet. Besonders die fast gleichaltrige Monica war ihr eine echte Freundin geworden. Mit ihr konnte sie einfach über alles sprechen, sogar über die Sache mit ihrem furchtbaren Ehemann. Denn Etliches war über die Tage und Wochen wieder in ihr Gedächtnis zurückgekehrt.

Sie bewunderte Monica für ihren unbefangenen Lebensstil, die Freude und das Glück, das sie ausstrahlte. Diese Selbstverständlichkeit, mit der sie ihren fast sechzehn Jahre jüngeren Freund präsentierte. Diese Offenheit. Barb fühlte sich auf dem Steilser Hof wohl, und ihre neue Freundin spürte das. Sie saßen gerade beim Nachmittagskaffee, als Monica sie plötzlich ansah und meinte:

„Warum lässt du dich nicht einfach scheiden?"

Barb zuckte zusammen und hätte sich fast am Kaffee verschluckt.

„Einfach scheiden lassen? Wie stellst du dir das vor? Und dann? Wo soll ich hin? Ich habe doch überhaupt kein Geld. Keine Arbeit. Nichts!"

Monica sah sie nachdenklich an.

„Kannst du Rasen mähen?"

„Rasen mähen? Ja, sicher … aber warum fragst du?"

„Na, dann bleib doch einfach bei uns! Wir suchen schon lange jemanden zum … äh … Rasen mähen. Ehrlich. Na ja, wenn's mal regnet oder so, nun, du könntest ja auch beim Zimmer machen helfen, nicht wahr?"

Barb sah sie skeptisch an.

„Ist das dein Ernst?"

Monica lächelte.

„Mein voller Ernst!"

Und so kam es, dass Barb Petersson einfach in Südtirol blieb. Sie schrieb ihrem Mann einen Abschiedsbrief, in dem sie die Scheidung verlangte, und pflegte danach mit Hingabe den schönen großen Garten des Hauses. Und wenn es mal regnete – nun, dann half sie beim Herrichten der Zimmer oder trank mit ihrer Freundin Monica eine Tasse feinen Shincha Gyokuro ‚Wakana' und erzählte von den alten Zeiten.

Pünktlich vor Weihnachten war es so weit: Der Steilser Gasthof, der nun den Beinamen „Haus Hubert" trug, feierte Wiedereröffnung, und ein erster Ansturm Skifahrer bezog begeistert Quartier. Der Schnee kam in diesem Winter pünktlich zum Stephanstag, und so residierten im „Haus Hubert" ausschließlich zufriedene Feriengäste.

Die freundlichen Wirtsleute, die in den verschiedensten Sprachen mit ihren Gästen konversieren konnten, hatten eine unglaublich fähige Köchin aus Nordfrankreich, genauer aus der Normandie, genauer aus Caen, einfliegen lassen. Sie kochte dermaßen exquisit, dass sich das kleine, feine Restaurant „Chez Marie-Sophie" schnell einen guten Namen bis in höchste Kreise machte. Ein Jahr später hatte es seinen ersten Stern.

Epilog

Es war ein besonders heißer Tag in Damaskus. Heiß war es nicht nur der sengenden Sonne wegen, die den staubigen Asphalt auf der Straße kochen ließ, sondern auch aufgrund zahlreicher Bombendrohungen, die im Amtsgebäude des Ministeriums für innere Angelegenheiten zu anhaltenden Unterbrechungen im Arbeitsalltag führten.

Hatem Al Agha wischte sich den Schweiß von der Stirn, als er nach der Entwarnung die Treppe vom Keller heraufgestiegen kam. Hatem, zuvor als Omar, zuvor als Hatem bekannt, hatte sich letztlich für den von ihm selbst gewählten Decknamen entschieden, als die Russen ihn gefragt hatten, welchen Namen sie in seinen Pass schreiben sollten. Sein Bruder Karim, oder jetzt wieder Ahmedin, und ihre Frauen Ghada/ Farida und Tahire/ Zahire hatten nicht nur erstklassig gefälschte Pässe erhalten, sondern ein vollkommen neues Leben. Offiziell waren Ahmedin und Hatem mittlere Beamte im Ministerium für innere Angelegenheiten, unauffällige Typen, wie es sie zu Hunderten gab. Tatsächlich aber verfügten sie über ein weitreichendes Netzwerk an Verbindungsmännern, und ihre Aufgabe war es, regelmäßig Informationen aus dem Amt in russische Kanäle fließen zu lassen.

Zwei Monate hatten sie in Krasnodar verbracht, hatten zehn Stunden täglich Informationstechnik, Codeschlüssel, Selbstverteidigung und Russisch gepaukt. Major Komarow war begeistert von den Fortschritten, die die cleveren Syrer machten. Einen größeren Glücksfall für ihr Syrienproblem hätte es wohl kaum geben können, das fand zumindest auch Generalmajor Petuchow. Omar und Karim erwiesen sich als intelligente, kooperative und verständige Spione, denen Geld wichtig genug war, um gewillt zu sein, alles nach russischen Wünschen bestens auszuführen. Die Frauen waren ein wenig schwieriger, zickig und schlecht gelaunt langweilten sie sich im Lager. Doch das Problem war kein russisches, wie Komarow zufrieden feststellte: Die syrischen Männer hatten ihre Frauen fest im Griff.

„Genosse Omar, Genosse Karim“, sagte der Major zum Abschied zu ihnen. „Ihr könnt stolz auf Eure Leistungen sein!“ Er begleitete sie zu einem bereitstehenden Wagen, der sie zum Flughafen in Krasnodar bringen würde. Er wünschte ihnen Glück für die Reise und gab ihnen letzte Anweisungen mit auf den Weg.

Am Flughafen wurden sie von Major Ziegenbock begrüßt, so nannten sie ihn insgeheim, seit sie gut genug Russisch verstanden, um zu wissen, dass Koslow vom Wort козёл für ein männliches Ziegentier abgeleitet war. Major Ziegenbock hätte seinem Aussehen nach allerdings eher Wolkow, nach волк, dem Wolf, benannt, heißen müssen. Unter einem dichten grauen Pelz leuchteten hellbraune Augen, die fast goldgelb aussahen, und als er die vier Syrer erblickte, entblößte er ein wölfisches Grinsen. Der Ziegenbock im Wolfspelz überreichte ihnen Flugtickets, die sie über Istanbul nach Ankara bringen würden.

Ahmedin und Hatem sahen sich vielsagend an, als sie die Tickets erblickten. In einem wortlosen Zwiegespräch schienen sie sich sofort einig über die Option, die sich ihnen bot: ein sorgloses Leben in der Türkei. Bis die Russen merken würden, dass sie nicht wie vorgesehen in Istanbul umgestiegen waren …

Ihre Flüge wurden aufgerufen, und als sie sich in Richtung Boarding bewegten, wurde ihnen schlagartig klar, dass das russische Militär nichts dem Zufall überließ.

„Dort hinüber, Freunde“, war Koslows dunkle, grollende Stimme zu hören, und er zog ein fünftes Flugticket aus der Innentasche seines Jacketts.

Koslow begleitete sie bis nach Ankara, wo ein typischer Touristen-Jeep samt türkischem Fahrer und Beifahrer auf sie wartete. Koslow verabschiedete sich, und die vier Syrer setzten sich auf die Rückbänke des Geländewagens, während der Beifahrer sie mit Argusaugen über den Rückspiegel beobachtete. Er hielt eine AK-74, das weltweit hoch geschätzte Sturmgewehr, offen auf dem Schoß. Seine Finger trommelten leise nervöse Rhythmen darauf.

Nach einer mörderischen achteinhalbstündigen Fahrt im nicht klimatisierten Auto erreichten sie Hatay im südlichsten Zipfel der Türkei, kurz vor der syrischen Grenze. Der Fahrer war, abgesehen von zwei kleinen Pinkelpausen und einer Unterbrechung zur Einnahme einer kärglichen Mittagsmahlzeit, die ganze Strecke in einem durchgefahren. Die Türken stiegen aus und befahlen, die Kalaschnikow im Anschlag, auf Russisch, ihnen zu folgen. Den Syrern dämmerte, dass es sich möglicherweise doch nicht um Türken handelte.

Sie wurden zu einem Verschlag gebracht, in dem ein erstaunlich komfortables Lager eingerichtet war mit Feldbetten und Wolldecken, einem kleinen Teetisch nebst ölbetriebenem Samowar, zwei kleinen Sturmlampen und einem Kühlschrank voller Leckereien. Die Syrer wurden eingeschlossen, was Hatem seltsam fand. Auf seine Nachfrage hin wurde ihm aber versichert, das sei nur ein Schutz gegen unerwünschte Eindringlinge. Sie aßen zu Abend und legten sich anschließend schlafen.

Am nächsten Morgen in aller Frühe, es war noch dunkel, und in Ermangelung einer Armbanduhr hatte Hatem keine Ahnung, wie spät es war, wurden sie von den vermeintlichen Türken geweckt. Nach einem sehr kurzen Frühstück, es reichte kaum für ein Glas Tee, wurden sie wieder zum Auto gebracht. Diesmal wurden ihnen die Augen verbunden und die Hände gefesselt, was bei den Syrern zu größtem Unverständnis führte. Hatem protestierte lautstark und begann sich zu wehren, bis ihn ein unsanfter Stoß mit dem Gewehrkolben in die Nierengegend davon überzeugte, dass es besser war, einen Beschwerdebrief an die russische Militärführung erst dann zu schreiben, wenn er sicher in Damaskus gelandet war.

Eine ewig holprige Reise folgte, und die Syrer konnten nur mutmaßen, dass die Route querfeldein führte. Nach stundenlanger Fahrt, Hatem konnte nicht abschätzen, wie lange es tatsächlich gedauert hatte, da er zwischendurch eingenickt war, hielt der Wagen an. Sie wurden aus dem Auto geführt über einen sandigen Boden hin zu einem anderen Vehikel. Dem Motorengeräusch nach, das kurz darauf einsetzte, handelte es sich ebenfalls um einen großen Geländewagen.

Es schienen andere Mitfahrer zu sein, die die Syrer begleiteten. Zwar sprachen auch sie Russisch untereinander, hatten aber gänzlich andere Stimmen. Ein wenig beunruhigt nahm Hatem wahr, dass die Dialoge nervöser und hektischer wurden. Doch die weitere Fahrt verlief ohne Zwischenfälle. Da die Frauen zu jammern begannen, wurde ein kurzer Stopp zur Entledigung der Notdurft eingeräumt. Zahire und Farida hatten ihre größte Mühe, sich vor den Männern, zumal vor fremden, zum Pinkeln hinzuhocken. Obschon der Vorgang durch die weiten langen Kleider, die ihnen für die Reise zur Verfügung gestellt worden waren, komplett verdeckt war, und sie durch ihre Augenbinden selbst nichts sehen konnten, stellte es für sie schlichtweg ein Ding der Unmöglichkeit dar. Jedoch – die Natur forderte ihr Recht und die Damen fügten sich.

Erst kurz vor Damaskus wurden ihnen Fesseln und Augenbinden

abgenommen. In einem leer stehenden Haus wurden sie in vornehme Kleidung gesteckt. Die Männer erhielten Smartphones und Armbanduhren und zogen dunkelblaue Anzüge an. Die Frauen bekamen dezenten edlen Schmuck und hübsche Business-Kostüme in Beige und Brauntönen. Eine nagelneue lackschwarze Mercedes-Limousine wartete vor dem Haus auf sie. Als sie hinaustraten in die grelle syrische Sonne, die dunklen Sonnenbrillen auf der Nase, waren vom Geländewagen und den Unbekannten, die sie hergefahren hatten, nichts mehr zu sehen.

So wurden sie von wiederum anderen Männern zu ihren neuen Wohnungen gebracht, die nicht halb so groß waren wie von ihnen erträumt. Verglichen mit dem, was ihr früheres Leben in Syrien ausgemacht hatte, konnten sie nun aber geradezu im Luxus schwelgen. Ihr vorgebliches Arbeitsleben bestand aus ein paar falschen Zahlenkolonnen, die in ein blindes System eingegeben werden mussten, für das niemand Verwendung hatte. Ansonsten wandten sie ihre kürzlich erworbenen Kenntnisse in Spionagetechniken an. Sämtliche Informationen gaben die Frauen in ihren Appartements codiert weiter, sodass sowohl die syrische Regierung, als auch die Rebellen und sonstige Kriegsbeteiligte, so sie denn eine Nachricht abfangen konnten, auf dieser nur von Nachfragen und lieben Grüßen an die Tante Jerschowa und ähnlichen Schwachsinn erfuhren.

Die vier russischen Spione fanden sich ganz gut in ihre neue Rolle und somit in ihr neues Leben ein. Nachdem ihr ursprüngliches Ziel gewesen war, Syrien und damit dem Regime zu entkommen, arbeiteten sie nun in Selbigem. Ein bisschen fühlte es sich an, als seien sie beim Betrachten eines Spiegels versehentlich auf die andere Seite hinter die Glasoberfläche geraten.

Nur die Ergebnisse, die ihre Spionage ergab, brachten den Russen keinerlei Vorteile. Es waren belanglose Informationen, und die Russen mussten irgendwann erkennen, dass ihr großartiger Coup mit den vier syrischen Flüchtlingen doch nicht so großartig gewesen war. Sie diskutierten im Hauptquartier, was sie mit den vier Syrern anstellen sollten. Da es jedoch dringendere und auch wichtigere Angelegenheiten zu regeln gab, beispielsweise in der Ostukraine, gerieten die vier Syrer langsam in Vergessenheit.

Da die Russen auf ihre gelieferten Informationen nicht mehr reagierten, schlief vonseiten Ahmedins und Hatems auch allmählich die Spionagetätigkeit ein. Dennoch erhielten sie weiter ihr Gehalt, und mit den Monaten gewöhnten sich die Syrer an diese komfortable Situation. So hatten sie ein sicheres Auskommen und entsprechend angenehmes Leben in ihrer Heimat und konnten beruhigt auf das Ende des Bürgerkriegs harren.